La vie déplorable
de Charles Buscarons

Jean-Pierre Cottet

La vie déplorable de Charles Buscarons

roman

PLON
www.plon.fr

ISBN : 978-2-259-22034-7

À la mémoire de Nat Lilenstein

À Nat, Guillaume, Martha et Angèle

La nuit avait été la plus courte de l'année. Le vingt et un juin est le jour du solstice d'été et de la fête de la Musique, le soleil repousse l'obscurité dans ses ultimes retranchements. Jusqu'à tard, les flonflons des orchestres avaient fait vibrer l'air chaud en ce début d'été. Paris avait mal dormi. Le vingt-deux juin est le jour de la fête de la mauvaise humeur.

Dès l'ouverture de la porte, le chien était parti en trombe dans les boqueteaux qui lui servaient de vespasienne. Il s'y était attardé plus longtemps que de coutume. Son maître, en babouches et survêtement, l'avait sifflé plusieurs fois avant de se décider, en maugréant, à quitter l'abri d'un porche pour partir à sa recherche.

Au fond d'un taillis, le basset hound s'affairait auprès du corps désarticulé d'un homme couché sur le dos. Le chien reniflait méticuleusement le cadavre.

Vingt minutes plus tard, les inspecteurs de la police judiciaire interrogèrent le promeneur matinal. Pour détendre l'atmosphère, une des inspectrices caressa le chien en précisant : « C'est le même clebs que Columbo. »

Dans les heures qui suivirent, les radios, Internet, les chaînes d'infos répétèrent que Charles Buscarons, dit Carlos Buscarons, directeur général en charge des programmes de la plus grande chaîne de télévision nationale, personnalité très en vue dans les milieux de l'audiovisuel, avait été retrouvé, vers six heures du matin, mort au pied de son immeuble. De son côté, la police se limita à déclarer qu'il serait tombé, pendant la nuit, de la terrasse de son appartement situé au vingt-deuxième étage de la Tour Opale, un des immeubles arrogants qui constituent le Front de Seine. Les causes de cette chute étaient encore inconnues. Déjà les premières caméras étaient venues s'installer au pied du bâtiment pour permettre au téléspectateur de constater *de visu* que vingt-deux étages, c'était vraiment haut.

*

Après quelques années de mariage sans enfants et un divorce libérateur, Joseph Dreyer avait vite adopté des habitudes de vieux garçon. Il avait appris à aimer dormir seul, en travers de son lit, sans que personne ne vienne contester la propriété de la couette. Il y avait aussi les menus conforts qui viennent illuminer la solitude, allumer la télé dans la chambre à trois heures du matin, rester aux toilettes la porte ouverte, passer un week-end cloîtré chez soi sans se laver.

Après leurs ébats, ses maîtresses devaient quitter les lieux sans trop s'attarder. Il lui arrivait même de louer deux chambres à l'hôtel pour pouvoir s'isoler après avoir consommé. Joseph Dreyer était un homme élégant et courtois, mais il n'aimait pas les contraintes d'une trop grande proximité. Ce n'était ni un manque de sensualité, ni un manque d'affection, mais une question de vigilance territoriale. Il préservait farouchement le cercle étroit de son intimité. Ses amoureuses en étaient souvent navrées. Malgré son excellente éducation, c'était à prendre ou à laisser. Le lendemain, elles étaient couvertes de roses aux teintes pastel, mais ses nuits restaient un territoire inviolable.

Un soir, il avait été ébahi par plus forte que lui. Il avait croisé la jeune journaliste à Marrakech, dans la cohue d'une conférence de presse. Il l'avait immédiatement repérée. La jeune femme était brune, sensuelle, chaleureuse. Bref, elle était belle. Il s'était arrangé pour être assis à côté d'elle, à l'occasion d'un couscous d'honneur, à la Mamounia. Elle dégageait des effluves sexuels prometteurs. Son rire joyeux était communicatif. Après quelques regards appuyés, un contact un peu prolongé des deux avant-bras sur la table, un thé à la menthe en tête à tête, elle était allée secrètement dans sa chambre chercher quelques affaires pour revenir coucher avec lui.

Les plus belles histoires d'amour sont parfois les plus simples. À peine la porte refermée, ils s'étaient jetés dans les bras l'un de l'autre et avaient roulé sur le lit. Elle avait fourni les préservatifs. Rien n'avait été interdit. Tout était délicieux.

Le plaisir réciproque atteint, Joseph avait pensé que la jeune femme retournerait dans sa chambre. Elle ne laisserait alors que la subtile odeur de sa peau sur l'oreiller. Il n'avait découvert la trousse de toilette que lorsqu'elle s'en était emparée.

Elle s'était isolée un instant dans la salle de bains pour quelques ablutions. Elle en était ressortie en chemise de nuit de pilou blanc, et en socquettes. Avec un sourire détendu et un ton d'institutrice, elle avait expliqué que la journée professionnelle du lendemain serait chargée. Elle voulait être en forme. Elle avait des rites de sommeil rigoureux. Elle avait commencé par installer un traversin entre eux, puis avait réglé un réveil qu'elle avait posé sur la table de nuit. Elle avait pris un demi-cachet de somnifère, enfoncé deux boules de cire dans ses oreilles. Les yeux couverts d'un masque de velours noir, elle s'était allongée sur le dos comme un gisant. Huit minutes après, elle dormait la bouche ouverte en émettant un ronflement épanoui.

Dreyer avait passé une mauvaise nuit. Au matin, il lui avait demandé pourquoi elle n'était pas remontée dans sa chambre. Elle lui avait répondu avec douceur, d'une voix reposée, « qu'elle aurait bien aimé, mais que ça ne se fait pas de tirer son coup et de partir immédiatement après ». Lui ayant rappelé ces principes évidents de savoir-vivre, elle avait plié son matériel de survie et avait quitté les lieux.

Il n'aurait pas fallu qu'elle insistât beaucoup pour qu'il tombât amoureux de ce double féminin, mais elle s'était mariée peu de temps après avec un vétérinaire. Ils ne s'étaient pratiquement jamais revus.

Elle était un contre-exemple de sa vie affective. Ses amoureuses étaient rarement de passage. Il aimait ses compagnes, souvent avec tendresse et respect. Simplement, il pratiquait ce qu'il appelait en secret : « la dispersion du désir ». Il organisait son affection comme d'autres gèrent leur patrimoine. Pour éviter une catastrophe affective, il diversifiait les liaisons, vivait plusieurs histoires en parallèle. En cas d'échec ou même de simple tension, il fuyait immédiatement les désagréments de la situation et reportait ses attentes émotionnelles sur une de ses autres amies. Sa vie sentimentale n'était qu'un terrain de jeu, joyeux et multicolore. Toute son énergie passait dans l'exercice parfois âpre de son métier de journaliste.

*

Martha Kiss est arrivée dans sa vie comme un incendie de cheminée. Dans ce genre d'accident, assis devant le feu qui crépite, un livre à la main, on croit que tout est normal, alors que des flammes de trois mètres de haut sortent du toit. Martha a joué les incendiaires, elle a bouleversé son univers, pulvérisé ses habitudes, réduit à néant son égoïsme serein.

Ils se sont rencontrés dans un ascenseur. Tournée vers les portes, elle semblait totalement ignorer sa présence. Elle serrait contre sa poitrine un épais agenda en crocodile noir. Il ne voulait pas la regarder, un peu par délicatesse, beaucoup par orgueil. Mais avant même que la cabine atteigne le huitième étage, il n'avait pu s'empêcher de tourner ses yeux vers elle sans bouger la tête, comme un iguane suit le vol d'un insecte. Cette femme lui plaisait. C'était le seul mot qui lui venait à l'esprit. Elle lui plaisait. Plaire, plaisir, elle était la synthèse de tout ce qu'il pouvait aimer. À raison de quatre secondes par étage, l'ascenseur avait mis une trentaine de secondes à atteindre son but. Trente secondes de parfait bonheur.

Au moment où les portes s'étaient ouvertes, il s'était effacé pour la laisser sortir devant lui, elle était passée, un sourire subliminal aux lèvres pour le remercier de sa courtoisie. Il lui avait emboîté le pas. Ils se rendaient à la même conférence.

Ils se sont parlé. Ils ont déjeuné ensemble trois fois, cinq fois peut-être, avant de se retrouver pour dîner. Ils ont pris le temps de faire connaissance. Ils se sont approchés sur la pointe des pieds.

Quand il le lui a demandé, elle a expliqué que Kiss, son nom de famille, n'était pas d'origine anglaise. Il n'était pas question de *baiser*, mais son père était hongrois et il fallait chercher l'origine de son patronyme dans le mot allemand *pierre*. Elle lui a aussi révélé que son fils s'appelait Joseph, comme lui. Elle l'avait surnommé ainsi en hommage à son père Jozsef. Il y avait maintenant pléthore de Joseph dans son entourage. Dreyer lui a avoué que son deuxième prénom était René, mais qu'il était hors de question de l'utiliser.

Ils ont parlé des heures. Ils se sont frôlés le cœur battant. Ils ont longtemps retenu l'élan de leurs mains, jusqu'au jour où Martha a décidé qu'il fallait rentrer dans le cercle. Ils sont partis en week-end à Marseille.

Depuis il ne supporte plus qu'elle soit loin de lui. Il veut la sentir, la regarder, la toucher. Il recherche ses traces. Il ne sait pas pourquoi, mais c'est ainsi. Il ressent parfois le poids de cette dépendance comme une infirmité dont il tire de douces compensations.

Ce soir-là, il est très tard. Il fait enfin nuit. La chaleur de ce début d'été est tombée sur la ville. Les deux fenêtres du studio sont ouvertes pour inviter un courant d'air qui ne vient pas. Les peaux sont moites et odorantes. Joseph et Martha sont allongés côte à côte, en travers du matelas étendu à même le sol. Elle a passé une jambe sur les siennes. Il dort enroulé dans le drap. Parfois, pendant quelques minutes, il souffle fort comme un plongeur qui se prépare à un record du monde, ensuite sa respiration s'arrête, c'est l'apnée et le silence, comme si le dormeur épiait un instant les rumeurs de la nuit, puis il redémarre avec un bruit doux et régulier de climatisation.

Il n'y a rien d'autre dans la pièce que ce matelas, les vêtements jetés pêle-mêle sur le sol et un poste de télévision. Ils sont ensemble depuis un an. Ils ont loué ce deux pièces pour venir y faire l'amour. Joseph a dit que la télévision était l'arsenic des couples, mais Martha n'a pas lâché. Son métier exige qu'elle puisse à tout moment jeter un coup d'œil sur l'écran. Un soir le téléphone a sonné. Ils ont suspendu leurs caresses pour suivre une émission en direct qui dérapait. Le plateau était envahi de grévistes qui avaient déjoué la vigilance des services de sécurité. Une vingtaine de personnes arborant une banderole interpellaient les hommes politiques présents. Un ministre avait tenté de ne pas perdre la face, de calmer les esprits. En vain. Finalement, la chaîne avait décidé de couper l'émission et de rediffuser l'épisode d'une série américaine. Il lui a dit :

— Tu fais un boulot qui m'étonne. Je ne saurais pas faire.

Elle lui a mis la main sur la tête et l'a regardé droit dans les yeux. Elle a répondu l'air faussement grave :

— Ça tombe bien. C'est le mien.

Joseph a le sentiment que Martha le garde à distance. Il en est irrité. Elle a érigé une barrière invisible, une ligne qu'il ne faut pas franchir. Lui qui a passé ses dernières années à tenir ses maîtresses éloignées goûte à sa propre médecine. Elle est méfiante, comme un animal sauvage tenté par la nourriture qu'on lui tend, mais qui recule à la moindre vibration. Il voit poindre la crainte dans le plissement de ses paupières. Elle ne lui a pas ouvert sa porte. Elle ne souhaite pas que son fils Joseph soit confronté à la présence d'un amant. Elle ne veut pas, non plus, aller chez Dreyer et courir le risque de partager son lit en alternance avec une autre femme. Elle refuse que quiconque soit informé de cette liaison. Au moment où ces règles avaient été édictées, elles les satisfaisaient tous les deux. Ils avaient donc décidé de créer un terrain neutre. Aujourd'hui, cette façon de faire le contrariait.

Leur relation est restée un secret absolu. Même leurs amis les plus proches l'ignorent. Nul ne sait que Martha Kiss connaît Joseph Dreyer. Elle aime cette discrétion qui les protège des regards et des commentaires malveillants. Leur liaison cachée les met à l'abri de la banalisation du quotidien. La précarité donne à chaque minute partagée une saveur unique. Même si chacun est libre, sans autres engagements affectifs, ni comptes à rendre, la clandestinité avec son goût d'interdit agit comme un subtil aphrodisiaque. La transgression et la dissimulation exacerbent les sens et l'imagination. Cette chambre sous les toits de Paris, ils l'ont baptisée le Radeau.

Joseph a dit :

— Cet endroit, c'est un radeau, personne ne peut nous surprendre et on ne sait pas où l'on va, ce sont les courants qui décident.

C'est un lieu pour les caresses. Ils y passent rarement la nuit, mais hier soir, elle lui a demandé de rester avec elle jusqu'à l'aube, car, ce matin-là, Carlos Buscarons, son patron qui était aussi un ami, doit être enterré au cimetière de Belleville.

Cette nuit lui fait peur. Ils ont parlé longtemps de cette mort brutale et étrange. Il a cherché à adoucir sa peine. Elle essaie de se souvenir de la théorie fumeuse sur le temps et l'espace qu'il a bredouillée avant de s'endormir. Il a comparé l'âge de la Terre à la durée de la vie d'un homme puis il en a conclu que si toute l'histoire de la Terre était équivalente à un Paris-Marseille en train, une vie ne serait pas plus longue que deux millimètres. Toute la durée de l'histoire de l'humanité, des origines à nos jours, représenterait moins d'un kilomètre de rail. En résumé : comparée à la vitesse du TGV, la durée d'une vie est insignifiante, donc la mort n'est rien.

Alors qu'en général il parle peu, le vin et la présence de Martha le rendent bavard, imaginatif, parfois confus. Joseph est rationnel, un peu raisonneur. Il a des théories sur tout, y compris sur le fait qu'il a des théories sur tout.

Elle se lève, sur la pointe des pieds, pour aller boire et pisser. Elle parcourt en aveugle le volume de la pièce plongée dans l'obscurité. Le temps de repos nocturne sur le radeau est toujours très court. Martha souffre aussi d'insomnie. L'angoisse surgit dès qu'elle glisse dans la zone grise entre conscience et sommeil. Quand sa vigilance baisse, la peur du néant surgit. Elle est terrorisée par l'idée de la mort. Elle vit sous le poids permanent d'un sentiment de menace et la certitude d'une mort précoce. Un accident ? La réponse gênée d'un médecin qui annonce un cancer ? Depuis plus d'une semaine, le décès de Carlos a alourdi ses pressentiments et diminué les instants de quiétude. Dans le coin de l'œil gauche, elle sent les premières vrilles de la migraine. Les journées sont rudes. Les nuits sont courtes. Avec la disparition de Buscarons, la pression du travail quotidien va certainement encore s'aggraver. Élever un enfant, seule, est une mission douce mais lourde de contraintes. Son fils est arrivé à l'âge compliqué où les enfants ne posent plus de questions, car ils sont persuadés d'avoir toutes les réponses.

La présence de ce compagnon délicat et attentionné lui fait du bien. En dépit de sa méfiance à l'égard des hommes et de sa réserve particulière pour les gens de la presse, elle a baissé la garde. Joseph Dreyer jouit d'une forte notoriété et d'une image positive que sa discrétion entretient. Quand il s'est présenté, elle savait qui il était. Elle lui a demandé :

— Vous vous appelez Joseph ?

À cet instant, elle ne lui avait pas avoué que c'était aussi le prénom de son fils. Martha fait de la rétention sur tout ce qui concerne sa vie privée. Elle ne parle jamais d'elle et apprécie la réserve élégante de Joseph Dreyer. Elle considère que les vies précédentes de cet homme ne la regardent pas.

Il a souri :

— Ce n'est pas facile à porter. C'est un héritage chargé, Joseph fils de Jacob a été vendu par ses frères aux Égyptiens. Quant à saint Joseph, il était marié à une femme qui a porté l'enfant d'un autre. Et je ne vous parle pas de Staline…

Il lui a fallu quelques semaines pour apprendre qu'il y avait d'autres Joseph dans la vie de cette femme réservée.

Elle retourne dans la chambre et se couche contre lui. À moitié endormi, il la serre dans ses bras. La douceur de son geste la calme. La peur s'éloigne. Elle est submergée par la vague chaude du sommeil.

*

Mercredi vingt-sept juin. Les tribus de la télévision sont rassemblées aux portes du cimetière de Belleville. Il fait lourd. Maxime Labrousse, le collaborateur de Martha, est arrivé un peu en avance aux obsèques de Carlos Buscarons. Il est attentif. Il observe les rites.

Les taxis se succèdent. La foule sombre se densifie. Des petits groupes se forment. On s'embrasse beaucoup. On se serre les mains. On se salue de loin d'un geste ambigu qui tente de traduire le plaisir de se retrouver conjugué à la tristesse du moment. On spécule en chuchotant la bouche de travers sur les circonstances étranges de l'accident. Les visages affichent une compassion souvent forcée, mais de circonstance. Quelques-uns semblent réellement tristes.

Maxime Labrousse est tendu. Il a sorti son carnet de moleskine noire. Il inscrit furtivement des mots, des noms, des impressions. Il ne veut rien perdre de l'instant. Dès qu'il a appris la nouvelle de l'accident de Buscarons, il a su que l'événement qu'il espérait était enfin arrivé, qu'il n'avait, peut-être, pas subi ces trois années d'ennui pour rien.

En face de lui, Martha Kiss gare sa voiture sur le trottoir, au pied d'un panneau d'interdiction de stationner. Maxime pense qu'elle a une gueule d'enterrement. Elle n'en est que plus attirante. Les traits tirés, la pâleur du teint soulignée par ses cheveux bruns, les yeux plissés par des paupières lourdes, bordées naturellement de couleurs sombres. Elle l'excite. À part la blondeur, c'est Uma Thurman dans *Kill Bill*. Il note la comparaison sur le carnet et allume une cigarette. Elle vient directement vers lui et lui tend la main. Labrousse regrette, mais apprécie. Elle n'embrasse pas pour dire bonjour ou au revoir. Elle ne galvaude ni les mots ni les gestes d'affection.

Il a remarqué que, dans leur métier, même les hommes se lèchent. Plus ils se haïssent, plus ils se cajolent. Il faut les voir se tomber dans les bras les uns des autres. Maxime porte sur eux un regard glacial.

Il admire Günter Wallraff, ce journaliste allemand qui explorait, en immersion, les milieux sur lesquels il enquêtait. C'est un de ses maîtres, il a voulu pénétrer dans l'univers de la télévision en suivant sa méthode, c'est-à-dire en se fondant dans la masse et en observant les mœurs. Il pensait trouver là un milieu fertile pour son projet littéraire.

Maxime Labrousse a la certitude d'avoir l'étoffe d'un grand écrivain. Il est convaincu qu'il sera un jour un auteur adulé. Il est en quête du sujet littéraire qui lui apportera l'inspiration et la gloire. En infiltrant les couloirs et les studios de la télévision, il s'attendait à rentrer dans un univers romanesque irrigué de passions, peuplé de personnages atypiques et chamarrés. Il est tombé des nues. Il a découvert que l'ambiance de la grande bâtisse habitée par plus de mille personnes est sans joie ni folie. Il n'y entend que des histoires triviales, sans intérêt, des propos banals, souvent désabusés. Il note tout ; mais rien, jusqu'à présent, n'a fait jaillir l'étincelle qui met le feu à l'imagination. Aucun événement ni rencontre ne lui ont donné l'envie d'écrire.

C'est un jeune et bel homme, un bourgeois cultivé, un peu affecté et égocentré. Il est impulsif, peut parfois basculer dans un mépris excessif ou, à l'inverse, dans un enthousiasme injustifié. Fils d'un psychanalyste lacanien priapique et d'une antiquaire snob, il a hérité de son père la passion pour les femmes, de sa mère la condescendance à l'égard des hommes. Il a grandi à Paris dans le nid familial. Les odeurs de la misère et les cris des malheurs du monde lui sont arrivés très atténués. Quand son père s'est fait coincer en train de culbuter une visiteuse médicale sur le canapé, le flagrant délit n'a pas provoqué de désordre.

Loin de mourir de chagrin, sa mère s'en est même secrètement réjouie. Elle supportait de plus en plus mal d'avoir à remplir l'incessant devoir conjugal. L'antiquaire en a profité pour faire chambre à part. Le psychiatre est resté seul avec son mât de misère. C'est un thème burlesque, mais jamais Maxime Labrousse n'acceptera de faire carrière dans le vaudeville.

Le vrai refuge de Maxime enfant, c'était la crémerie-fromagerie de son grand-père paternel. Achille Labrousse était fromager affineur. Les Labrousse étaient dans le fromage depuis toujours. Ont-ils adopté ce patronyme à cause de leur métier ? Ou est-ce leur nom qui les a guidés vers les laitages ? Les Clément sont-ils condamnés à être gentils ? Les Aurore à être du matin ? Les Bienvenue à être toujours là au bon moment ? Évidemment, non. Il est donc probable que les Labrousse ont acquis leur sobriquet au pis d'une chèvre.

Le grand-père Achille Labrousse avait lui-même succédé à son père dans cette fromagerie installée dans le XVIIIe arrondissement à Paris. Le magasin était de surface modeste. Les fromages posés derrière des vitres doucement réfrigérées étaient exposés comme des joyaux dans une vitrine de la place Vendôme.

Sous chaque catégorie, Achille inscrivait le nom, l'origine, et parfois la meilleure saison pour le consommer. On venait de loin pour acheter. Achille prenait le temps d'expliquer, de conseiller, faisait même souvent goûter.

La vraie merveille n'était pas là. Au fond du magasin, une porte grise disjointe donnait sur un escalier étroit en colimaçon qui conduisait aux caves. Achille entreposait là ses fromages, sur de longues étagères de chêne noircies par le temps.

Les trois immenses caves de pierres voûtées doucement éclairées par des soupiraux étaient pour le petit-fils d'Achille une machine à remonter le temps, à parcourir l'espace, et une merveilleuse école de sensualité.

C'est là que Maxime a appris à regarder, à toucher et surtout à sentir les fromages, tous les fromages, les pâtes molles à croûte fleurie, les pâtes cuites pressées, les croûtes lavées. Achille apprenait à Maxime comment faire la différence entre toutes les odeurs subtiles ou puissantes des fromages en cours d'affinage, toutes ces odeurs de la vie en pleine évolution. Achille lui apprenait la géographie de la France à travers chacun d'eux : l'Auvergne et ses saint-nectaire, les niolos de Corse, les banons de Provence dans leur feuille de chêne brune, les gratarons d'Ardèche, le Pays basque et ses ossau-iraty, les trappe de Timadeuc de Bretagne, l'Alsace et ses munsters, la Bourgogne et ses époisses, les maroilles du Nord et les bries de Meaux, de Melun ou d'ailleurs.

Il lui racontait l'histoire de son pays, le rôle des curés et des moines dans la création des fromages, la fabuleuse histoire des fourmes de Laguiole nées il y a presque mille ans. Maxime riait des noms les plus drôles : les brins d'amour, les gratte paille, les trous du cru, les boutons de culotte, les crottins ou les pieds de vent.

Le grand-père lui a fait goûter la douceâtre cancoillotte du matin avec le bol de café chaussette, sentir les odeurs de bébé des fromages frais, caresser le velours des coulommiers ou admirer les nuances ocre des croûtes striées par le lavage des pont-l'évêque.

Et la fromagerie a fermé. Personne n'a pris la relève. Le fils unique d'Achille, le père de Maxime, le psychanalyste, a basculé dans le fromage de tête. La mère de Maxime, qui avait fait des études d'histoire de l'art et d'archéologie, a vécu dans la honte de devoir avouer qu'elle était belle-fille d'un fromager.

Maxime, enfant, adorait la perspective de reprendre la fromagerie, mais le rêve de devenir un écrivain riche, célèbre, adulé par les femmes l'a pris dès la puberté. Cette nouvelle ambition l'a éloigné des produits laitiers. À la mort d'Achille, la boutique a été transformée en sex-shop et les caves à munsters accueillent désormais des amateurs de peep-shows.

Mais la fromagerie a définitivement formé les goûts et même l'univers érotique de Maxime. Les parfums de la cave l'accompagnent dans les pérégrinations de son existence. Les odeurs jouent un rôle singulier, irremplaçable, surtout dans sa vie amoureuse. Certains ont besoin de voir pour être en émoi, d'autres doivent toucher. Maxime doit sentir. La zone consacrée à l'olfaction occupe une surface exceptionnelle de son cerveau. L'odorat a pris le dessus sur tous les autres sens. Il s'émeut de découvrir chez certaines les doux relents de la cave magique. Les femmes qui s'inondent de déodorant ou de parfum le désespèrent, détruisent tout désir et le font renoncer.

Si la seule idée qu'un corps puisse sentir le fromage répugne la quasi-totalité des individus, Labrousse s'en régale, mais c'est un homme de goût qui sait qu'il y a des confusions désastreuses, des limites à ne pas franchir. Ce ne sont pas tous les corps, pas toutes les parties du corps, ni tous les fromages qui se marient bien entre eux.

Sa palette de sensations est infinie. Il faut aussi préciser qu'il sait discerner et apprécier chez les femmes des parfums naturels magnifiques qui n'ont pas grand-chose à voir avec les produits laitiers et qui le mettent en transe. Si les femmes qu'ils côtoient savaient ce qu'il perçoit, elles en seraient rouges de confusion.

Maxime a fait de brillantes études et des séjours culturels et linguistiques en Angleterre, il a même participé à un long tournage d'une série de documentaires en Amazonie. Il n'a pas trouvé sa voie.

En dépit ou à cause de tout ça, à trente-quatre ans, il n'a écrit qu'une thèse, tirée à soixante-dix exemplaires, sur Truman Capote ainsi que quelques nouvelles publiées en été dans des magazines de mode sous un pseudo féminin. Maxime aime se glisser dans la peau d'une femme pour regarder de l'autre côté. Il goûte les troubles vertigineux de la métamorphose. Il aime les femmes au point de désirer en être une. Bref, Maxime Labrousse se cherche.

Trois ans auparavant, en sortant de la projection d'un film qui racontait les malheurs d'un producteur à Hollywood, il avait supposé que l'univers de la télévision pourrait l'inspirer.

Son père avait traité les névroses, en particulier la paranoïa, de grands professionnels de l'audiovisuel. Il jouissait de bons réseaux d'influence. Il avait ouvert son annuaire et pistonné son fils pour lui obtenir un modeste emploi d'attaché de presse dans la chaîne. Maxime ne désirait rien d'autre que ce véritable poste d'affût. Il avait ensuite intrigué pour travailler auprès de Martha Kiss, le bras droit de Buscarons, le patron des programmes. Cette femme belle sentait naturellement bon, elle n'était pas loin du centre de l'échiquier. Elle était devenue l'objet de rêves et de pensées érotiques répétés.

Dès le premier jour, carnet de moleskine et stylo en main, il s'était mis en quête d'anecdotes scintillantes et de personnages déjantés. Mais rien de ce qu'il a vu et entendu depuis son arrivée ne semble être de la bonne matière littéraire. Depuis trois ans, Maxime s'impatiente en remplissant des carnets de potins, de rumeurs de magouilles lobbyistes, de dénonciations de pseudo-réseaux francs-maçons, juifs, gays, de combines politiques piteuses, de fraternités d'écoles grandes ou petites, d'histoires de matelas sordides ou de caprices de starlettes de seconde zone.

Un comptage de bouses qui permet seulement de nourrir les ragots des blogs sur le Web, de journaux à l'éthique discutable ou de livres amers. Périodiquement, quelques grincheux, tombés en disgrâce, se soulagent à travers des ouvrages médiocres dans lesquels ils dénoncent l'incompétence de leurs patrons et les incohérences du système, mais tout le monde s'en moque. Les chicayas de la télévision n'influencent pas la marche de la planète. Rien n'a donc un souffle romanesque suffisant pour remplir les voiles du talent inemployé de Maxime Labrousse.

Il s'ennuie. Il se reproche sans cesse cette mauvaise idée. Il a définitivement conclu qu'il est en train de gâcher sa vie dans un environnement peu stimulant, mais il ne trouve pas la force de s'éloigner de Martha.

C'est à ce moment de dépit et de renoncement que le célèbre Buscarons a sauté par-dessus la rambarde de son balcon pour traverser la grisaille des journées de Maxime Labrousse.

Labrousse sent que cette mort est peut-être l'événement qu'il attendait. Il a les narines dilatées : accident ? suicide ? assassinat ? Il renifle les effluves du mystère, les fumerolles du scandale. Il veut tout voir, tout entendre et tout noter. Penché sur son calepin, il écrit fébrilement. Il en oublie même la présence de Martha qui lui demande sèchement ce qu'il est en train de rédiger. Il bredouille :

— Tout ce que je ne veux pas oublier.

En parlant à voix basse et en regardant ailleurs, elle lui propose de déjeuner avec elle après la cérémonie. Elle ne lui donne aucune raison. Elle a seulement envie de la présence vivante et futile de ce charmant adolescent attardé qui lui manifeste son désir, le seul antidote efficace contre la mort. Cela, elle ne compte pas le lui avouer.

Le fourgon mortuaire en provenance de la morgue se présente à la grille. Il est suivi par un monospace gris souris. Deux personnes en descendent. D'abord une femme volumineuse qui s'en extirpe péniblement, sans âge, avec une mise en plis mille neuf cent cinquante-quatre. Elle serre contre son ventre un minuscule sac à main en Skaï blanc. Elle est suivie d'un homme courtaud au teint jaune et flétri, empaqueté dans un blazer croisé vert bronze. Le veston est bien trop ample pour lui. Autour d'eux, les regards traduisent un embarras, une difficulté à situer les liens entre le sémillant Buscarons et ce couple étrange qui aurait pu inspirer Dubout ou Botero. La matrone s'accroche au bras de son compagnon. Elle jette des regards circonspects autour d'elle. Le couple s'installe à la place réservée à la famille, immédiatement derrière le fourgon. Ils se figent en attendant le départ du corbillard.

Puis arrive la berline du président de la chaîne. Jean-René Baratier est engoncé dans son siège de cuir. Derrière ses épaisses lunettes, il regarde, sans les voir, les gens agglutinés autour de la voiture. Contrairement aux autres, il ne s'efforce pas d'avoir l'air triste. Il affiche ostensiblement sa mauvaise humeur. Le président est accompagné du secrétaire général de la chaîne, un énarque que les journalistes ont surnommé Roland Garros, non pour ses qualités au tennis, mais parce qu'à force de s'enduire de produit autobronzant, il a pris une curieuse couleur de terre battue. Le chauffeur vient ouvrir la porte du président et aussitôt la cour se presse.

Oubliant les circonstances, les visages cherchent à attirer l'attention de cet homme qui pèse plusieurs milliers d'heures de programmes, des millions de téléspectateurs et des milliards d'euros de chiffre d'affaires. La mort de Buscarons ouvre la course à la succession à la direction générale de l'antenne. Carlos était le numéro deux de la chaîne.

La fonction qu'occupait le défunt lui ouvre toutes les places d'honneur dans les spectacles, les festivals, les manifestations sportives. Le patron de l'antenne reçoit des invitations à parcourir la planète en avion privé, en hélicoptère, en bateau. Il a table ouverte dans les meilleurs restaurants. Chaque année à l'occasion des fêtes de Noël et des vœux, il est enseveli sous des avalanches de cadeaux, noyé sous des hectolitres des meilleurs vins. Courtisans et courtisanes le couvrent de compliments, le pommadent d'affection et de tant d'autres douceurs plus secrètes. Il jouit du pouvoir de vie ou de mort sur les programmes ; la gloire de ceux qui les présentent et les revenus de ceux qui les fabriquent lui appartiennent. Un statut d'Imperator.

Maxime Labrousse, imprégné d'éthologie animale et humaine, est convaincu que, comme les rats dans les expériences décrites par Laborit, les interlocuteurs de Buscarons avaient trois types de comportement. Les premiers, les plus rares, choisissaient la fuite, car le milieu est trop dur. Les deuxièmes préféraient la menace et l'affrontement, ils étaient nombreux mais moins que les troisièmes, ceux qui se mettaient sur le dos en adoptant une posture de séduction ou de soumission.

Labrousse dit qu'il est fréquent de voir un même individu passer d'une attitude à une autre quand une des postures échoue.

Il a fait part de cette analyse à Martha, un soir où ils avaient dû travailler tard dans la nuit pour répondre à une campagne de presse particulièrement virulente contre la chaîne. Martha lui avait alors lancé un regard noir. Elle lui avait dit que c'étaient les propos d'un petit-bourgeois né avec une cuillère d'argent dans la bouche. Maxime avait réagi :

— C'est la version polie de petit con.

— C'est en partie ça. Il faudra qu'un jour vous compreniez que faire vivre une boîte, donner du travail, payer des salaires, faire manger sa famille, c'est la vraie vie, c'est un combat quotidien où il faut savoir oublier son ego. Ce n'est pas compatible avec les caprices prétentieux d'un dandy sans responsabilité.

Si l'incident se produisait maintenant, il y puiserait la force pour s'enfuir, mais l'escarmouche avait eu lieu au début de leur relation. Sur le coup, il avait hésité entre répliquer vertement ou se taire. Les mots n'étaient pas venus. Il s'était muré dans un silence boudeur. C'est en montant dans le métro qu'il s'était rendu compte que, face à Martha, il avait adopté une attitude de soumission.

Le président protégeait Buscarons. Il n'était pas question d'amitié ou même de respect. Baratier n'éprouvait pas de sympathie particulière pour son directeur général de l'antenne dont il n'aimait pas les manières. Il ne partageait aucun de ses goûts. Ils n'avaient aucun ami en commun. Ils ne fréquentaient pas les mêmes clubs. Ils ne s'étaient jamais croisés à l'Opéra. Tout les séparait. Baratier se sentait dans la peau d'un patricien face à un plébéien. Pourtant, il était lui-même de basse extraction. Aucune goutte de sang bleu ne coulait dans ses veines. Maxime Labrousse disait que le nom Baratier venait de « baratte », un outil qui permet de transformer la crème de lait en beurre. Il disait aussi en riant : « Baratier, l'homme qui fait son beurre. Baratier et Labrousse, on devrait être copains, les produits laitiers sont des amis pour la vie. »

La distinction des Baratier ne venait pourtant pas du beurre mais du bois. À la fin du XIXe siècle, un ancêtre avait développé une scierie dans les Vosges. L'homme était travailleur, autoritaire, dur au mal, pour lui comme pour les autres. La fortune des Baratier avait crû au rythme de la déforestation. Ses successeurs avaient su développer la filière. Les autres avaient fait des études. Les Baratier s'étaient toujours bien mariés, rarement par amour. Les unions répondaient à des priorités sociales et économiques. Aujourd'hui, l'ambition était ancrée dans les gènes. Les rejetons naissaient nombreux et partaient à l'assaut du pouvoir partout où il se trouvait, dans les conseils d'administration, les organismes d'État, les partis politiques, les clubs de golf, les ministères, les conseils municipaux. Partout où il fallait un chef et où rôdait un Baratier, l'affaire était faite. Ils n'étaient pas tous particulièrement brillants ni compétents, mais ils avaient un but obsessionnel, étaient génétiquement programmés pour cela, et en général l'acharnement suffisait à l'atteindre. Le Baratier était une plante grimpante.

Baratier considérait que Buscarons était sans distinction, mais il lui reconnaissait l'instinct du programme. Il jugeait normal qu'un homme qui n'a que la télévision pour culture et qui sort de la masse sache ce qu'il faut donner aux siens. D'une façon générale, Baratier ne méprisait rien tant que les téléspectateurs. Il ne comprenait pas que l'on passe son temps à regarder les inepties que sa chaîne diffusait. C'étaient des veaux nourris à la tétine de la publicité, des cerveaux en jachère. La vulgarité de Buscarons était donc aux yeux du président Baratier la preuve de l'adéquation entre le concepteur et le produit. Le président surprotégeait sa poule aux œufs d'or, mais n'en appréciait que la ponte.

Les cadres les plus influents avaient tenté, en vain, d'affaiblir la position de Buscarons dans le système Baratier. Cependant, en dépit de la violence de leur cabale, la force des audiences les avait contenus en troisième ligne. Carlos avait humilié les quelques jeunes loups sortis d'écoles de commerce. Maintenant, la meute suivait le cercueil l'œil brillant en se léchant les babines.

Albin Jacoberger défilait en tête des cadres de l'administration. Le directeur financier du groupe avait un visage hâve, un front barré par une énorme paire de sourcils noirs, une bouche étroite surlignée par des lèvres aussi fines qu'un trait de crayon. Il semblait s'être échappé d'un film de Tim Burton.

Les derniers temps, l'influence de Buscarons avait baissé. La chaîne commençait à rencontrer de lourdes difficultés. Le monde bougeait. La crise économique, la foire d'empoigne des marchés boursiers avaient des conséquences brutales sur la santé des médias. La concurrence s'était multipliée. L'armée de chaînes naines, nées sur les nouveaux réseaux, menait une guérilla de harcèlement. Précaires mais mobiles, elles détournaient l'audience des chaînes historiques, assoupies dans leurs routines. De leurs courtes dents, elles les grignotaient comme des piranhas déchiquettent un gnou pendant la traversée du fleuve.

Les mastodontes étaient pris dans une spirale mortelle. Les annonceurs diminuaient leurs budgets de communication. Les recettes publicitaires chutaient. Après des décennies d'Eldorado, d'enrichissements fulgurants, le business de la télévision commençait à souffrir.

Pour sauvegarder les bilans de fin d'année, la direction financière serrait les boulons. L'entreprise était dans la spirale du déclin. La baisse des investissements dans les émissions avait des conséquences sur la qualité de l'offre, ce qui avait des conséquences sur les audiences. Les recettes publicitaires baissaient encore et les gestionnaires préconisaient une nouvelle baisse des investissements. Chacun rejetait la faute sur l'autre. Les affrontements entre les hommes en costume gris et les équipes de Buscarons se multipliaient.

Néanmoins, pour des raisons confuses, peut-être par simple prudence, Albin Jacoberger ménageait le directeur de l'antenne. Même s'il souhaitait affaiblir son autorité, voire prendre le pouvoir, les deux hommes semblaient toujours vouloir marcher côte à côte. Depuis presque une décennie, le couple improbable tenait bon.

En dépit de cette apparente unité, le climat était à l'inquiétude, tendu, inflammable. Ce métier voyait arriver le temps des vaches maigres. Les scénaristes, les comédiens, les réalisateurs, les producteurs, la masse des techniciens spécialisés sentaient la menace. Toute la vie de cette fragile communauté dépendait de la santé de l'économie, mais aussi, en grande partie, de l'efficacité et de l'humeur d'une poignée de cadres plus ou moins compétents. Cette angoisse de l'avenir justifiait les réactions, parfois extrêmes, aux changements de dirigeants.

Dès l'annonce de la mort de Carlos, la presse avait avancé des noms de remplaçants. Des journalistes vedettes ou des dirigeants d'autres chaînes étaient donnés favoris. D'autres candidats moins célèbres cherchaient aussi à se distinguer.

Aujourd'hui, ils sont tous là. Ils se pressent pour être vus de Baratier. Le président serre quelques mains en regardant ailleurs, puis il aperçoit Martha Kiss et Maxime Labrousse. Il fend brutalement le cercle des génuflecteurs et avance vers eux. Il bouscule l'attaché de presse, d'un coup d'épaule agacé, pour l'éloigner. Il serre la main de Martha, se penche vers elle et lui murmure quelques mots rapides à l'oreille. Elle a l'air surprise, mais acquiesce. Labrousse a tout vu mais n'a rien entendu. Il est fébrile, le cerveau en désordre, pris entre l'humiliation du coup d'épaule, l'excitation des secrets qui se chuchotent et l'émotion provoquée par l'invitation de Martha à déjeuner.

Le fourgon s'ébranle. Le cortège se forme puis parcourt en silence, au pas, les allées du cimetière. Seules les rumeurs de la ville se mélangent au frottement des centaines de semelles sur la chaussée. La profession, tête basse, marche au pas derrière le corps de Carlos Buscarons.

En première ligne, la femme imposante et l'homme fluet ne versent pas une larme. Juste derrière eux, les hiérarques de l'administration, par mimétisme, semblent d'aussi mauvaise humeur que le président. Ensuite, arrivent les stars de la chaîne, la plupart cachés derrière de grosses lunettes noires pour manifester leur tristesse.

Le corbillard s'arrête à l'angle d'un caveau ouvert. Le cercueil est posé sur des tréteaux. Le cercle se forme. Le maître de cérémonie passe la parole à un chauve rubicond. Il doit appartenir à un cercle extraprofessionnel fréquenté par le défunt. La famille n'a pas souhaité prendre la parole. Carlos était hermétique à toute religion. C'est cet homme sorti de nulle part qui fait l'éloge funèbre. Un trop long discours ampoulé, lardé de citations, sans émotion ni sincérité, la double peine pour le défunt. L'orateur manque visiblement d'éléments biographiques. Buscarons ne parlait jamais de ses vies précédentes. Avec un ton de prédicateur inspiré, l'homme rappelle l'enfance marseillaise, une mère arménienne. Il se lance dans une citation de Giono, un extrait des *Âmes fortes*, avec une tentative malheureuse d'y joindre une pointe d'accent. Il décrit la magnifique carrière, les talents exceptionnels de l'homme de télévision, sa force de travail, l'énergie qu'il a consommée, jusqu'à l'épuisement. Avec des intonations théâtrales, l'orateur cabotine. Il abuse de la patience du défunt et de la passivité d'un public captif pour déclamer un monologue qui en dit davantage sur lui que sur le mort.

L'imprévisible Carlos Buscarons méritait autre chose.

Labrousse s'est glissé dans le cercle serré pour se coller contre Martha. Il est conquis par cette femme qui dégage un taux de phéromones aux limites de la dose létale.

Il s'aperçoit que la tombe de Buscarons est voisine de celle de Gaston Cony, un marionnettiste français qui fit la gloire de Guignol. L'épitaphe est troublante d'actualité : «*Les guignols sont des philosophes, les plus terribles catastrophes n'ont jamais éteint leur gaîté. Ils restent dans cette atmosphère lorsque nous les quittons pour faire le grand saut dans l'éternité.*»

Le tribun rubicond, professionnel des cimetières, termine son discours en parlant de «la pièce d'à côté», une citation incontournable dans tout bon enterrement, il attribue la phrase à Paul Valéry, dépossédant ainsi Charles Péguy, qui lui-même semblait l'avoir empruntée à saint Augustin. Avec un sourire grave et satisfait, il regarde l'assistance en quête d'applaudissements qui par bonheur ne viennent pas.

Puis l'homme en gris qui dirige les opérations passe la parole à Manon Clémenti, une jeune comédienne qui joue un rôle de légiste dans une série phare de la chaîne. Quelques années auparavant, elle a été l'unique et fugace épouse de Carlos. Sa carrière à la télévision a démarré à ce moment-là. Quand elle s'avance vers le micro, une enveloppe kraft à la main, Labrousse remarque que la forte femme, qui doit avoir un lien familial avec le défunt, a levé la tête. La matrone fixe la frêle comédienne avec mépris. Le visage de Manon Clémenti est bouffi par la fatigue et les larmes. Elle explique en reniflant qu'il y a six ans, une nuit fébrile, Carlos a rédigé sur un coin de table cette lettre. Il lui a demandé de la lire s'il venait à mourir avant elle. La différence d'âge pouvait justifier la précaution.

Martha sent intuitivement que cette lecture imprévue peut transgresser le rite funéraire. La désespérée décachette le courrier devant l'assistance. En voyant l'écriture à l'encre bleue de son ex-mari, elle se remet à pleurer.

En sanglotant, elle lit le texte face à une assemblée qui, devant son chagrin, devient plus attentive et laisse enfin filtrer un soupçon d'émotion sincère.

« Mesdames, Messieurs, mes amours, mes amis et les autres, merci d'être venus, je connais la complexité de vos agendas. J'écris ce texte alors que je suis vivant, un peu ivre alors pardonnez la syntaxe aléatoire. Je remercie Manon de vous faire cette lecture. J'en profite pour lui dire qu'à la minute où j'écris ces mots, je l'aime. Je t'aime. »

Dans un silence, évidemment de mort, Manon pleure, s'enfouit le visage dans les mains, derrière les feuilles du discours. Ses épaules montent et descendent. Ceux qui sont placés derrière elle craignent de la voir chuter de l'estrade, mais elle tient bon. Au bout d'une minute, elle relève la tête, le nez et les joues barbouillés d'encre bleue, défroisse les feuilles, reprend la lecture :

« Alors ça y est, je suis mort. Je suis mort. On va m'enterrer. Je suis là, devant vous, allongé, raide, dans cette caisse de bois vernis ouvragée ridicule avec ses poignées dorées, qui ressemble à un meuble de la rue du Faubourg-Saint-Antoine, posée sur des tréteaux, encadrée par ces quatre costauds en gris qui pensent qu'ils ont pris du retard. Ils en ont encore deux à mettre sous terre avant la fin de la journée.

« Il pleut, il fait toujours un temps pourri dans les cimetières. Chaque fois que je suis venu enterrer quelqu'un, il pleuvait. Chaque fois j'ai pensé que le jour où ce sera mon tour, il pleuvra, et vous serez tous obligés de patauger dans les flaques d'eau avec des chaussures neuves.

« Vous aussi, vous imaginez-vous le moment où vous serez dans cette boîte ? La peau du visage parcheminée sur un coussin de satin blanc ? Moi j'y pense depuis que je suis en âge de réfléchir. Cette idée me faisait grelotter de peur dans mon lit d'enfant. J'ai toujours vécu avec l'obsession de ce rendez-vous sans annulation possible. Un jour, c'est sûr, on sera couché mort, froid, jaune, mauve et noir. Plus rien. Un lundi du mois d'avril ? Un samedi du mois de novembre ? Un jour de grève ou de Gay Pride ? Aujourd'hui, vous avez ma réponse comme d'autres auront la vôtre.

«Moi, quand la question me prend le soir et que je ne peux plus dormir, j'allume des lumières, je mets de la musique à fond, je sors dans la rue, je mange, je bois, je fais l'amour.

«Les enterrements m'ont toujours fait penser plus à moi qu'au mort. J'en avais un peu honte. Assez peu, je dois l'avouer... Je savais que moi aussi j'allais y passer. On se succède à toute vitesse.

«Ce soir, vous regarderez la télévision, vous vous glisserez sous vos couettes, et moi je commencerai à pourrir dans la nuit et le froid glacé de mon puits de béton.

«Je ne me fais aucune illusion sur la suite, quand on meurt, on meurt partout, sur terre, au ciel, dans la mémoire des autres, sur Internet, dans les agendas téléphoniques, sur tous les carnets de rendez-vous, dans les registres, sur les fichiers, et plus personne ne vous aime. On s'aime parce qu'on se fait du bien. Nous nous réchauffons les uns contre les autres. Moi maintenant je suis froid. Je pue pire que la merde. Je ne suis plus fréquentable. Moi, il est froid. Moi, il est mort. Moi, il n'existe plus. Alors autant penser à autre chose. D'ailleurs, je n'aimais pas penser aux morts, leur solitude éternelle me fout le bourdon. Même mort, là devant vous, je sais que j'ai encore peur et que vous allez me laisser pour passer à autre chose.»

De grosses larmes bleues Waterman roulent sur les joues de Manon. Martha Kiss pleure aussi. C'est bien du Carlos. Il est là, inattendu, fragile, mais théâtral. Il en fait trop, il se moque des autres, de lui. Il met en scène sa propre mort. Il casse les règles. C'est l'école de la télé-réalité. Elle fond de tendresse pour celui qui lui a appris son métier pendant toutes ces années passées à ses côtés. Il lui a tenu chaud. Jamais il n'a évoqué avec elle cette peur panique de la mort que pourtant, elle aussi partage. Elle le regrette.

La comédienne termine par ces dernières phrases de Carlos qui jettent la confusion :

«Aussi, pour éviter le froid, la pourriture, les asticots, les mauvaises odeurs, le trou obscur en béton, je ne veux pas être

enterré, je veux être incinéré. Il paraît qu'il ne faut pas dire incinération, c'est réservé aux détritus. Je veux une crémation, j'ai envie de retrouver la chaleur d'un ventre. Je veux ensuite que mes cendres soient mises dans les fissures des racines d'un très vieil olivier. Je veux devenir un arbre. »

La lectrice s'effondre et reprend sa place dans la foule. Le maître de cérémonie fixe la famille. Il avance la tête en écarquillant les yeux. Les pompes funèbres et la femme aux larges épaules engagent un long palabre, ils parlent à voix basse en gesticulant. Pendant ce temps, les autres participants s'éparpillent en petits groupes qui chuchotent. Le président Baratier s'impatiente, la bouche crispée en cul-de-poule. De son côté, le chauve rubicond se tient en alerte, le menton en avant, au cas où il lui faudrait prononcer un nouveau discours.

Finalement, le chef des croque-morts tend un micro au petit homme jaune coing à la veste rétro qui le saisit à deux mains pour contenir son tremblement. Il déclare avec un accent marseillais et dans un français approximatif qui atténuent la gravité de la situation :

— Mesdames et messieurs bonjour, je vous parle au nom de Rose Muguet Dertavidian, ici présente, qui est la demi-sœur de Charles Buscarons. Celui-ci ne lui a jamais dit, à elle ni à sa mère, qu'il voulait avoir une crémation sinon elles l'auraient fait, mais là on est tous bien embêtés... donc avec les gens des pompes funèbres Rose a décidé de le mettre dans ce caveau en attendant de le faire brûler. À la décharge de la famille, il faut vous dire que Charles Buscarons est un garçon un peu compliqué. Il ne voulait pas être enterré à Marseille alors il a acheté deux concessions : une ici, dans ce cimetière à Paris. Il a dit : « C'est le plus haut de Paris et je serai au bon air. » Charles avait toujours le mot pour rire, mais il a acheté une autre tombe à Montauban où son père est enterré. Il avait dit qu'avant sa mort, il déciderait s'il veut aller à la ville ou à la campagne, mais jamais il n'a parlé d'être « crémationné ». En tout cas pas à nous.

Il regarde toute l'assistance, de droite à gauche et de gauche à droite, en hochant la tête pour bien signifier que sa volumineuse voisine et lui sont pris de court par un souhait exprimé aussi tardivement. Puis il répète :

— À nous, il a rien dit.

Et il conclut :

— Rose Muguet Dertavidian et moi on vous remercie tous d'être venus et on vous dira pour la suite comment on va faire pour régler ce problème… donc à bientôt et merci d'être venus pour cet enterrement. Vous êtes très nombreux. Carlos avait vraiment beaucoup d'amis.

Soulagé d'avoir surmonté cette épreuve inattendue, il tend le micro à la demi-sœur de Buscarons, qui le passe à son plus proche voisin, qui cherche lui aussi à qui le donner.

Les hommes en gris ont chargé le cercueil sur l'épaule pour le conduire au bord du caveau. La majorité des participants, convaincue qu'il y aura un nouveau rebondissement, se dirige mollement vers la sortie. Martha attend que le cercueil soit déposé au fond du trou puis se dirige vers la grille. Labrousse l'y attend. Elle lui confie les clés de sa voiture.

— Maxime, je suis désolée, je ne peux pas déjeuner avec vous, mais pouvez-vous prendre ma voiture pour la conduire au garage de la chaîne ?

Maxime accepte. Il monte dans la Smart de Martha, mais ne démarre pas. Il veut savoir avec qui elle va partir. Après un long moment, à bout de patience, il retourne dans le cimetière. Que fait-elle ? Il comprend alors qu'elle est sortie discrètement par une porte dérobée qui donne sur une petite rue derrière le mur du fond.

À ce moment-là, le ciel noir s'effondre sur Paris. Le cimetière de Belleville ruisselle d'énormes gouttes tièdes et nourrissantes comme du sérum physiologique. L'orage d'été est simplement en retard sur les prédictions de Carlos Buscarons qui, contre son gré, est maintenant allongé dans l'humidité et la nuit d'un puits de béton.

*

Martha a attendu que le cimetière se vide, que son émotion s'atténue. Elle a volé une rose sur la tombe d'à côté et l'a jetée sur le cercueil au fond du trou. Elle est ressortie discrètement par une porte dérobée pour rejoindre la ruelle où la berline du président Baratier est à l'arrêt. D'un geste sec du poignet, il lui fait signe de monter à côté de lui. L'arrière de la voiture a des allures de clapier. Le papier froissé remplace le foin. Elle pousse une pile de dossiers, un sac en plastique blanc plein de médicaments, deux bouteilles d'eau minérale en plastique, vides, pour s'asseoir. Dans son sac, le portable vibre de désespoir. C'est Joseph qui cherche à la joindre. Sans hésitation, elle met le téléphone hors service.

*

Au journal, Joseph Dreyer a un bureau qui vaut bien la voiture de Baratier. Les visiteurs s'attendent à trouver le directeur d'un des plus importants magazines nationaux dans une pièce immense, avec au centre un bureau en verre sur lequel il aurait placé la photo d'une épouse souriante entourée d'enfants parfaits. Les murs devraient être tapissés d'étagères chargées de centaines de livres, de souvenirs glorieux, de récompenses professionnelles, de clichés où on le verrait à côté de tous les présidents de la République, en train de serrer la main de Barack Obama en short aux Bahamas.

Pas du tout. Le bureau de Dreyer est un bouge qui sent le moisi, tapissé d'une moquette devenue le paradis des acariens qui ont survécu aux jets de café brûlant. Le bureau croule sous les vieux journaux. La pièce ne compte que deux chaises, une pour les fesses, une pour les pieds. Aucun signe de vie privée — ici Dreyer ne reçoit personne. Il écrit. Il téléphone. Il se repose. Il lui arrive aussi de s'installer dans le bureau de sa secrétaire, face à elle, sur le siège visiteurs, pour passer les coups de fil dont il veut qu'elle soit informée ou préparer des dossiers en commun. Pour les affaires plus collectives, il se rend dans une immense pièce vitrée qui sert de salle de conférences.

Il est en train de terminer une conversation avec un des conseillers du ministre de l'Intérieur qui lui demandait un service. Dreyer a été évasif, mais il en a profité pour le questionner sur l'avancement de l'enquête autour des circonstances de la mort de Buscarons.

Il est sans nouvelles de Martha. Les obsèques doivent être terminées depuis longtemps. L'inquiétude monte. Il cherche à nouveau à la joindre. En vain. Il envoie par texto une rafale de points d'interrogation : « Comment tu vas ? Ça s'est passé comment ? » Il sait qu'elle a très peu dormi et devine son épuisement et son chagrin. Avec qui a-t-elle quitté le cimetière ?

Jusqu'à leur rencontre, il a toujours vécu dans un monde amoureux dépourvu de soupçons. Excès de confiance ou manque d'intérêt ? Quelles que soient les raisons, les possibles infidélités de ses compagnes du moment ne le préoccupaient pas. Il n'a ressenti le goût aigrelet de la jalousie que lors des silences de Martha. Il est furieux d'être agité par des sentiments mesquins.

Martha est libre et énigmatique. Elle est aussi mystérieuse que la cicatrice qu'elle a sur le sein gauche. Il l'a sentie sous ses doigts puis il l'a vue, une sorte de petit lézard blanc accroché à côté du mamelon. Il a pensé à une intervention chirurgicale, à une tumeur. Il a posé la question. Elle a répondu qu'elle n'avait pas envie d'en parler. L'explication est venue par éclats comme une mosaïque mise au jour par des archéologues. Elle a parlé par bribes. Pour elle, cette période de sa vie n'a jamais existé. Il a reconstitué, indice après indice, des événements qui se sont déroulés il y a près de quinze ans.

Le père de Martha est un musicien hongrois qui a fui son pays en mille neuf cent cinquante-six après l'entrée des mille chars russes dans les rues de Budapest. Martha vénère le vieil homme. Elle lui téléphone tous les jours. Elle n'a jamais parlé à Dreyer de sa mère française. Il suppose qu'elle est morte il y a longtemps. Il ne comprend pas ce silence.

Parfois Joseph, le fils de Martha, va passer des week-ends chez son grand-père. Du haut de ses soixante-dix-huit ans et de sa longue silhouette aristocratique, Jozsef Kiss est resté drôle et tendre. Il s'est mis en tête de faire de son petit-fils un pianiste virtuose. Après une grande période Liszt, ils travaillent intensivement Chopin, les deux génies les plus remarquables, de l'avis du vieux monsieur Kiss. Selon Martha, son fils révèle des aptitudes et un remarquable sens musical. Il aime travailler le piano. Jozsef est le magicien qui a su ouvrir cet univers à l'enfant et susciter de la gourmandise pour la musique. Récemment, il a conduit Joseph devant la maison, au numéro douze de la place Vendôme, là où Chopin est mort de tuberculose. Pendant la promenade, Jozsef lui a raconté la courte existence du pianiste avec une multitude d'anecdotes qui ont redonné vie au musicien dans l'imagination de son petit-fils.

Une des plus grandes joies de l'enfant est de jouer pour sa mère.

Martha est née et a grandi en France, à Paris. C'était une élève brillante et une enfant appliquée et travailleuse. Elle terminait sa dernière année à l'École normale supérieure quand, lors d'une soirée, elle a rencontré un jeune homme, Franck Lovino, chanteur et guitariste d'un groupe qui commençait à tutoyer le succès. Il l'a accrochée en lui expliquant que Kiss était aussi le nom de son groupe fétiche, les rois du hard rock, tendance glam metal. Il s'est roulé à ses pieds en lui chantant «*I Was Made For Loving You*». Joseph Dreyer a compris que Martha et son musicien avaient alors vécu une histoire d'amour délétère.

Dès le début de sa liaison avec Franck Lovino, Martha a voulu partager chaque instant de la vie de cet homme qui la fascinait. En plus de ses obligations professionnelles, elle s'est occupée de la gestion du groupe, de la rédaction des contrats, de l'organisation des concerts.

Un matin, rayonnante, elle avait annoncé à Franck et à son père qu'elle était enceinte. En contrepartie à ce bonheur, elle avait dû renoncer à suivre son compagnon dans les tournées. Et peu de temps avant la naissance de Joseph, un journal avait publié les photos des incartades sexuelles répétées de Lovino.

Les relations du couple se sont alors dégradées. L'énergie de la passion s'est transformée en haine virulente. Après la naissance de son fils, Martha a été victime à plusieurs reprises de violences sur sa personne, jusqu'à ce coup de couteau qui a raté son cœur, mais lui a entaillé le sein.

Joseph se souvenait vaguement de ce fait divers. Il a fait des recherches dans les archives de la presse. Il y a lu que Lovino avait été condamné à de la prison avec sursis, et que sa carrière s'était arrêtée là. Par la suite, le chanteur s'était dissous dans la marginalité. Jusqu'au jour où il était réapparu dans la vie de Martha pour lui demander une aide financière. Elle avait refusé, il était à nouveau devenu menaçant. La police était intervenue.

Aujourd'hui, ni Joseph ni Martha ne prononcent son nom, et ils n'évoquent jamais son existence. Elle vit dans la crainte qu'il puisse un jour réémerger. La méfiance animale de Martha à l'égard des hommes est une séquelle de ces heures sordides. Elle a vécu la mutation de l'or en plomb.

Martha n'a jamais parlé des quelques années qui ont succédé à sa période d'égarement avec Lovino. Quand Joseph lui a demandé comment étaient ses nuits après, elle a répondu avec douceur qu'elles étaient plus longues et plus reposantes que maintenant.

C'est un soir au cours d'un dîner auquel il n'aurait pas dû participer qu'il a croisé un homme, un médecin mondain, qui prétendait avoir fréquenté Martha dans cette période d'ombre entre les années Lovino et leur rencontre. Joseph l'a poussé à parler. Le bavard ne pouvait deviner les liens qui existaient entre Martha et son interlocuteur. Selon lui, après une très longue période de repli affectif et d'abstinence, Martha avait cédé compulsivement à une sexualité prédatrice. Mère irréprochable, collaboratrice exemplaire le jour, Martha sortait, certains soirs, avec l'intention d'aller au bout de ses désirs avec des partenaires de hasard. Sa beauté lui permettait de choisir. Avec un sourire égrillard et un geste obscène de la main, l'homme a laissé entendre que lui-même en avait bénéficié dans l'obscurité des toilettes d'un night-club.

Dreyer aurait pu égorger le vantard graveleux. Dans les heures qui ont suivi, il a pris et abandonné cent fois la décision de ne plus revoir Martha. Il lui reconnaissait le droit d'avoir eu une vie avant lui, mais celle-là ouvrait un gouffre dans lequel il ne voulait pas tomber. Après une nuit sans sommeil, il l'a appelée. À sa voix blanche, Martha a compris qu'il allait très mal. Ils se sont retrouvés sur le radeau en fin de journée, et Joseph a relaté la rencontre et l'histoire en estompant les détails infâmes. Martha a souri tendrement. Elle lui a affirmé que tout ça était un sac de ragots immondes. Dans son milieu professionnel, une femme encore jeune, célibataire, était invariablement une libertine, pour ne pas dire une fieffée salope. Elle n'échappait ni aux médisances ni aux fantasmes des hommes.

Elle voulait être doucement persuasive. Cependant, les mots n'ont pas colmaté toutes les fissures du doute. La passion ne tolère pas le moindre espace. Joseph a découvert la vulnérabilité et la solitude qui accompagnent la peur d'être trahi. Pour y mettre un terme, il s'efforçait de ne pas oublier qu'il y a aussi du plaisir à dormir seul.

En attendant de pouvoir la joindre, il appelle deux journalistes de son équipe pour faire un point. Dans la salle de conférences, il retrouve Arnaud Lebel, un quadragénaire dégarni au visage déjà bouffi par l'alcool, et Sylvie Lourmet, une jeune femme aux allures d'institutrice du Nord. Spécialistes de la rubrique médias, tous deux ont des réflexes d'enquêteurs. Joseph apprécie leur compétence. Il a de l'amitié pour Lebel qui, sous un langage fleuri et des mots vulgaires, dissimule des qualités intellectuelles et un talent d'écriture rares. Il préfère aborder l'affaire Buscarons sous l'angle « médias », quitte, plus tard, à approfondir leur enquête avec le soutien d'un expert des faits divers.

Ses deux collaborateurs sont déjà installés avec une bouteille d'eau minérale, des gobelets en plastique et des feuilles de notes devant eux.

Sans préambule, Dreyer interroge :

— Vous avez des éléments sur Buscarons ?

Lebel ouvre la bouche, mais c'est la jeune femme qui parle en premier :

— Je reviens de l'enterrement, tout le monde continue à parler d'accident, et la police se tait. Il y a eu des fuites chez le légiste. Il raconte que Buscarons a atterri sur le dos, le visage n'a pas trop souffert de la chute, cependant, il aurait des traces sur le nez et sur l'œil qui donnent à penser qu'il a reçu des coups avant de tomber, mais il est difficile d'être affirmatif.

Son coéquipier enchaîne :

— Il avait dans le sang une soupe d'alcool et de tranquillisants.

Dreyer leur communique l'information officieuse en provenance du ministère de l'Intérieur qui considère que toutes les hypothèses doivent être examinées. Buscarons s'est peut-être suicidé. Il a aussi pu être victime d'un accident ou même d'un assassinat. Il demande à ses collaborateurs de préparer une accroche en une du journal sur le mystère de cette mort. Ils doivent aussi rédiger un article sur les interrogations de la police. Leur papier sera accompagné d'une biographie de Charles Buscarons, dit Carlos.

Arnaud Lebel gouaille :

— Il a une réputation super chaude, Buscarons, partouzes, dope… Il paraît que c'était un gros fêtard… Fallait pas lui en promettre.

Dreyer le coupe :

— C'est donc bien une affaire pour vous, non ?

L'institutrice se met à glousser pendant que Dreyer repart dans son placard directorial et tente, à nouveau, en vain, de joindre Martha.

*

Le président Baratier voulait que personne ne soit informé de cette rencontre, même pas son assistante qui habituellement réservait les restaurants pour lui — il ne savait donc pas où aller déjeuner. Les salons privés des restaurants gastronomiques ne donnent pas, à ses yeux, de garanties suffisantes de discrétion. Il n'était pas imaginable, non plus, d'inviter cette femme à déjeuner chez lui. Une salariée ne doit jamais voir les tableaux sur les murs. Il a donc demandé à son chauffeur quel était son restaurant préféré. Et c'est là, à L'Empereur du couscous, Plaine-Saint-Denis, dans une salle grande comme un hangar d'aviation, que Martha et son président déjeunent en tête à tête.

C'est la pire des imprudences, car Jean-René Baratier ne sait pas que L'Empereur du couscous est aussi la gargote préférée des techniciens qui travaillent sur les nombreux plateaux de télévision situés dans la zone. La salle en est pleine. Mais il est impensable que le petit homme sec, cravaté, aux cheveux en brosse, les yeux équipés de culs-de-bouteille, qui est attablé avec cette femme séduisante soit le président Baratier. Les types ricanent devant la ressemblance puis passent à autre chose.

Baratier a demandé du poisson cru accompagné de riz et la carte des vins, mais il n'y avait pas le choix, c'était couscous et vin en carafe ou rien. Tous deux ont donc commandé une assiette de couscous royal avec son bouillon. Dans le vacarme du restaurant, devant une assiette aussi grande qu'une roue de Vespa, Baratier, en forçant la voix, débite une tirade introductive :

— Chère madame Kiss, merci d'avoir accepté ce déjeuner impromptu dans cet endroit pittoresque.

Il lève les yeux au ciel pour manifester le cocasse de la situation.

— La chaîne vient de perdre un homme essentiel. Charles Buscarons était un programmateur exceptionnel et nous savons tous ce que nous lui devons. Vous êtes sa plus proche collaboratrice et je sais que vous aussi l'appréciiez.

Baratier s'interrompt pour goûter le rouge carafe de la maison. Il en boit une gorgée, cligne ses yeux d'hippopotame prêt à charger derrière ses grosses lunettes de myope, pince à nouveau sa bouche étroite, s'essuie avec la serviette en papier. Il estime que l'éloge du défunt est suffisant. Il passe à l'essentiel :

— Cette affaire, si elle est mal traitée, peut coûter cher à l'entreprise. La période est mauvaise. Les audiences ne sont pas très bonnes. C'est le pire moment de la saison, car les annonceurs publicitaires n'ont pas encore confirmé leurs investissements. Nous devons les rassurer immédiatement. Il nous faut donc remplacer Buscarons sans perdre de temps… Mais vous, comment voyez-vous la manœuvre ?

Baratier a pris goût au couscous, à peine sa phrase terminée, il enfourne une boulette dans sa bouche.

Martha cherche ses mots :

— C'est difficile, monsieur le président, d'imaginer au pied levé le remplacement de Carlos, sa personnalité est tellement fusionnelle avec celle de la chaîne que je ne crois pas qu'il soit aujourd'hui envisageable de recruter un talent extérieur, c'est parmi nous que nous devons trouver le successeur… Ou peut-être faut-il revoir l'organisation et remplacer Carlos par une équipe ?

Baratier s'énerve, dresse sa main qui tient la cuillère en position de sceptre :

— Je ne déjeune pas avec vous pour que vous me sortiez des phrases toutes faites, ni pour entendre des foutaises sur le travail en équipe. Buscarons travaillait en bonne intelligence avec Albin Jacoberger, le directeur financier, et s'appuyait sur vous pour la responsabilité éditoriale de l'antenne. Je pense que les contenus sont les plus urgents, alors vous sentez-vous aujourd'hui les épaules pour remplacer Buscarons ?

Martha regarde Baratier qui engouffre une louchée de graine de semoule.

— C'est sérieux, monsieur le président, c'est une vraie question ?

Il répond sèchement, agacé :

— Donnez-moi une réponse simple et intelligente… Si possible.

La claque libère Martha qui, plus combative, réplique :

— C'est vrai, je bosse à côté de Carlos depuis sept ans, il m'a appris l'essentiel, je connais les dossiers et je suis même à l'origine de quelques succès. J'adore mon métier. Depuis une semaine, c'est la panique, car nous sommes en plein mercato. Vous avez raison, il faut prendre des décisions rapides, j'ai suivi les négociations avec les principaux animateurs et les gros fournisseurs, et je peux avancer sans perdre de temps.

Silence. Baratier broute sa semoule et attend.

— Je crois que je connais les points forts et les points faibles des dossiers. Je dois aussi vous dire que je n'étais pas en total accord avec Carlos sur tous ses choix pour la constitution de la grille de septembre. Je ne la trouve pas assez offensive et innovante. La concurrence des chaînes thématiques nécessite un renouvellement en profondeur.

Elle laisse un blanc. Baratier, immobile, la fixe toujours à travers ses hublots. Il a un grain de couscous collé au menton.

— Et, pour être tout à fait claire, je précise que quand vous m'avez invitée à déjeuner j'ai pensé que vous me proposeriez le poste.

— Chère madame Kiss, ne vous excitez pas, la décision n'est pas prise, ce n'est qu'une discussion exploratoire.

Il la regarde avec un sourire fugace, comme un spasme des lèvres, et garde le silence quelques secondes. Le doigt en avant et les yeux dans les yeux, il assène :

— Est-ce que vous vous sentez capable d'affronter tous les conflits ? Les ego hypertrophiques ? les chantages ? les menaces ? la presse qui vous vomit dessus, les jalousies et les manœuvres dégueulasses ? Vous êtes capable, après un week-end dans une villa en Corse ou sur un yacht, de refuser un marché à son propriétaire… ? Est-ce que les comédiens beaux comme des dieux vous rendent idiote ? Et les hommes politiques, est-ce que vous les craignez ? Hein ? En bref, si vous me permettez le mot, avez-vous les couilles pour affronter ça ?

— Je n'ai pas de testicules, monsieur le président, et je ne le regrette pas quand je vois ce que certains en font. Pour le reste, je ne me sens pas particulièrement inquiète.

— Je vous trouve un peu trop sûre de vous, mais parlez-moi de vos désaccords avec Carlos… Êtes-vous d'accord avec ceux qui disent que depuis quelque temps, il n'était plus au meilleur niveau ? On me répétait qu'il n'allait pas bien et qu'il était en perte de vitesse.

— Ceux qui disent ça ne lui arrivent pas à la cheville. Carlos était toujours au plus haut et le meilleur.

— Donc il est logique d'en déduire qu'avec vous on va repartir de plus bas ?

Et sans attendre la réponse, il se sert un verre d'eau et attaque sa paire de merguez.

*

Labrousse gare la Smart à l'intérieur du parc de stationnement réservé aux cadres, mais dans un coin sombre et étroit qui ne peut accueillir que des deux-roues ou une minuscule voiture. Labrousse a entendu sa patronne se plaindre de cette situation.

Ces immenses garages en béton qui plongent sur plusieurs niveaux sous terre effraient Martha. Elle a remarqué qu'à cette place, le véhicule échappe à la surveillance vidéo des gardiens. La caméra filme l'axe principal de circulation. Les voitures au bout du garage apparaissent dans leur totalité, mais celles qui sont proches de la caméra sont à moitié coupées et la sienne est dans un angle mort, invisible aux regards des vigiles. Elle a affronté la violence dans sa vie de couple. Elle en conserve une fragilité et la peur viscérale de la brutalité aveugle des hommes. Dans ces endroits obscurs, vides, loin de toute protection, ses angoisses remontent. Elle se sent vulnérable, à la merci de tous leurs dérèglements. Elle a toujours dans son sac un pulvérisateur de gaz lacrymogène. L'objet la rassure un peu.

Maxime s'attarde dans la voiture. Il a l'impression troublante d'être dans l'intimité de Martha. Tout a son odeur. Derrière le fauteuil, il voit un sac de sport qu'il ouvre sans aucun scrupule. Il contient un bas de survêt, des chaussures dorées, des chaussettes, plusieurs tee-shirts roulés en boule. Il en sort un. Malgré la finesse et la légèreté du tissu de coton, il est imprégné des effluves de parfum qu'a laissés la peau de Martha. Il éprouve une sensation de chaleur immédiate. Il met le vêtement dans la poche de sa veste. Prise de guerre. Ensuite, il feuillette des pages qu'elle a arrachées à des magazines pour retenir quelques bonnes adresses. Le plancher de la place passager est occupé par une paire de rollers appartenant certainement à son fils. La radio est réglée sur une station d'information continue. Elle a dû suivre, heure par heure, les commentaires sur la mort de Carlos. Il abaisse le pare-soleil et trouve un Post-it vert pomme avec écrit : «Je t'aime», signé : «Joseph». Il se rappelle, soulagé, que c'est le prénom de son gamin. Aucune trace d'homme dans la vie de Martha, ce vide lui laisse un espoir. Il sort et claque trop fort la portière.

Il rejoint l'escalier et monte à grandes enjambées dans le bureau paysager qu'il partage avec les quatre autres jeunes attachées de presse. Il est le seul garçon. Pendant quelques semaines, Labrousse a aimé cette promiscuité, surtout quand ses collègues ont oublié qu'il était là. Au début de cette cohabitation, il a même cherché à se faire discret pour libérer leurs confidences. Rapidement, elles se sont habituées à sa présence inerte et ont parlé et agi sans retenue. Dans un premier temps, la situation l'a beaucoup amusé, puis il a commencé à se sentir outragé par une telle négation de sa virilité, voire de son existence. Désormais elles racontent avec une totale impudeur leurs secrets de filles. Tout y passe, les garçons et leurs performances, les séances d'épilation, les bonnes adresses pour les vêtements, les heurts avec la famille, notamment le crétin de beau-frère (le mari de la sœur aînée). Quand elles abordent les thèmes essentiels des frasques extraconjugales des cadres, des inégalités de salaires ou des mouvements erratiques dans l'organigramme, le ton de la conversation oscille entre le ricanement, la gourmandise ou l'indignation. Les longs débats sur les poils, le poids, les fringues, la chronique de la vie des salariés s'ouvrent régulièrement sur la vie des stars, des princes et des princesses. Durant le mariage de Kate et William, suivi des noces d'Albert et Charlène, il a traversé un long moment de solitude absolue. Les rares discussions politiques sont finalement ce qu'il craint le plus car il a envie d'intervenir mais il s'abstient. Lors de son arrivée au sein du petit groupe, il s'est cru autorisé à donner son avis. Il sait maintenant que toute prise de parole et énoncé de convictions crée une coalition contre lui. Bizarrement, les programmes de télévision semblent les laisser indifférentes. Maxime en a déduit qu'elles n'aimaient pas parler du boulot. Il a appris à se taire mais il souffre d'isolement culturel.

À tout hasard, il a pris des notes en cherchant à se convaincre qu'il y avait peut-être un sujet pour un roman moderne traitant du phénomène urbain des femmes seules. Après avoir bataillé plusieurs nuits sur son ordinateur pour tenter de créer des personnages romanesques, il a renoncé. Après *Sex and the City*, comment surprendre des lecteurs en racontant le quotidien ordinaire de quatre célibataires parisiennes qui mangent bio, qui ont des vies sexuelles désertiques et une libido transie ?

Ses collègues l'informent que deux policiers sont en train de perquisitionner le bureau de Carlos. Une partie de l'étage de la direction est inaccessible. Véronique Bouvier, une des assistantes de Carlos, a trouvé refuge dans le secrétariat du directeur financier.

Véro est l'assistante historique de Buscarons. C'est un personnage influent dans la vie sociale de l'entreprise. Quand Carlos a pris son premier poste dans la chaîne, Véro était stagiaire. Peu de temps après, la secrétaire en titre est partie à la retraite. Carlos a donc proposé de la promouvoir. La Direction des ressources humaines l'a mis en garde, car la mère de la jeune fille était élue communiste à la mairie d'Aubervilliers. Circonstance aggravante, le père était un syndicaliste hyperactif, permanent à la CGT. Les soupçons de la DRH ont fait rire Carlos. Il a immédiatement décidé de la titulariser.

Dès que la jeune fille a obtenu son statut définitif, l'hérédité a pris le dessus. Lors de la première élection au comité d'entreprise, elle s'est fait élire déléguée syndicale et a intégré la caste des intouchables. Un an après elle a épousé un militant révolutionnaire qui lui a fait des jumeaux. Elle a pris quinze kilos pendant la grossesse mais n'en a perdu que cinq après la naissance des enfants.

Véronique Bouvier, que tous les salariés appellent Véro, voit la main de la droite et du grand capital dans toutes les décisions de la direction. Personne ne trouve grâce à ses yeux. Elle conchie tous les dirigeants de la chaîne sauf Carlos qu'elle a toujours vénéré, le tutoyant depuis toujours. Elle l'a protégé aussi de tout mouvement social. En retour, il lui a acheté chaque année un stock de vignettes pour la fête de l'Huma qui assure la gloire de la cellule Gagarine dont Véro est trésorière, lui demandant cependant de ne pas coller d'affiches du parti sur les murs du bureau. Seule exception : un portrait de Fidel Castro dont la plupart des visiteurs pensent qu'il s'agit d'un vieux chanteur argentin.

Comme Cadet Rousselle, Buscarons avait trois assistantes. La deuxième, Annabelle Bellon, est potelée, avec de gros seins, des lèvres épaisses, le regard éteint. C'est une dactylographe besogneuse qui écrit un français approximatif. Sa mémoire s'efface dès qu'elle cligne des yeux. Les mauvaises langues disent qu'elle lui servait de ticket d'entrée dans les clubs échangistes. Elle n'a pas supporté la mort de Carlos. Elle est en arrêt maladie pour une durée indéterminée.

Enfin, il y a Tania Tarpowsky, la Polonaise de Nancy, l'assistante, la vraie, la formule 1, aussi discrète qu'un chat. Dans les échanges avec Carlos, elle s'est toujours obstinée à l'appeler « monsieur », et refuse le tutoiement avec ses collègues de bureau. Elle abat en une journée ce que les autres ne font pas en une semaine. Elle vit avec Kadra, une beurette, membre de l'équipe de France de karaté.

Tania, c'était l'arme absolue de Buscarons. Elle gérait sa vie professionnelle et privée. Elle ignore que son chef est mort, car elle est en congé depuis dix jours. Elle navigue quelque part avec son amie sur un catamaran dans les Éoliennes.

Quand Labrousse rentre dans le bureau, Véronique Bouvier est assise sur le fauteuil de sa collègue, habillée de noir comme une veuve corse, le visage dévasté par le malheur, la peau marbrée, les yeux gonflés, le nez rouge, la lèvre supérieure râpée par son mouchoir. En reniflant, elle lui explique dans son jargon de banlieue :

— C'est ouf ! Y a deux flics qui fouillent le bureau de Carlos et le secrétariat. Y sont arrivés en fin de matinée, pendant qu'on était à l'enterrement. Ici y avait plus personne. C'est des jeunes, tu croirais des mecs du neuf-trois. Jean et sweet capuche. Ils parlent le verlan et même moi j'ai du mal à suivre. Ils regardent tout, ils ont même défait les disques durs des ordinateurs… c'est quoi ça !?

— Tu as mangé ?

— Non, j'ai pas faim.

— Viens avec moi, on descend à la cafète et on parle…

Véro qui n'a plus ni patron ni travail accepte. Ils se retrouvent face à face, les coudes collés sur une table poisseuse. Labrousse lui demande si avant l'accident elle a trouvé Carlos inquiet ou dépressif.

— Non, il était nerveux, à cran, il fallait pas se rater… Avec Jacoberger, ils avaient des discussions de plus en plus dures, et puis la mort de sa mère, ça a dû le miner.

— Elle est morte quand sa mère ?

— Y a pas un mois. Il avait dû sentir qu'elle n'allait pas fort. Il a pris un billet de train trois jours avant. Il est descendu la voir à Marseille. Elle a pété une artère quand il était là, et quelques jours après c'était fini.

— Elle avait quel âge ?

— Quatre-vingt-onze ans.

— Ce n'est pas un drame à cet âge-là !

— Tu as raison, mais la mort c'est la mort et une mère c'est une mère…

Devant la pureté de l'aphorisme, Labrousse incline la tête et Véro poursuit :

— La preuve qu'il allait mal, c'est qu'une fois rentré à Paris, il a décidé de repartir huit jours en thalasso en Italie pour aller faire des lavements… C'est drôle cette mode des lavements, non ? Maintenant, ils y vont tous. Moi, j'aurais honte…

— C'est quoi cette histoire ?

— Tu sais pas ? C'est dingue, maintenant en thalasso y se font même laver les intérieurs au jet ! Tu te vois toi en train de te faire coller un tuyau dans le fion ? C'est un truc de pervers.

À cette évocation Véro ricane. Labrousse revient à l'essentiel.

— Tu penses quoi, toi, Véro, de la mort de Carlos ?

— Quoi… quoi ?

— Accident, suicide ou assassinat ?

— J'y pense sans arrêt. Accident, c'est trop con. Suicide, c'est trop triste. Je préférerais qu'on l'ait assassiné. Je ne sais pas pourquoi mais ce serait mieux.

— Tu penses à quelqu'un ?

— Je pense à tous les mecs qui lui léchaient le cul et qui rêvaient de le tuer pour que personne ne sache qu'ils lui léchaient le cul…

— C'est imprécis…

— T'as qu'à regarder son annuaire pour avoir la liste…

— Tu me le montres ?

— C'est le premier truc que les flics ont demandé mais c'est aussi sur mon ordinateur…

— Et son agenda, tu l'as gardé ?

— Carlos effaçait tous les rendez-vous quand c'était passé. Il ne gardait que ceux à venir. C'était sa manie.

— Il avait un rendez-vous le soir où il est tombé ?

Elle le regarde l'œil dur :

— Dis-moi, tu joues à quoi, là ? T'es rentré chez les keufs ? Maxime superflic ? Je te préfère attaché de presse. Faut que je remonte. J'espère qu'ils ont fini.

Véro partie, Labrousse prend son carnet et note dans le désordre : mère morte un mois, Marseille, perquisition, rendez-vous soir de la mort. Thalasso lavements Italie ?

Puis il sort le tee-shirt de Martha et se remplit les poumons, le sang et le cerveau de l'odeur magique du tissu.

*

Le président Baratier est un homme extrêmement protégé. Dans le sous-sol de l'immeuble, sa voiture traverse d'abord une aire de stationnement destinée à tous les salariés. Son entrée est gardée par des vigiles tatillons et rugueux qui ouvrent les coffres des voitures pour vérifier qu'il n'y a pas de bombes. Il franchit ensuite une porte en acier, verrouillée par un code, jusqu'à un garage réservé, placé sous la surveillance d'un deuxième gardien. Pour des raisons de sécurité, l'ascenseur monte directement à l'étage de son bureau et s'ouvre en présence d'un troisième agent de sécurité. Tout le parcours est filmé par des caméras de surveillance dont l'image est diffusée sur des moniteurs scrutés en permanence par des vigiles.

Personne n'a idée des menaces qui justifient un tel niveau de sécurité, mais Baratier adore bénéficier de ces précautions qui lui confirment son statut d'homme important. Le concepteur du système de protection a été méticuleux, il ne veut pas qu'un jour on puisse lui reprocher de ne pas avoir tout prévu. Ce ne sont pas les actionnaires de la société qui fournit les vigiles qui le lui reprocheront.

Baratier sort de l'ascenseur et traverse son secrétariat sans un mot, s'enferme dans son bureau et décroche un téléphone mobile réservé aux conversations personnelles. L'interlocuteur répond immédiatement :

— C'est Jean-René...

— Alors ?

— Elle a donné son accord, mais je continue à penser que si on avait le temps, ce ne serait pas elle. Elle n'a pas les épaules, il faudra rapidement trouver mieux, mais en attendant elle fera l'affaire. De toute façon, Buscarons, sans mauvais jeu de mots, était déjà en chute libre...

— Bon... Je fais le tour des membres du conseil d'administration. Vous l'annoncez quand ?

— Demain matin par dépêche à l'AFP... Il faut la survendre à tous nos interlocuteurs et aux journalistes en particulier, ne pas laisser de place au doute. La pub doit rentrer.

— Faut espérer qu'elle n'explose pas trop vite...

— Ce n'est pas impossible. C'est une femme, jeune, qui n'a jamais été confrontée à la responsabilité de haut niveau. Elle est fragile. Elle a un passé familial tortueux. En plus c'est une intellectuelle et je ne suis pas persuadé qu'elle ait la bonne sensibilité politique. C'est un vrai risque. Je poursuis mes recherches et mes négociations pour recruter la bonne pointure.

— Ah oui, une question, demain, avant que vous fassiez partir la dépêche annonçant sa nomination, ne pensez-vous pas qu'il serait courtois d'informer Matignon de notre choix, le cabinet du ministre de la Culture et le responsable de l'audiovisuel à l'Élysée ? Mais je vous mets en garde, il ne faut surtout pas donner l'impression que nous leur demandons un avis, voire de l'aide, je sais qu'ils ont un conseiller qui se targue d'être un expert de la télévision. Il a commencé à s'agiter pour tenter de se faire embaucher chez nous. J'ai déjà eu des appels.

— C'est aussi pour éviter ce genre de manœuvre qu'il faut aller vite.

Baratier raccroche avec un haussement d'épaules et une rotation du menton qui traduisent chez lui un vif agacement.

*

À part un couple qui se tripote en minaudant dans la pénombre élégante du bar de l'hôtel Meurice, la salle est vide. Quand Martha entre, le barman la salue avec un sourire pâlot. C'est l'un de ses territoires secrets. Elle aime les bars des hôtels de luxe, le raffinement du cadre, l'élégance des services et la proximité sensuelle des chambres. Ici le temps ralentit. Si elle en avait les moyens, elle y dormirait aussi. Elle hésite entre un verre de vin ou une tasse de thé. Elle décide de commencer par la tasse de thé. Elle a besoin de se calmer.

En moins d'une heure et après s'être gavé de couscous, Baratier lui a annoncé qu'il la nommait à la place de Buscarons. Il a précisé qu'elle devrait faire ses preuves rapidement. Il est ensuite remonté dans sa berline sans lui proposer de la raccompagner. Elle a attendu qu'il quitte la salle pour rebrancher son téléphone et appeler Jozsef. Son père ne comprenait pas bien ce que Martha était en train de lui raconter, mais sa fille était si vibrante de fierté qu'il a dit en hongrois : «*Remek !*» *Remek*, c'est le mot qu'il emploie pour saluer les événements majeurs et les grandes nouvelles. Elle avait aussi envie de l'annoncer à son fils, mais il était en cours au lycée.

Elle a ensuite appelé un taxi. Une fois à l'intérieur, elle ne savait où aller. C'est en entrant dans Paris qu'elle a pris la décision de s'arrêter à l'hôtel Meurice.

Les messages de Joseph s'étaient accumulés sur son mobile. Maintenant assise au fond du divan de cuir pourpre, devant sa tasse de thé, elle l'appelle. Elle a retardé cet instant. Elle craint sa réaction. Elle sent d'une manière confuse que cet événement peut être une mauvaise nouvelle pour eux. Il décroche :

— Enfin ! J'étais inquiet... Pourquoi tu ne m'as pas appelé avant ?

— Joseph, tu peux venir au bar du Meurice ? Il faut qu'on parle, il m'arrive un truc pas croyable...

— C'est grave ?

— Non, ne t'inquiète pas, mais c'est super important pour moi.

En partant rejoindre Martha, Joseph traverse le hall du journal. Il croise Arnaud Lebel appuyé contre un des piliers. Le journaliste, un téléphone collé à l'oreille, interpelle son patron :

— Hé, chef, j'ai un truc sur Buscarons.

— Un truc ?

— Il se serait pris la tête grave avec PAN, la semaine avant son saut sans élastique dans les broussailles.

— PAN ? L'animateur ?

— Ouais... Philippe-Antoine Nallet *alias* PAN a traité Buscarons d'enculé. Ils étaient en train de dîner tous les deux en tête à tête au Murat. PAN s'est mis à gueuler, puis il s'est levé et il a crié «enculé de ta race». La musique était à donf, mais presque tout le monde a entendu. Ceux qui n'ont pas entendu ont vu le doigt levé – pour illustrer son propos Lebel pointe son majeur en érection. Il est parti comme un fou, en gesticulant. L'histoire fait le buzz sur Internet. Il paraît que PAN était fait à la coke…

— Comment on reconnaît un homme « fait à la coke » ?

— Un type qui se lève en hurlant enculé de ta race dans un restau chicos c'est en général un mec fait grave… et puis PAN y rentre jamais sur un plateau sans s'être fait une ligne, à la fin ça fatigue, avec le pif poudré ils se prennent tous pour des génies, mais à la longue ça fait des ânes qui saignent du nez et qui transpirent comme des gorets.

— Vous devriez faire des efforts de syntaxe… il m'arrive de ne pas parvenir à suivre !

— Vous le savez, sur le parler je me relâche… ça me détend. Je me concentre sur l'écrit.

— Lebel… Vous avez déjà essayé la coke ?

— Oui… évidemment. Faut tout essayer, et puis on m'a raconté que ça rendait sûr de soi et hyper réactif.

— Et alors ?

— Ça m'a pas fait grand-chose. On m'a dit que je pars de trop loin.

La ville, toujours sous l'orage d'été, a des allures tropicales. La circulation de la rue de Rivoli est bloquée, la pluie martèle le toit de la voiture, les essuie-glaces peinent à évacuer les flots qui ruissellent sur le pare-brise. Les touristes se sont réfugiés sous les arcades. Quand il s'arrête devant le Meurice, la silhouette sombre du voiturier avec son long chapeau en tuyau de poêle et son immense parapluie se précipite vers la voiture. Joseph s'élance à côté de lui, mais l'homme est encore plus large que le parapluie. La protection est minimale.

Au moment où ils traversent le tronçon de piste cyclable, un intégriste du vélo sonne frénétiquement, hurle, leur fonce dessus. À Paris, les cyclistes qui subissent l'agressivité des voitures se soulagent en faisant régner la terreur sur les piétons. Le vélo leur donne un sentiment de puissance, et les nouveaux Hell Angels de la pédale défendent la mince bande qui leur est réservée avec une détermination meurtrière.

Après avoir franchi la porte à tambour dorée, Joseph arrive dégoulinant dans le hall de marbre. Des touristes fortunés, armés de parapluies aux couleurs de l'hôtel, attendent que la pluie cesse pour sortir. Il traverse la salle de restaurant, tourne sur sa gauche pour entrer dans le bar plongé dans la demi-obscurité. Les murs sont couverts d'immenses tableaux sombres. Depuis l'arrivée de Martha, l'ambiance n'a pas changé, à part un couple de gens très âgés qui ne s'adressent pas la parole et s'évitent du regard. L'autre couple en est encore aux préliminaires.

Martha rêvasse devant sa tasse de thé. Joseph est troublé de la voir ici. Elle ne lui a jamais parlé de cet hôtel. Elle lui sourit et se lève pour l'embrasser. Il s'installe à côté d'elle dans un canapé en cuir fauve profond avec des accoudoirs décorés de cuivre sculpté, les jambes allongées sous la table basse. Le barman vient prendre la commande. Joseph demande un jus de tomate. L'homme se tourne ensuite vers Martha :

— Madame Kiss, je vous ressers du thé ?

Elle acquiesce. Joseph, interloqué, s'étonne que le barman d'un hôtel de luxe parisien appelle Martha par son nom. Il est aussitôt envahi de soupçons.

— Comment se fait-il que le barman te connaisse si bien ?

Martha évacue la question avec une réponse lapidaire :

— Il m'est arrivé de venir boire un thé ici avec des amies.

Puis, sans attendre les commentaires ou les questions auxquelles elle ne souhaite pas répondre, elle enchaîne :

— Il m'arrive un truc pas croyable, géant… Tu devines ?

Pris au dépourvu, Joseph cherche à être léger :

— Tu viens enfin de comprendre que je suis fou amoureux de toi et que c'est un cadeau du ciel ?

— Tu ne trouveras pas… Alors écoute bien : Baratier vient de me donner le job de Carlos.

Le regard de Joseph se met à flotter. Il regarde derrière

elle, loin derrière. Incapable de prononcer une parole. Martha s'étonne :

— Dis donc, toi ! Cache ta joie ! Tu n'es pas fier de moi ?

D'un ton dépourvu de chaleur, il l'interroge :

— Très fier. Et tu dois donner ta réponse quand ?

— Il voulait une réponse immédiate, j'ai accepté tout de suite.

Il pique du nez, baisse les yeux, garde le silence quelques secondes et s'éclaircit la voix :

— Tu n'as pas pensé que je pouvais t'aider à prendre la bonne décision ?

— Y avait pas de décision à prendre. Pourquoi j'aurais dû refuser ?

— Parce que ça va changer ta vie, tu n'auras plus une seconde à toi, pour Joseph, pour moi. C'est un boulot qui a tué ton copain Carlos. Tu peux aussi en souffrir, les temps sont pourris et ça va devenir de plus en plus dur.

— Je sais, mais j'en ai envie. Tu ne te rends pas compte de la chance que c'est ? C'est énorme. Tu vas m'aider. Je vais avoir encore plus besoin de toi qu'avant.

Joseph garde le silence. Elle attend ses commentaires. Il sent monter la colère et le dépit. Elle se referme sur elle-même comme une huître.

— Tu crois que je ne suis pas à la hauteur ?

Joseph se consume de nervosité, il parle avec une voix qui est devenue métallique.

— Je n'ai aucun doute sur ton intelligence ni sur ton talent, mais je sais que pour faire ces métiers, il faut être prêt à abandonner la vraie vie. Tu auras peu de temps pour aimer, peu de temps pour dormir, peu de temps pour rêver… Au bout de leur chemin, je les vois tous se dessécher comme des petits morceaux de bois mort, dans l'indifférence générale… L'oubli est immédiat. Quand ils descendent du ring ce ne sont que de vieux corps polytraumatisés. Ton copain Buscarons est déjà parti à la décharge.

Martha le fixe avec la mine d'une enfant contrariée, déçue de ne pas trouver le jouet attendu au pied du sapin. Joseph ravale son amertume. Il tente de gagner un peu de temps.

— Bon, si tu veux, pour en parler paisiblement, on peut partir ce week-end à Marseille ?

Il possède une maison de pêcheur avec une grande terrasse qui donne sur le minuscule port de Malmousque dans un des recoins les plus cachés de la corniche à Marseille. C'est là qu'un après-midi d'été, il y a un peu plus d'an, ils ont fait l'amour pour la première fois. Le minuscule port était rempli de baigneurs. Des gamins effrontés montaient en haut du mur pour se hisser sur la terrasse de la maison et ensuite plonger en hurlant de plaisir entre les barques à quai. Ils avaient dû fermer les volets car l'un d'entre eux, peut-être pour chaparder quelque chose, s'était enhardi et avait poussé les rideaux de la chambre afin de voir à l'intérieur de la maison. Les ayant surpris, il avait sauté dans la mer en criant :

— Ouaaaahh, y sont en train de niquer !

Tous les autres étaient alors montés comme des araignées pour profiter du spectacle. Joseph avait dû fermer portes et fenêtres. Après une pause glace vanille dans la cuisine, ils s'étaient vite replongés dans leurs délices interrompus. Ce n'est que le lendemain en fin de matinée qu'ils avaient quitté le lit pour aller se promener sur la corniche, pliés en deux par un mistral du diable.

Martha ne répond pas, embarrassée par la question. Il répète :

— OK, je prends deux billets de TGV ?

— Je ne pense pas que ce soit prudent de quitter Paris, on va peut-être attendre que la chaîne fasse l'annonce et me signe mon contrat.

Joseph la fixe, agacé.

— Tu vois, c'est le début des contraintes.

Long silence, Martha se verse du thé, Joseph termine son verre de jus de tomate et enchaîne :

— Tu savais que PAN avait insulté Buscarons en public ?

— Quand ?

— La semaine dernière…

— Non, il ne m'a rien dit et personne ne m'en a parlé, mais ça ne m'étonne pas. Ils étaient en pleine discussion pour un nouveau contrat. Carlos avait décidé de réduire de moitié ses émissions sur la nouvelle grille.

— Et alors ?

— Comment ça et alors ? Il y a beaucoup, beaucoup d'argent en jeu, *big money*. Énorme, énorme, Joseph, tu n'as pas idée. Les animateurs, c'est comme des joueurs de foot, mais eux, ça peut durer très longtemps. Ce sont des fortunes pour plusieurs générations. Les gens n'imaginent pas ce que ça représente. Un type qui a un peu de bagou, beaucoup de culot et de la chance peut gagner en s'amusant, en quelques années, plus de fric qu'un industriel qui aura pris des risques toute une vie et fait vivre des milliers de salariés.

— Ça n'est pas un scoop…

— Oui, on en parle de temps en temps, mais personne n'a les vrais chiffres, ça ferait hurler. C'est indécent. Et là, en plus, entre Carlos et PAN l'histoire est compliquée, c'est Carlos qui a fabriqué PAN. C'est lui qui en a fait une star. C'est Carlos qui l'a assis sur un tas d'or… et PAN n'en a rien à foutre. Il a son fric maintenant.

Joseph écoute en silence. Martha poursuit :

— Je connais bien toute l'histoire, Carlos m'en a souvent parlé… Je te raconte tout… Au départ, PAN était GO au Club Med, après il a galéré pendant plus de dix ans dans des panouilles à la télé ou à la radio… C'est Carlos qui l'a remarqué, l'a sorti de la purée il y a presque dix ans et lui a offert le coup de sa vie. Il lui a dit de créer sa société pour produire et animer un jeu quotidien avec un très gros budget, et en plus, il lui a donné des émissions de variétés régulières et des spéciales avec un contrat hors normes… Tu sais, ça porte sur des sommes colossales. D'ailleurs, Carlos est allé un peu vite en besogne et il a failli exploser en vol. C'est lui qui me l'a avoué. Je n'étais pas encore dans la chaîne quand PAN est arrivé mais, il y a quelques mois, Carlos m'a tout raconté. Il était en colère et avait du mal à digérer l'ingratitude de l'animateur.

Martha prend le temps de remplir à nouveau sa tasse de thé et en boit une gorgée. Joseph se tait.

— PAN, personne n'y croyait et tout le monde disait que c'était un pari dangereux et inutile, mais Carlos, c'était un bulldozer, il a toujours roulé sur ceux qui se mettaient en travers de sa route. Il a obtenu le feu vert de Baratier qui ne savait pas comment trancher, il était passif, dépassé par les événements. Il n'a pas fait confiance à Buscarons, il a laissé faire par pure inertie et, heureusement pour tout le monde, Carlos a réussi son coup.

Un silence et elle reprend, l'air un peu plus grave.

— Mais le début de l'aventure a été un calvaire... les premières émissions étaient nulles et les audiences pourries... La presse a canardé à mort... On a dit partout que Buscarons était un bidon incompétent, qu'il avait joué avec le feu, qu'il était cuit, qu'il allait démissionner ou qu'il était viré... ç'a été épouvantable. La régie publicitaire a mis le feu, car la pub était en baisse et la chaîne perdait de l'argent. Carlos a pris tous les coups sans broncher et il a foncé. Il a bossé comme un galérien sur les émissions. Le jour et la nuit, il a cornaqué l'animateur à coups de bâton sur la tête. Il a fait casser les décors des émissions, virer le réalisateur, il lui a collé une oreillette. PAN est devenu un perroquet qui répétait les mots de Carlos. Il lui a greffé un cerveau, il lui a donné un style. Ça a duré la moitié d'une saison. Carlos a identifié les thèmes qui marchaient et ceux qui prenaient une tôle. Alors l'audience a commencé à monter, ce sont les femmes qui sont arrivées les premières. Tu sais, en télé, c'est toujours elles qui donnent le signal. Elles pigent plus vite où est l'événement. L'année d'après, ses émissions ont fait un carton énorme. PAN est devenu la star des journaux télé. Avec sa gueule de premier communiant, il faisait gentil et intelligent, mais Carlos savait qu'il n'avait rien dans le crâne. Il lui a interdit de donner des interviews, comme ça PAN a fait illusion. La réalité, c'est que c'est un petit con agressif et inculte. Son silence l'a protégé.

Martha reprend son souffle.

— Mais il faut dire aussi que Carlos en a profité un maximum. C'est là qu'il est devenu le King… Tous ceux qui lui avaient craché dessus sont venus lui baiser les pieds. Les journaux l'appelaient le Sorcier. En même temps, il a fait d'autres coups, il a brisé les tabous et a mis en production des feuilletons qui bousculaient le ronron de la télé : on pouvait y voir des morts, du sexe… Et puis aussi des Blacks, des beurs dans des beaux rôles, tout ce qui était rejeté avant par les programmateurs car c'était censé faire fuir le public…

Devant le pincement de lèvres de Joseph, elle sourit.

— Je ne force pas le trait, tu sais, il n'y a encore pas longtemps, les services des études expliquaient que la présence d'un Noir ou d'un Arabe à l'antenne ça faisait baisser l'audience ! Quand ils avaient un rôle dans une fiction c'était toujours pour jouer les racailles. Carlos a bousculé tout ça. Il a acheté les bonnes séries américaines… Il a piqué des animateurs aux autres chaînes, et a fait de gros chèques pour acheter les plus importants matchs de foot.

Martha s'arrête et boit une nouvelle gorgée de thé. Joseph écoute attentivement, il ne la quitte pas des yeux.

— C'est un peu long, mais si je ne t'explique pas bien ce qui s'est passé, tu ne comprendras jamais pourquoi PAN et lui se tapent dessus… C'est après la troisième année que les questions de fric, de contrats, d'avocats sont devenues hard. Au début, PAN était tout doux, mais quand les autres chaînes lui ont proposé de gros contrats c'est devenu un chien fou. L'odeur de l'argent l'a affolé. La première fois, il a négocié lui-même ses contrats, puis, l'année suivante, il a délégué le directeur de sa société de production, après, il a carrément envoyé des avocats qui faisaient de la surenchère avec les autres chaînes. Toujours plus de fric, toujours plus d'émissions. On parlait en dizaines de millions d'euros. Quand il a signé pour deux ans, il a fait une fête monstrueuse dans une boîte à Paris… Y avait tout l'audiovisuel et même des politiques. Il a fait des cadeaux à chaque invité, c'était champagne et coke à gogo, et quelques putes pour les meilleurs copains… ça a dû lui coûter une fortune.

Martha fait une pause, puis reprend :

— C'est vrai qu'il rapportait encore beaucoup d'argent en pub, mais ces guérillas incessantes avec la chaîne avaient fatigué tout le monde. En plus il a fait des conneries, des histoires de sexe assez sales, des pétages de plomb, il a failli tuer son assistante en la poussant dans l'escalier du studio. Mais il payait et les gens fermaient leur bec. Puis il y en a eu trop et c'est sorti. J'ignore si c'est parce qu'il commençait à puer ou à cause de l'usure de ses productions, mais ses audiences ont commencé à baisser. Carlos a décidé de réduire le nombre d'émissions pour la saison suivante et c'est ça qui a provoqué l'affrontement. Ça arrive au pire moment pour PAN parce que, l'an passé, il a perdu beaucoup d'argent dans des affaires foireuses. Après s'être payé tous les caprices, les hélicoptères, les bimbos russes en folie et avoir assouvi ses fantasmes de nouveau riche, il a voulu faire fructifier son argent et s'est pris pour un magnat de la finance ou un industriel. Il a dû être conseillé par des escrocs formés dans les télécoms ou nulle part qui lui ont fait acheter des sociétés Internet, des hôtels, des restaurants. Il a perdu la moitié de sa fortune. Il s'est fait plumer comme un pigeon et il est passé pour un imbécile. Là-dessus, Carlos décide de lui supprimer la moitié de ses émissions. Tu comprends pourquoi il est nerveux.

— Et toi, tu vas succéder à Buscarons. Tu vas, toi aussi, vouloir lui supprimer des émissions ?

— Plus que ça, je veux qu'il disparaisse de la chaîne. Je crois qu'il vaut mieux bâtir sur du neuf et se débarrasser de ce mec qui sent la mort. Il porte malheur, PAN. Je l'ai dit à Baratier et il est d'accord.

— Tu es folle d'accepter ce boulot de tordu, ils vont te cabosser.

Martha se tait. Elle ne répond pas quand elle veut mettre un terme à une conversation. Ça irrite Joseph, mais en général il joue le jeu. Il passe à autre chose. Pourtant, là, il se replie sur lui-même, le regard dans le vague. Il pense que cette histoire va finir en lambeaux, comme de grandes voiles déchirées par un vent furieux. Il n'a pas envie d'additionner ses problèmes du moment et ceux qu'il voit arriver. Il se dit qu'avant qu'il ne soit trop tard il doit se lever et partir pour reprendre son équilibre, son souffle, sa vie, ne pas subir celle d'une autre. Martha a des ambitions légitimes, mais il est sûr qu'il n'y a pas de lumière dans ce bourbier qui risque encore de s'aggraver. Elle va devoir se durcir ou perdre son pouvoir et devenir amère. Il est en colère contre elle. Elle est prétentieuse et stupide, stupide de s'exciter comme ça sur ce boulot, stupide de ne pas faire plus attention à lui. Il a renoncé à sa liberté pour elle. Il s'est fait piéger, il donne tout et à la première occasion, elle lui marche dessus. Il n'est qu'un adolescent attardé. Il se sent ridicule. En plus, il s'en veut, il se sent injuste et envahissant car il s'agit de sa vie, sa vie à elle.

La main de Martha se pose sur sa braguette avec la délicatesse d'un papillon et elle lui dit :

— Je veux faire l'amour avec toi, ici, tout de suite…

Il se tourne vers elle, stupéfait.

— Mais on ne peut pas dans ce bar !

— J'adorerais rester sur ce canapé, mais tu vas prendre une chambre. Personne ne sait où nous sommes…

L'offre déclenche un incendie dans sa tête, il se méprise d'être aussi faible, mais il pose un billet sur la table sans dire un mot. Il se lève, elle le suit. À la réception de l'hôtel, le concierge les accueille avec un sourire particulièrement amical.

— Bonjour, monsieur Dreyer, que puis-je faire pour vous ?

Martha se tourne vers Joseph avec un sourire goguenard :

— Toi, tu n'es pas connu au bar mais c'est côté chambres que tu es célèbre !

En quittant l'homme aux clés d'or, ils prennent un volumineux ascenseur. Il ne peut se retrouver dans cette situation sans penser à leur première rencontre. Il la fixe en souriant. À l'étage, ils parcourent un long couloir assourdi par une épaisse moquette chinée, puis ouvrent la porte de la chambre décorée de moulures dorées. Joseph goûte chacun des détails, il adore ces instants chargés d'interdits. Il a déjà dans la tête toutes les images de ce qui va suivre. La chambre est silencieuse, il ne tire qu'à moitié le haut rideau de satin pour laisser pénétrer une lumière adoucie. Ils se jettent sur le lit. Chacune des dernières émotions de Martha explose dans un désir furieux.

*

L'humeur des hommes de la télévision est régulée par la réception des audiences de la veille et le parcours des articles des journaux du jour qui les concernent.

La lecture de la revue de presse est un des rites majeurs. Tous les matins, les dirigeants des chaînes se précipitent sur les commentaires publiés la veille.

La chaîne angoissée prend alors connaissance des états d'âme et parfois de la férocité des journalistes de la presse écrite à son égard. Elle découvre les aigreurs des politiques. Elle prend connaissance avec anxiété des projets de la concurrence. Elle déguste aussi tout le mal qui est écrit sur les autres.

Quant à l'opinion des millions de téléspectateurs, le comptage suffit. L'audience des émissions de la veille tombe sur les ordinateurs et les smartphones peu avant neuf heures.

Finalement, les états d'âme, au jour le jour, dépendent d'un système binaire. Le sommet de la joie est atteint avec une bonne audience et une bonne presse. La sécurité c'est une bonne audience, mais une mauvaise presse qui gâche le plaisir. Le lot de consolation, c'est une mauvaise audience sauvée par une bonne presse. Le comble du malheur, c'est une mauvaise audience associée à une mauvaise presse.

Ainsi va la vie, jour après jour, dans une chaîne. De toute façon, flatteur ou désobligeant, un article est aussitôt effacé par les écrits qui lui succèdent. Les blessures narcissiques ne tuent personne. Tout le monde se fout de ce que pense tout le monde. La télévision n'est pas considérée comme un produit culturel, c'est un équipement électroménager. Les critiques de cinéma sont des cinéphiles, personne n'avouera être un téléphile sous peine de passer pour un crétin.

Maxime Labrousse lit chaque article consacré à la disparition de Carlos Buscarons. Le lendemain de sa mort, les journaux ne parlent que d'accident. Ils expliquent au grand public qui est Buscarons. L'hypothèse d'un suicide émerge dans les jours qui suivent. On évoque une défaillance psychologique. Les journalistes se penchent alors sur la personnalité de Carlos.

Les articles les plus succincts se contentent de rappeler que la pression d'une grande chaîne peut conduire à l'épuisement psychologique. D'autres vont plus loin. Ils publient une biographie nourrie de commentaires romanesques. Ils démontrent que l'homme était fragilisé par la pression du métier, par des virées nocturnes tumultueuses et une vie familiale réduite à néant. Tous rappellent son brutal échec conjugal. La solitude tue.

Le mariage entre Carlos Buscarons et Marion Clémenti n'a duré que onze mois. L'histoire du couple qui avait démarré sous les lumières d'un night-club s'est terminée dans le caniveau des journaux people.

Pour soutenir la thèse de la mort volontaire, un journal à sensations révèle que Charles Buscarons avait réalisé un film qui faisait l'éloge du suicide.

Un autre journal plus rigoureux a enquêté. Il donne les principales dates de sa carrière, rappelle l'origine catalane de son nom, sa naissance à Marseille cinquante-six ans auparavant. Il raconte son arrivée à Paris à l'âge de vingt-trois ans, sa formation dans une école de journalisme sanctionnée par l'obtention d'une carte de presse. L'article précise qu'il a ensuite travaillé pour différents journaux, sans citer les titres. Enfin il révèle qu'avant d'intégrer la chaîne de télévision, il avait créé une société de production de programmes. Le texte tend à tracer le portrait d'un anar-gaucho créatif qui est rentré dans le rang :

« Avec deux amis, Charles Buscarons monte une société de production audiovisuelle qu'ils appellent Rascasse, sous-titrée "Les films qui sentent le poisson". Ils réalisent quelques courts-métrages provocateurs dont un inspiré par la mort de

Maïakovski intitulé *Le Défunt a horreur des cancans*. Ce document fait couler de l'encre, car il est présenté comme une apologie du suicide. Un autre documentaire consacré à la défense de la mer est primé dans quelques festivals consacrés à l'environnement. Rascasse se fait remarquer par l'insolence et la créativité de sa production.

« La jeune équipe, contactée pour d'autres aventures, renonce alors à ces fantaisies poétiques pour s'attaquer aux marchés moins oniriques de la publicité puis de la télévision.

« Carlos Buscarons qui s'appelle encore Charles révèle un vrai talent de producteur et de négociateur. Il met son énergie et sa rage dans la pratique de son nouveau métier. Le moment est opportun, car la France a découvert, il y a peu, la télévision privée et les surenchères de la concurrence.

« Buscarons a le sens du public. Sa culture transgressive fait mouche. À trente-huit ans, il est recruté au service des programmes de la chaîne. Les premières années, c'est un homme plein d'humour, débordant d'idées originales, qui travaille treize heures par jour. Il gravit les échelons. À quarante-cinq ans, il est nommé directeur de l'antenne. Il est à l'origine des plus grands succès de la chaîne. Il permet ainsi d'engranger les meilleures audiences et les énormes recettes publicitaires qui vont avec. L'année suivante, le président de la chaîne le nomme au comité exécutif avec un statut de directeur général délégué. »

Dans un encadré à part, Jean-René Baratier fait une confidence reprise en titre gras :

« Charles Buscarons cumulait chance, talent, culot et énergie. »

Il poursuit :

« Il a su donner à la chaîne une impulsion et un esprit que nous allons amplifier. »

Suit un sirupeux bla-bla qui explique que le mort était un homme exceptionnel, mais que la chaîne va pouvoir se passer de lui.

Un magazine de télévision, qui drague la sphère de

l'intelligentsia chic, défenestre une seconde fois le malheureux Buscarons. Il le traite de Rastignac « qui aurait bâti sa carrière sur la course à la médiocrité ».

Au terme de ses lectures, Labrousse est saisi par le doute. La fulgurante carrière de Buscarons le décourage. Il est convaincu que l'histoire des vies heureuses ne nourrit pas les chefs-d'œuvre. La trajectoire professionnelle de Buscarons est fade. Une fin sanctionnée par un accident ridicule ou même un suicide imbécile ne relève pas la sauce. Pourquoi vouloir écrire un livre sur un homme sans grand intérêt ?

Truman Capote, lui, avait du lourd au départ : quatre morts avec deux assassins. Il a pris sept ans pour écrire *De sang-froid.* Le cas Buscarons semble maigrichon à côté des malheurs de la famille Clutter. De surcroît, les zigotos de la télé n'ont pas la saveur et le pittoresque des fermiers du Kansas. Labrousse s'inquiète, ne s'est-il pas emballé trop vite ? Son impatience d'écrire l'a déjà conduit à l'erreur et ses deux échecs précédents sont encore douloureux.

Environ deux ans plus tôt, après avoir vu la projection pour le ciné-club d'une copie restaurée du film de Jean Vigo *Zéro de conduite*, il avait appris que celui-ci avait été interdit pendant plus de dix ans, suite aux pressions d'associations de parents d'élèves. Labrousse a filé sur Internet pour regarder les deux films et les trois documentaires que Jean Vigo a réalisés durant sa courte vie. Il s'est repassé dix fois la séquence réalisée à Nice où il filmait en contre-plongée des filles qui levaient haut la jambe tout au sommet d'un char de carnaval. Le spectacle heureux de ces jeunes femmes potelées montrant leurs fesses et leur joie l'a enthousiasmé. C'est une séquence joyeusement érotique. Ce jour-là, il a décidé de rajouter dans son panthéon personnel, à côté du nom de Truman Capote, celui de Jean Vigo. Il a voulu consacrer un livre à ce talent mort trop tôt. Hélas, beaucoup trop tôt pour nourrir la biographie d'un jeune homme mort à vingt-neuf ans qui a réalisé aussi peu de films. Pour ça, il faut être un écrivain aguerri et particulièrement imaginatif, un cinéphile monomaniaque ou enfin un membre de la famille qui a accès à tous les secrets. Après trois mois de recherche et d'écriture, il avait réuni une documentation qui pouvait permettre d'animer un débat à la cinémathèque mais pas assez d'éléments pour écrire un livre. Labrousse a donc dû renoncer à ce projet.

Six mois après la déception Vigo, Labrousse avait cru qu'un épisode amoureux lui offrait une nouvelle chance. Il avait croisé Emmanuelle — il savait qu'il devrait changer le prénom de son héroïne — sur les pistes de ski à Avoriaz. Pendant la durée du séjour, ils avaient vécu un amour insensé dans un climat de sexualité débridée. Parfois dans les circonstances les moins appropriées, la jeune femme, qui avait remarqué la grande sensibilité aux odeurs de son nouvel ami, s'enfonçait discrètement un doigt dans le vagin puis badigeonnait le nez de Maxime qui prenait immédiatement feu. Elle lui avait même fait le coup du parfum secret lors d'un arrêt sur une piste noire embrumée, sous une température sibérienne, lui provoquant ainsi une érection inutile et des gerçures à l'entrée des narines.

Une histoire brûlante par grand froid dont il s'était persuadé qu'elle pouvait fournir la trame d'un livre sensuel et provocateur qui serait une réflexion sur la passion. Un *Sexus* des années 2000.

Dans ses notes, il avait appelé sa compagne des neiges Colette, sans raison précise. Il n'avait jamais connu de Colette mais il cherchait un prénom peu usité et il en appréciait le charme désuet. Dans le carnet noir, il notait les instants les plus torrides avec une foule de détails. Il s'était vite rendu compte que le vocabulaire amoureux bute sur l'indicible. La passion, plus que tout autre état, est impossible à dépeindre par le sujet qui la subit. Un proverbe dit : « Le lieu le plus obscur est sous la bougie. » Si la description des ébats amoureux est aisée, celle des sentiments est plus ardue, or il souhaitait une œuvre impudique. Pas un livre pornographique.

Emmanuelle, intriguée par ces écritures secrètes sur l'énigmatique carnet, avait attendu que Maxime, épuisé par le ski et le sexe, s'endorme pour le piquer dans la poche de son anorak. Elle avait découvert les notes et les commentaires de son amant.

Leur amour s'était arrêté quand elle avait appris que l'odeur de son sexe rappelait à Maxime l'odeur du fromage de chèvre frais, et surtout qu'il l'avait rebaptisée Colette. Elle l'avait traité de « grand malade » et était partie badigeonner un nouvel amoureux.

Mais pour en revenir à la mort de Carlos Buscarons, Labrousse savait que le récit d'un suicide pour surmenage ne le conduirait pas vers les cimes de la gloire littéraire. Si, par malheur, il s'agissait d'un banal accident, le désastre serait total. Comment faire trembler le lecteur avec un type qui est bourré au point de confondre la porte des toilettes avec celle du balcon, ou défoncé jusqu'à se prendre pour un goéland ? Si c'était le cas, il n'y aurait pas de livre.

Le meurtre était sa seule chance de gloire. Il devait donc tout miser sur l'assassinat de Buscarons. Argent, sexe, pouvoir, drogue, solitude, il y avait certainement des motifs. En cherchant bien, dans ce monde de jaloux et de rancuniers, il devrait y avoir aussi des remugles de vengeance.

Cette idée le requinque. Au premier coup d'œil, l'histoire de Buscarons est insipide, mais toutes les vies ont des zones d'ombre, il suffit de regarder et d'écouter autour de soi pour constater que ceux qui ont des secrets sont les derniers à en avoir conscience. Ils ne savent pas que certains épisodes de leur vie qu'ils croient sans intérêt, éclairés avec une lumière rasante, racontés avec talent, peuvent prendre une tournure dramatique. Les émissions de télévision se nourrissent de ces destins souvent sans relief. Les vies les plus médiocres, parfois les plus tristes, agitées par un animateur démagogue, pouvaient tenir des millions de téléspectateurs en haleine pendant des heures.

La littérature permet les mêmes escroqueries. Il est persuadé que la vérité toute sèche ne suffit pas à faire un bon livre, qu'il faut encore y ajouter les dizaines de milliers de mots qui, comme un vol d'étourneaux, peuvent venir faire chanter un arbre mort. C'est une image qui lui était venue un soir de lyrisme. Il l'avait notée en se disant qu'il faudrait la caser dans un texte. Il lui venait de temps en temps des pensées, des phrases, des aphorismes qu'il stockait dans l'attente de leur trouver une place dans un livre.

Le fugace mariage de Carlos est peut-être cette brèche qui va lui permettre de se faufiler dans la vraie vie de Buscarons. Labrousse se met donc en quête du numéro de téléphone de Manon Clémenti. Il appelle le producteur de la série télé dans laquelle la comédienne joue. Son statut d'attaché de presse justifie sa demande. Il obtient immédiatement le numéro de portable de la jeune femme et le compose. Manon Clémenti répond. Labrousse se présente. Il précise qu'il travaille pour la chaîne, sur le dossier de communication qui doit accompagner l'accident de Charles Buscarons. Elle l'interroge d'une voix éteinte :

— Ah ! C'est désormais établi, c'est vraiment un accident ?

— Non, ce n'est pas la conclusion de l'enquête en cours, mais vous pensez que ça pourrait être autre chose ?

— Je ne pense rien.

Il attend un instant pour voir si elle complète sa réponse, mais ce n'est que le silence qui se prolonge. Il reprend :

— Est-ce que je peux venir vous voir pour parler de lui ?

— Ça vous servira à quoi ?

Cette jeune femme délicate lui donne envie d'être sincère. Il aimerait tisser un lien affectif avec elle. Il imagine lui révéler son projet personnel, lui dire qu'il veut écrire un roman qui s'inspire de la vie et la mort de Carlos Buscarons, mais c'est s'exposer à un refus absolu. Il décide finalement d'avancer masqué. Il choisit le mensonge et il lui demande s'ils peuvent se rencontrer en fin d'après-midi, car la chaîne doit élaborer une stratégie de communication sans faille. Manon Clémenti refuse, la matinée a été exténuante. Elle ne veut plus sortir de chez elle.

— Mais demain matin si vous voulez, je vais aller au marché de l'avenue du Président-Wilson et, si vous voulez, on se retrouve à dix heures au bar Le Grand Corona, place de l'Alma.

Maxime Labrousse note. Il se sent ému par la douceur lointaine de cette voix exténuée. Il a hâte de se retrouver face à elle. Il lui envoie un texto pour lui dire merci. Il signe par son prénom. Il a le souvenir de Manon noyée dans ses larmes d'encre bleue.

*

Joseph reste allongé pendant que Martha se prépare à quitter la chambre du Meurice. Il est embarrassé par l'impression confuse d'avoir perdu sa virilité. Ce ne sont pas ses capacités physiques qui l'inquiètent, la beauté et la sensualité de Martha lui donnent, au contraire, une vigueur réconfortante. Sa personnalité se modifie. Depuis qu'il l'a rencontrée, il constate une sorte de féminisation de son comportement. Il est plus doux, plus attentif. Il a perdu en agressivité professionnelle. Il découvre la patience et tolère les mille renoncements à ses propres exigences. Il ne se sent plus maître du jeu. Il y a deux heures, dans les secondes qui ont précédé la caresse provocatrice de Martha, il allait prendre une décision, peut-être salutaire, et mettre fin à une relation dans laquelle il est en train de se dissoudre. Le geste a inhibé sa réaction de révolte. Elle devait sentir ses tensions. Elle a décidé de détruire toute tentative de révolte par la fulgurance du désir. Martha le manipule. Il se dit que la verge est à l'homme ce que la poignée est à la casserole, et se reproche aussitôt cette métaphore graveleuse. Il perd pied.

Elle sort nue de la salle de bains, une grande serviette blanche à la main. Elle s'arrête face au miroir du hall d'entrée. Elle s'examine sous tous les angles, sans pudeur. Il a déjà remarqué que face à elle-même, son regard se durcit. Elle se penche, pour essuyer ses cheveux. Elle ignore la présence de Joseph. C'est une relation entre elle et elle. Le spectacle lui fait battre le cœur. Martha l'émeut au-delà de ce qu'il avait connu jusqu'à présent. Il est écrasé par la certitude naïve, propre aux amours adolescentes, qu'elle est l'âme sœur. Désormais, il n'existe que quand elle est là. Il ignore d'où vient la puissance de sa séduction, de ses hanches, de son regard, de sa voix, de ses gestes, de son port de tête, de cette façon de s'observer dans la glace, sans complaisance. Il lui demande :

— Tu te trouves belle ?

Elle constate sèchement :

— Je suis exactement tout ce que je déteste.

Il est persuadé qu'elle répond sans coquetterie. Elle est blessée par son reflet.

— Alors pourquoi, moi, je te trouve magnifique ?

— Je ne sais pas, tu aimes, peut-être, les femmes quelconques ? Nous sommes très différents tous les deux.

— Tu aurais donc meilleur goût que moi ?

— Je suis plus exigeante.

Elle regagne la salle de bains. Elle souligne toujours tout ce qui les sépare, leurs goûts différents, une conception de la vie parfois opposée. Il n'aime pas ces constats. Il rêve de fusion.

Avec ses autres compagnes, il avait affiché une distance et une liberté qui attisaient leur désir. La séduction se nourrit de futilité, de rires et de jeux. En se remémorant certaines situations, il réalise qu'il avait dû être égoïste.

Sa passion pour Martha le rend grave, parfois pesant, le besoin d'éternité l'étouffe. Le sentiment amoureux ne rend ni créatif ni original, pas particulièrement vif et intelligent. Les dépendances du cœur rendent infirme. Il se sent balourd de trop d'amour. Il pense qu'il s'abêtit.

Martha décide de rentrer directement chez elle, car son fils l'attend. Ce soir, le radeau restera obscur.

Alors qu'ils descendent l'escalier de service réservé aux chambres de bonne, Martha est appelée par Baratier, sur son téléphone. Le président souhaite que l'annonce de sa promotion soit diffusée dans la soirée, avant le bouclage des journaux. Joseph lui conseille de prendre le temps de faire négocier un contrat par un avocat. Elle lui rétorque que cette dépêche engagera aussi la chaîne. Elle l'embrasse furtivement puis, fébrile, repart vers son bureau pour contrôler la rédaction du communiqué.

*

Quand elle rentre dans l'espace paysager des attachés de presse, Labrousse est pendu au téléphone, en train d'essayer d'organiser sa soirée.

— Raccroche, on a du boulot. C'est désormais officiel, c'est moi qui remplace Buscarons. Il faut préparer le texte pour la presse.

Labrousse explose d'excitation. Une heure plus tard, le communiqué est prêt. Il annonce la décision du président Baratier de nommer Martha Kiss directeur général adjoint en charge des programmes. Il décrit l'étendue de ses responsabilités, rappelle sa formation ainsi que les différentes fonctions qu'elle a occupées dans la chaîne.

L'arrivée de Martha constitue une nouvelle importante. Les radios, les chaînes d'information continue, Internet et tous les blogs la diffusent illico. Il arrive que ce type de mouvement se fasse dans une relative indifférence, mais la taille de la chaîne, la personnalité de Carlos, les conditions troubles de sa mort, les difficultés liées à la fonction, la conjoncture politique et économique délicate, le fait que ce soit une jeune femme qui lui succède donnent du poids et de la saveur à l'annonce.

Martha rentre dans la lumière de l'actualité. Le cruel dispositif d'accueil se met en marche.

Le rite de bienvenue des dirigeants des grandes chaînes de télévision se fait selon une coutume microsociologique immuable qui compte deux temps forts.

D'abord, un feu de destruction. Dans les minutes qui suivent, les tribus de la télévision battent les tam-tams de la guerre. Chacun appelle au téléphone en moyenne cinq personnes. La durée des échanges est d'environ six minutes. Le cap des six cents appels est franchi en moins d'une demi-heure. Quel que soit le nom du nouveau chef des programmes, les conversations ont majoritairement la même tendance. La déception et l'acrimonie dominent. La tribu est amère. Chacun avait son favori. Elle gronde de stupéfaction puis déverse un flot de critiques. La communauté tente de comprendre les raisons de ce choix absurde qui révèle la stupidité des dirigeants de la chaîne, leur incapacité à résister aux pressions. Les manœuvres souterraines des réseaux d'influence expliquent toujours tout. Si l'élu est un homme ou une femme d'un certain âge, on évoque des liens obscurs avec la franc-maçonnerie et la majorité politique. Si c'est une femme encore jeune, on décompte ses amants influents. Si il ou elle est homosexuel(le), les commentaires sont lapidaires, une lapidation même.

Cependant, le temps d'orage dure peu, car il faut préparer l'avenir. Vient alors le moment de la liesse forcée. Tous les membres de la tribu se précipitent sur leur téléphone pour féliciter le nouveau nommé, partager avec lui la très bonne nouvelle, se réjouir au nom de la profession tout entière de ce choix judicieux. Parfois, au passage, le partant prend un coup de corne. Il était temps qu'il s'arrête.

Cependant, le téléphone du nouveau dirigeant ne pouvant accueillir un tel flot simultané d'appels joyeux, de félicitations et de cris d'allégresse, c'est alors la pluie de textos lyriques, débordants d'affection, qui concluent toujours par : « déjeunons vite ensemble ». L'agape consacre le lien. Les nommés de frais, les plus naïfs peuvent être pris de vertige, croire qu'ils sont réellement devenus importants.

Martha n'échappe pas à la mascarade. En quelques dizaines de minutes la boîte vocale de son téléphone est saturée de tous les messages de ses nouveaux amis. Elle lit quelques dizaines de textos chaleureux, mais décide sagement de rejoindre son fils. Son cœur explose de bonheur. Elle n'échappe pas à la griserie. Elle le sait, l'excitation va l'empêcher de dormir.

Maxime Labrousse, après avoir tenté, en vain, de serrer Martha dans ses bras pour la féliciter, lui manifester son affection, retourne dans son studio de célibataire et remplit quelques pages de notes. La vie de Carlos Buscarons est devant lui, et si c'est un désert, la carrière de Martha Kiss sera peut-être une saga ?

Joseph Dreyer a lu la dépêche de l'agence de presse. Il s'est inquiété de l'intitulé restrictif du titre de Martha. Elle est nommée directrice générale adjointe alors que Carlos avait une délégation pleine de directeur général. Il est persuadé que cette modification d'organigramme cache des intentions pernicieuses. Les grands groupes ont des règles précises, les mauvais coups se préparent méticuleusement. Une cohorte de juristes, de financiers et de DRH vigilants veille sur la préservation des intérêts du Golem. Joseph tente de la joindre, mais l'armée des nouveaux fans piétine sur le réseau. La thrombose des admirateurs est infranchissable. Il n'y parvient pas. Ce soir-là, Martha n'appelle pas. Le pouvoir dessèche et rend amnésique. Joseph rumine et ne trouve pas le sommeil.

*

Le lendemain, quand Manon Clémenti arrive au Grand Corona, elle trouve Labrousse déjà installé depuis une heure à la terrasse du bar. La table ronde en marbre est constellée de miettes de croissant, le cendrier à moitié plein. Les fumeurs sont contraints de s'exposer aux intempéries et au vacarme de la circulation. Malgré le bruit assommant des voitures, en plus de la corbeille de viennoiseries, il a aussi dévoré tous les articles qui annoncent l'arrivée de Martha Kiss à la tête des programmes. Il est au téléphone :

— Non, elle ne donnera pas d'interview ces jours-ci, mais quand elle le décidera elle te parlera d'abord à toi, si tu me donnes tout ce que tu peux ramasser sur Buscarons…

Il voit Manon, il abrège :

— Allez… On se reparle vite…

Il raccroche. Elle se tient devant lui, moitié ménagère à cause du Caddie vert olive pour faire les courses, moitié punk podium façon Vivienne Westwood pour la tenue, notamment une jupe qui semble avoir été fabriquée pendant la nuit par une araignée paresseuse. À la table d'à côté les types se sont arrêtés de parler. Ils échangent des mimiques de bonobos. Si elle n'est pas célèbre, elle est connue. Son visage est familier sans que les gens puissent mettre un nom dessus et ne laisse pas les hommes indifférents. Elle s'assied à côté de lui face à la rue ; arrête immédiatement les conditions de leur échange :

— J'ai une demi-heure, maximum, à vous consacrer, après je vais faire le marché… Vous avez besoin de savoir quoi ?

Elle parle d'une voix saccadée en regardant ailleurs. Labrousse lui ressert le discours sur la gestion des suites médiatiques consécutives au décès de Carlos. Elle est irritée parce que depuis une semaine toutes sortes de journaux ou de radios ont cherché à la joindre. Son agent ne veut pas qu'elle parle de son mariage avorté avec Carlos.

Il a sorti le carnet et le stylo. Il précise :

— Toute la direction de la chaîne s'interroge sur la véritable personnalité de Buscarons… Les dirigeants ont la trouille que les flics ou la presse révèlent des aspects de sa vie qui pourraient être dévastateurs pour l'image de la chaîne.

Elle laisse tomber :

— Dévastateurs ! Vous n'avez pas peur des mots, vous !

Il attend. Il s'est retourné pour l'observer : cheveux bruns très courts, sauf une mèche qui lui retombe sur le front, des yeux sombres avec des paupières épaisses charbonnées. Il est très attiré par les filles à lourdes paupières. Les commissures de sa bouche tombent et lui donnent un air légèrement dédaigneux. Elle est menue, d'une minceur aux limites de la maigreur. Elle a croisé les jambes, et ses deux tibias parfaitement parallèles permettent à Labrousse d'estimer, à l'œil, le volume de ses cuisses. Un truc d'expert. Plus les cuisses sont charnues plus les tibias s'éloignent. Elle dégage un léger parfum, très frais, qui contient de la calone. Elle lui fait penser à un mannequin anglais de la fin des années soixante-dix, photographié par Richard Avedon. Il ne se rappelle plus le nom de cette gracile jeune fille au regard profond. Il note de faire une recherche sur le Web. Manon Clémenti garde le silence. Le fracas de la circulation invite à se taire. Il relance :

— Que faut-il craindre alors ?

Elle ne le regarde toujours pas ; le mitraille sèchement :

— Vous croyez que c'est à moi de raconter les excès et les faiblesses de Carlos ?

— Vous voulez boire quelque chose ?

— Non. Merci.

Elle est cadenassée, il sait qu'il détient un argument efficace mais délicat à utiliser. La carrière de Manon Clémenti est liée à la rencontre avec Carlos. Six ans auparavant, il l'a imposée dans une série qui est aujourd'hui un des succès stables de la chaîne. Elle n'occupe pas un des rôles principaux, aussi, la chaîne peut-elle suggérer au scénariste de la faire mourir dans un prochain épisode. Sa disparition de l'antenne n'affaiblirait pas le succès de la série, par contre la jeune femme, marquée par ce long second rôle, pourrait avoir du mal à poursuivre sa carrière.

Il n'est pas fier de cette menace sournoise. Le bobard peut se retourner contre lui. Manon est d'une humeur belliqueuse. Si elle s'aperçoit qu'il ment, il va se faire laminer. Malgré tout, il tente la manœuvre :

— Manon, la chaîne a besoin de vous et vous avez besoin d'elle. En échange de vos droits, il y a des devoirs…

Elle le coupe :

— Arrêtez ça immédiatement.

Signe d'un début de colère, la réponse est abrupte. Maxime bredouille :

— J'arrête quoi ?

Elle décroise les jambes. En le regardant droit dans les yeux, elle élève la voix :

— Arrêtez ce discours visqueux, vous partez de travers. Je sais que je suis une comédienne qui collectionne les rôles sans intérêt… alors ne me prenez pas pour une conne. Allez à l'essentiel. Depuis hier soir, je m'attends à ce que vous me la jouiez à l'intimidation. Pour gagner du temps, dites-vous bien que je m'en moque à un point que vous ne pouvez pas imaginer.

Elle fouille dans son sac et en sort un paquet de cigarettes.

— Ce n'est pas votre chantage minable qui peut me décider à parler de lui. Je n'ai rien à perdre. Je ne dors plus depuis plusieurs nuits. Je ne sais pas si je dois parler de Carlos, à vous ou aux autres, ou si je dois tous vous envoyer chier.

Elle sort un briquet, regarde à nouveau vers la rue et allume une cigarette, Labrousse n'existe plus pour elle.

— On me conseille de me taire, de ne pas apparaître, mais j'ai envie de parler de lui, de sa vérité, de lui épargner les ragots alors qu'il ne peut plus se défendre. J'ai été très amoureuse. Cet amour est encore là, et je sais qu'il m'a aimée au moins aussi fort. Ce qui a été écrit sur notre mariage et les raisons de notre séparation est une montagne d'immondices. On ne nous a pas laissé le moindre droit au bonheur… Il a toujours aimé marcher au bord du vide, mais on l'a poussé.

Elle le fixe avec un regard encore assombri, les commissures des lèvres pointent vers le bas. Elle paraît soudain plus âgée, plus dure.

— Vos pressions de sous-fifre ne peuvent que me donner envie de me taire. Je me sens vieille, j'ai passé la trentaine. Je n'ai plus d'avenir. J'ai joué quelques panouilles au cinéma dont personne ne se souviendra. Mon seul rôle, je le dois à Carlos.

Silence dans le vacarme. Elle tire une bouffée. Elle reprend :

— Sur le fond… maintenant… là, en face de vous, je me fous de mes jobs insignifiants pour une chaîne de télévision que je n'ai pas envie de regarder. Depuis, je me suis remariée avec quelqu'un que j'adore et avec qui j'ai eu un enfant. Ma vie est loin de ce désert. La télé rend souvent autiste et toujours aigre. Est-ce qu'un petit homme comme vous peut comprendre ça ?

Le petit homme recule comme s'il avait reçu une ruade dans le nez, mais il acquiesce.

Manon enchaîne :

— La mort de Carlos me fait pleurer. Je ne veux pas qu'il reste au fond de son puits de silence, sous un tas d'ordures. Si je vous parle, il faut me jurer que vous n'utiliserez cette histoire que pour le défendre.

Labrousse confirme par un hochement de tête.

— Carlos était un homme aussi secret qu'il était jouisseur et libre. Il m'avait dit : « Je t'aime parce que tu as des fesses rondes, que tu sens la banlieue et que tu as des parents communistes. » Ça m'avait fait marrer. Je croyais que c'étaient des mots en l'air, mais plus tard j'ai su que c'était vrai… Il m'aimait aussi parce que je venais d'Aubervilliers, mes parents habitaient rue de Crèvecœur. Croyez-le ou pas, mais j'ai compris que c'était sa vraie personnalité. Ce n'était pas un mondain.

Elle garde le silence, mal à l'aise, et se lève d'un coup :

— Je n'ai pas envie de parler de ça ici. Vous avez choisi le mauvais endroit. Il y a trop de bruit. Je dois forcer sur ma voix. Si vous voulez, venez avec moi faire le marché… Mes idées seront peut-être plus claires.

Il dit oui, pose un billet sur la table. Elle lui tend la poignée du Caddie vert olive.

— Rendez-vous utile…

Ils traversent l'avenue Marceau puis la place de l'Alma en zigzaguant entre les voitures bloquées par un énorme embouteillage. Le marché de l'avenue du Président-Wilson est l'un des plus beaux de Paris. Des centaines de commerçants abrités sous des toiles de tente blanches forment une longue galerie de lumière et de parfums qui part de la place de l'Alma et court jusqu'à la place d'Iéna. Tous les mercredis et samedis matin, le marché s'étire entre les immeubles haussmanniens ventrus et prétentieux, bordés par le Palais de Tokyo, le musée d'Art moderne, le musée Guimet et le musée Galliera. Les camions qui approvisionnent le marché sont garés le long du terre-plein central, réduisant la circulation à une voie. Deux fois par semaine, la circulation coagule.

Manon devant, Maxime derrière, le Caddie vert olive ferme la marche. Ils remontent vers la partie haute du marché. Elle slalome rapidement dans la foule. Maxime a des difficultés pour ne pas perdre le contact. Elle ne parle pas. Arrêt primeur, légumes, fruits, puis poissonnerie, filets de sole, et enfin jambon à l'os : cinq tranches épaisses, pâtes fraîches et gressins. Labrousse connaît un fromager dans la dernière section des étalages qui est un véritable artiste. Il prépare dans sa tête son one-man show du fromage, mais Manon fait un demi-tour brutal et rebrousse chemin.

— Hé, vous avez oublié les fromages !

Sans tourner la tête, Manon réplique :

— Je ne mange jamais de fromage…

Elle piétine la libido de Maxime. Il baisse la tête, la suit, résigné. Elle franchit la grille du jardin qui jouxte le musée Galliera. Ils s'installent sur un banc face à la fontaine dominée par une statue Art nouveau en bronze vert, une longue femme nue et gracile au torse d'adolescente qui porte la main droite à la hauteur du front. Le modèle aurait pu être Manon. Labrousse lit à haute voix l'inscription sur le piédestal décoré :

— « Il est gentil le mois d'avril qui n'ait son chapeau au grésil », ça veut dire quoi ?

Manon hausse les épaules pour lui faire comprendre qu'elle s'en moque et ouvre un paquet de gressins. Elle en sort deux, s'en plante un dans la bouche et tend l'autre à Maxime.

— Alors ?

— Alors quoi ?

— Vous voulez savoir quoi ?

— Je veux savoir qui était Carlos… Comprendre comment et pourquoi il est mort…

— Je sais qui était Carlos, je ne sais pas comment il est mort… Mais j'imagine pourquoi.

Elle garde un long silence. Maxime attend.

— Je vais vous dire ce que je sais, ça vous évitera de croire toutes les conneries qu'on entend.

Elle prend son souffle, car l'histoire doit être longue.

— Nous nous sommes connus sur un plateau de télé, je participais à une émission qui traitait de mode. Je faisais, de loin en loin, une chronique très courte. Il est passé. Il s'est installé dans la régie. Je ne savais pas que le boss était là. J'ai présenté un reportage frivole sur la lingerie, de l'art de la culotte Petit Bateau à Victoria Secret. Il m'a attendue à la sortie du plateau. Je me souviens, j'avais des boucles d'oreilles en duvet de canard. Il m'a demandé : « Je veux savoir où vous les avez achetées. » Je lui ai dit que c'était une entrée en matière un peu faiblarde. Il a souri gentiment et m'a répondu que, si je lui accordais une séance de repêchage, il allait faire des efforts pour améliorer la suite.

Elle grignote son gressin, Maxime la dévore des yeux.

— Des efforts, il en a fait. Il a été génial. C'est allé très vite, on a déjeuné, dîné, il m'a emmenée quatre jours à New York pour Noël dans un hôtel de Soho. On a joué à Pretty Woman. En rentrant, il m'a proposé le mariage. J'étais super heureuse. Carlos était un fou magique. Quand je lui ai avoué, avec crainte, que je venais d'un milieu prolo et que mon père était maçon, il a dit qu'il allait venir lui demander ma main. J'ai cru qu'il plaisantait et ça m'a fait rire, mais il était super sérieux. Il est venu dîner à Aubervilliers, rue de Crèvecœur, dans la HLM de mes parents. Ma mère avait préparé un osso-bucco. J'ai assisté à un truc incroyable, Carlos était bouleversé de voir mon père. Toute la soirée, il lui a parlé de son père à lui, Fernando Buscarons, un maçon républicain catalan espagnol. J'ai adoré ce moment.

Au fil des phrases, Manon est devenue transparente comme du verre doré qui irradie de l'intérieur. Elle a quitté le banc et le jardin Galliera pour retourner s'asseoir autour de la table du dîner. Elle entend Carlos parler de son père, Fernando, des déchirures fraternelles de la guerre d'Espagne, de l'engagement dans les rangs des républicains puis de la Retirada et de l'émigration de cinq cent mille Espagnols. Fernando avait été détenu dans le camp d'Argelès-sur-Mer. Ensuite, il était parti vers Montauban où il était devenu ouvrier agricole au service d'une veuve arménienne. Ils se sont aimés, ils ont fait l'amour et Charles est né. Fernando est mort, écrasé par son tracteur… Carlos n'avait qu'un an.

Elle sourit.

— Tu vois, petit homme, Carlos venait d'ailleurs. Il n'appartenait pas au troupeau des bourges parisiens. C'était un évadé. Il disait : « Je suis un homme transversal, je suis un bout d'Espagne, un morceau d'Arménie, sur un coin de France. » Ce soir-là, rue de Crèvecœur, avec mon père et ma mère, il avait repris racine. Mon père en riant lui avait dit : « Moi je suis un vieux Rital... et j'ai marié une belle fille de Lorraine ! » Il avait pris la main de ma mère et il l'avait embrassée.

Elle se repasse les images dans la tête et enchaîne :

— À la fin du dîner, il avait déclaré à mes parents : « Madame, monsieur Clémenti, j'ai l'honneur de vous demander la main de votre fille. » Ils ont ri, ils étaient radieux. Pour le mariage, on a fait une méga fête. Il y avait ma famille, les amis et les autres. On s'était retrouvés ensevelis sous les cadeaux les plus beaux, les plus chers, mais Carlos n'avait pas invité sa famille. Il m'a dit : « Ma mère est trop vieille et ma sœur ne viendra pas... » Quand j'ai demandé : « Pourquoi ? » il n'a pas répondu. Le soir du mariage, on aurait dû partir, quitter Paris et la France, et ne jamais revenir.

Un long silence, accompagné d'un grignotis d'écureuil.

— Au fil de nos mois de vie commune, j'ai découvert des Carlos différents... D'abord et avant tout, un homme tendre, amoureux, sensuel, qui voulait faire un enfant. Il me racontait des histoires romantiques. Il me disait que nous nous étions connus dans une autre vie, en Irlande, au XVIIIe siècle. Il racontait que nous avions une chaumière à Killarney dans le Kerry. Nous étions fous amoureux, mais il était mort d'une chute de cheval. Notre amour était si beau, si fort que Dieu avait décidé de nous donner une autre chance, et il l'avait noté dans un grand livre. Carlos m'a dit : « Dieu est bordélique, il est vieux et il a tellement de trucs à faire qu'il en oublie. Il a failli rater l'organisation de notre deuxième rendez-vous. Quand il s'est rendu compte qu'il avait laissé filer du temps entre nous, il s'est dit : ça fait vingt ans de perdus, mais c'est toujours mieux que rien. » Carlos était cyclothymique, il avait aussi son côté sombre, il était capable de passer en quelques instants d'un état d'excitation triomphante à des plongées dépressives. Il se transformait alors en personnage cynique et distant.

Elle regarde ses chaussures.

— Tout le monde sait qu'il marchait à la coke, mais quand nous nous sommes mariés, il m'a juré qu'il n'en prendrait plus.

Je suis sûre qu'il a lutté pour tenir parole, mais la dope avait déjà fait des dégâts. Il a replongé.

La voix de Manon baisse d'un ton.

— Il s'est fait aider par un médecin. Malgré son désir pour moi, il lui arrivait souvent de ne pas pouvoir bander. L'humiliation le rendait agressif. Les heures qui suivaient étaient épouvantables. Les dernières fois, il quittait l'appartement, et je suis sûre qu'il partait voir d'autres femmes. C'est PAN, l'animateur, qui le fournissait en coke et en putes, de luxe ou pas. Ce type est une charogne. Il est aussi allé revoir une salope qui travaillait pour la chaîne. Ils avaient baisé ensemble avec la bénédiction de son mari, un notaire cupide qui vivait dans le sillage des hommes politiques et changeait de bord à chaque élection. Je crois qu'il était allé trop loin dans tout et qu'il ne pouvait plus revenir. Notre seule terre vierge, c'était la tendresse, mais la tendresse c'est une île au ras de l'eau, un rien la recouvre.

Les commissures de ses lèvres s'étirent vers le bas.

— Les journaux pourris ont publié des photos dégueulasses. Le notaire a déposé une plainte pour essayer de tirer des bénéfices supplémentaires du cul de sa femme.

Elle se tourne vers Maxime :

— Je te choque, petit homme... Tu me trouves vulgaire, une femme ne doit pas parler comme ça, mais je parle comme ils vivent. Je suis sûre que Carlos était amoureux de moi. Pourtant, c'était trop dur et j'ai décidé de partir. Un matin, après une nuit blanche, épuisante d'alcool, de cigarettes, de palabres, j'ai quitté l'appartement. Nous étions à bout de nerfs. J'ai cru un instant qu'il pourrait devenir violent. Je suis rentrée à Aubervilliers chez mes parents. Alors Carlos a tenté une dernière manœuvre pour essayer de nous sauver. Il m'a emmenée voir sa famille à Marseille. Sa mère, Gaïané, y vivait avec Rose Muguet, la demi-sœur de Carlos.

Silence, elle regarde la fine statue en bronze.

Je me suis rendu compte trop tard que ce voyage constituait une épreuve initiatique et un appel au secours. Il l'avait préparé en me donnant un texte qui racontait la vie de sa mère et le début de la sienne. Il avait commencé à le rédiger, quelques années auparavant, avec l'idée d'essayer d'en faire un scénario ou un livre. J'ai lu le texte dans le TGV entre Paris et Marseille. Il me l'a repris en descendant du train.

Manon se tait, lève les yeux au ciel comme pour récupérer quelques forces, et poursuit :

— Deux jours avant sa mort, c'était le dix-neuf juin en fin de journée, il m'a appelée au téléphone. Nous ne nous étions plus parlé depuis des mois. Son propos était confus. Il semblait un peu ivre. Il a pris de mes nouvelles, et m'a confié que pour lui tout était difficile. J'ai pensé qu'il parlait de son travail. La rumeur disait qu'il commençait à être contesté par des gens de la chaîne, que Baratier le lâchait peu à peu. Au détour d'une phrase, il m'a demandé si je me souvenais du texte qui racontait l'histoire de ses origines. Je lui ai répondu que je l'avais gardé dans ma mémoire et dans mon cœur. Il m'a dit qu'il avait encore appris des choses sur sa famille, qu'il avait commencé à le modifier et qu'il venait de le transmettre à Christine Beaufort, une amie scénariste, pour qu'elle l'aide à en écrire l'adaptation.

Manon reprend son souffle.

— Je ne comprenais pas pourquoi il m'appelait. S'il voulait que je lise son nouveau texte, il n'avait qu'à me l'envoyer. J'en ai déduit qu'il voulait avant tout me parler, être en contact. Quand j'ai appris sa mort, j'étais persuadée que c'était un suicide car je l'avais trouvé dans un état pitoyable.

Labrousse a du mal à cacher sa subite nervosité.

— Vous avez ce document ?

— Oui, j'ai appelé Christine qui me l'a envoyé.

— Je pourrais le lire ?

Elle se tourne vers lui, le toise :

— Tu t'appelles comment déjà, petit homme ?

Malgré le risque d'interrompre le dialogue, Maxime ne peut se contenir :

— Arrêtez de me parler comme ça, cessez de m'appeler petit

homme... Ça commence à me gaver grave, je m'appelle Maxime Labrousse.

Manon a un sourire narquois, mais elle repasse au vouvoiement :

— Vous avez tort... Petit homme, c'est plus joli que Labrousse. Je savais que ça vous intéresserait. J'en ai apporté une copie. Je veux que vous le lisiez, car c'est un gros bout de la vérité de Carlos. Je crois que les vraies raisons de sa mort se trouvent cachées dans ces lignes.

Puis elle fouille dans son sac et en extrait une chemise violette en plastique transparent.

— Tenez, Labrousse Maxime, c'est vite lu, vous le déchirez après, ça appartient à Charles Buscarons. Vous ne photocopiez pas ce texte. Vous ne le faites pas circuler. Si vous le faites, vous saurez simplement que vous êtes une merde.

Maxime prend la chemise qui ne contient qu'une dizaine de feuillets. Manon enchaîne et reprend le récit de leur voyage.

— Quand nous sommes arrivés dans la petite maison du quartier arménien de Beaumont dans la banlieue de Marseille, j'ai rapidement compris que j'avais eu tort d'accepter de venir. Il faisait nuit, le taxi nous a laissés devant un pavillon noyé dans l'obscurité. Il a fallu attendre longtemps avant que Rose vienne nous ouvrir. J'ai découvert un personnage effrayant, une femme hostile qui n'a pas embrassé son frère et m'a totalement ignorée. Sa mère nous attendait, en compagnie d'un vieil homme, dans un salon éclairé par un lampadaire faiblard. En voyant Carlos, Gaïané s'est mise à pleurer. Le vieux nous a serré la main. Tout sentait la mort. Rose avait posé sur la table du salon les magazines qui publiaient les photos des frasques de Carlos. J'aurais voulu pouvoir partir immédiatement. J'avais peur d'être contaminée par l'air qui stagnait dans la pièce, j'essayais de ne pas respirer. J'avais choisi une belle robe, bien sage, je n'avais pas mis de bijoux, je n'étais pas maquillée. Je savais qu'il fallait que je sois un peu terne. Mais malgré ça, j'ai senti que je symbolisais tout ce que Rose reprochait à Carlos. Il avait abandonné le clan. Il émanait de sa demi-sœur une agressivité que je n'avais jamais rencontrée. Je suis habituée à la rivalité féminine, mais je n'ai jamais affronté un tank. La maman de Carlos s'était enfermée dans le silence. Elle me regardait avec douceur, sans parler. Rose n'avait pas préparé de dîner. Le vieillard dansait d'un pied sur l'autre. Nous sommes rapidement repartis vers l'hôtel. Nous ne sommes pas rentrés ensemble à Paris. Il est resté à Marseille et moi j'ai pris un train dès le lendemain matin. Le Carlos dont j'étais tombée folle amoureuse n'existait pas plus à Marseille qu'à Paris. Je savais qu'il était quelque part ailleurs mais que nous ne nous rencontrerions plus jamais. C'est dur à expliquer. Rien de tout ça ne peut passer par les mots. Mon amour était un espace inexistant entre deux mondes. Nous n'avons jamais évoqué cette sinistre soirée. Nous ne nous sommes revus que pour signer les papiers du divorce.

Manon garde un instant le silence puis se redresse brusquement.

— Je crois que lui aussi a pris conscience qu'il n'était plus personne.

Elle tend la main à Maxime pour lui signifier que l'entretien est clos. Il glisse une dernière question :

— Vous pensez que je devrais, moi aussi, aller à Marseille pour comprendre ce qui s'est passé ?

— À moins que vous n'ayez besoin de partir au soleil ou que vous vouliez écrire un livre sur l'immigration arménienne, je ne vois pas ce que vous iriez foutre là-bas.

Labrousse part d'un rire gêné. Il change de sujet de conversation.

— Il fait quoi votre mari ?

— Il est éditeur.

— Ah… Ça, c'est un beau métier !

Elle fait demi-tour en faisant crisser les roues du Caddie plein à ras bord sur les graviers de l'allée. Il part de son côté en emportant, serré contre lui, le mince dossier violet qui contient les fragments de la mémoire de Buscarons.

À l'instant où il va rentrer dans la bouche du métro, son portable se met à sonner.

Il décroche. C'est Manon, elle a changé d'avis.

— C'est moi... Où êtes-vous ?

— Place de l'Alma, je vais prendre le métro.

— On peut se retrouver tout de suite au Corona ? J'ai réfléchi, je ne veux pas vous laisser ce document... Vous allez le lire devant moi et me le rendre.

— Vous êtes paranoïaque ?

— Si vous voulez, mais je m'en tape.

— Et si je monte dans le métro et que je ne vais pas au Corona ?

— C'est clair, ça voudra dire que vous êtes une merde.

— C'est répétitif. Chaque fois vous me menacez de me transformer en excrément. Vous êtes une fée monomaniaque. OK, Corona dans cinq minutes...

Manon ponctue :

— C'est ça, parano et monomaniaque, mais rendez-vous au Corona.

*

D'une façon générale, la meilleure façon de répandre une rumeur est de préciser que c'est un secret. La police n'échappe pas à cette règle. Elle ne peut que très rarement garder le silence sur une enquête en cours. Cependant, les fuites respectent la hiérarchie. Joseph apprend par la voix du préfet, au moment où ses collaborateurs sont informés par un inspecteur de la PJ, que la police est convaincue que Buscarons a été assassiné.

L'appartement de Carlos révèle des traces de lutte et son visage porte les stigmates de coups violents. D'autre part, il y avait sur la table de la terrasse des bouteilles d'alcool, qui indiquent que Buscarons y a pris un verre avec quelqu'un. Toutes les traces de doigts sur les verres et les bouteilles ont été soigneusement effacées.

Au même instant, le magazine sort en kiosque avec une simple interrogation sur les conditions de la mort de Buscarons. Joseph Dreyer regrette d'avoir raté, à quelques heures près, l'annonce de l'assassinat. Un patron de chaîne défenestré, la nouvelle est énorme. Les médias les plus réactifs vont se précipiter sur l'info. Il décide donc de tout révéler sur le site Internet du journal pour s'approprier la paternité des révélations. Quelques minutes plus tard, les équipes numériques rédigent et mettent la nouvelle en ligne : « La police a des indices prouvant que Charles Buscarons a été assassiné. »

Les quotidiens ont annoncé la nomination de Martha Kiss avec une photographie fournie par le service de presse de la chaîne. Elle bénéficie du bref état de grâce qui accompagne la cérémonie d'installation. L'essaim de l'audiovisuel s'agglutine en grappe autour de sa nouvelle reine. Elle continue à crouler sous les appels, les fleurs, les rondes de coursiers qui apportent des mots de félicitations. Même un sous-ministre, qu'elle ne connaît pas, se fend de quelques lignes de congratulations portées en hâte par un motard de la République. Une femme qui va décider de l'emploi de près d'un milliard d'euros et influencer le choix des invités sur les plateaux mérite bien quelques attentions.

Chaque compliment est une pelletée de terre supplémentaire sur le cercueil de Carlos. La pression sur Martha est immédiate. Les barons de l'antenne, ceux qui animent les émissions les plus populaires, réclament un rendez-vous rapide. Philippe-Antoine Nallet est le plus empressé. Il souhaite la rencontrer dans la journée. Dans les couloirs tout le monde lui sourit, l'embrasse, la complimente. Son secrétariat a déjà plusieurs demandes d'interviews et ressemble à un magasin de fleurs.

Les programmes de télévision ont suscité la création d'une multitude de petits métiers périphériques. Une poignée de commentateurs sur les chaînes du câble, sur les radios ou le Net se nourrissent de rumeurs. Ils suivent les mouvements de l'antenne comme les mouettes accompagnent en hurlant les bateaux de pêche avec l'espoir de récupérer fretin et restes.

Les ennuis commencent aussi. La direction de la programmation cherche à la joindre d'urgence, car un huissier vient d'apporter un référé interdisant la diffusion d'une interview contestée dans une émission nocturne. Les services juridiques demandent que l'on coupe une courte séquence et que l'on floute le visage d'un témoin avant la diffusion. Martha est immédiatement confrontée à la frénésie de la vie d'une chaîne.

Jusqu'à présent, aux côtés de Carlos, elle était protégée de la violence des tempêtes par cet homme-digue. Désormais, les vagues vont la frapper de plein fouet. De retour dans son bureau, elle écoute le message que Joseph lui a laissé sur son portable et qu'elle se réservait d'écouter plus au calme : « Buscarons aurait été assassiné. » Son ventre se tord, sa bouche est sèche, ses jambes molles. Un malaise vagal la pousse au bord de l'évanouissement. C'était, certes, une des hypothèses, mais à aucun moment elle n'y a cru. Elle imagine une silhouette qui pousse Carlos dans le vide. Martha se lève. Elle claque la porte qui la sépare de son secrétariat, retourne s'asseoir derrière son bureau encombré de dossiers. La tête entre les mains, les coudes sur sa table, elle se met à grelotter.

*

Labrousse reçoit l'info par une alerte sur son téléphone en remontant le boulevard vers la brasserie. Buscarons a été assassiné. Il ne pouvait pas y avoir de meilleures nouvelles pour lui et son avenir littéraire. Esquissant un pas de danse sur le trottoir, en serrant la chemise violette fort sous son bras, il décide de ne rien dire à Manon pour éviter que l'émotion ne lui fasse faire volte-face. Quand il arrive au bar, elle a pris une place à l'intérieur. Il s'assied. Elle lui sourit gentiment.

— Merci, mais je ne peux pas laisser ce texte de Carlos circuler. En le lisant, vous comprendrez pourquoi. Pardon d'y avoir pensé un peu tard.

La chemise violette contient une enveloppe kraft sans annotation. Labrousse en extrait une médiocre photocopie de quelques feuillets dactylographiés, non numérotés. La page de garde est barrée d'un titre écrit certainement de la main de Carlos à l'encre bleue : « Élément de vie pour un projet sans avenir ».

— Je peux prendre des notes ?

D'un mouvement de tête, Manon y consent. Labrousse sort un stylo et son carnet de moleskine puis se plonge dans sa lecture. Pendant ce temps, elle entame une conversation frénétique par textos avec un inconnu. Labrousse redoute que la nouvelle du meurtre lui parvienne pendant la lecture.

Le texte dactylographié est précédé d'une note manuscrite adressée à une certaine Christine Beaufort. Les marges sont couvertes de notes de la même écriture pointue, à l'encre bleue, avec des traits pleins et déliés formés par une plume large :

— Vous pouvez m'en dire plus sur Christine Beaufort ?

— Christine Beaufort, c'est la scénariste dont je vous ai parlé, une très ancienne amie proche de Carlos, un auteur expérimenté qui a beaucoup écrit pour le cinéma. Elle a aussi publié quelques romans à succès. À la demande de Carlos, elle acceptait de temps en temps de jouer les script doctors et d'intervenir pour redresser des scénarios boiteux. Il la tenait en haute estime. Je sais que pendant la courte vie de notre mariage, Carlos, plus ouvert sur les autres et sur lui-même aussi, s'est épanché auprès de Christine un soir après un dîner. Il lui a révélé les grandes lignes des épreuves chaotiques et douloureuses qu'avait traversées sa famille. Elle lui a suggéré de coucher cette histoire sur du papier pour voir s'il était possible d'en tirer un scénario. Il a d'abord repoussé cette suggestion, persuadé que ce type de récit n'a pas sa place à la télé. Je ne sais pas ce qui finalement a pu le décider à le faire. Il a d'abord écrit le texte qu'il m'a donné en montant dans le train, sans le communiquer à Christine. Puis en découvrant de nouveaux éléments sur son enfance, il a fait des rajouts pour préparer une nouvelle rédaction.

Labrousse entame la lecture des deux pages manuscrites placées en préambule.

« *Ma Christine,*

« *Tu m'as suggéré un jour, il y a sept ans déjà, d'écrire l'histoire de ma famille pour voir si nous pouvions en tirer un scénario. Je l'ai fait mais je n'ai jamais eu le courage de t'expédier le texte car, dans mes fonctions, je passe mon temps à rejeter la production de films historiques ou de drames douloureux.* Feel good ! *Plus la vie est dure, plus la télé cherche à être optimiste. Comme l'a écrit Salvador Dalí : "La télévision est une vaste entreprise de crétinisation." J'étais dans la position intenable d'un patron de chaîne qui propose à un auteur un sujet de fiction qu'il devra ensuite refuser. La situation a changé. Il y a quelques semaines, j'ai découvert de nouvelles horreurs ensevelies dans la mémoire de ma mère. Je sais tout, je vais tout raconter. Désormais, je dois me battre pour que nous mettions cette tragédie en images. Je veux régler mes dettes en redonnant vie aux héros et aux salauds obscurs de cette histoire. Ton talent est mon seul espoir. Tu es une magicienne qui sait transformer les sujets les plus austères en passion populaire. Nous allons réussir. Un scénario sous ta signature inspire le respect et offre une opportunité exceptionnelle pour imposer ce projet. Récemment, des producteurs m'ont tordu le bras afin que je signe un gros contrat pour le financement d'une série consacrée à la guerre de Trente Ans. Je ne croyais pas beaucoup à la valeur de ce projet. J'avais raison, c'était mal écrit et réalisé avec le pied. Le résultat a été catastrophique. Je veux maintenant exercer un droit de réciprocité. Je vais exiger que mes partenaires financent la production de ton futur scénario. Je les tiens, j'ai les moyens de les obliger à dire oui. J'ai délaissé les combats et mes idéaux de jeunesse pour aller gazouiller dans les dîners en ville, il est temps que je relève la tête. Tu vas trouver ci-joint le texte initial, celui que j'ai écrit il y a sept ans. Je vais me mettre au travail pour transcrire les zones d'ombre que j'ai découvertes. Je suis pressé, le temps m'est compté.* »

Labrousse commence la lecture du texte dactylographié.

Je m'appelle Charles Buscarons et pas Carlos. Carlos, c'est le pseudo que le show-biz m'a collé sur le dos. Je suis né du croisement de deux malheurs historiques, de la rencontre improbable d'une immigrée arménienne et d'un républicain espagnol.

Je suis donc arménien par ma mère, Gaïané Dertavidian. C'est elle mon héroïne. Elle est née à Constantinople. Son père, Zakar, était un horloger. Il a quitté l'Empire ottoman avec sa femme Gulig et sa fille Gaïané pour fuir les persécutions turques. En mille neuf cent vingt-deux, à Batoum, avec des centaines d'autres Arméniens, ils ont réussi à monter sur un bateau qui s'appelait le *Phrygie*. Lorsqu'ils sont arrivés à Marseille, les autorités les ont parqués pendant trois jours sur une île au large de la ville. Épouillage et douches, les précautions sanitaires étaient élémentaires. Ma mère, âgée d'à peine deux ans, a failli mourir de dysenterie. Ils ont été installés dans les baraquements de Sainte-Marthe, un quartier de Marseille. Ils étaient plus de cinq cents. Dans le plus grand des camps qui s'appelait Oddo, ils étaient trois mille. Cette année-là, près de onze mille Arméniens ont débarqué dans la ville.

Cette arrivée d'étrangers a provoqué d'inévitables réactions racistes, xénophobes. Dans un journal de l'époque, *Le Petit Provençal*, un élu a écrit : « La population marseillaise réclame du gouvernement qu'il interdise rigoureusement l'entrée des ports français à ces immigrants et qu'il rapatrie sans délai ces lamentables troupeaux humains, gros danger public pour le pays tout entier. » Mes grands-parents ont dû affronter la difficulté de s'intégrer dans une ville en partie hostile, dans un pays dont ils ne parlaient pas la langue. C'étaient des cultivateurs, des artisans menuisiers, des tailleurs, des boulangers, des bouchers, etc. La préfecture les obligeait à trouver un emploi rapidement sinon ils les renvoyaient chez eux où la mort les attendait. Il n'y avait pas beaucoup de travail. Les patrons profitaient de leur faiblesse pour les sous-payer et les faire travailler comme des bêtes de somme.

Mon grand-père Zakar est parti rejoindre les milliers d'ouvriers qui perçaient le tunnel du Rove. Il dormait presque toutes les nuits, sur place, dans un creux de rocher de la colline. L'année suivante, il a réussi à se faire employer dans une usine de savonnerie. Ils ont survécu grâce à leur courage et à leur solidarité. La communauté s'est serré les coudes. Zakar a rencontré un compatriote qui faisait partie des premiers migrants, ceux qui avaient fui après les massacres de Bakou. Il avait réussi à monter une entreprise de meubles. Il a donné à mon grand-père un emploi avec un bon salaire. Ma grand-mère participait à un atelier de broderie créé par un groupe de femmes arméniennes. Ils ont peu à peu recréé des conditions de vie normales. Les familles se sont regroupées par quartiers. Ils se sont donné la main pour acheter des terrains et construire de petites maisons. Mes grands-parents se sont installés dans le quartier de Beaumont. C'est là que ma mère a grandi. J'ai vu des photos d'elle : à dix-huit ans, elle était belle, avec un visage aux traits fins, des yeux d'un noir profond et une silhouette gracieuse.

La partie de l'histoire qui suit est un mélange de miracles et de malédictions. Je veux la raconter au présent comme on écrit un roman.

Le vingt-huit octobre mille neuf cent trente-huit, Gaïané et Gulig partent acheter du fil à broder à Marseille aux Nouvelles Galeries, le bâtiment le plus grand et le plus chic de la ville. Le mistral souffle fort. Elles sont sur la Canebière, devant l'immense magasin, quand le feu se déclare à l'intérieur. L'incendie provoque une panique énorme et des bousculades entre ceux qui fuient et ceux qui viennent voir. Des gens sont piétinés. Les pompiers ont du mal à franchir la foule et à installer leur lance à incendie. Un technicien de la société des eaux décuple la catastrophe car à l'instant où les pompiers parviennent enfin à brancher leurs tuyaux et à ouvrir les vannes, l'employé voit baisser brutalement la pression dans le réseau. Il en déduit qu'il doit y avoir une fuite importante et ferme les alimentations en eau de la ville. Les pompiers ne peuvent plus combattre l'incendie. Le feu se propage aux deux palaces marseillais : le Grand Hôtel et l'Hôtel Noailles. Il y aura presque une centaine de morts.

Le même jour a lieu, à Marseille, le congrès du parti radical. Parmi les délégués, il y a un certain Émile Muguet, un élu de la ville de Montauban dans le Sud-Ouest. Il est venu participer au débat avec son fils unique Emmanuel, âgé de vingt-trois ans. Le jeune homme est un colosse de près d'un mètre quatre-vingt-dix. Il joue au rugby et travaille à la ferme paternelle. Le père et le fils ne se quittent jamais, ils sont seuls au monde depuis que la mère d'Emmanuel est morte en couches à sa naissance.

Au moment de l'incendie, Emmanuel Muguet est dans sa chambre de l'Hôtel Noailles. Il est évacué en urgence. Il se retrouve sur la Canebière dans les fumées noires brassées par un mistral fou. La panique est totale. De son côté, Gaïané a été séparée de sa mère et risque d'être piétinée par les mouvements de la foule. Emmanuel, du haut de sa belle taille, domine la situation. Il aperçoit la jeune fille en danger. Il force une trouée comme un cheval emballé, attrape Gaïané dans ses bras, la serre contre lui pour la protéger et l'entraîne à l'abri dans une ruelle perpendiculaire à la Canebière. La rencontre ne peut se transformer qu'en passion amoureuse. Gaïané est dans les bras d'Emmanuel, elle ne veut plus en partir. Emmanuel la tient, il ne veut plus la lâcher. Eux que tout séparait ne se quittent plus. En 1939, la guerre menace. Ils décident de se marier.

Cette union réjouit Zakar et Gulig. Ils aiment Emmanuel. Il a sauvé la vie de leur fille et il a des terres et une ferme. Mes grands-parents arméniens catholiques voient dans cette rencontre la main de Dieu. Émile Muguet pour sa part est moins enthousiaste. Athée, il pense qu'il doit moins à Dieu qu'à ses électeurs. En ces temps de xénophobie aiguë, les gens de son pays pourraient ne pas comprendre que son fils épouse une étrangère qui porte un nom bizarre, mais Émile vénère Emmanuel. Comment résister au bonheur de l'enfant qui occupe le centre de son monde ?

L'affaire est donc conclue. Émile décide d'aimer Gaïané comme sa propre fille. Emmanuel l'épouse en juin mille neuf cent trente-neuf à la mairie de Montauban. Le trois septembre, la guerre éclate. Les hommes sont mobilisés puis démobilisés. La France est occupée. Le couple s'est installé dans la ferme qu'il exploite.

En novembre mille neuf cent quarante-deux, ma mère accouche de ma demi-sœur Rose. Emmanuel et Émile Muguet donnent un coup de main à la Résistance locale. En juin mille neuf cent quarante-quatre, le quatrième régiment SS « Der Führer » de la division Das Reich qui remonte vers la Normandie exécute sommairement tous ceux qui résistent ou se trouvent sur son passage. Quelques jours après l'affaire des pendus de Montauban, le corps d'Emmanuel est retrouvé sur un chemin de la ferme. Son assassinat a été mis sur le compte de la division SS Das Reich.

Dans la marge, à l'encre bleue, Carlos, d'une écriture serrée, a ajouté : « La vérité est autre. »

Après une période de prostration, ma mère et son beau-père, très affaibli par un immense chagrin, reprennent en main les travaux de la ferme. Le vieil homme lui dit de ne pas s'inquiéter, sa famille a accumulé un pécule honorable sous la forme d'un sac de pièces d'or soigneusement caché. Émile recrute des ouvriers journaliers, pour la plupart des ouvriers agricoles espagnols qui ont quitté leur pays après la victoire de Franco. Parmi eux, mon futur père, Fernando Buscarons, un jeune agriculteur catalan qui a lutté dans les rangs des républicains.

Très rapidement, il occupe une place centrale dans la vie de la ferme. Fernando s'épuise à la tâche. Levé tôt, couché tard, il abat sans sourciller les besognes les plus dures. Gaïané et Fernando travaillent côte à côte en échangeant peu de mots.

Un soir où il sent que le malheur oppresse la jeune femme, il lui cite cette phrase de la Pasionaria, communiste espagnole, Dolores Ibárruri : « Il vaut mieux être la veuve d'un héros que l'épouse d'un lâche. » Ma mère lui répond, folle de colère : « Cette femme est une idiote, elle aurait mieux fait de se taire. » Puis elle lui tourne le dos.

Au milieu du mois de juin, en pleine moisson, le vieil Émile Muguet s'effondre au milieu de son champ, victime d'une hémorragie cérébrale. Il n'était jamais sorti du gouffre noir dans lequel l'assassinat d'Emmanuel l'avait plongé. Il emporte avec lui le secret de la cachette où il a dissimulé les pièces d'or.

Ma mère est héritière des biens de la famille, mais doit payer le coût de la succession. Elle emprunte de l'argent à la banque en hypothéquant les terres. Seule pour diriger l'exploitation agricole, elle s'appuie de plus en plus sur Fernando, l'Espagnol taciturne. Sa fille Rose grandit vite, c'est une enfant qui se replie sur elle-même. Elle a hérité la stature d'Emmanuel, son père, et le regard noir de ma mère. Ses longs silences, la rareté de ses sourires, sa silhouette épaisse font oublier que c'est encore une gamine. Fernando y est attentif, il lui apprend quelques mots d'espagnol. Il reporte sur elle toute l'affection d'un homme sans famille, loin de ses terres. La confiance pousse entre Rose et lui comme une fleur entre les pierres. En dépit de cet entourage chargé d'affection, ma demi-sœur donne l'impression de glisser lentement dans un monde parallèle. Elle donne des signes d'absence.

Carlos a écrit dans la marge : « Je sais maintenant pourquoi. »

À l'automne mille neuf cent cinquante-trois, ma mère me porte dans son ventre. Je nais en mai mille neuf cent cinquante-quatre. Trois mois après ma naissance, Fernando et Gaïané décident de se marier à la mairie de Montauban.

Ma mère m'a raconté que le voisinage désapprouvait cette union entre deux étrangers, sur la terre et dans la maison d'un homme considéré comme un héros. À leurs yeux, le mariage de ces deux « métèques » était une insulte à la mémoire d'Emmanuel. Les visages étaient fermés. Le village les rejetait. Le jour du mariage, l'adjoint au maire a bâclé la cérémonie. Ma mère avait fait venir ses parents et deux amis arméniens de Marseille en guise de témoins. Ils ont dîné ensemble le soir, avant que les amis ne reprennent le premier train pour Marseille le lendemain matin.

La propriété de Montauban était en fait à Albias, un village à quelques kilomètres. Tous les champs étaient sur cette commune. À l'automne mille neuf cent cinquante-cinq, sur un chemin vers les champs, on a retrouvé mon père Fernando mort, écrasé par son tracteur renversé le long d'un talus. Le crâne avait heurté une pierre et explosé sous la violence du choc. La gendarmerie a conclu à un accident.

Dix ans après la mort d'Emmanuel, ma mère Gaïané, qui a trente-cinq ans, doit maintenant faire face à la mort de Fernando. Elle est seule avec une fillette fragile et un bébé d'un an, dans un environnement hostile. Elle m'a raconté que, avec un désespoir frénétique, elle a cherché pendant des jours et des nuits, jusqu'à l'épuisement, la cachette du trésor d'Émile. Elle a tout retourné, creusé la terre, sondé le puits et les citernes. Elle ne l'a jamais trouvée.

Le fermier voisin lui a proposé de racheter la propriété pour un prix dérisoire. C'était la seule offre, la situation n'était plus tenable. L'arrêt de l'exploitation agricole diminuait la valeur de la ferme. Gaïané a accepté. Le prix modique de la vente lui a permis de rembourser l'hypothèque. Elle est partie s'installer à Marseille, dans une maisonnette à proximité de ses parents.

Ainsi, seize ans après son départ, Gaïané a retrouvé la communauté arménienne de Beaumont. Ils l'ont entourée avec amour, ont réchauffé son cœur. J'ai grandi là. J'ai aimé ces gens. Je n'ai jamais connu mon père ni mis un pied en Catalogne. Je n'ai jamais revu Montauban et Albias. Je me rends compte que j'ai un vide à remplir. Il m'arrive de me sentir coupable.

Encore quelques lignes à la main : « Si tu savais Christine, aujourd'hui, à quel point je m'en veux de ne pas avoir eu le courage et l'intelligence d'aller voir. »

Ma mère, Gaïané, a replongé dans l'arménité. Elle a fui le malheur, les assassins d'Emmanuel, la mort de mon père dans le son pleurnichard du duduk, les odeurs de khorovadz, les saveurs de baklavas et de keftas. Elle s'est mise à cuisiner d'une façon compulsive, au-delà des besoins quotidiens. Comme si les spectres devaient reculer devant un ragoût de citrouille. Ma sœur et moi nous étions gavés, transfusés de plats arméniens. La fortification de nos racines semblait passer par la bouche et l'estomac. Ma mère ne pleurait jamais. Elle avait basculé dans un autre monde. Mon grand-père et ma grand-mère, Zakar et Gulig, avaient vieilli. Ils donnaient des signes de lassitude, mais semblaient heureux de retrouver leur fille et leurs petits-enfants.

Rose, ma sœur, ne m'a jamais aimé, car elle ne comprenait pas pourquoi j'étais là et peut-être même qui j'étais. C'est dur à avouer, mais je crois qu'elle voulait que je disparaisse, convaincue que j'étais une des causes de leur malheur. Je craignais ses gestes brusques, ses humeurs imprévisibles. Je me sentais vulnérable face aux douze années et aux quarante kilos de plus de cette jeune femme qui me regardait de travers.

Elle avait hérité la stature d'Emmanuel, mais aucun signe de la douce féminité de notre mère. Moi non plus, je ne l'ai jamais aimée. Sa folie me faisait honte, sa violence m'inquiétait. Elle me donnait envie de la provoquer. Rose est un animal qui se méfie de tout. Dans cette charpente d'os, de graisse et de muscles, elle cache une intelligence aiguë qui ne lui sert qu'à nourrir des pensées amères et vindicatives. Je n'ai jamais su pourquoi elle est devenue aussi tordue car ni la mort de son père, ni son physique de catcheur ne justifient cet état de guerre permanent. Je lui ai jeté à la figure qu'elle ne pouvait pas m'en vouloir de ne pas avoir de père, nous étions à égalité.

Ma mère a toujours été très protectrice à l'égard de cette fille différente des autres. Elle l'a toujours entourée d'un nuage de tendresse. Je n'ai jamais bénéficié, moi, de telles attentions. En retour, Rose se sentait investie d'un rôle de garde du corps de ma mère, comme si, à chaque seconde de sa vieillesse, elle était menacée par les services secrets turcs.

Une histoire stupide a définitivement bâti un mur de défiance entre nous. Ma mère m'avait acheté un hamster dans une animalerie de la rue Edmond-Rostand. Finesse de gamin marseillais, je l'avais baptisé Edmond Roustons, car à l'évidence c'était un mâle. Rose disait que la bestiole puait. Un jour où il s'était aventuré hors de sa cage, elle l'a écrasé sous son pied. Avec toute l'énergie de mes dix ans, j'ai souhaité la mort de ma sœur.

J'avais honte de Rose. J'évitais que mes copains la croisent. Je ne voulais pas dire qu'elle était ma sœur. Leurs sœurs à eux sentaient fort la fille, elles nous excitaient. On voulait voir dans leur culotte. La mienne nous faisait peur. Quand j'ai eu l'âge des bagarres, la meilleure plaisanterie consistait à menacer les autres de l'arrivée de Rose.

Ni Gulig, ni Gaïané n'évoquaient le passé. Zakar, mon grand-père, au gré de nos tête-à-tête, a doucement distillé l'horreur du génocide. Il m'a transmis patiemment la haine des Turcs. Zakar m'a décrit les enfants torturés, les fillettes violées, les femmes enceintes éventrées. Il m'a expliqué la déportation de milliers de gens, à pied, à travers les terres brûlantes du désert de Syrie pour les faire mourir de soif, de faim et d'épuisement. Il m'a raconté des histoires qui m'ont empêché de dormir. Je crois qu'il voulait que j'hérite aussi de sa colère contre tous ces pays indifférents au massacre. Zakar m'a dit que Hitler, en mille neuf cent trente-neuf, avait encouragé les hordes SS à la tuerie des Juifs en arguant : « Qui parle encore aujourd'hui de l'extermination des Arméniens ? »

Ma mère s'est saignée à blanc pour me payer des études, mais en voulant la défendre et défendre son peuple, je crois que je l'ai trahie. Elle voulait que je sois un étudiant exemplaire, mais j'ai commencé à militer de plus en plus violemment pour la reconnaissance du génocide. Un lendemain de manif, les flics m'ont arrêté et accusé d'avoir collé un coup de couteau à un type dans une bagarre entre militants. C'était vrai. Je lui ai planté un canif dans la fesse, j'ai pensé que ça ne le tuerait pas, mais ça lui a tranché le nerf sciatique. Il en a gardé la jambe paralysée. Il a juré qu'un jour il me couperait les burnes. J'ai été gardé au secret puis relâché après trois jours de détention dans les sous-sols du commissariat central à Marseille. Ils n'ont rien pu prouver.

Après, j'ai été contacté par l'organisation clandestine l'ASALA (Armée secrète de libération de l'Arménie), c'était plus dur, on collectait des fonds pour la résistance arménienne. Il fallait ensuite les transporter vers Erevan. À quelques semaines d'un transport de diamants, j'ai été arrêté par les agents de la DST. Ils m'ont interrogé pour que je livre les noms de ceux qui appartenaient au réseau. Ils m'ont conseillé de me calmer, de quitter Marseille pour me faire oublier. Ils m'ont menacé du pire. J'ai eu peur. Je m'en suis sorti parce que j'ai bénéficié de l'aide d'un flic arménien.

À vingt-trois ans, j'ai abandonné Marseille et la fac pour aller poursuivre des études à Paris. Les membres de l'ASALA ont approuvé, ils savaient que je n'avais rien dit mais que j'étais grillé. Quelques mois après, j'ai rendu un ultime service à un groupe d'action qui s'appelait Khrimian Haïrik, puis j'ai rompu définitivement mes contacts avec l'armée secrète. Je me suis inscrit dans une école de journalisme. Je n'ai pas raconté la vérité à ma mère. Elle se doutait de mes activités clandestines. Elle était triste, mais soulagée. Rose était folle de rage, elle m'a traité de « feignasse, de saloperie, de maquereau, de radasse qui se fait entretenir par sa famille ». Elle avait en partie raison, mon séjour à Paris allait coûter une fortune pour un foyer aussi modeste, mais je me suis rapidement débrouillé pour subvenir seul à mes besoins.

Je suis parti, mais je n'ai jamais quitté ce monde-là, c'est le mien, cette ville, c'est la mienne ; mais, comme le disaient avec mépris mes camarades à cette époque, je me suis fait récupérer par le système.

Labrousse lit les ajouts de Carlos à la main, à l'encre bleue, au bas de la feuille :

« Voilà donc, ma chère Christine, ce que j'ai écrit il y a longtemps. Je vais compléter ces notes et tu verras que tout va au-delà de l'imaginable. On en reparle vite. Appelle-moi quand

tu auras lu ces premières pages. Ne tarde pas. Je t'embrasse fort. Carlos. »

Pendant sa lecture, Maxime Labrousse a frénétiquement rempli son carnet noir de notes. Il pose la feuille finale et reste, quelques secondes, silencieux. Manon a rangé son téléphone et le scrute pour tenter de capter les réactions du lecteur.

— Il était toujours comme ça ?

— C'est quoi comme ça ?

— Il avait l'air dogmatique et intransigeant, non ?

Manon blêmit.

— C'est tout ce que vous trouvez à dire ? Vous me donnez des doutes sur votre intelligence et des regrets pour vous avoir montré ce texte.

— Pardon, je me suis mal exprimé, votre question m'a surpris. Vous connaissez la suite de ce projet avec Christine Beaufort ?

— Non.

Elle tend la main pour récupérer son dossier, elle le plie, le glisse dans le Caddie, se lève et, avec un sourire crispé, conclut :

— Au revoir, Labrousse Maxime. Bonne journée.

— Merci, Manon, je suis content de ne pas avoir été transformé en merde.

Elle rit franchement.

— Ça ne tenait qu'à vous !

Il la trouve vraiment attirante. Il tente :

— On se reverra ?

— Non, je n'en vois pas l'intérêt.

— Ça, ça s'appelle un râteau !

À cet instant, son téléphone émet un bip signalant qu'elle vient de recevoir un texto. Elle y jette un coup d'œil, lève un regard qui se remplit de larmes et dit :

— Carlos a été assassiné.

Il s'avance vers elle. Elle fait brutalement demi-tour et court se fondre dans le vacarme de l'avenue.

*

Le Stromboli gronde et crache le feu. Les éruptions qui illuminent l'obscurité du ciel méditerranéen constituent un spectacle bouleversant. Le mot spectacle est faible, c'est un choc physique et émotionnel auquel se mêle un sentiment mystique. Tania Tarpowsky, l'assistante de Carlos, et Kadra, sa compagne, ont passé la nuit allongées, serrées l'une contre l'autre, sur le pont du catamaran, bouleversées par la démesure et l'esthétique des spasmes du volcan. Le bateau est resté au mouillage face à la Sciarra del Fuecco, le dégueuloir du volcan.

À l'aube, elles ont quitté les Éoliennes, mis le cap vers la Sicile pour laisser le bateau à Milazzo et prendre une voiture afin de rejoindre Palerme. Ce n'est qu'assise dans la salle d'embarquement du vol pour Paris, après douze jours de mer et de silence, que Tania reconnecte son téléphone. La boîte vocale est saturée de trente-cinq messages. Les premiers sont sans intérêt, puis arrive celui de Véronique Bouvier. La secrétaire de Carlos lui annonce en sanglotant la mort de leur patron. Les parents de Tania à Nancy cherchent à la joindre ainsi que les inspecteurs chargés de l'enquête et quelques journalistes. La messagerie est également chargée par les appels d'employés de la chaîne.

Elle compose immédiatement le numéro de Véronique qui décroche dès que le nom de Tarpowsky s'affiche sur l'écran. Pendant vingt minutes, la secrétaire de Carlos résume à Tania ce qu'elle sait de la mort de Carlos. Il s'agit d'un assassinat, la police cherche à la joindre. Elle lui annonce la nomination de Martha Kiss au poste de Buscarons. Elle lui décrit le climat de nervosité qui règne à la chaîne. Tania lui demande de garder secret leur échange téléphonique.

La climatisation de l'aéroport de Palerme est poussive et la température éprouvante. Tout l'aéroport sent la sueur. Le départ est retardé de quarante minutes. Il fait trop chaud pour que l'avion puisse décoller avec les bagages. La poussée des réacteurs est affaiblie par la volatilité de l'air brûlant. La compagnie aérienne prévient les passagers qu'ils vont pouvoir embarquer, mais que leurs valises suivront dans un autre vol.

Tania est fragilisée par une nuit blanche et des heures de navigation. Le pénible trajet en voiture sur une route encombrée et dangereuse a ajouté quelques degrés à sa fatigue. Dans son état d'épuisement, l'annonce de la mort de Carlos provoque une douleur incontrôlable. Saisie de vertige, elle sait qu'elle détient à son domicile des pièces de dossier qui peuvent aider à expliquer le crime.

*

Les services de sécurité postés à l'entrée de la chaîne ont informé Martha Kiss que « monsieur » Philippe-Antoine Nallet est en train de faire un scandale à l'accueil. Un vigile explique à Martha que PAN demande à être reçu immédiatement par la nouvelle directrice de l'antenne. Il a l'air d'être très énervé. Il est accompagné d'un chien, un énorme labrador noir qu'il ne tient pas en laisse. Le vigile a expliqué au visiteur que les chiens sont interdits dans les locaux, à plus forte raison lorsqu'ils n'ont pas de laisse, mais « monsieur Nallet » est très en colère. Il a répondu que « si des minables comme lui pouvaient toucher un salaire c'était grâce à lui. Il ne fallait donc pas qu'il se prenne pour autre chose que le portier ». Le vigile a l'air également à bout de nerfs. Martha sent que dans cette période d'agitation il faut impérativement éviter l'incident. Elle demande à l'employé de la sécurité de laisser monter PAN avec son chien en essayant de trouver une solution pour régler le problème de la laisse.

Finalement, l'arrivée délirante de l'animateur l'arrange plutôt car elle est en rendez-vous depuis plus d'une demi-heure avec une vieille scénariste narcissique. La dame, aux allures hommasses, boudinée dans un pantalon trop étroit, s'est arrosée au Kärcher d'un parfum de luxe qui se mélange aux odeurs de transpiration. L'odeur aurait décimé une tranchée pendant la guerre de 14-18 plus efficacement que le gaz moutarde. La scénariste est en train de dire tout le bien qu'elle pense d'elle-même et tout le mal des autres. Elle explique à Martha qu'elle a beaucoup de chance, elle est d'accord pour travailler pour la chaîne et pour sa nouvelle patronne. Pour manifester l'intimité de la relation, la professionnelle de la télévision a posé un pied potelé sur le bureau de Martha. Elle se gratte de temps en temps l'entrejambe comme un joueur de foot à l'échauffement.

Le vigile toque respectueusement à la porte de Martha, mais sans attendre de réponse, PAN fait irruption dans le bureau suivi par l'homme de la sécurité, col ouvert. L'animateur a eu le culot de lui demander sa cravate pour servir de laisse au chien. PAN ne jette pas un coup d'œil à la dame qui fait le grand écart sur la table de Martha. Il se précipite vers la nouvelle directrice de l'antenne pour lui serrer vigoureusement la main. La rapidité de son débit et la frénésie de ses mouvements ne font aucun doute, avant de venir voir Martha, il s'est poudré le nez.

— Merci de me recevoir rapidement et pardon d'avoir insisté… mais j'ai des urgences.

Puis il s'assoit sans un regard pour la visiteuse, considérant qu'elle est déjà partie. Martha, devinant que la scénariste se sent mise en cause dans sa virilité – elle est prête à faire le coup-de-poing contre l'intrus –, s'interpose habilement entre ses deux visiteurs. Malgré sa répulsion, elle embrasse la dame sur les deux joues, et utilise toutes les ficelles d'un briscard du Quai d'Orsay pour la pousser dans le couloir et éviter l'affrontement physique avec l'animateur survolté. Abandonné à lui-même, le chien en profite pour aller renifler le postérieur de la scénariste qui tente de lui coller un coup de pied, lequel par chance rate le labrador et n'atteint que le mollet du vigile accablé. Heureusement, l'animateur garde les yeux braqués sur Martha et n'a pas vu la tentative d'agression contre son cabot. Une fois la porte refermée derrière la scénariste, la tension retombe malgré une odeur persistante de parfum et de sueur. PAN est un homme chétif, vêtu d'un étroit pull-over en cachemire rose. Il est dans un état pharmaceutique avancé. À l'antenne, le maquillage cache les stigmates de ses excès, mais sans cet artifice, en dépit de son jeune âge, la couleur violacée de sa peau trahit l'imprégnation alcoolique. Il attaque :

— Chère Martha, nous nous connaissons peu mais je pense que vous êtes un bon choix... Vous connaissez les dossiers. Vous savez que nous étions en train de signer la nouvelle saison avec Carlos et qu'il faut, tout de suite, conclure l'affaire pour que je puisse me mettre au boulot.

PAN ponctue chaque phrase d'un reniflement compulsif.

Martha occupe le vaste bureau de Carlos. La police a emporté tous les dossiers. Les affaires personnelles, photos, souvenirs, récompenses, ont été mises dans des cartons. Seul le mobilier est resté en place. La moitié de la pièce est organisée autour d'un immense bureau en bois clair sur lequel est posé un ordinateur. Derrière celui-ci, un grand fauteuil de cuir noir patiné et légèrement tourné vers la porte semble attendre Carlos. Trois fauteuils Pollock de chrome et de cuir sont réservés à ses interlocuteurs. Le mur face au bureau est tapissé de huit écrans de télévision éteints. L'autre moitié de la pièce est occupée par une longue table de réunion blanche entourée de six chaises Knoll. Buscarons aimait les beaux objets. La large baie vitrée donne sur la Seine. PAN s'est vautré dans l'un des deux Pollock face au bureau. Martha lui fait signe de s'installer avec elle à la table de réunion. L'animateur ricane :

— Vous êtes superstitieuse ? Vous ne posez pas vos fesses dans le fauteuil d'un mort ?

Martha se crispe.

— Je suis simplement respectueuse. C'est le fauteuil de Carlos... Je suppose que vous avez forcé ma porte pour me parler de votre contrat ?

— Pour que nous nous dépêchions de signer, précise-t-il, j'ai une équipe de production en attente et ça me coûte cher.

Martha souhaitait gagner du temps pour préparer sa réponse. Elle sait que l'arrêt d'une émission et le retrait d'un animateur de l'antenne provoquent toujours des vagues. Le présentateur d'une émission jouit en général d'un solide réseau d'influence, notamment auprès des hommes politiques qui ont été ou espèrent être invités sur son plateau. L'animateur qui se sent menacé sonne à toutes les portes. Les autres médias lui servent de caisse de résonance. L'exploitation de la zizanie dans un média qui touche des millions de personnes dynamise nécessairement les ventes de la presse. Enfin, une émission qui a duré plusieurs saisons, même en plein déclin, conserve toujours des centaines de milliers de supporters prêts à manifester leur mauvaise humeur. La partie la plus délicate du métier n'est donc pas de lancer des nouveautés, mais de mettre un terme paisible aux vieilleries enkystées dans les grilles de programmes. Martha a vu défiler dans le bureau de Buscarons le cortège des animateurs et des journalistes privés d'antenne qui sont venus lui expliquer que le public ne pouvait vivre sans eux. Tous ont affirmé que dans la rue les gens les harcelaient pour savoir quand ils pourraient enfin les revoir à l'écran.

Martha avait décidé de bien préparer l'annonce de ses décisions. L'attitude provocatrice de PAN la bouscule. Alors qu'elle est encore en train de savourer les premières heures de sa prise de pouvoir, de découvrir les ivresses du chef, qu'elle goûte la jouissance d'être courtisée et respectée, cet énergumène défoncé vient la défier. Elle vibre de colère, tente en vain de se contenir, mais perd son sang-froid :

— Je crois que je vais faire ce que Carlos avait prévu.

— C'est-à-dire ?

— Il voulait réduire vos émissions dans la grille de rentrée.

Le visage de l'animateur se fige, les lèvres sont étroites, la peau est devenue d'un violet plus pâle. Il fixe Martha. Sa voix aussi s'est décolorée :

— Qu'est-ce que c'est que cette connerie ?

Puis il s'emballe :

— On m'avait averti que t'avais beaucoup à apprendre, mais là je crois qu'on part de loin… T'es qui pour me parler comme ça ? Tu as fait quoi à part promener ton cul dans les couloirs ?

Il éructe. Il en bafouille. Les mots se bousculent.

— Là, maintenant, tu occupes un poste important, même si tu n'as pas les moyens, faut que tu fasses des efforts… faire marcher ta petite tronche. T'es pas chez les Bisounours, ma grande, c'est un boulot. C'est du lourd, du très lourd. Tu piges ?

Il pointe un doigt tremblant dans sa direction.

— Si tu m'enlèves des émissions, je me tire en face, ils m'attendent.

La violence de la provocation effondre les défenses de Martha. Contre toute prudence, elle surenchérit, part au combat :

— Allez-y… Si Carlos pensait réduire, moi je crois qu'il faut tout arrêter… Vous êtes au bout… rincé. Vous n'avez plus de place ni ici ni en face.

PAN n'attend pas la fin du propos, il se lève brutalement en bousculant les chaises, la largeur de la table protège Martha, mais elle sent qu'il pourrait la frapper. Elle a déjà vécu ce genre de scène. Elle sait qu'il y a danger. Le labrador, qui s'était couché, s'est remis sur ses pattes. Il les regarde sans bouger. PAN colle un coup de poing violent sur la table :

— Connasse… On n'en a pas fini tous les deux…

Il est à bout de souffle, il attrape son chien par la cravate et sort en claquant la lourde porte du bureau. Elle, qui est en général traitée avec déférence, fait un bruit sourd d'explosion souterraine.

Martha est restée debout immobile dans le coin de la pièce, entre la table et le mur. Le téléphone sonne. Véronique Bouvier s'inquiète, les éclats de voix et le fracas de la porte ont traversé le mur. Martha la rassure. Elle lui demande de téléphoner à Joseph Dreyer au journal. Quand la secrétaire lui passe l'appel, Martha masque son émotion. Elle ne parle pas de l'affrontement qui vient de se produire pour ne pas confirmer les certitudes de Joseph. Ce n'est qu'un début, elle doit apprendre à encaisser sans gémir. Cependant, elle a besoin de se réchauffer, d'entendre une voix qui la calme.

— Joseph, ça va ?

— Oui, pourquoi ?

— Non, rien, je voulais simplement savoir si tu allais bien.

Il s'étonne. Elle ne l'a pas habitué à des appels aussi doux et familiers. Martha ne fait rien sans raison particulière. Ils bavardent un instant, évoquent la possibilité de se retrouver sur le radeau le lendemain soir. Au moment de raccrocher, il lui lâche :

— Tu sais, dans l'affaire de Carlos, ça s'agite, la police est convaincue qu'il faut explorer en priorité son environnement professionnel. Tu me jures que ce n'est pas toi qui l'as poussé ? Tu avais tellement envie de ce poste pourri.

Il pensait la faire sourire. La plaisanterie balourde provoque un silence glacial. Elle conclut sèchement « à plus tard », et raccroche.

Véronique passe la tête par la porte.

— Votre prochain rendez-vous, le président du syndicat des producteurs de films d'animation, est arrivé avec une délégation surprise, mais le président Baratier veut vous voir immédiatement… on fait quoi ?

— Je vais saluer les syndicalistes et je file voir Baratier.

Elle sort. En effet, dans la salle d'attente, le chef du syndicat n'est pas venu seul. Un quatuor d'hommes sérieux est respectueusement aligné, ils se lèvent tous avec un bel ensemble. L'un d'eux, le président, tend la main à Martha. Il commence cérémonieusement à présenter ses collègues. Elle l'interrompt, leur explique succinctement le contretemps. L'un d'eux, agacé, regarde sa montre, ouvre la bouche, mais Martha a déjà tourné les talons.

Quand elle arrive dans le bureau des assistants de Baratier, le responsable du secrétariat lui explique que le président est en communication. Il va la recevoir immédiatement. Elle patiente dix minutes puis un assistant ouvre la porte capitonnée. Baratier est debout dans son bureau, tourné vers la baie vitrée qui domine la Seine. Le président apprécie ce sentiment de hauteur et la vue qui porte. Il voit loin. Cependant, la présence du fleuve lui déplaît. Il n'aime pas cette eau lente et opaque. Il a lu quelque part que les villes installent les morgues le long des fleuves. À Paris, les chaînes de télévision se sont aussi installées sur les berges de la Seine. Faut-il y voir un signe ? Il ne propose pas à Martha de s'asseoir et va droit au but.

— Vous n'y êtes pas allée de main morte avec Nallet ! Vous allez vite en besogne, trop vite. Il faut un peu plus de diplomatie et de sens politique dans vos fonctions.

— Monsieur, il s'est conduit comme un porc et je vous avais prévenu que je voulais arrêter ses émissions. Vous ne m'avez pas contredit !

— Certes, mais il faut comprendre que l'on ne fait pas ce genre de choses à la hussarde. Il faut du doigté.

— Il vous a déjà téléphoné ?

— Mieux que ça, il a même réussi à me faire immédiatement appeler par un ami commun… Je déteste ça… Je déteste ça… Il faut calmer le jeu, rappelez-le et trouvez une solution amiable…

— Mais monsieur, il est allé très loin. J'ai même cru un instant qu'il allait m'agresser physiquement. Je ne vois pas comment je pourrais maintenant tenter une conciliation sans me ridiculiser.

— Si ce n'est que ça… S'il doit partir, qu'il parte, mais débrouillez-vous pour que tout se fasse en silence. Et concernant vos futures discussions avec la profession, sachez garder votre calme.

Baratier lui ouvre la porte et conclut :

— Courage. Je vous avais dit qu'il y aurait des situations complexes à gérer. Je suis sûr que vous allez apprendre très vite. Tenez-moi au courant de l'évolution de cette affaire.

Il tente un sourire qui se transforme en grimace. Elle sort. Il referme la porte et saisit le portable sur son bureau, appuie sur un bouton de numéro préenregistré et débite d'un trait, fébrile :

— Oui, c'est moi… la dinde, que vous m'avez suggéré de nommer, s'est empressée de faire des bourdes. Elle a pris immédiatement ce foutriquet de Philippe-Antoine Nallet à la gorge qui, bien sûr, s'agite et agite ses amis. J'ai peur qu'il faille rapidement lui coller un numéro deux pour la surveiller ou alors créer une direction générale de l'antenne pour la mettre sous tutelle… De toute façon, on lui a mis une période d'essai de trois mois, mais c'est toujours une erreur professionnelle de licencier un directeur fraîchement nommé. Ça crée des remous médiatiques. Il faut donc activer les recherches d'un cadre de bon niveau pour la mettre sous contrôle.

La réponse grésille dans le téléphone puis Baratier reprend :

— Non, non, je crois qu'il ne faut pas continuer à chercher l'oiseau rare doté de toutes les compétences. On va perdre du temps. Il faut espérer qu'elle soit au moins capable de faire des grilles de programmes correctes. Mettons-la rapidement sous la tutelle d'un politique avec un bon carnet d'adresses. Je l'avais dit, une femme ne peut pas occuper un tel poste. Il faut savoir se faire craindre !

Quand Martha Kiss retourne dans la salle d'attente chercher les représentants du syndicat des producteurs de films d'animation, déjà deux d'entre eux sont partis, exaspérés par ces quinze minutes attente.

*

Labrousse a revu ses notes et les a mises en ordre. En lui donnant à lire ce document, la jeune femme lui a fait un immense cadeau. Il a recopié beaucoup de mots et de phrases. Cependant, les conditions difficiles de lecture dans la cohue du bistrot, sous le regard inquisiteur de Manon, ne lui ont pas permis de retranscrire toutes les informations sur la personnalité de Buscarons ni tous les détails de son histoire familiale.

Il essaie aussi de se rappeler les impressions que lui a laissées sa rencontre avec Manon, le musée, la statue, la lourde mèche sur le front, les yeux charbonneux. Twiggy ! Le nom lui revient. Le mannequin anglais des années soixante. Manon ressemble à Twiggy, la poupée délicate photographiée par Avedon. Le regard triste, la silhouette androgyne, les minijupes de Mary Quant qui ont marqué plusieurs générations.

Le ton des commentaires de Carlos l'indispose, il s'étonne que ce personnage, finalement vulgaire, brutal et narcissique, ait pu provoquer de la passion chez la jeune femme. Peut-il écrire un best-seller sur la mort d'un homme médiocre ? L'assassin est par nature antipathique mais si la victime l'est aussi comment faire adhérer le lecteur ? Sans identification au héros, dans un univers aussi grossier agité de sentiments triviaux, comment susciter les émotions qui nourrissent les textes forts ? Faire une œuvre avec un quotidien prosaïque dont les acteurs n'ont que de basses motivations n'est pas aisé. Il va devoir prouver tout son talent.

Même la ville où le défunt a passé sa jeunesse ne l'inspire pas. Il n'a jamais éprouvé l'envie de se rendre à Marseille. À ses yeux, c'est un port décadent, sale, peuplé de truands, de maquereaux, de gens bruyants et grossiers. Il lui semble que les courants de pensée les plus racistes, homophobes ou xénophobes, s'y épanouissent mieux que partout ailleurs. Paradoxe d'une ville peuplée d'immigrants, qui passent leur temps à vouloir rejeter les derniers arrivés à la mer. La seule culture partagée se limite à jouer au football en plein soleil.

D'ailleurs, même le soleil de la Méditerranée ne lui inspire rien. Lui qui a grandi dans une cave à fromages à Paris déteste ces excès de lumière et de vent. Si les belles et pulpeuses Africaines lui coupent le souffle et si l'odeur d'une peau noire l'affole, il n'aime pas la vulgarité des femmes bronzées. La cuisson solaire détruit le mystère des chairs cachées et supprime l'humidité. Il déteste les chairs rôties, sèches et tannées par les ultraviolets et les infrarouges.

Il adore les femmes à la peau laiteuse. Ses meilleures vacances se sont déroulées en Irlande dans les bocages nimbés de lumières subtiles. Il s'est senti bouleversé par la rencontre entre le ciel, l'Océan et ces terres chargées de mystères et de légendes. Labrousse a ressenti les vibrations mystérieuses du Kerry, l'intense spiritualité du Connemara. La magie du lieu pouvait toucher les âmes les plus frustes, les moins réceptives au sacré. *La Fille de Ryan* est un de ses films cultes. Lors de son long séjour, il s'était trouvé une fiancée rousse avec des taches de rousseur et des yeux verts, comme dans ses rêves. Ensemble, ils allaient à vélo, tous les soirs, dans un pub enfumé de Dingle. L'endroit sentait fort le mouton. Ils chantaient avec les gens du bourg en ingurgitant des litres de Guinness qui le contraignaient à aller pisser à la sortie de la taverne pendant que, une fois sur deux, Ashley, sa jolie fiancée irlandaise, en profitait pour aller vomir.

Labrousse a hésité sur la suite à donner à l'entretien qu'il a eu avec Manon et aux écrits de Carlos. Finalement, en dépit de son aversion, il a décidé de partir, dès le lendemain, à Marseille. Les ajouts à l'encre excitent sa curiosité. Il va essayer de rencontrer sa demi-sœur et les témoins de la jeunesse de Buscarons. Pendant ce temps, à Paris, le travail de la police suivra son cours. Il a donc ouvert son ordinateur pour préparer son voyage, constituer une documentation afin de mener son enquête sur place.

Il utilise d'abord Google Earth pour faire connaissance avec Marseille. Vue d'en haut, la ville est belle, la tache bleu et vert de la Méditerranée, la baie, les îles du Frioul, le Vieux-Port. Il voit la pénétration en faisceau des rails de train jusqu'à la gare Saint-Charles. Il remonte vers l'est dans le haut des terres, là où se trouve le quartier de Beaumont, terre d'accueil des Arméniens.

Observé du ciel, sur l'écran de son ordinateur, l'assemblage paisible de petites bâtisses aux jardins minuscules, serrées les unes contre les autres, ressemble aux lignes de maisonnettes vertes et rouges du Monopoly. Le quartier est parcouru de ruelles et de traverses étroites et rectilignes. Le soleil blanchit les toits de tuiles rondes. Les ombres sont verticales. Vue ainsi, la ville semble lumineuse et en ordre, en contradiction avec sa réputation de turbulence et d'opacité.

Il réserve un billet pour Marseille. Le train part très tôt le matin. Il doit arriver à la gare Saint-Charles en début de matinée. Trois heures de voyage pendant lesquelles il peut travailler. Labrousse aime les déplacements en TGV, le mélange de bruit et de repos, d'immobilisme à grande vitesse. Il ne se sent jamais aussi fertile et concentré que pendant ces longues traversées de territoire. Devant ses yeux la France et la météo défilent en accéléré. Il se fend toujours d'un billet de première. Le prix fait un trou dans son budget famélique d'attaché de presse, mais il évite les éventuels désagréments liés à la cohabitation avec les seconde classe, et puis on y trouve des prises électriques qui lui permettent de faire fonctionner son ordinateur. Il ne s'agit pas de snobisme, mais de confort.

Le moment n'est certes pas opportun. Son absence doit être brève. Martha sera furieuse si elle a connaissance de ce voyage. Il doit préparer une explication. Un romancier qui n'est pas menteur doit changer de métier.

*

Joseph, préoccupé par l'appel inhabituel de Martha, culpabilisé par sa plaisanterie lamentable, l'a rappelée en fin de journée pour lui proposer un dîner. Elle était heureuse qu'il en ait pris l'initiative. Ce véritable baptême du feu l'a éprouvée.

Après avoir écouté patiemment le minutieux exposé pédagogique des syndicalistes, elle a enchaîné avec une longue réunion sur la situation économique.

Albin Jacoberger, le directeur financier, lui a confirmé que la crise économique faisait plus de dégâts que prévu. En clair, il y aura encore moins d'argent pour l'antenne. Martha va devoir annoncer l'annulation de certaines commandes, les prix qui vont être revus à la baisse, et se débrouiller pour tenir l'audience avec un budget austère. Tous les costumes gris autour de la table se gargarisent de la solution « low cost ». Un barbarisme qui désigne des programmes « pas chers ». L'anglais sert souvent à donner une allure novatrice aux pratiques les plus archaïques. C'est elle qui va devoir faire des miracles. Albin Jacoberger la scrute. Il se sent sûr de lui.

En début d'année, Carlos avait déjà demandé des efforts à tout le monde. Les réactions avaient été tendues. Les conflits s'étaient multipliés. Carlos grognait en disant que ce qu'il économisait dans ses programmes flambait dans les services juridiques et engraissait les avocats. L'altercation que Martha a eue avec PAN risque de se reproduire souvent. Dans le cas de l'animateur, elle n'a aucun scrupule, mais une quantité de petites sociétés talentueuses risquaient de disparaître et avec elles de nombreux projets de programmes. Elle prend ses fonctions au moment où de mauvais vents vont souffler.

Carlos et Martha avaient une relation complice. Il était fréquent qu'elle s'attarde le soir dans le bureau de son patron pour faire le point sur la journée passée. Ils prenaient alors le temps de parler très librement de tous les sujets, parfois les plus intimes. Le ton était celui de la confidence jubilatoire, ou triste selon les événements. Carlos ne faisait plus le tri dans les idées et les mots. Il buvait du whisky écossais. Il gardait pour Martha une bouteille de chablis au frais. Ils trinquaient à la vie, à la victoire, à l'amour, à la mort des cons. La nounou gardait Joseph. La conversation pouvait durer jusqu'à tard, le temps d'une demi-bouteille de Lagavulin seize ans d'âge. Il disait en parlant de cet alcool : « Ça sent la tourbe, j'aime ça. » Un soir de lassitude, dans la pénombre de son bureau, Carlos avait fait un long monologue désabusé.

— Je crois qu'on va avoir de moins en moins de fric pour faire notre job. Les politiques sont des bourrins, des démagogues qui ont des idées primaires sur la télé, ils ne se rendent pas compte que plus il y a de chaînes, moins y a de moyens pour faire et plus il y a de merdes. Tu sais, nous n'avons pas dix ans devant nous.

Il s'était resservi une rasade.

— Nous allons en baver… Les gens oublient toujours le jour où tu leur as répondu oui, ils ne se rappellent que de ce moment désagréable où tu as dû dire non… Avec le temps, tu n'as plus d'amis, tu dois affronter une armée de gens amers. Tu finis par baigner dans le fiel. C'est peut-être ça qu'on appelle l'usure du pouvoir, les bonnes nouvelles s'effacent, les déceptions restent à charge. Il n'y a pas d'amitié, seulement des alliances passagères, des intérêts communs fugaces qui donnent l'illusion de relations amicales. C'est pas grave. Il y a un moment où il faut comprendre qu'il faut jouer pour soi.

Il lui avait appris le métier dans les vapeurs de l'ivresse. Elle avait adoré ces heures douces-amères. Les retours chez elle en voiture sur la voie rapide étaient toujours un peu périlleux.

Malgré ces heures d'apprentissage et de mise en garde, Martha a été prise au dépourvu par l'attitude de Baratier et la violence épidermique des relations entre cadres. Elle a découvert, avec une vive inquiétude, qu'un animateur excité, soutenu par quelques amis très chers, pouvait faire trembler le président.

Elle allait devoir déplacer des montagnes, déployer énergie et intelligence pour défendre les intérêts de la chaîne, et parfois sans le soutien du principal dirigeant de l'entreprise. La télévision est une société qui concentre toutes les difficultés, un chaudron où mijotent ensemble des enjeux financiers pesants, des ego hypertrophiques, des appétits de pouvoir voraces. Un lieu qui nécessite la lecture de Jung, Marx, Freud, Nietzsche et des Pieds Nickelés pour en comprendre les rouages.

Martha et Joseph sont allés dîner au restaurant. Ils ont décidé de goûter plusieurs types de saké. Martha est toute ramollie. Les tensions de la journée se dissolvent dans l'alcool de riz. Elle a les joues rosies par la fatigue et le saké tiède. Ils ont tout d'abord parlé de choses futiles, elle ne souhaitait pas évoquer ses difficultés, mais sous le feu des questions que lui pose Joseph, elle raconte PAN puis Baratier. Joseph la laisse s'épancher. La colère grimpe au fil des mots que prononce Martha. Quand elle se tait enfin, il prend le temps de boire une gorgée, d'esquisser un sourire. Il lui attrape la main qu'il embrasse doucement.

— Tu sais, je suis persuadé que la période qui arrive va être particulièrement difficile, tu arrives au pire moment… Le journal avait déjà lancé une enquête sur la chaîne, avant l'annonce de la mort de Buscarons, car les rumeurs de difficultés financières étaient persistantes. Nous savons maintenant qu'elles sont fondées. Quant à Baratier, au moment de sa désignation, il y a six ou sept ans, c'était le personnage idoine. Il était consensuel. Personne ne voulait de vagues ni de conflits, car la chaîne se portait bien. La boîte semblait pouvoir voguer seule. Il n'était pas du sérail, mais ça ne semblait pas essentiel. Il avait la souplesse vers le haut et la rigidité vers le bas nécessaires. Certains avouent, maintenant, que déjà ils sentaient les menaces, mais à l'époque ils se sont tus. Le commissaire qui suit l'affaire Buscarons a appris que les heurts entre Baratier et Carlos devenaient de plus en plus fréquents et qu'Albin Jacoberger prenait le dessus. L'expérience m'a prouvé que quand un directeur financier dirige la stratégie d'un groupe, c'est le début de la fin. Ils ne sont pas programmés pour ça, ils roulent avec le pied sur le frein. La seule obsession des économies et de la sécurité conduit au dépérissement. Les vrais entrepreneurs ont de l'imagination et aiment le risque. Les derniers mois, il paraît que l'ambiance était délétère et que Buscarons donnait des signes d'énervement violent.

Martha confirme.

— Carlos n'était pas très agressif envers Jacoberger. Il disait : « C'est un mal nécessaire, mais il doit rester à sa place. » En revanche, il était très dur avec Baratier. Il l'appelait la Méduse : « Il se déplace au gré des courants, il est transparent, inerte et venimeux. »

— Méfie-toi. Buscarons avait raison. Baratier a les moyens de faire taire beaucoup de monde. Il se dit qu'il supportait de moins en moins l'insolence de Carlos et qu'il cherchait à monter un dossier pour le virer. La baisse des audiences pouvait être le meilleur motif. Cependant, tout le monde savait que sans le talent de Buscarons, la désaffection du public aurait été encore plus brutale. Baratier avait cherché d'autres motifs. Il aurait même évoqué des affaires de mœurs, mais attaquer Buscarons sur des histoires salaces risquait d'abîmer l'image de la chaîne. Baratier ne voulait pas attaquer sans être sûr de son coup, car Buscarons n'était pas, non plus, un perdreau de l'année. Il avait ses propres réseaux de soutien. On dit qu'il détenait des dossiers gênants. Sa mort finalement a dû soulager beaucoup de monde. J'ai même émis l'hypothèse que Baratier soit commanditaire de l'assassinat de Carlos, mais ça ne tient pas. Je ne devrais pas te dire ça, mais ta nomination n'est certainement pas, à leurs yeux, la meilleure solution. Ils ont été pris au dépourvu. Ils n'ont pas le remplaçant idéal, l'homme lige, à leur botte, qui peut diriger les programmes. Baratier n'avait donc pas prévu cette mort.

La salle du restaurant s'est vidée, Martha et Joseph sont les ultimes convives, même les serveurs ont disparu. Il se penche vers elle, dépose un baiser sur ses lèvres et déclare :

— Quant à PAN, c'est une arsouille en papier mâché, un toxico. Je vais t'offrir ses deux oreilles et la queue dans le journal…

Elle se met à rire, et bafouille :

— Justes deux oreilles, surtout rien d'autre…

Le dîner s'est encore prolongé. Martha a posé beaucoup de questions sur la façon dont Joseph voit l'évolution de la crise économique. Il a parlé de risques de récession. Il a insisté sur la précarité de la situation dans laquelle se trouvent la plupart des médias. Il lui a expliqué que les entreprises en difficulté réduisent en priorité les dépenses de communication et publicitaires, par conséquent ce sont les journaux, les radios, les chaînes de télévision qui vont être les premiers touchés par les mesures d'austérité. Il lui a expliqué le cancer de la financiarisation. Ils n'avaient jamais eu de discussion aussi grave et sérieuse. Ils se rendaient compte que, jusque-là, leur histoire d'amour s'était nourrie de l'émerveillement de leur rencontre, du trouble des découvertes successives, de la sensualité de leur frôlement et de propos uniquement centrés sur le quotidien, la vie privée et le sexe. Martha découvrait encore un bout de terre inconnue chez cet homme. Elle se sentait bien dans cet échange intelligent. La complicité intellectuelle est un plaisir rare et raffiné. Elle connaissait l'excellent journaliste. Elle l'avait vu débattre, défendre ses points de vue avec brio, mais jamais ils ne s'étaient mis tous les deux face à face dans cet exercice de réflexion qui mélangeait l'intime et le professionnel. Dans ces échanges, la voix et le verbe étaient émouvants. Elle sentait monter son désir.

À presque minuit, Joseph raccompagne Martha jusqu'à son appartement de la rue Saint-Paul. Au moment où il s'arrête à la hauteur de sa porte, elle ne descend pas. Elle lui demande de trouver une place pour garer la voiture. Joseph tourne quelques minutes pour finalement abandonner son véhicule sur un bout de trottoir. Il sait que demain matin il aura une amende sur le pare-brise ou, pis, qu'il devra aller la chercher à la fourrière, mais il redoute davantage que Martha ne change d'avis.

Ils partent le long de la rue mal éclairée, sur l'étroit trottoir qui les oblige à marcher l'un devant l'autre, mais sans se lâcher la main, comme une cordée amoureuse. Arrivée devant la lourde porte peinte en vert wagon, elle se retourne contre lui et l'embrasse. Elle ouvre, l'invite à entrer. Joseph découvre avec étonnement que la maison fin XIXe siècle qui donne sur la rue dissimule un long passage qui conduit dans une cour pavée d'herbes folles et dominée par la façade d'une maison beaucoup plus ancienne. La pénombre et le décor donnent l'impression d'avoir changé d'époque. En avançant d'une dizaine de mètres, les visiteurs reculent de deux siècles. Le silence et le lieu sont impressionnants. C'est là que Martha et son fils habitent. Une nouvelle porte et un escalier aux marches incertaines conduisent à l'appartement du deuxième étage. Martha s'efface pour laisser passer Joseph et chuchote :

— Essaie de ne pas faire de bruit, Joseph doit dormir.

Il se faufile et entre dans un salon occupé par un piano Gaveau crapaud, une immense banquette de velours rouge, une rangée d'étagères bourrées de livres et d'objets disparates, un vase rempli de fleurs multicolores posé directement sur le plancher ainsi qu'une lampe qui diffuse une lumière mordorée. Elle lui fait un signe pour désigner le couloir qui conduit à la chambre. Joseph se dit que c'est une première mémorable, Martha l'accueille dans son lit, un pas de plus vers le paradis. En définitive, ce poste périlleux est peut-être une chance pour eux car si les temps de guerre révèlent tous les vices, ils poussent aussi à consommer sans attendre et exaltent les sentiments et les désirs.

*

Labrousse est parti pour Marseille aux aurores. Même en première, les TGV ne mettent pas à l'abri des désagréments. Il est assis à côté de grands-parents gentils et faibles accompagnés de deux morveux tyranniques. Ils n'ont pas cessé de couiner, d'envahir tout l'espace de leurs caprices, de leurs acrobaties de jeunes chimpanzés. À Avignon, une vieille femme habillée comme un guerrier mohawk, avec une crête de cheveux blanc-jaune, s'est assise en face de lui. À l'heure du café-tartines, elle s'est attaquée à un pan-bagnat long comme le bras. Quelques morceaux de tomates, un peu de thon à l'huile et trois olives noires se sont échappés de l'extrémité.

Labrousse s'est enfermé dans sa bulle après s'être enfoncé les écouteurs d'un baladeur au fond des oreilles. Il écoute du Gustav Mahler, à fond, au risque de s'abîmer les tympans. Les huit cents kilomètres et les trois heures de voyage ne lui ont pas permis d'écrire une ligne, mais il a appris par cœur le guide touristique consacré à Marseille et, en prime, la composition du pan-bagnat.

En arrivant, dès la sortie du wagon, et malgré l'heure matinale, il a été enveloppé par une bouffée de chaleur sèche. Les étés marseillais, comme le reste de la vie ici, sont sans nuance ni douceur. Le parvis en pierres claires de la gare Saint-Charles fait mal aux yeux, l'éternel mistral ajoute à l'inconfort de la lumière trop blanche. Il monte dans un taxi conduit par un gros homme mal rasé. Quand il lui demande où il va, Maxime répond « Beaumont », et l'homme réplique en grognant :

— Ça m'arrange pas.

Il lui dit d'aller chercher une autre voiture. Labrousse n'essaie pas de négocier. Le bestiau doit dépasser le quintal. Pour pouvoir s'installer et conduire, il a reculé son siège à fond, en ne laissant que l'équivalent d'une seule place à l'arrière. Les couples sont donc interdits.

Labrousse a attendu une dizaine de minutes avant qu'un deuxième taxi lui fasse un signe péremptoire de monter. Avant de s'introduire dans la voiture, il prend la précaution d'indiquer délicatement sa destination en se préoccupant de savoir si ça ne dérange pas le chauffeur. L'homme le toise puis accepte. Ils partent, toutes fenêtres ouvertes, accompagnés par la version locale de Fun Radio à tue-tête. Le taxi lui demande d'où il vient. Labrousse répond : « Paris. » Alors le conducteur donne un coup de volant vers la rue de droite. Ils partent se promener en direction de la Corniche.

Le vent dessine des dentelles blanches sur fond bleu marine. Des amateurs d'émotions fortes ont pris la mer. Des voiliers, couchés sur le flanc par les bourrasques, traversent la baie à la vitesse du mistral. Marseille pourrait être une ville charmante s'il n'y avait pas les Marseillais. L'exaltation esthétique de Labrousse est gâchée par la certitude qu'il est en train de se faire escroquer. D'après ce qu'il avait vu sur le plan de la ville, la Corniche est à l'opposé de Beaumont. Le compteur du taxi est en train de se goinfrer de kilomètres et d'euros. Labrousse se sent lâche. Il devrait exiger que la visite touristique cesse. À Paris, il ferait un esclandre, mais ici, il se sent en danger, en territoire ennemi, entouré de barbares. Il ne parle pas la langue. Il abandonne toute dignité, toute réaction d'honneur. Il positive, au moins il aura vu la mer. Puis, après avoir parcouru de nombreux quartiers totalement dépourvus de charme, il arrive dans le secteur de Beaumont-Saint-Julien. Il demande courtoisement au chauffeur de le laisser devant le bar qui se dresse au milieu du boulevard. D'après son plan, la maison de Rose Muguet Dertavidian devrait être proche. Il sort un billet de cinquante euros pour payer le prix exorbitant de la course. Le chauffeur, goguenard, lui lâche qu'il n'a pas la monnaie. Labrousse fouille dans ses poches, puis dans son sac pour trouver de quoi faire l'appoint. Il jouit un instant de ne laisser aucun pourboire. Le chauffeur le traite de « pédé », et démarre en laissant une odeur de caoutchouc brûlé.

Le bar des Courses est un immense bistrot PMU au carrefour de deux boulevards encombrés par une circulation nerveuse. En façade, l'étroite terrasse de crépi jaune ne compte que trois tables et six chaises de plastique blanc, plaquées contre le mur, tournées vers la rue. Les genoux des clients, assis là, sont menacés par les voitures qui rasent les trottoirs. Une banderole annonce Café Courses et PMU Rapido. Le sol de l'immense salle est jonché de bouts de papier blancs froissés. Quelques tables encombrées de journaux consacrés au turf sont disposées en désordre. Le regroupement aléatoire des chaises se fait au fil des besoins des clients. Pour l'instant, ils sont tous réunis devant un large écran de télévision fixé haut dans le mur. La moitié d'entre eux portent des survêtements aux couleurs de l'OM. Ils suivent en poussant des cris d'encouragement une course de trot attelé qui se déroule à Vincennes. La dernière ligne droite suscite des commentaires de plus en plus crus sur la vertu des mères des jockeys. La virilité des chevaux est aussi mise en cause, surtout ceux qui n'ont plus d'espoir de rentrer dans le Tiercé. Pendant les derniers mètres le vacarme est extrême, puis un ultime cri, comme un orgasme collectif, et les membres du groupe se dispersent en jetant les tickets des paris sur le sol. Certains s'en vont, d'autres reprennent leur place autour des tables pour commenter le résultat et commencer à spéculer sur ceux de la prochaine course.

La seule femme présente est assise, cachée derrière un immense comptoir. Sur les étagères, derrière elle, un drapeau arménien est à moitié dissimulé sous un fanion de l'Olympique de Marseille. Elle regarde dans le vide. Labrousse s'installe à une table dans un coin, la dame sort de derrière sa muraille. Elle vient, en traînant les pieds, dans des babouches qui ressemblent à des gants de toilette usagés. Elle lui demande ce qu'il veut. Elle sursaute quand Labrousse susurre :

— Un thé, s'il vous plaît.

La dame s'étonne.

— Un thé ?

Labrousse pris de tachycardie observe rapidement les autres clients pour savoir si l'exclamation de la patronne n'a pas attiré des regards hostiles. Les turfistes n'ont en point de mire que la croupe de leur favori. Rassuré, il murmure :

— Oui, madame, si c'est possible un thé vert avec de l'eau chaude.

— On n'a que du thé à la menthe.

— Alors un thé à la menthe, c'est parfait.

Personne ne se préoccupe de sa présence, il ne porte ni toque, ni casaque, et il ne s'est pas mis à hennir, il est donc sans intérêt. La dame revient avec un pot en acier rempli d'eau brûlante, un sachet de thé posé dans une soucoupe et une tasse avec une petite cuillère. Labrousse l'interroge :

— L'impasse des Liserons, c'est loin ?

— Non, c'est juste à côté... vous allez faire quoi là-bas ?

— Je vais voir Rose Dertavidian.

— Ah, vous êtes un ami des Dertavidian, c'est une vieille famille d'ici ! Gaïané sa maman était une amie de ma mère, mais Rose, comme vous devez le savoir, c'est pas une personne très liante, et depuis la mort de sa pauvre mère, elle reste de plus en plus seule, elle ne sort plus de sa maison. Je crois que c'est le chagrin qui la mine. Vous la connaissez bien ?

Elle tire une chaise pour s'asseoir en face de lui. Un homme qui ne parle pas que de cheval mérite qu'on lui accorde un peu d'attention.

— Non, mais je suis un ami de son frère.

— Charles, celui qui est parti vivre à Paris ?

Sans attendre la réponse, la dame, pour bien montrer qu'elle est intime avec la famille, enchaîne sur Carlos.

— Il paraît qu'il travaille à la télévision. J'espère qu'il est devenu plus calme parce que c'était un jeune qui avait un peu la bougeotte, il était joli garçon. On avait toutes un peu le béguin pour lui... il est toujours aussi charmant ?

Le sourire ému de la dame montre qu'elle est repartie au moins quarante ans en arrière.

— Je suis désolé de vous l'apprendre, mais il a eu un accident. Il est mort il y a quelques jours...

Le sourire se fige. Elle va l'interroger avec appétit. Faute d'évoquer de bons souvenirs, elle sent qu'elle va devenir détentrice d'une mauvaise nouvelle qui va lui donner de l'importance.

Dans un monde un peu monotone, dépourvu d'émotion, l'annonce de catastrophes, la maladie, la mort sont des moments forts. Plus le malheur est profond et plus l'intérêt est vif. Détenir en exclusivité une nouvelle sombre offre la possibilité d'être au centre des conversations. Elle questionne :

— Ah bon ? Il est mort comment ? Il était malade ?

Labrousse enchaîne :

— Vous ne lisez pas les journaux ?

— Si, bien sûr, je regarde la page des décès tous les jours, mais j'ai pas vu son nom…

— Il était devenu célèbre dans le monde de la télévision sous le nom de Carlos. Tous les journaux ont parlé de sa mort, il est tombé du balcon de son appartement.

— Oui, je me souviens de cette histoire mais je n'ai pas fait attention, à part le chanteur, j'ai jamais entendu parler d'un Carlos.

— Vous n'avez pas gardé des journaux du vingt-deux ou du vingt-trois juin ?

— Si, je dois les avoir, ici on garde tout, je vais voir.

La dame brune se lève et part vers l'arrière-boutique. Les turfistes sont en train de pianoter sur une grosse machine verte qui enregistre les paris pour la prochaine course. Labrousse sirote son thé dont le goût lui fait regretter d'avoir mis le sachet dans l'eau chaude. La bistroquette revient avec une pile de journaux. Ils trouvent rapidement à la une de *La Provence* le papier sur la mort de Carlos. La dame s'exclame :

— Peuchère ! J'ai pas fait le lien !

— Savez-vous si ses anciens amis sont encore ici et si ceux qui se souviennent de lui peuvent m'en parler ?

— Oui… y a Bébert le marchand de légumes… Albert Biberian, en sortant du bar, il est un peu plus loin dans la rue sur le même trottoir… et Gilbert Tchouloumian qui est un des chefs de la mutuelle à Marseille. Ils ont fait toutes les cagades ensemble. Vous les trouverez facilement… de toute façon ici si vous criez « iiiian » tout le monde sort.

Labrousse la remercie chaleureusement, règle son infusion. Il quitte le bar des Courses pour rejoindre le numéro cinq de l'impasse des Liserons et tenter de rencontrer Rose Muguet Dertavidian la taciturne.

*

Joseph Dreyer est parti à six heures quarante-cinq. Une fois de plus, la nuit a été courte. Il a quitté l'appartement avant que Joseph Kiss et Martha ne se réveillent. Il est sorti avec difficulté du lit de coton blanc pour s'habiller en silence. Il a bu un café-crème dans le premier bistrot de la rue Saint-Paul. Le Marais s'éveillait et la police n'avait pas eu le temps d'embarquer sa voiture.

Quand Tania Tarpowsky l'appelle, Martha est dans sa salle de bains. Après quelques civilités lapidaires et des excuses minimales pour cet appel passé aux aurores, Tania en vient à l'essentiel :

— Madame Kiss, je rentre d'un voyage en Méditerranée. J'ai appris hier matin la mort de monsieur Buscarons. Je détiens chez moi des dossiers confidentiels qu'il ne voulait pas laisser au bureau. Je souhaite vous les remettre sans délai, car je crois que certaines pièces peuvent concerner l'enquête en cours ainsi que la gestion de certaines affaires délicates de la chaîne.

— Si ces dossiers ne sont pas trop volumineux pour être transportés, voulez-vous que nous nous retrouvions dans deux heures au bar du Prince de Galles ? J'y ai déjà rendez-vous pour le petit déjeuner.

— Les dossiers sont dans un flight case. Je vous rejoins donc à dix heures.

Deux heures après, les deux femmes sont assises dans les antiques fauteuils de cuir rouge, dans un recoin du vieux bar très anglais qui dépend de l'hôtel. Le barman, aussi fripé que les fauteuils, à l'air renfrogné et bizarrement d'origine calabraise, prend la commande à contrecœur. Des rumeurs courent sur la possible fermeture pour rénovation du lieu et le vieil homme se sent peut-être aussi concerné. Martha prend parfois ses rendez-vous ici parce qu'elle aime le décor suranné, les imposants portraits de nobles gallois, les scènes de chasse qui tapissent les murs. Elle a eu un peu de mal à s'habituer aux odeurs persistantes de fumée de cigare qui ont imprégné les murs et persistent par-delà les années d'interdiction. Les remugles de tabac sont compensés par le parfum de dizaines de whiskies différents.

Martha aime que le lieu soit fréquenté par des gens étranges qui doivent pratiquer des commerces interlopes, quelques vieilles milliardaires ruinées, outrageusement maquillées, qui roulent dans des Rolls-Royce de collection, des oligarques russes qui parlent trop fort, de vieux beaux très laids. De temps en temps, un comédien connu mais discret, un écrivain qui écrit peu ou un journaliste marginal viennent se poser dans les fauteuils crapauds du bar.

Tania a posé contre la table une étroite valise en cuir noir dont la forme et le volume sont calculés pour rentrer dans les coffres à bagages des avions de ligne. Elle explique qu'il y a plus de deux ans, Carlos lui a confié cette mallette. De temps en temps, il lui remettait des documents qu'elle devait y déposer, et, parfois, il en retirait. Elle ne connaît le contenu que d'une partie des dossiers, car il lui est arrivé de devoir travailler dessus. La majorité des documents lui sont inconnus, Carlos les lui a donnés dans des enveloppes scellées. Elle ne s'est jamais autorisée à ouvrir la sacoche en l'absence de son patron.

Il y a quelques mois, quatre, pour être plus précis, Carlos lui a demandé, dans le cas où il serait victime d'un accident, de remettre la valise à Martha Kiss. Si pour une raison quelconque elle n'était pas accessible, elle devrait la donner à Manon Clémenti. Elle conclut :

— Tous les documents sont là, madame. Monsieur Buscarons m'a également priée de me mettre à la disposition de la destinataire de cette valise pour lui fournir toutes les explications dont je serais détentrice. Je suis donc à votre service.

— Je vous remercie, chère Tania, je souhaite d'ailleurs que

vous continuiez à assurer auprès de moi l'assistanat de la direction de l'antenne.

Tania marque un silence, puis enchaîne de sa voix monocorde :

— Je ne sais pas encore, madame, si je le souhaite, je vous demande d'avoir l'obligeance de m'accorder quelques jours de réflexion. Quelle que soit ma décision finale, je suis, évidemment, à votre service le temps qu'il faudra pour transmettre à la personne que vous désignerez les dossiers dont j'ai eu la charge avec monsieur Buscarons.

La réponse surprend Martha. Elle avait la certitude que sa proposition serait bien accueillie. Cette réaction distante la vexe. Elle se raidit.

— Je vous en remercie, mais votre réponse devra être très rapide, car j'ai besoin de pouvoir travailler en confiance sans perte de temps. Je vais emporter ces dossiers. Au besoin, je vous interrogerai sur leur contenu. Je pense qu'à partir de ce matin je peux vous contacter au bureau ?

— Bien sûr, madame Kiss. Je vous ai noté les numéros de code des serrures du flight case sur ce papier.

Et elle lui tend une enveloppe blanche. Sans terminer sa tasse de café et son jus d'orange, Martha fait un signe sec de la main en direction du barman pour demander l'addition. Le Calabrais grognon envoie une serveuse brun corbeau qui leur offre un sourire lumineux et leur tend la note. La pétillante jeune fille parle avec un accent italien mélodique. Le pays de Galles est devenu une colonie italienne.

Carlos avait droit à un chauffeur, Martha n'a pas osé réclamer le même privilège et va récupérer les clés de sa Smart auprès du voiturier.

Dès son arrivée au bureau, sa secrétaire lui fait savoir que Baratier l'a appelée. Elle se précipite sur le téléphone, le président est tendu :

— Vous avez les audiences de l'émission de PAN hier soir ?

Martha tarde à répondre, car elle n'a pas eu le temps d'allumer son ordinateur. Baratier enchaîne :

— C'est vraiment un très, très, mauvais résultat. Vous avez raison, ce garçon n'a plus sa place sur notre antenne. Vous en êtes où avec lui ?

— Monsieur, nous en avons parlé hier. Je pense pouvoir résoudre le problème aujourd'hui.

— Vous faites un métier qui est une course permanente de vitesse…

— Je le sais…

— Prouvez-le alors.

Martha raccroche, le ventre noué. Elle ignore son degré de résistance à ce genre de harcèlement professionnel, mais elle sait qu'elle a des limites. Elle demande qu'on lui passe PAN au téléphone sans anticiper ce qu'elle va lui dire. La réunion d'antenne doit commencer dans quelques minutes, Martha annonce à ses collaborateurs qu'ils vont devoir démarrer sans elle. Elle inaugure leur première rencontre par une maladresse, mais elle est impatiente d'ouvrir la mallette de Carlos. Elle ferme la porte de son bureau, pose la valise sur la table de réunion et compose les codes des serrures.

Le flight case contient quatre chemises, différents documents non classés, un épais carnet noir, une clé USB rouge, une clé de serrure de sécurité, un passe magnétique et une enveloppe blanche scellée sur laquelle figurent son nom et celui de Manon Clémenti. Elle ouvre l'enveloppe qui contient un court message manuscrit de Carlos :

> « Martha ou Manon, pour des raisons différentes, vous êtes les deux femmes de ma vie. Je sais que je suis malade, avant de partir je veux mettre de l'ordre. Si cette valise vous est confiée, ça signifie que je suis mort sans avoir eu le temps de tout régler. Je ne sais pas où en seront les différents dossiers qui sont sous vos yeux. J'ignore ce que vous pourrez en conclure. Faites en sorte de protéger ce qui reste de ma famille. Manon, je sais que c'est beaucoup te

demander. Il vaut mieux, Martha, que ce soit toi qui hérites du fardeau. Tu as l'habitude des combats. Vous accorderez aux dossiers les suites que vous estimerez justes. Je pense que la brigade financière sera intéressée par certains documents.

À vous de voir. Manon, je t'aime. Martha, je t'aime tendrement. »

Martha a le cœur battant. Décidément, Carlos a organisé un jeu de piste aux multiples rebondissements. Elle poursuit l'inventaire de la valise.

Un premier dossier épais est intitulé « Montauban ». Il semble concerner une opération immobilière, l'achat ou la vente d'une ferme. Une enveloppe pansue contient de nombreuses photos de bâtiments agricoles.

Un deuxième dossier est une enveloppe kraft scellée, intitulée « MD Anderson Cancer Center. Holcombe Bd Houston, Texas, USA ».

Une autre chemise, en papier léger bleu azur, contient le synopsis en anglais d'une minisérie fiction historique de cinq films de quatre-vingt-dix minutes proposée par un producteur allemand, une société française, une société italienne et un studio luxembourgeois. Le texte est accompagné d'un devis de production et d'un plan de financement de vingt millions d'euros. Sur la couverture de la chemise Buscarons a écrit au feutre noir « Affaire Sosthène Grisostomi ».

Une autre chemise rouge, en papier plus épais, contient une vingtaine de lettres d'intervention, pour la plupart frappées du drapeau bleu blanc rouge de la République, émanant, sur plusieurs années, de différents ministres ou ministères. D'une façon plus ou moins appuyée, chacune attire l'attention bienveillante de Buscarons sur un projet, voire une personne.

Dans une enveloppe non cachetée, Martha trouve plusieurs reconnaissances de dettes de poker pour un montant total de soixante-huit mille euros signées par Antoine-Philippe Nallet.

Une autre pochette contient des invitations à des vernissages de peinture, espacés de plusieurs mois. Toutes les manifestations concernent la même artiste : Élizabeth Grillon.

L'épais carnet de notes semble servir de brouillon ou de pense-bête à Carlos, et a visiblement été rédigé au fil des jours, sans suivi régulier. Certaines pages sont barrées de dessins géométriques automatiques, comme ceux que l'on fait quand on téléphone ou qu'on s'ennuie pendant une réunion.

Son investigation est interrompue par la secrétaire qui lui passe PAN au téléphone. L'animateur lui lance d'une voix claironnante :

— Bonjour, ma poulette, ça y est, tu as rédigé les contrats ?

Martha prend une profonde inspiration avant de lui répondre :

— Oui, monsieur Nallet.

— Bravo, ma chérie, tu deviens bonne. Je les récupère comment ?

— J'en ai fait des cornets que tu pourras te coller dans les fesses avec les reconnaissances de dettes de poker.

L'autre explose :

— Je vais te crever, pouffiasse.

Et il raccroche.

*

À Beaumont, le magasin de fruits et légumes d'Albert Biberian est en effet sur le chemin de l'impasse des Liserons. Bébert sert une vieille dame avec une infinie gentillesse, il lui choisit un beau melon cantaloup, qu'il soupèse, sent, tâte d'un pouce expert.

— S'il est pas bon, vous me le ramenez, madame Minassian... mais je suis sûr que c'est du miel. Je vous mets aussi un demi-kilo de cerises ?

Bébert prend alors la précaution de trier un à un les bigarreaux burlat pour la délicate dame chenue aussi fragile qu'une biscotte. En l'observant, Labrousse prend conscience, avec émotion, de l'existence miraculeuse de cette diaspora, qui a bâti une autre patrie, sur un coin de colline marseillaise, si loin du mont Ararat et du Petit Caucase, dans un quartier où on parle avec l'accent de Raimu, où on soutient l'OM en regardant les résultats de l'équipe de football d'Erevan. Bébert rend la monnaie. Il se précipite pour ouvrir la porte devant la « mémé-princesse ». Il la suit un instant d'un œil humide de tendresse. Puis il se retourne vers Labrousse :

— Bonjour, monsieur, elle me fait peine, elle vit toute seule depuis que son Agop est parti... Elle a un fils, mais c'est une chorchouille. Je vous sers quoi ?

Labrousse se doute que le statut de « chorchouille » à Marseille n'est pas flatteur. Bébert a un sourire plein de dents, une bonne grosse bouille, d'énormes moustaches parsemées de fils blancs, il est chauve et gras comme un chapon.

— Ça va vous étonner, mais je viens vous voir pour parler de Charles Buscarons.

— Charles Buscarons, Charles Buscarons... oh purge ! Ça alors, ça fait au moins deux siècles que je l'ai pas vu. Il s'est escampé comme un voleur. De toute façon on était un peu fâchés. On n'était plus d'accord, il était devenu fada et althussérien, vous vous rendez compte, althussérien ! Il a commencé par lire Lucien Sève et, à la fin, il nous bassinait tous avec la coupure épistémologique... N'importe quoi ! Y a plus personne aujourd'hui qui sait qui c'était, Althusser.

Labrousse est pris de court, il ne s'attendait pas à échanger sur Louis Althusser coincé entre deux cageots de légumes, à Beaumont. Il reste bouche bée. Au moment où il va étaler sa culture et rappeler que le philosophe marxiste enseignait là où lui-même a fait une partie de ses études, le patron des fruits et légumes enchaîne :

— Moi je sais qu'il était en surchauffe, Charles. C'était devenu rien qu'une bouche. De longue il faisait des discours et il voulait faire toutes les révolutions en même temps. Moralité, on n'en a pas fait une ! Mais, pardon, c'est moi qui parle... Vous voulez me dire quoi ?

— Moi, rien. Je voulais justement que vous me parliez de Charles Buscarons.

Labrousse apprend à Bébert, triste et fasciné, que son ami de jeunesse est mort. Il était devenu une sorte de star dans son métier. Bébert avoue :

— Moi, vous savez, ce qui se passe à Paris et dans les milieux chic du spectacle, ça m'intéresse pas du tout, et les journalistes de la télé ce sont les larbins des riches et du patronat... Alors la seule chose que je regarde c'est le foot, et encore, quand c'est Canal Plus je coupe le son à cause qu'ils n'aiment pas les Marseillais.

Labrousse poursuit :

— La télévision envisage de faire son portrait. Vous accepteriez de m'aider ?

Bébert, qui a vidé tout son fiel sur la télé, acquiesce. Ils prennent donc rendez-vous au bar des Courses quand son magasin de fruits et légumes sera fermé dans deux heures. Bébert ne travaille jamais entre midi trente et dix-sept heures. Labrousse l'informe qu'entre-temps il va essayer de parler avec la demi-sœur de Charles.

— Rose ? Bêêê... ça va pas être facile, c'est pas une bartavelle. C'est surtout une grosse nerveuse, quand on était minots elle nous foutait la trouille, elle pouvait te coller une tarte tellement fort que le mur il t'en collait une autre. Gaïané s'en occupait, mais maintenant qu'elle est plus là, elle va partir en biberine...

— Bartavelle ? Qu'est-ce que c'est ?

— Bêêê... c'est une bartavelle... c'est une qui parle sans arrêt. Rose, elle, elle parle jamais.

— Bon, on se retrouve tout à l'heure.

Bébert lui ouvre la porte.

— Ohou ! Vous m'avez même pas dit votre nom ?

— Je m'appelle Labrousse, Maxime Labrousse.

— Comme la brousse...

Maxime a été pris de court sur Althusser mais pas là. Il tranche :

— Oui, comme celle du Rove à côté de l'Estaque... Je sais

qu'il y a encore des troupeaux de chèvres au-dessus du tunnel et qu'on y fabrique d'excellentes brousses avec leur lait…

— Ah, vous savez… Remarquez qu'avec votre nom, c'est normal que vous sachiez tout sur la brousse… Mais vos parents, ils sont du Rove ?

Un débat avec Bébert pour savoir si le marxisme est un anti-humanisme théorique l'aurait amusé, mais pas cette digression sur ses origines. Il interrompt sèchement :

— On se retrouve au bar des Courses tout à l'heure.

Il plante là Bébert qui, lui, n'avait pas épuisé le sujet. L'impasse des Liserons se trouve à cinquante mètres sur la gauche. À part la couleur des enduits, les maisonnettes d'un seul étage sont presque toutes identiques. Les immigrants arméniens ont dû s'unir pour partager les terrains et construire ensemble les maisons de chaque famille. Les Parisiens appellent ces habitats des pavillons, mais pour les Marseillais, ce sont des villas. La villa des Dertavidian est couleur ocre délavé. Les fenêtres et les portes sont détourées de blanc. Un mur et une grille à deux battants séparent la rue d'un jardinet dans lequel trône un vieil acacia en fin de floraison. Un lourd escalier de béton gris monte jusqu'à la porte d'entrée à l'étage. Les volets en fer sont clos.

Avec toutes ces mises en garde contre Rose ou le souvenir de l'image de cette femme massive au visage fermé entrevue dans les allées du cimetière, Labrousse se sent tendu. Même la maison semble hostile. Il hésite un instant, appuie sur le bouton. En retour, un bruit de la sonnette résonne dans la maison, puis le silence. Il attend quelques secondes et recommence, en insistant. Il patiente encore. Il se décide à tourner la poignée de la grille qui s'ouvre, rentre et monte les dix marches d'escalier pour taper à la porte d'entrée, guettant un bruit de pas, une trace de vie, en vain.

Un espace étroit longe le côté gauche de la maison vers le jardin qui se trouve à l'arrière de la bâtisse. Labrousse n'a pas fait tout ce chemin pour rien et, malgré son appréhension, il décide d'y jeter un coup d'œil. Il se faufile entre le mur et un grillage qui le sépare de la maison mitoyenne. Il débouche sur un minuscule terrain, planté d'un gazon pelé, traversé par un chemin de gravillon, entouré d'une haie de fusains.

L'attention de Labrousse est attirée par une croix de bois blanc plantée contre le mur du fond. Il s'avance. Le cœur battant, il se rend compte qu'elle marque une tombe minuscule, anonyme, détourée par des pierres blanches. Elle est soigneusement couverte de fleurs. Labrousse frissonne en imaginant qu'il vient de découvrir la sépulture d'un nourrisson. La panique le prend, car il comprend qu'il est allé trop loin. Il a vu ce qui, peut-être, devait rester caché. Il décide de repartir immédiatement, mais se retournant, il découvre avec une terreur glaciale que Rose Muguet Dertavidian bloque la sortie. Elle le regarde fixement, un hachoir à viande à la main.

*

Lebel et Lourmet, les deux reporters désignés par Dreyer sur l'affaire Buscarons, ont passé de longues heures au téléphone pour tenter de faire remonter les informations, les rumeurs du microcosme. Lebel en connaît tous les protagonistes. Il entretient avec eux des rapports d'amitié et de complicité un peu feints. Il ne les tient pas en haute estime, mais il nage dans ces eaux troubles comme une carpe centenaire dans un étang turbide. Il y prend même du plaisir. Les voyages de presse sur les tournages ou les lancements d'émissions de jeux et d'aventures à l'étranger se terminent souvent par des fêtes alcoolisées et des nuits agitées. Les liens se tissent et les langues se dénouent. Tout est raconté, le vrai et le faux. La difficulté est dans le tri. La pêche aux ragots est un exercice facile, toujours fructueux et drôle, car les propos sont rarement chaleureux, la médisance, la jalousie et l'amertume restant les moteurs principaux des conversations.

Arnaud Lebel n'a jamais convoité d'autres spécialités au journal que le suivi de l'audiovisuel car c'est le seul endroit selon lui où il y a à boire et à manger, et surtout à boire. Il s'y épanouit grâce à un arrosage régulier qui le pousse droit vers la cirrhose. Il se demande souvent s'il y a des professions plus peuplées de médisants que celle-là, c'est pourquoi il n'envisage pas de quitter ce milieu dans lequel on peut s'amuser. Son salaire est dérisoire quand il le compare à celui de ses collègues qui ont réussi à se faufiler dans les émissions de télévision, mais il s'en moque. Il vit seul. Sa sexualité est itinérante et désordonnée. En dépit de son aversion pour « les narcisses qui veulent montrer leur trogne sur les écrans », un jour, il s'est laissé convaincre par un producteur en quête d'invités provocateurs de venir participer à une émission de débat, en direct. Le sujet portait sur la télé-réalité. Lebel est arrivé après un déjeuner très arrosé au sancerre rouge. Il a proféré de telles horreurs que, pendant que la caméra était tournée vers d'autres interlocuteurs, l'organisateur lui a demandé de quitter le plateau. Sans avoir réussi à faire oublier Bukowski, il a marqué les mémoires. En dépit d'un détachement affiché, Lebel voit passer les années avec une pointe d'angoisse. Très attaché au métier, il observe avec inquiétude la courbe descendante des ventes du journal. Comme les rémouleurs ou les vitriers ambulants de jadis, il sait qu'il est destiné à disparaître.

En attendant, il bénéficie de quelques compensations, on le fait boire, on le promène, on le traite avec déférence, car on le craint. C'est justifié. Il peut, en quelques lignes d'un article venimeux, fragiliser un homme ou un projet. Il tire un plaisir amusé des inquiétudes qu'il suscite. Il lui est arrivé d'aider des ambitieux dans leur ascension. Ils lui ont manifesté de la reconnaissance jusqu'à ce qu'ils n'aient plus besoin de lui. Ça le réjouit. Lebel est une espèce unique de misanthrope épanoui. Il sait tout le mal que certains disent de lui. Lorsqu'un malotru le lui rapporte, il coupe d'un « je m'en bats les couilles » qui déçoit.

Sylvie Lourmet est à l'opposé une personne froide et intransigeante qui porte un œil souvent agacé sur l'esthétique discutable de son confrère, mais elle le respecte. Elle sait que les vapeurs d'alcool dissolvent un écrivain. Cet homme-là cache un talent en friche.

Dreyer les fait travailler en couple, face à face dans la même pièce. Ils se complètent. Depuis la veille, ils essaient de vérifier la validité d'une rumeur sordide selon laquelle la brigade des mœurs serait en train d'enquêter sur un réseau de prostitution de mineurs. Des hommes influents dans les médias et l'industrie seraient concernés. PAN et Buscarons auraient été cités. Pour des raisons incompréhensibles, certains députés auraient le dossier entre les mains et hésiteraient à rendre les documents publics. Lourmet et Lebel en ont parlé à Dreyer. Ils en ont déduit que c'est un ragot qui était inspiré par les ballets roses de la IVe République.

Ils étaient encore en train de discuter des pistes à explorer quand un message qui circule sur Twitter annonce que PAN est convoqué à la DRPJ de Paris au 36, quai des Orfèvres.

*

Martha a d'abord feuilleté le carnet noir de Carlos, curieux recueil de phrases éparses, de réflexions personnelles, d'informations notées à la volée, parfois de jeux de mots absurdes : « Quel con, quelconque quelle conque », avec un dessin de coquillage. Un peu plus loin, il a recopié une citation de Jean Clair : « Quand le soleil de la culture est bas sur l'horizon, même les nains projettent de grandes ombres. » Quelques adresses sont inscrites sur les pages ainsi que des numéros de téléphone sans références. Sur une autre page, elle trouve la recette du gaspacho de tomates, plus loin une très longue liste de choses à faire, dont une est soulignée de plusieurs traits : salle d'attente Grisostomi. Dans la liste des coups de téléphone urgents à passer figure le nom d'un médecin de l'Institut de cancérologie Gustave-Roussy de Villejuif en région parisienne annoté : « à rappeler le douze septembre ». Sur la page suivante, Carlos a inscrit l'adresse d'un hôpital à Houston et un nom : Gregory del Prado.

Martha ouvre l'enveloppe de papier kraft scellée et étiquetée : « MD Anderson Cancer Center. Holcombe Bd Houston,

Texas, USA ». Elle contient des documents datés du mois d'octobre : des résultats d'examens subis par Charles Buscarons à Houston. Des échographies, des scintigraphies, des analyses de sang et des commentaires de biopsie qui prouvent que Carlos souffrait d'un cancer de la prostate, un adénocarcinome. Martha sait que c'est un type de cancer fréquent qui se soigne bien quand il est pris à temps. Son père en a triomphé. Elle n'a cependant pas les moyens d'apprécier la gravité du mal dont souffrait Carlos.

Elle part immédiatement faire un jeu de photocopies dans le secrétariat mitoyen et caviarde le nom de Buscarons sur tous les documents. Elle appelle un ami médecin à qui elle annonce qu'elle va lui faire parvenir par coursier des documents strictement confidentiels. Elle sollicite un avis rapide.

Martha sort le deuxième gros dossier intitulé « Montauban ». C'est le dossier d'acquisition d'une ferme nommée Les Saules, dans la région entre Montauban et Albias. Il est composé de cinq ou six lettres rédigées par un agent immobilier parisien, Paul Matalon. Carlos Buscarons l'a mandaté pour conduire la transaction. Le premier courrier relate la visite exploratoire de l'agent qui vient faire une offre en cachant l'identité de l'acquéreur potentiel. Les propriétaires, qui sont des gens âgés, affirment ne pas vouloir vendre ou ne pas avoir envisagé de vendre, mais la conclusion n'est pas négative : « Tout dépend du prix. » L'agent immobilier, qui a procédé à une étude de valeur préalable, fait une offre légèrement en dessous du cours du marché, que les propriétaires repoussent immédiatement.

Ce premier courrier est accompagné d'un reportage photographique d'une cinquantaine d'images qui montrent tous les détails des bâtisses et des terrains. Les propriétaires apparaissent sur quelques photos, leur visage et leur posture provoquent un malaise chez Martha. Il s'agit d'une famille composée des grands-parents, des parents et d'un adolescent. Personne ne sourit devant l'appareil. Au contraire, les regards sont graves, sur fond d'hostilité.

Elle est fascinée par le visage terrifiant du grand-père qui semble avoir été ravagé par le feu. Les chairs sont déformées, creusées et couturées de cicatrices chéloïdes. Le vieillard doit être aveugle, car à l'emplacement des yeux, il y a un magma de tissus informes sans cils ni sourcils. Assise dans un fauteuil en osier avec un déambulateur à portée de main, la vieille femme qui doit être son épouse semble impotente. Elle a des traits durs. La profonde coulée des rides a creusé des sillons amers.

Les lettres suivantes décrivent les différentes étapes de la transaction et transmettent les résultats des études minutieuses que l'agent immobilier a faites sur la propriété, son environnement, les projets d'urbanisation, l'évolution de l'économie agricole de la région. Les enchères montent. L'agent juge exorbitantes les prétentions des propriétaires. Il déconseille à Buscarons de s'acharner à tenter d'acquérir ce bien.

« C'est un placement médiocre qui ne prendra jamais aucune valeur. J'ai mieux à vous proposer. »

Exaspéré, Carlos lui répond de quelques lignes rageuses qui lui ordonnent d'acheter en proposant un prix inattendu.

Matalon, stupéfait, s'exécute. La dernière lettre confirme l'accord sur ces bases. Le dossier définitif comporte le compromis puis l'acte de propriété entre les propriétaires et la société civile immobilière que Buscarons a créée à cette fin en date du dix-sept mars. Carlos est devenu propriétaire de la ferme des Saules et des terres attenantes.

Pour Martha, qui se souvient des mots du représentant de la famille de Buscarons lors des obsèques de Carlos, révélant l'achat d'une concession au cimetière de Montauban dans l'hypothèse où il voudrait être enterré auprès de son père, la conclusion s'impose. Carlos avait donc découvert qu'il avait un cancer. Il avait également décidé de racheter l'exploitation agricole de ses parents pour aller s'y reposer et peut-être y terminer ses jours.

Elle ouvre le dossier qui contient les éléments de la minisérie de films historiques. Elle n'est qu'à moitié étonnée de voir ce document dans la valise. Deux ans auparavant, les discussions avaient été vives à propos du financement d'une production européenne intitulée *Les Habsbourg ou la guerre de Trente Ans*. La série avait été initiée par GVF, une jeune société allemande très dynamique installée à côté de Berlin, dans les mythiques studios de Babelsberg. Ces studios furent l'équivalent européen de Hollywood avant que Goebbels lui-même n'en prenne la direction pour fabriquer les films de propagande nationale-socialiste. La GVF porte le nom de son dirigeant, Gerhard Vogt Fernsehen.

Vogt avait associé à son projet une très importante société italienne installée à Rome, La Fabbrica dei Sogni. La Fabbrica est dirigée par Ernesto Rivola, un homme d'affaires proche du gouvernement italien, soutenu par un fonds de pension et une banque italienne. Depuis plusieurs mois, Rivola était pris de boulimie et rachetait des sociétés européennes pour créer un groupe de taille mondiale.

Comme toutes les séries en costumes, *Les Habsbourg* coûtaient très cher. L'affaire avait été proposée à la chaîne par Sosthène Grisostomi, le dirigeant de Guacamole Productions, une des très grosses sociétés françaises du secteur. La famille de Grisostomi était originaire de Toscane, comme celle de Rivola, et les deux hommes travaillaient souvent ensemble.

Les partenaires étrangers réclamaient une participation de six millions cinq cent mille euros à la chaîne française. Guillaume Monestrel, l'administrateur des productions de fictions, était enthousiaste. Il avait même réussi à convaincre le directeur financier de la chaîne, Albin Jacoberger, que cette série était une bonne opération. Buscarons trouvait que le prix était élevé. Il doutait aussi de l'intérêt des téléspectateurs français pour une histoire éloignée de « l'histoire de France ». De plus, la chaîne n'avait pratiquement aucune possibilité d'intervention sur l'écriture des scénarios, car une partie de la série était déjà en tournage en République tchèque.

Malgré la résistance, certes un peu passive, de Buscarons, la chaîne avait accepté d'investir cette somme dans la série européenne. Le directeur général de l'antenne avait finalement signé le contrat de commande. L'année suivante, le résultat avait confirmé les intuitions pessimistes de Carlos : l'audience avait été catastrophique. Baratier et Carlos avaient eu un accrochage verbal violent.

La présence de ce dossier dans le flight case ravive les soupçons qu'avait alors éprouvés Martha. Dans cette curieuse aventure, tout sonnait faux. Elle avait déjà pu vérifier que les circuits financiers de cette opération étaient compliqués, voire obscurs. La médiation des banques du Luxembourg, justifiée par quelques scènes tournées dans les studios du pays, n'arrangeait pas les choses. À terme d'ailleurs, rien n'avait été tourné dans le Grand-Duché. L'essentiel des images avaient été prises du côté de Prague. Pourtant, une société luxembourgeoise nommée Sedlux avait géré les fonds de la coproduction. Martha était convaincue qu'une partie de l'argent n'avait pas été dépensée pour les films, mais déposée sur des comptes à l'étranger.

Ce n'était pas original. Les montages financiers complexes, la multiplication des territoires de tournage permettent d'échapper au contrôle de tous les financiers, voire des États. Quelques lourdes coproductions internationales du cinéma américain avaient, d'ailleurs, été le véhicule idéal pour la circulation de l'argent de la drogue.

Un instant, Martha avait pensé que Buscarons avait peut-être trempé dans la combine, mais la présence de ces documents dans les dossiers noirs indiquait l'inverse. Carlos devait aussi avoir des soupçons et peut-être même des preuves.

La sonnerie du téléphone l'interrompt dans sa réflexion. Sa secrétaire lui annonce qu'une rumeur court selon laquelle PAN aurait été mis en examen. La presse cherche à joindre Martha pour obtenir les commentaires de la chaîne. Une star de la télé soupçonnée de meurtre fait dix fois plus de ventes que les massacres en Syrie. Martha demande qu'on renvoie sans délai les appels vers Labrousse pour qu'il temporise en attendant les informations officielles, mais sa secrétaire lui apprend qu'il a pris deux jours de congé. Furieuse, elle décroche son téléphone et appelle directement son collaborateur sur son téléphone mobile.

*

Rose Muguet ne bronche pas, elle est folle de rage qu'un inconnu se soit permis de rentrer chez elle sans son autorisation. Elle sait que l'intrus qui est au fond du jardin n'a d'autre issue que l'étroit passage qu'elle bloque. Elle veut lui faire payer sa curiosité. Labrousse ne la perd pas des yeux, paralysé par la peur. Le portable dans la poche de son pantalon se met à jouer la musique aigrelette de Twisted Nerve extrait de la bande-son du film *Kill Bill*, la sonnerie qu'il a attribuée à Martha Kiss. La mélodie n'est pas faite pour le détendre. Dans une ambiance de western, personne ne bouge en attendant que l'harmonica se taise. Puis c'est le silence, plus pesant encore. Labrousse se décide à entamer la négociation :

— Bonjour, madame Muguet, je me suis permis de rentrer car personne ne répondait, j'ai pensé que vous étiez dans le jardin... J'espère que vous ne m'en tenez pas rigueur ! Je souhaitais vous rencontrer, j'ai besoin de parler amicalement avec vous...

Rose incline la tête sur le côté droit en balançant doucement le hachoir. Elle reste silencieuse. Labrousse avance d'un pas. Elle relève le hachoir à la hauteur de la taille. Labrousse sent qu'il ne l'a pas convaincue, et tente une deuxième manœuvre :

— Peut-être que je vous dérange ? J'aurais dû appeler avant, non ? Mais vous savez, je n'ai pas votre numéro. Vous préférez que je repasse demain ?

Tout en bavardant, à bout de nerfs, il cherche désespérément du regard une issue, une arme, mais il n'y a que des graviers et de l'herbe. Il pense un instant qu'en déterrant la croix blanche il pourrait s'en servir comme d'une pioche, mais face à Terminator armé d'un hachoir à viande, il n'est pas donné favori. Puis le miracle se produit, un des rideaux d'une fenêtre du premier étage de la villa s'entrouvre, et apparaît la tête de belette racornie de l'homme qui accompagnait Rose Muguet à Paris. Labrousse agite les deux bras comme un naufragé qui aperçoit une voile au loin.

Le rideau retombe, l'espoir de Labrousse avec. Il va devoir affronter la Tarasque. Puis l'idée lui vient d'appeler au secours avec son portable. Au moment où il compose le dix-sept, l'homme rabougri surgit dans le dos de Rose et interpelle Maxime :

— Que faites-vous là ?

— Je suis un collaborateur de Charles Buscarons, la chaîne veut lui rendre un hommage et je suis venu voir madame Muguet Dertavidian pour évoquer la carrière de son frère.

Rose Muguet agite le hachoir et gronde :

— Je n'ai rien à dire et je sais rien de ce qu'il faisait et même je saurais, je dirais rien, je dirais rien à personne… alors vous sortez vite… et bien content de sortir entier.

Twisted Nerve redémarre. Uma Thurman s'énerve. Labrousse l'ignore. Rose s'impatiente. Le nain jaune demande à sa copine au coupe-coupe de rentrer à la maison. « Je vous ramène », annonce-t-il à Maxime.

Une fois dans la rue, la voie se libère et le petit homme ratatiné devient courtois et loquace :

— Nous n'avons pas eu l'occasion de nous présenter, je m'appelle Boghos Garabedian, je suis un ancien infirmier psychiatrique et je suis un ami depuis toujours de la famille Dertavidian… pour tout vous dire, Rose est une personne un peu fragile et je m'occupe d'elle.

Maxime Labrousse se présente à son tour. Comme d'habitude, il ment sur les raisons de sa présence. Il tente de biaiser afin de tirer quelques informations, improvise, s'invente une vieille amitié avec Buscarons.

— Charles m'a souvent parlé de Rose… Souvent… Leurs relations difficiles l'attristaient beaucoup et il rêvait de retrouver sa famille.

— Je sais, mais si vous le connaissiez bien et que vous étiez proches, il a dû vous raconter qu'il a fait une très grosse bêtise, en allant provoquer le mal de Montauban. Il a soulevé le couvercle de la marmite du diable. C'est ça qui a tué Gaïané. Rose, elle, le sait. Vous savez, il y a des lieux maléfiques, la ferme des Saules en est un des plus terrifiants.

L'homme-coing écarte grands ses yeux fripés pour mimer l'horreur épouvantable d'une telle évocation. Labrousse veut alors prouver sa connaissance des affaires intimes de la famille :

— Oui, je sais que c'est là qu'Emmanuel, le père de Rose, a été tué pendant la guerre et que Fernando, le père de Charles, a eu son accident… Ce sont des hasards terribles.

— Mon pauvre, s'il n'y avait que ça ! C'est ce que Charles savait, mais le mal est plus grave, cet endroit, c'est une des failles de l'enfer, et Rose a tout vu alors que Charles, lui, il a été épargné… Il a fallu qu'il y retourne, ce couillon !

Labrousse s'engouffre :

— Qu'est-ce que Rose a vu ?

— C'est pas des choses qui se racontent. Rose a croisé des démons. Ils sont toujours dans sa tête. Elle a vécu des horreurs, des choses qui dépassent l'imagination, elle ne s'en est jamais remise. Il faut oublier tout ça sinon on peut plus vivre. C'est pour ça qu'il est mort aussi, Charles… Il ne faut plus en parler. Plus jamais, monsieur, plus jamais.

L'homme tend la main pour clore l'évocation et la rencontre. Labrousse glisse une dernière question :

— Si vous ne trouvez pas que je suis trop indiscret… Pourquoi il y a cette tombe au fond du jardin ? C'est qui ?

— Ah ! La tombe d'Edmond… Ce n'est rien, c'était un hamster… C'est un peu grand pour lui, mais vous savez Rose est hantée par la mort. C'est ce qu'elle appelle le mémorial d'Edmond. Ça peut vous sembler ridicule, mais si c'est le cas, vous faites une erreur. C'est important pour Rose.

Et Labrousse part en se disant que cette histoire est vraiment tordue. Le couple de dingues que forment Rose et Boghos constitue de la bonne matière romanesque, mais chez Truman Capote, les victimes n'étaient pas des hamsters. Il consulte son téléphone. Martha ne lui a pas laissé de message dans la boîte vocale mais un texto lapidaire : « Prendre contact avec Pôle Emploi Paris, www.parisjob.com ».

*

Une première rencontre avec une nouvelle patronne rend fébrile. Les participants sont tous restés crispés pendant une heure puis, au moment où ils commencent à se relâcher, Martha rentre en trombe dans la salle. Le silence se fait. Les bruits de la rue escaladent les douze étages de la tour. Martha les prie de l'excuser. La réunion peut commencer. Elle pose son téléphone sur la table. Il se met à vibrer en se trémoussant pour signaler l'arrivée d'un texto. C'est la réponse de Maxime Labrousse : « Faut que je vous voie vite… » Elle y jette un coup d'œil, et reprend le cours de la réunion sans broncher.

L'ensemble des personnes réunies autour de la longue table ovale représentent tous les secteurs d'activité de la chaîne. Cette réunion est un des rites établis. Chaque responsable vient dresser l'état des travaux dans son secteur, analyse les forces et les faiblesses des produits de son unité de fabrication.

Seuls l'information et les journalistes ne participent pas à ces groupes de travail. Le programme et l'information sont deux continents lointains.

L'équipe de la fiction est venue en force, arborant l'air accablé de ceux qui traversent de grandes douleurs. Ils doivent affronter le délire des auteurs de Hollywood qui se sont mis à raconter des histoires inattendues de nains lubriques, de cadavres qui flatulent dans les morgues, de travestis assassins, de cancéreux qui trafiquent des drogues dures, des ventres béants, des sexes et du poil, des politiques corrompus et lâches. Les Noirs sont devenus beaux et présidents. Carlos les a poussés dans la transgression mais ils courent derrière le train. Ils sont assis en bout de table, serrés les uns contre les autres pour se tenir chaud.

Carlos adorait les provoquer. Il avait un jour déclaré dans une interview : « La télévision court à la catastrophe car elle est désormais majoritairement pilotée par des cadres commerciaux ou des gens sortis des écoles d'administration, c'est comme si on confiait le cursus de formation des Écoles des beaux-arts à des marchands de peinture, à des fabricants de pinceaux ou à des commissaires-priseurs. »

La directrice de la communication de la chaîne, flanquée de ses deux principaux collaborateurs, trône en pull rouge pétard, bras écartés, au centre de la table. Elle manifeste les certitudes et la sérénité d'une dame qui partage la couche d'un ministre et se sait protégée. Elle a eu, par le passé, des affrontements professionnels avec Martha. Elle s'apprête à poursuivre les hostilités. Le vieux journaliste chenu assis en face d'elle est le directeur délégué aux documentaires.

La dame des programmes pour la jeunesse qui a posé ses deux énormes seins nourriciers sur la table n'est pas, non plus, de la première fraîcheur. Elle est accompagnée d'un jeune homosexuel frétillant.

Une blonde frisée d'un mètre quatre-vingts, habillée d'un tailleur chamarré, tout en muscles, dirige l'équipe des magazines. Elle a emmené la meute de ses collaborateurs, au garde-à-vous, avec feuilles et stylos.

Le service des sports est représenté par un gaillard sympathique au regard clair qui passe son temps à faire des niches à ses voisins. Le sexagénaire souffreteux qui mâchouille des gommes contre la toux a la difficile mission de défendre les programmes culturels. La régie publicitaire a délégué un représentant qui sourit dans le vide.

Enfin vient le service des études de l'audience, costume noir, chemise blanche, tête haute. Ils pratiquent quotidiennement l'autopsie des programmes de la veille. Ils expliquent pourquoi le public est venu ou parti. Ces infirmiers légistes se sont mis progressivement à prédire et à rédiger des règles.

Au bout de la table siège un personnage sinistre qui bénéficie d'occultes protections. Suzanne Szigetti a des airs de clocharde et des odeurs aigres de pipi. Au cours de sa longue vie, elle a cumulé les amants dont la très longue liste ressemble à un monument aux morts : un général des parachutistes, un chanteur irlandais, un champion d'*air guitar* de trente ans son cadet. Les ricaneurs disent que parfois, ils étaient tous ensemble. Elle ne sert strictement à rien, mais elle donne son avis.

À part le responsable des jeux-variétés qui est alité avec une sciatique, ils sont tous là. Respectueux. Leurs liens déjà anciens avec Martha Kiss n'atténuent pas le sentiment d'inquiétude. Elle a le pouvoir. Ils ont tous pu vérifier, par le passé, qu'il peut provoquer des mutations inattendues.

Le rite hebdomadaire commence par l'analyse des résultats d'audience de la semaine précédente. Le directeur des études égrène les chiffres avec le ton sentencieux d'un contrôleur de gestion.

La séance de travail se terminera par la présentation des grilles des programmes pour les semaines à venir. Comme l'impose la règle, elles doivent être déposées, sous pli cacheté, auprès de l'organisme chargé ensuite de les communiquer aux journaux. En effet, aucune chaîne concurrente ne doit connaître le projet adverse avant d'avoir procédé à son propre dépôt. Il est ensuite interdit de changer ses choix.

Depuis quelques mois, les échecs de programmation de la chaîne ont fait naître des soupçons. Le directeur des études a cherché à convaincre Buscarons qu'il y avait une taupe qui communiquait les grilles de la chaîne à la concurrence. Il a dit : « Je suis sûr qu'il y en a un qui touche un paquet pour donner les infos. » Carlos l'a écouté sans répondre, mais, depuis, les réunions se tiennent seulement quelques heures avant le dépôt. Les participants sont moins nombreux. Le soupçon contribue à dégrader l'ambiance.

Buscarons tenait cette troupe disparate d'une main de fer. Ses collaborateurs n'étaient que les exécutants plus ou moins talentueux de la pensée du maître. Le milieu de l'audiovisuel savait qu'ils n'avaient été que des relais dociles, mais maintenant le roi était mort.

Martha est en alerte. Tous, autour de cette table, viennent de vivre des années de soumission. Buscarons était autoritaire, et même un successeur masculin aurait eu du mal à brandir le sceptre. Martha semble si fragile. Ils se préparent à la curée.

La lèvre humide, ils attendent le premier signe de faiblesse pour la dévorer.

La nouvelle patronne écoute sans réaction la litanie plaintive de Gérard Monestrel, patron de la fiction. Elle acquiesce aux propositions de modification d'horaires de la responsable des magazines. La mama des programmes pour la jeunesse n'a rien à dire. Quelques signes perceptibles de nervosité signalent à Martha que l'arrogante compagne du ministre se prépare à l'affrontement. En effet, quand arrive son tour de parole, la dame se dresse sur ses ergots, les plumes en bataille.

— J'ai appris que vous souhaitiez virer PAN de l'antenne. Vous nous le confirmez ?

Martha répond d'un léger sourire et d'un hochement de tête. La jeune femme prend feu.

— Pouvez-vous nous expliquer les raisons de votre décision ?

— Je crois que vous renversez les rôles, ce n'est pas à vous de demander des comptes, mais je vais profiter de vos émois pour expliquer à l'équipe pourquoi je ne renouvelle pas le contrat de PAN. Le fait qu'il soit interrogé par la police n'intervient pas dans ma décision. C'est un animateur usé. Nous allons devoir faire des efforts pour trouver de nouveaux talents.

La réponse désinvolte blesse Olga Vésine. Les joues rougies de colère, elle insiste :

— C'est une erreur professionnelle, ça nous affaiblit à un moment où la chaîne doit, au contraire, mobiliser les meilleurs professionnels.

Martha se tourne vers elle :

— Ce n'est pas votre job et ce n'est pas comme ça que nous allons pouvoir travailler ensemble. Cette conversation est terminée.

Les participants sont figés. Elle se retourne vers le directeur de la programmation. Elle lui demande de présenter les futures grilles sans distribuer les documents. Chacun comprend que Martha rajoute un cran de plus au système de lutte contre l'espionnage industriel.

Au moment où la réunion se termine, Martha demande d'un signe de la main à sa contradictrice de rester dans la salle.

Les femmes se font face dans la pièce désertée.

Olga Vésine est une séductrice, menue, brune, avec des yeux noirs brillants, un sourire qui la rend belle, des éclats de rire qu'elle utilise pour fendre la glace. Elle est à l'aise dans le monde du spectacle, légitime à son poste. Elle aime les privilèges de sa fonction, la liberté backstage, la notoriété des artistes, des chanteurs, des comédiens, le pouvoir des hommes politiques parmi lesquels elle a harponné de glorieux amants. Elle a la main douce avec chacun. Sa liaison actuelle avec le ministre des Industries de la communication est semi-publique. L'homme semble très épris. Elle participe à ses dîners, à ses voyages. Elle jouit du pouvoir charnel des favorites.

Une fois la porte refermée, Martha ne laisse pas le silence s'installer. Elle ne veut pas provoquer Olga, ni dramatiser l'incident.

— Olga, je suis ouverte à toutes les discussions, mais je ne peux pas tolérer d'être interpellée dans une réunion comme tu viens de le faire…

Olga garde le silence, les yeux rivés sur Martha, les mains crispées sur le dossier d'une chaise. Devant son absence de réaction, Martha poursuit :

— Baratier m'a confié cette direction générale et tu es désormais une de mes collaboratrices.

La formule vexe Olga.

— Toute l'équipe regrette ce choix. Tu n'as pas la carrure. On attendait un nouveau patron, on a une doublure lumière. Tu ne feras pas illusion longtemps. Même le président doute. Il le dit.

Martha sous-estimait la rudesse du choc. Elle comprend que, en sortant de son bureau, PAN a appelé Olga qui a demandé à son amant ministre de téléphoner immédiatement à Baratier.

— Olga, c'est vrai que j'ai plus de questions que de réponses. Je ne sais pas combien de temps j'occuperai ces responsabilités. J'ignore si je serai à la hauteur du travail de Carlos. Mais ton agressivité est insupportable et inadaptée. Si c'est l'avenir de

PAN qui te met dans cet état, je te confirme qu'il ne sera pas dans la grille de rentrée.

Puis elle lui tourne le dos et sort. Au bout du couloir, un sous-groupe de participants à la réunion s'est attardé pour probablement commenter le conflit entre les deux femmes. Les mots d'Olga résonnent : « Toute l'équipe regrette ce choix. Même le président doute. » Elle se sent seule.

*

Boghos Garabedian a abandonné Labrousse à l'angle de la rue de la Roche-Verte et du boulevard des Amaryllis, puis le vieil infirmier est reparti dorloter Rose Muguet. Maxime presse le pas vers le bar des Courses où doit l'attendre le champion des fruits et légumes et d'Althusser.

Albert Biberian est sur le pas de porte de l'établissement. L'épaisse fumée bleue qui en sort peut donner l'impression qu'il y a un début d'incendie. Le vacarme des conversations fait plutôt pencher pour un meeting politique.

— En fin de journée, au bar des Courses, y a concours de belote, c'est pas le bon endroit pour parler, on va aller chez Tchouloumian, il habite à côté.

Labrousse passe la tête dans le bistrot. Il constate que les lois qui régissent la consommation de tabac n'ont pas cours sur les terres de la commune libre de Beaumont-Saint-Julien. Les joueurs sont attablés par quatre. Autour de quelques tables, certainement celles des champions, le public observe, en cercle concentrique, et commente à voix haute. Aucune femme. La belote de bistrot est un art masculin.

Un homme aperçoit Albert Biberian. Il lui fait un geste ample du bras pour l'inviter à rentrer et l'apostrophe :

— Ohou, Bébert, viens voir, y a Néné qui se fait manger par Bout de bois.

Bébert repousse l'invitation :

— Je peux pas. J'ai à faire.

Labrousse demande qui est Bout de bois. Bébert lui explique que c'est le menuisier. Néné, René Minassian, est un semi-professionnel de la belote contrée.

— Vous savez, Néné, c'est le fils de la dame qui est venue acheter un melon.

— Ah ! La chorchouille.

— C'est ça. Vous apprenez vite, vous.

Puis ils partent en direction de la « villa » de Tchouloumian. Sur le chemin, Labrousse questionne Biberian sur la personnalité de l'homme qu'ils vont rencontrer. Bébert ne se fait pas prier. Il adore raconter.

— Tchouloumian, tout le monde l'appelle Tchou. Il habite le Kolkhoze. C'est une vieille ferme que quatre familles communistes ont achetée à la fin des années cinquante. On l'a appelée le Kolkhoze pas parce que c'était une exploitation agricole, non, le jardin est tout petit, à peine de quoi garer deux voitures. On l'a appelée comme ça parce qu'ils y faisaient les réunions de la cellule Manouchian. C'était le nom de la cellule du parti à Beaumont, vous savez, celui de l'Affiche rouge ?

Sans attendre la réponse de Labrousse, Bébert poursuit :

— Son père à Tchou était le secrétaire de la cellule. Lui, il a été d'abord aux Jeunesses, après, il a adhéré au PC. Il militait à la fois au parti et pour les Arméniens. Tchou et Busca, c'étaient tous les deux des castagneurs. Ils étaient de tous les services d'ordre. Vous verrez, Tchou, il est un peu plus jeune que moi. Le PCF et moi, c'était pas l'amour fou. Les staliniens et les discours populos de Georges Marchais, ils me faisaient caguer. J'appartenais à un mouvement qui s'appelait l'AJS, l'Alliance des jeunes pour le socialisme. Notre référence, c'était Trotski. Entre stals et trotskards, c'était la haine. Quand on parlait politique on se massacrait. Plusieurs fois on a failli se battre, mais Tchou, Charles et moi on se retrouvait quand on parlait de l'Arménie. On était unis comme les doigts d'une main qui aurait eu que trois doigts.

Tout en parlant, ils parcourent les rues étroites du quartier entre les vieux murs couverts de glycine et de roses pompon.

— Puis Charles est parti comme un pet sur une toile cirée. Je crois qu'il a eu des problèmes avec la police. Lui qui n'était qu'à moitié arménien, c'était le plus dur de nous trois. Il était passé du côté clandestin, il travaillait en secret pour l'ASALA. Il s'est fait choper. Les années ont passé. Moi, j'ai essayé de faire des études, mais j'avais des blocages. À part Marx, Engels et Trotski, je lisais rien d'autre. Je me suis rendu compte que dans les discussions je faisais caguer tout le monde, je voulais toujours avoir raison. Tout le monde me fuyait, alors pour pas me retrouver seul, je me suis calmé, j'ai fait comme les autres, je me suis intéressé au ballon et je me suis mis à la contrée. J'ai repris le magasin de mes parents. Tchou était plus doué, il est devenu ingénieur en informatique et maintenant il dirige le service informatique de la mutuelle. À l'époque, on disait que la mutuelle c'était le cimetière des éléphants et la gamelle pour les permanents. La mutuelle recrutait des cadres du parti qui avaient besoin de gagner leur vie et d'avoir beaucoup de temps pour militer. D'autres plus âgés ou battus aux élections allaient finir leurs jours là-bas. Remarquez, aujourd'hui, les éléphants sont devenus rares. Quand je raconte ça, Tchou se met en colère. Il me dit boucle-la. C'est interdit maintenant. Ah oui, ne faites pas attention, il faut pas vous fâcher s'il vous raconte n'importe quoi, il adore provoquer et en plus il a la haine du Paris-Saint-Germain qu'il appelle le Doha Saint-Germain et des Parisiens. C'est un tchatcheur, mais c'est un vrai gentil.

En parlant, ils sont arrivés devant une bâtisse qui, en effet, a dû être une ferme. La maison n'a aucun charme. Elle tourne le dos à la rue. Bébert ouvre le portail en fer. Il invite Labrousse à entrer dans une cour encombrée de voitures, puis toque à une porte vitrée. Tchouloumian les attendait. C'est un homme trapu qui tend une main aussi large et dure qu'une bêche. Il propose un pastis. Labrousse accepte et change son discours de présentation.

— Je suis journaliste. Je travaille pour la chaîne de télévision que Charles Buscarons dirigeait avant sa mort. Il s'agit probablement d'un crime. Charles est un homme complexe et on n'écarte aucune piste.

Tchou s'étonne.

— Mais c'est la police qui doit faire ça, non ?

— Vous avez raison, la police est très active mais Carlos était notre patron, alors on aide. On travaille en relation étroite. On veut que les coupables soient arrêtés.

L'explication semble convaincre Tchou qui tente néanmoins une esquive :

— Mais c'est surtout Rose et Boghos qu'il faut voir. C'est eux qui savent. Nous, vous savez, on l'a plus vu depuis plus de trente ans.

— Je sors de chez eux et ils m'ont envoyé vers vous.

— Ah bon.

Il marque un temps de réflexion puis avance, un peu hésitant :

— C'est pour parler du fichier Internet ?

Labrousse s'engouffre dans la faille et tâtonne :

— Oui, mais il n'a rien dit de plus, parce que Rose était très nerveuse. Boghos m'a dit que vous pourriez m'expliquer.

— Je comprends, il ne veut pas qu'elle sache… et il a raison, mais y a pas de quoi en faire un mystère.

Labrousse prend le verre laiteux, une sorte de gros dé à coudre, et boit une gorgée d'un pastis pur à peine troublé par quelques gouttes d'eau. Il attend que Tchou enchaîne. Son interlocuteur poursuit :

— Je pense que c'est une histoire sans intérêt pour un homme normalement constitué, mais Boghos est un vieux puceau. En bref, quand ils sont rentrés de Paris, Rose et lui, le lendemain de leur rendez-vous avec Charles, Boghos est passé me voir. Ils ne savaient pas encore qu'il était tombé de son balcon. Il a dû vous dire que quand Rose a appris que son demi-frère était mort juste après leur visite, elle a piqué une crise épouvantable.

Labrousse a du mal à masquer sa stupéfaction en apprenant que Rose et Boghos étaient chez Buscarons. Il acquiesce d'un bref hochement de tête. Tchou poursuit :

— Pendant qu'ils étaient chez Busca, Boghos a lu sur la table du salon une adresse Internet avec un mot de passe. Je ne sais pas pourquoi il a fait ça. Il m'a raconté que ce papier l'a intrigué, moi je crois qu'il ne m'a pas tout dit. Il me prend un peu pour une buse, mais quelles que soient les vraies raisons, il a gardé les mots dans sa mémoire.

Tchou, percevant l'impatience de Labrousse, dilue aussi la conversation :

— Moi, le pastis, j'aime bien quand y a pas beaucoup d'eau. Ici on dit que c'est une soupe. Vous à Paris, vous le buvez comment ?

— On n'en a pas souvent l'occasion. C'est un alcool snob qui se boit dans des grands verres à eau.

— Sans déconner ? Vous êtes sérieux ? Vous buvez quoi alors avec vos amis ?

— Un verre de vin rouge ou du thé vert.

— Mais les hommes aussi boivent du thé ? C'est un truc d'Anglais ou d'homosexuels, non ?

Bébert Biberian vient au secours de Labrousse.

— Tchou, le monsieur il a pas pris le TGV pour t'expliquer les habitudes des Parisiens, il est pressé.

— D'accord, mais on n'est pas des sauvages. On peut prendre le temps de faire un peu connaissance. Vous aimez le football ?

Boghos fait un clin d'œil d'alerte.

— Non, je suis rugby.

— Ah ! le Stade Français !

— Non, l'équipe de Toulon.

Tchou semble pris de court, il avait préparé une vacherie sur les maillots roses du Stade Français.

— C'est très bien mais vous ne devez pas être heureux tous les jours. Vous avez de la famille à Toulon ?

Biberian s'énerve.

— Arrête, tu nous soûles.

Tchou embraye :

— Bon, si vous êtes pressé… Au fait, vous voulez pas des chips avec l'apéro ?

Maxime refuse et Tchou continue :

— Boghos, il est venu avec les mots écrits sur un papier… Il faut savoir qu'il ne comprend rien à l'informatique. Pour lui le Web, c'est à peine s'il connaît le mot, et leur compteur d'électricité doit être grippé. Il n'en a aucune utilité. À part pour allumer trois ampoules... Ça fait des décennies qu'ils vivent, Rose et lui, dans leur monde. La mort de Gaïané va aggraver leur solitude. Ça, c'est un vrai souci.

S'ensuit un instant de silence qui donne à penser que Tchouloumian est réellement préoccupé par l'avenir des deux marginaux. Il reprend :

— Il a mémorisé les mots. Il croyait que c'était une sorte de formule secrète. Il est venu me demander ce que ça voulait dire. En fait, c'était une adresse Internet : Buscarons@free.com et un mot de passe : danslecul. Je crois que s'il n'y avait pas eu ce mot de passe, il aurait tout oublié.

Gorgée de pastis.

— J'ai mis un peu de temps à la retrouver, car Boghos a recraché le nom de l'adresse mail en désordre. J'ai finalement réussi à l'ouvrir. Il y avait un seul fichier MP4, intitulé « souvenir émouvant ». J'en suis resté sur le cul... C'est le cas de le dire, parce que c'était un film porno. Boghos a regardé les images avec les yeux qui lui sortaient de la tête. Je suis sûr que c'était la première fois de sa vie qu'il voyait ça. Il faut dire que c'était chaud. Une partouze filmée avec des caméras infrarouges. Boghos en a regardé trois minutes. Il est reparti congestionné, terrifié, persuadé d'avoir vu l'enfer. J'ai enregistré et codé le fichier. J'ai eu un bon réflexe, car, dans l'après-midi, l'adresse était devenue inaccessible.

— On peut voir le film ?

— Si ça ne vous ennuie pas, je préfère vous donner une copie sur un DVD, car ça dure plus d'une demi-heure et je ne me sens pas de regarder avec vous une partie de jambes en l'air.

Sans attendre de réponse, Tchou se lève et part dans la pièce voisine pour effectuer la gravure. Labrousse et Albert Biberian discutent quelques minutes de cette histoire invraisemblable. Bébert se marre.

— S'il n'y avait pas la mort de Charles, on pourrait en rire. Je ne sais pas comment il s'est débrouillé, mais Boghos est allé fouiner dans l'Internet de Buscarons et il a vu le premier film cochon de sa vie. Il doit en rêver toutes les nuits.

Labrousse laisse Bébert à ses commentaires naïfs. L'information est incroyable. Boghos et Rose étaient présents dans l'appartement de Buscarons le soir de sa mort. Quant à l'histoire du fichier porno, ça ne pourrait être qu'un détail ridicule si l'adresse n'avait pas été effacée après la mort de Carlos, dès le lendemain matin.

Tchou revient avec une pochette en carton blanc anonyme qui contient le disque. Labrousse le remercie. Bébert lui propose en vain de venir dîner chez lui. Maxime refuse, car il veut tenter d'obtenir une place dans l'un des derniers TGV à destination de Paris. Dans le taxi qui le reconduit à la gare Saint-Charles, il sent avec étonnement qu'il a tissé un début de lien affectif avec ce peuple marseillais inquiétant parfois, mais drôle et hors du commun. Pour un écrivain, c'est un filon.

*

Joseph Dreyer est un homme plus que discret. Parce que son métier consiste souvent à deviner puis à révéler ce que beaucoup cherchent à cacher, il a appris à protéger les vrais secrets comme les plus infimes cachotteries de sa vie privée. Sa liaison avec Martha est aujourd'hui le plus doux de ses silences. Il a du mérite pour avoir su dissimuler cette liaison. À Paris, dans les milieux des médias, pendant plus d'une année, vivre une relation amoureuse volcanique avec la jeune femme, sans que personne n'ait le moindre soupçon, est héroïque, mais ce secret-là, Joseph a désormais envie de le révéler. Il veut exposer son bonheur. Il aime Martha. Il est fier de sa compagne. Il meurt d'envie de parler d'elle. Il voudrait pouvoir se promener en plein jour avec Martha à son bras. Il attend ce moment avec impatience.

Il a d'autres secrets, comme celui d'être l'un des héritiers d'une grande famille danoise d'industriels et d'amateurs d'œuvres d'art. Avant la guerre, son grand-père Jesper Dreyer était en relation avec Otto Gerstenberg, le grand collectionneur. En mille neuf cent trente-cinq, il avait fait le voyage à Berlin pour assister aux obsèques de son ami allemand. Jesper aimait la France avec passion. Il avait choisi d'y vivre, mais il faisait aussi de fréquents séjours aux États-Unis. Il possédait un appartement à New York dans Soho. Joseph en a hérité. Il le loue à un ami, un éditeur américain.

En mille neuf cent quarante-trois, les nazis ont pillé l'appartement du grand-père Dreyer, à Paris. Une partie prestigieuse de sa collection, qui comptait notamment des Manet, un Camille Corot et un Degas, a été transportée de façon rocambolesque à Berlin par les camions de la Wehrmacht. En mille neuf cent quarante-quatre, l'armée soviétique, arrivée la première dans la capitale allemande, s'est emparée des butins allemands. Les troupes russes se sont empressées d'emporter les œuvres à Moscou.

Joseph sait qu'une partie du patrimoine familial dort toujours au fond des caves de l'Hermitage, le musée de Saint-Pétersbourg. Malgré de nombreuses tentatives familiales pour récupérer ce bien, le gouvernement russe nie toujours le recel. Joseph a cru un instant, au début des années deux mille, quand les Russes ont autorisé le rapatriement d'une partie des documents appartenant à la sécurité française, que les œuvres d'art bénéficieraient de cette ouverture. Des millions de pièces concernant le fichage de la population française ont été restituées aux archives françaises à Fontainebleau, mais les tableaux sont restés dans l'ombre des réserves du musée russe. Heureusement pour la famille Dreyer et pour la France, une partie importante de la collection qui avait été évacuée et dissimulée dans des caches en zone libre a été sauvée.

Joseph n'a jamais fait étalage de cette richesse. Il vit d'une façon relativement simple et s'est toujours consacré à sa passion pour le journalisme. Il est un actionnaire important du journal. Un spécialiste s'occupe de gérer son patrimoine personnel.

Le tir fait partie des autres pratiques discrètes de Dreyer, qui cache son goût inattendu pour les armes. L'intellectuel, l'humaniste, le pacifiste tait sa passion. La concentration nécessaire à la pratique du tir lui fournit une partie de son équilibre et de son calme. À part les membres discrets d'un club dans la banlieue parisienne, personne n'est informé de cette pratique régulière ni de son talent de tireur. Il a chez lui des armes de poing soigneusement rangées à l'abri dans un coffre-fort, comme l'exige la loi. Toutes sont déclarées, sauf un Mauser Parabellum. Il apprécie cette arme qui a un canon court tronconique de dix centimètres, équipé d'un silencieux, et une crosse avec des joues en bois sombre quadrillé. Le chargeur contient huit balles. Son grand-père se l'était procuré pendant la guerre en rejoignant les hommes de la Résistance dans le maquis. La légende familiale dit qu'il a servi à abattre un milicien. L'arme et les munitions ne rentrent pas dans une catégorie tolérée par la loi, mais Joseph refuse de s'en séparer ou de le neutraliser. Il lui arrive, en dépit des sanctions juridiques encourues, de l'utiliser dans des endroits déserts.

Parmi ses secrets honteux, le héros a un talon d'Achille, si l'on peut baptiser ainsi les crises hémorroïdaires dont souffre régulièrement l'élégant journaliste. Cette affection l'humilie. Les crises se déclenchent plusieurs fois par an. Pendant plusieurs jours, il est handicapé par la douleur et peut à peine rester assis. Pourtant, il ne se décide pas à se faire opérer. Une intervention chirurgicale dans cette zone si intime de sa personne lui semble incompatible avec sa pudeur maladive. Il a même mis beaucoup de temps à en faire l'aveu à son médecin.

Aujourd'hui, les brûlures annonciatrices de nouveaux tourments se sont déclenchées pendant son déjeuner avec le secrétaire d'État au Développement durable. Les douleurs ont empiré. Au fil de la journée, Joseph est donc d'une humeur de dogue. Il sait que même en s'enduisant régulièrement de pommade et en multipliant les humiliantes manœuvres destinées à lutter contre la boursouflure, il va devoir vivre un jour ou deux avec ce rappel pénible de la dérisoire condition humaine. « *Vanitas vanitatum et omnia vanitas* » : tout est vanité. Il pense que Bossuet devait avoir des hémorroïdes. C'est donc au garde-à-vous qu'il accueille l'appel et les informations du couple d'enquêteurs Lebel-Lourmet.

C'est Lourmet qui ouvre le bal.

— Les flics viennent de contrôler les mouvements bancaires de Buscarons. Depuis quatre mois, il a brassé beaucoup, près d'un million d'euros. Il devait être victime d'un chantage, car les deux derniers mois, il a sorti de son compte, en plusieurs retraits, cent cinquante mille euros en liquide. D'autre part, tous les racontars sur la mise en examen de PAN sont bidons. Les informations qui courent sur Internet, c'est du flan. Les flics l'ont entendu, rien de plus. Il semblerait que le recoupement des horaires lui est plutôt favorable.

Lebel arrache le téléphone des mains de Lourmet et poursuit :

— L'idée d'un chantage diminue encore les soupçons sur ce blaireau de PAN. Il n'a pas besoin de blé, cent cinquante mille euros, c'est son argent de poche pour s'acheter sa poudre de perlimpinpin. Faut chercher ailleurs. Buscarons devait avoir une vie encore plus bordélique que ça.

En raccrochant, Joseph a une nouvelle bouffée de ressentiment contre Martha qui s'est jetée dans ce bain d'acide en remisant au second plan les conséquences inexorables que cette décision aura sur leur vie commune. Leur amour n'est certes pas cette quête désespérée de fusion qui fait trembler les adolescents, mais la maturité n'épargne pas le besoin de l'autre. Leur rencontre est tardive, les années de bonheur sont comptées. Il ne veut pas perdre un jour, une heure de la présence de cette femme que le hasard a poussée contre lui. Les âpres combats quotidiens que nécessitent leurs métiers détruisent le désir. L'énergie mentale et affective est tout entière consommée par la lutte. Ce sont des corps contaminés, irradiés qui le soir se mettent en position fœtale sous les draps. Le cerveau reste à la poubelle. Faire l'amour n'est plus qu'un rite destiné à fabriquer un peu d'endomorphine mélangée à un faux-semblant de retrouvailles. L'amour nécessite du temps, un investissement intellectuel et des gestes délicats que ces relations barbares ne permettent plus. Les mœurs de la télévision sont révélatrices, tout autant que les turpitudes du monde politique ou de la finance, du glissement d'une civilisation hors de la lumière. Joseph n'a pas le goût de l'obscurité ni du manque. Il ne veut pas attendre et gaspiller des heures de vie. Il adore la solitude, mais refuse la frustration.

*

Tania Tarpowsky n'a pas attendu longtemps pour faire connaître sa décision à Martha Kiss. Après leur rencontre au Prince de Galles, elle a rédigé un mot qu'elle a déposé dans sa corbeille de courrier. Elle lui dit, avec sobriété, qu'elle est désolée de ne pas donner suite à la proposition qui lui a été faite. Avant de rejoindre Buscarons, elle travaillait dans une agence de voyages et parcourait le monde. Elle ne regrette pas ces années passées dans la chaîne mais elle commençait à souffrir de claustrophobie car la tâche est ingrate. Son patron est mort, c'est l'occasion d'un nouveau départ. Elle lui rappelle qu'elle se tient à la disposition de son successeur pour transmettre les dossiers. Elle conclut par une formule de politesse froide comme une pierre tombale.

Dans la longue liste des appels inscrits sur l'écran de son ordinateur, Martha note un message de Labrousse qui annonce son retour au bureau le lendemain matin. Manon Clémenti a également tenté de la joindre. Sosthène Grisostomi demande un rendez-vous. Elle se remémore les mots lapidaires de Carlos dans son carnet de notes, « salle d'attente Grisostomi », soulignés trois fois.

Le bureau du directeur financier Albin Jacoberger est voisin du sien. Jadis une porte permettait de communiquer directement de l'un à l'autre sans passer par le couloir ni traverser les secrétariats. Buscarons a fait condamner le passage pour préserver son intimité. C'était surtout le symbole de l'existence de deux territoires antagoniques.

Martha demande à son secrétariat d'interroger l'assistante du directeur financier pour savoir s'il peut la recevoir quelques minutes. Buscarons aurait demandé à Jacoberger de venir dans son bureau, mais Martha n'a pas cet ascendant. La réponse est positive.

Elle entre dans la pièce qui lui semble vide. Albin Jacoberger est debout dans son dos, dans l'angle mort de la porte. En dépit de son allure ascétique, l'homme n'a pas renoncé à tous les plaisirs, songe-t-elle en surprenant son regard appuyé sur ses fesses. Il sait qu'elle s'en est rendu compte. Loin d'être gêné, il s'en amuse. Il affiche un sourire provocateur. Elle s'assoit et le questionne :

— Je reprends les dossiers de Carlos et j'ai une demande de rendez-vous de Sosthène Grisostomi. Je voulais savoir si tu as lancé un audit sur les comptes des *Habsbourg* ?

Le visage de Jacoberger change brutalement. Le sourire s'effondre, les épais sourcils se rapprochent, les paupières se plissent. La réponse est sèche :

— Non, et je ne pense pas qu'il faille perdre du temps à ça. Tu as d'autres urgences.

— C'est moi qui décide de mon emploi du temps. Je souhaite qu'on expertise la comptabilité de cette production.

Il est surpris par le mordant de la riposte.

— Mais c'est moi qui décide des audits. Tu es, certes, libre de perdre ton temps, mais sans gaspiller le mien.

— Je vais donc argumenter ma demande et solliciter l'arbitrage de Baratier sur cette question.

— Tu cherches quoi ?

— À faire correctement mon boulot.

Elle fait demi-tour, certaine qu'à ce moment même il pense à autre chose qu'à ses fesses et qu'il regarde ailleurs.

De retour dans son secrétariat, Véronique Bouvier informe Martha que le collège de son fils vient d'appeler. Joseph est malade. Il a été pris de vomissements. Le directeur lui demande de venir rapidement le chercher.

L'armure de la femme d'affaires ne protège pas des angoisses de la mère. Elle culpabilise depuis sa rencontre avec Joseph Dreyer. Les heures passées avec l'un manquent à l'autre. Les premiers jours de ses nouvelles fonctions prouvent que le temps va encore se raréfier. Elle va devoir faire des choix. Mais peut-elle imaginer une alternative ? Joseph, son fils, est l'absolue priorité de sa vie.

Véronique, la bolchevique au grand cœur, suggère :

— C'est certainement pas grave, y a plein de gastros en ce moment. Dans la classe de mes jumeaux, ils y sont tous passés. Moi c'est ma mère qui va chercher les miens à l'école… Si vous voulez, je prends un taxi, je vais le prendre au collège, je l'emmène chez vous et j'appelle votre médecin. C'est simple.

Martha sourit. Depuis sa promotion, c'est le premier signe de douceur dans cette usine à cinglés. Elle la remercie.

— Véro, vous me sauvez, je vais appeler mon père au téléphone afin qu'il vous rejoigne à la maison, car ce soir il y a la projection en avant-première du film de Roland Velansky avec la présence du ministre de la Culture. Je suis obligée d'être présente. Vous m'appelez quand vous êtes à l'école ?

— Oui, évidemment. Votre médecin, c'est bien Roman Levy ?

Martha acquiesce. Véro lui explique qu'elle va s'arranger avec ses copines pour que tous les rendez-vous soient pris, que ses appels téléphoniques soient traités. Puis elle appelle un taxi et se dirige vers les ascenseurs.

Martha, dans son bureau, appelle son père. Elle lui décrit la situation. Jozsef semble ravi d'être utile à sa fille et surtout de passer la soirée avec son petit-fils.

— Je vais lui faire du riz.

Contrairement aux vieillards qui, au fil des ans, réduisent leur périmètre de déplacement, d'amour et de pensée, à soixante-dix-huit ans révolus, Jozsef Kiss est toujours aussi généreux, ouvert et curieux de tout. La musique préserve du dessèchement. Martha le prie de la tenir informée de l'évolution de la santé de l'enfant.

Le téléphone mobile vibre, elle raccroche la ligne fixe et décroche le portable.

Roman Levy, l'ami médecin à qui elle a adressé le dossier

médical de Buscarons, vient d'en prendre connaissance. Martha l'interrompt :

— Avant que tu ne me parles de ça, je dois te dire que mon assistante va t'appeler. Joseph est malade, il vomit. Elle va le conduire à la maison. Tu peux passer rapidement ?

— Oui, t'inquiète pas, y a une vague de gastros. Toi ça va ? Je te vois dans les journaux. Je suis fier de soigner une vedette de la télé !

— C'est dur, Roman, très dur, beaucoup plus dur que ce que j'imaginais. Alors parle-moi du dossier que je t'ai adressé.

— J'espère que ce n'est pas un proche. Le diagnostic n'est pas fameux. C'est même très mauvais.

— Tu peux être direct, le patient est décédé.

— De son cancer ?

— Non, il est mort dans un accident.

— C'est peut-être mieux pour lui, car il souffrait d'un adénocarcinome avec un indice très élevé sur l'échelle de Gleason. En clair, ça veut dire qu'il avait une tumeur particulièrement agressive, que son cancer s'était déjà développé en dehors de la glande prostatique. C'était un Américain ?

— Non, mais je crois qu'il ne souhaitait pas que sa maladie soit connue et il a dû préférer consulter à l'étranger.

— Il y a une autre hypothèse : il est allé se faire examiner à Houston car il y a aux États-Unis des techniques opératoires réputées, mais les métastases de sa maladie ne justifiaient plus ces performances technologiques. Il était foutu. Dans le meilleur des cas, il ne lui restait que quelques mois à vivre, et c'étaient les pires.

Après avoir raccroché, Martha pense au crabe qui était en train de dévorer Carlos. Il le savait et il n'était pas homme à supporter une dégradation physique sous le regard compatissant ou gêné de son entourage. Ses yeux s'embuent. Elle imagine Carlos le sensuel, le drôle, l'écorché vif seul face à la maladie.

Elle avait une vraie tendresse pour lui. Ses volumineux travers ne suffisaient pas à masquer totalement la lumière. Il était excessif jusqu'à la boursouflure mais il donnait de l'énergie, il partageait ses rêves. Il était vivant.

Son cancer rend la thèse d'un suicide plausible, mais alors, pourquoi aurait-il acheté une ferme dans le Sud-Ouest et décidé de se donner la mort à Paris ? Doit-elle prévenir la police ? L'autopsie du légiste a-t-elle décelé le mal ? Dans le doute, Martha décide de transmettre le document aux enquêteurs.

De l'autre côté de la baie vitrée, au pied de l'arrogant bâtiment, un bateau-mouche chargé de touristes rebrousse chemin. En dépit de la lumière du jour encore élevée, des flashes crépitent en direction de l'immeuble. La façade est tapissée d'une immense photo des comédiens de *La Cité des morts*, la nouvelle série policière hebdomadaire.

La mise à l'antenne de cette fiction a débuté deux semaines auparavant. La diffusion du premier épisode a récolté une bonne audience, mais les circonstances étaient favorables. En effet, la plus grosse chaîne concurrente diffusait, au même moment, un match de football. Le sport fait fuir la majorité des femmes. Elles zappent en quelques secondes. Par contre, la semaine suivante, la série française était opposée à un feuilleton américain. Les femmes sont retournées suivre les turpitudes sentimentales du beau docteur. L'audience de la chaîne de Martha a chuté brutalement.

Le troisième épisode est programmé ce soir, mais le charmant toubib américain les attend encore dans le camp d'en face. Demain, Baratier va hurler dans le téléphone de Martha. Une série-fiction qui ne marche pas est un calvaire qui dure aussi longtemps qu'il y a d'épisodes et de semaines d'antenne. Pour restreindre la douleur, Martha va décider de programmer plusieurs épisodes sur une même soirée, mais elle sait qu'elle va devoir affronter la résistance des services financiers, car ce genre de manœuvre fait exploser les coûts de diffusion.

L'amie de Véronique a pris le relais de son secrétariat téléphonique. Elle lui passe Manon Clémenti.

— Bonsoir, Manon, vous avez cherché à me joindre, je souhaitais également vous parler.

La comédienne parle d'une voix monocorde comme si elle répétait un monologue sans prendre la peine de le jouer.

— Oui, bonsoir, j'ai accepté de rencontrer, hier matin, votre collaborateur Maxime Labrousse. J'ai parlé en confiance. J'espère que j'ai bien fait, mais je ne lui ai pas tout dit. Je voudrais poursuivre avec vous la discussion sur Carlos. Je sais que vous avez été très proches. Je crois qu'il était en danger. Il est venu me voir quarante-huit heures avant sa mort.

Martha tait sa surprise et son irritation. Que faisait donc Labrousse avec Manon Clémenti ? Elle est agacée d'entendre la jeune comédienne souligner sa proximité avec Buscarons.

— Bien sûr, je suis à votre disposition. Prenons un rendez-vous.

Les deux femmes s'entendent pour laisser passer le week-end, car Manon sera absente jusqu'à lundi. Elles conviennent de se rappeler à son retour.

Un coup d'œil à sa montre, et Martha s'aperçoit qu'elle a pris dix minutes de retard sur son planning. Elle se hâte de rassembler les éléments du dossier que Véronique n'a pas eu le temps de préparer avec son départ impromptu.

Comme tous les programmes de la chaîne, l'audience du journal de 20 heures est légèrement en baisse. Les journalistes de la rédaction se plaignent de la faiblesse de l'émission qui précède. Ils l'accusent d'être à l'origine de leurs difficultés.

Martha sent la lassitude l'envahir. La charge mentale est lourde, trop d'événements, de pression, d'informations, de sollicitations. Tout est en désordre, les heures lui échappent. Et si Joseph avait raison ?

*

Des voleurs de cuivre ont dérobé des câbles qui servent à la transmission des signaux le long de la voie ferrée. Labrousse a attendu longtemps avant que la SNCF puisse confirmer le départ du train. Le TGV a quitté Marseille avec trois heures de retard. Il est prévu qu'il arrive à environ minuit gare de

Lyon à Paris. Dès que la rame a été accessible, Labrousse s'est confortablement installé avec bouteille d'eau, sandwich et ordinateur. Il est impatient de regarder le DVD que Tchouloumian lui a remis. L'histoire d'un meurtre, un film porno en fonçant à trois cents kilomètres-heure dans le noir, la vie à toute vitesse : le kif.

Il branche l'ordinateur, jette un coup d'œil inquiet derrière lui pour vérifier que personne ne peut apercevoir son écran. En diagonale, un sexagénaire rougeaud, la tête en arrière, les yeux fermés, la bouche ouverte, semble en train de plonger dans le coma. Il a l'air d'être déjà mort. Personne d'autre ne peut entrevoir les images qu'il va découvrir.

Il branche les écouteurs, mais n'en place qu'un seul pour pouvoir rester à l'écoute des mouvements dans le wagon, puis installe le disque dans le lecteur. Le logiciel met un temps à charger les données, enfin la lecture commence. Maxime élargit le document à toute la largeur de l'écran. Dès les premières secondes, le spectacle le fascine. Le film a été réalisé avec des capteurs infrarouges et tourné dans une obscurité quasi totale. L'image est verte et charbonneuse. Les contrastes sont violents et créent une atmosphère irréelle. La caméra est dans l'axe d'un immense lit constitué de deux matelas très larges posés à même le sol. Un couple de femmes fait l'amour au centre de ce ring sexuel. Leurs corps blêmes s'emmêlent. Les plans de la caméra axiale alternent avec les plans d'une caméra située à la verticale du lit. La musique est poussée au maximum, agressive, saturée. C'est l'atmosphère explosive d'une piste de danse. La violence du son anesthésie et déplace les âmes hors des corps. The Black Eyed Peas : *The Time* (*Dirty Bit*). Labrousse a le souffle court. La découpe graphique des images infrarouges, l'absence de détails, le mélange de nuit et d'encre verte créent un univers infiniment plus troublant et esthétique que la sinistre crudité charcutière des scènes pornographiques. La séquence dure plusieurs minutes, les filles commencent à se caresser, collées l'une à l'autre, puis l'une se glisse entre les jambes de sa partenaire pour une longue séance de cunnilingus spasmodique. Quand la caméra du plafond prend le relais, la musique change brutalement, mais reste toujours aussi intense et brutale. Le document est un montage *cut* de séquences sans mixage, de morceaux de vidéos collés sommairement. Les filles ont changé de position, mais un homme et une autre femme ont rejoint l'immense lit. Ils font l'amour à côté d'elles, avec sensualité et douceur. La scène hypnotise Labrousse et lui provoque une érection brutale. Les mouvements se prolongent quelques secondes, puis un autre homme rentre dans le champ de la caméra et s'allonge entre les deux couples. Il se tourne vers les filles. Il en attire une vers lui, se couche sur le dos pour qu'elle puisse le chevaucher. En dépit des lumières irréelles, des silhouettes fantomatiques, des contrastes violents des images infrarouges, malgré les pupilles dilatées par le désir et l'obscurité, le rythme cardiaque de Labrousse s'accélère encore quand il reconnaît le visage de Carlos Buscarons. Les échanges de caresses sont lents, sensuels, sans la frénésie gymnique des scènes de X. Le plaisir est réel et perceptible. Le plan dure environ trois minutes. L'autre fille s'est tournée vers Carlos et sa compagne, elle les regarde du fond de ses profondes orbites noires avec un sourire extatique. Nouveau plan, nouvelle musique : Coldplay. Buscarons est couché sur le côté, sa partenaire a passé sa jambe sur sa taille. Un garçon se tourne alors vers Carlos. Il se colle contre le dos de Buscarons qui adopte une attitude consentante.

Labrousse se tourne brutalement vers le sexagénaire. Encore plus rougeaud que tout à l'heure, la bouche toujours béante, le pépère ouvre des yeux ronds en direction de l'écran de l'ordinateur. L'homme surpris en train de mater sourit et bredouille :

— Il est bien votre film, mais dommage que votre télé soit déréglée.

— Oui, c'est dommage.

L'incroyable document dure près de trente minutes. La caméra verticale zoome à plusieurs reprises sur le profil parfaitement identifiable de Carlos Buscarons. De temps en temps, des silhouettes noires coupent le champ de la caméra horizontale et révèlent la présence d'autres personnes dans l'obscurité.

Cet enregistrement était certainement destiné à nourrir un chantage contre Buscarons. L'image du directeur général de la chaîne en train de se faire sodomiser vaut cher. Une méthode qui ne doit pas poser de problèmes moraux à PAN. Labrousse a une bombe entre les mains. Il décide de rejoindre le wagon-restaurant mais doit attendre quelques minutes pour pouvoir masquer son émotion.

*

« L'organisation des programmes doit être au service de l'info, car c'est nous qui faisons l'image dominante de la chaîne. » Le nouveau directeur de la rédaction est autoritaire et énergique. Il défend rigoureusement la place des journalistes. Il a été recruté à prix d'or dans les rangs des adversaires et a su faire grimper l'audience du journal. Il jouit aussi de la sympathie du président de la République et de la majorité politique. Des qualités indispensables aux yeux de Baratier.

La rencontre avec les journalistes s'est prolongée jusqu'à vingt heures. Martha a été conciliante, au-delà de ce que sa nature lui soufflait. Elle a su rester attentive et compréhensive. Buscarons lui a appris que les journalistes les plus en vue déjeunent, parlent, dînent, commentent, petit-déjeunent, persiflent. Ils s'invitent les uns les autres dans leurs émissions respectives. Ils écoutent les politiques, mais forgent aussi l'opinion de leurs interlocuteurs. Une mécanique de vieux couples gloseurs qui font et défont les réputations et les carrières.

Joseph appartient à cette tribu mondaine où les carrières sont les plus longues. Martha n'oublie pas tous ceux qui courent entre les bombes, les fous et les cataclysmes de la planète avec un téléphone, une caméra, un stylo pour raconter. Alors prudence et respect, elle a écouté les doléances et accepté les conseils.

Seul écart de conduite, elle n'a pas pu s'empêcher de manifester son interrogation sur la durée des sujets consacrés à la météorologie. C'est vrai qu'il fait chaud en juillet et froid en hiver. En automne, il pleut beaucoup. Les printemps sont dissemblables. Pourquoi s'en étonner ? Le jeune directeur lui a sèchement répondu que le réchauffement climatique et les intempéries étaient aussi au cœur des préoccupations des Français.

En sortant, elle appelle son père. Jozsef la rassure. Son fils a retrouvé la forme. Puis elle téléphone au troisième Joseph. Sa vie maintenant s'appelle Joseph !

Elle a envie que Dreyer l'accompagne à la projection du film de Velansky. Elle est prête à enfreindre la règle de la discrétion. Elle a envie de sa présence et d'affronter à ses côtés le regard des autres. C'est sa façon de lui dire qu'elle l'aime, mais Joseph lui explique qu'il ne peut pas venir. Elle insiste :

— Tu m'as dit que tu avais annulé un dîner chiant.

— Oui, c'est vrai, mais je ne pourrai pas rester assis deux heures.

— Même à côté de moi ?

— Même.

— Parce que c'est un film de Velansky ?

— Je n'aime pas Velansky-le-vieux. Il est devenu pontifiant. Il se raconte en boucle. Il n'y a qu'une poignée de courtisans pour simuler de l'émerveillement devant ces films tremblotants qu'il faudra vite oublier.

— Alors ne me laisse pas seule dans cette épreuve.

— N'insiste pas. Tu devras attendre le jour anniversaire de la dixième année de notre mariage pour que je puisse t'avouer la raison de mon refus. Et encore…

— Tu excites ma curiosité.

— Y a pas de quoi.

Ainsi, ce soir-là, une triviale histoire de crise hémorroïdaire a empêché que le Tout-Paris ne découvre la liaison entre la séduisante Martha Kiss et le farouche Joseph Dreyer.

Quand elle entre dans l'auditorium du rez-de-chaussée, la salle est pleine. Jean-René Baratier trône au premier rang. Les fauteuils à côté de lui sont restés libres. D'un geste autoritaire de la main, il invite Martha à s'asseoir dans le fauteuil de gauche. Elle est surprise et gênée. Joseph a bien fait de refuser de venir, la situation aurait été embarrassante.

Le ministre de la Culture a un peu de retard. La salle bruisse de chuchotis. On s'échange des signes furtifs de la main et des mimiques complices. On retrouve une partie de ceux qui étaient au cimetière. Le premier rang se lève. Le ministre arrive et serre distraitement les mains. Baratier lui présente Martha. L'homme consent un embryon de sourire, le nom de Martha n'est pas parvenu jusqu'au cerveau. Il n'en a rien à faire. Poignée de main, il a des doigts glacés. Il donne l'accolade à Velansky et s'assoit entre Baratier et le réalisateur. Il tourne le dos au président de la chaîne pour ne s'intéresser qu'au vieil artiste.

Le directeur de la société filiale de la chaîne qui gère la production de cinéma monte sur la scène. Il est accompagné du producteur du film. Éloge du maître, mots précieux, références flatteuses, ronds de jambe au ministre, remerciements épars, anticipation du plaisir rare qui va suivre… les présentations de films sont des rituels narcissiques en général sans surprise ni émotions sincères.

Les lumières s'éteignent. La projection commence. Le film est en effet le long pensum d'un réalisateur à son crépuscule, qui fait des films de trop. Le scénario est indigent, les comédiens livrés à eux-mêmes. L'ennui pleut. Après une journée à ramper entre les fils de fer barbelés, à éviter les coups de poignard, ce spectacle est une épreuve ultime pour Martha.

C'est Baratier qui s'effondre le premier. Il vacille sur son siège. La tête dodeline. Puis il fait entendre un léger bruit de gorge qui va en s'amplifiant. Le président ronfle. Il s'affaisse de plus en plus lourdement sur l'épaule de Martha, les lunettes de travers. Horrifiée par cette situation, elle tente de le faire glisser pour le déséquilibrer, provoquer un réveil, mais le dormeur a de la détermination et le sens de l'équilibre. Sans ouvrir un œil, il se remet en place contre l'épaule de sa collaboratrice. Martha renonce. Elle se contente de lui donner des coups de pied quand son ronflement domine le ronron des dialogues insipides du film. Puis, avec horreur, elle se rend compte qu'il bave sur son épaule. Le calvaire prend fin avec le générique. Les lumières de la salle s'éclairent brutalement. Baratier sursaute, ouvre la fente de ses yeux hagards, rougis par le sommeil. Le temps de comprendre où il est, il réinstalle d'un coup d'index vigoureux ses lunettes et il s'exclame en regardant le ministre :

— Quel film ! Une œuvre sans concessions !

Un dirigeant expérimenté doit toujours avoir dans un coin de son crâne une collection de phrases creuses qui permettent de meubler les silences ou de se sortir des situations délicates. Martha jette son écharpe sur l'immonde tache de salive qui souille son chemisier. Toute la salle se précipite pour saluer et féliciter le vieillard narcissique qui serre de sa main décharnée l'avant-bras dénudé d'une jeune comédienne.

« Meurs à temps », la lointaine phrase de Nietzsche et de ses devoirs de philo remonte à la surface. Cette citation la poursuit. Elle a toujours pensé qu'il faut savoir se lever de table sans trop tarder, mais la décision du moment doit être impossible à prendre, car la conscience du désastre est obscurcie. Nous nous habituons à notre laideur, parce qu'elle arrive jour après jour, sur la pointe des pieds. Tout est dans la progressivité insidieuse de la dégradation. Nous ne ressentons pas ce glissement progressif de la chair sur les os. La lenteur de la transformation quotidienne du visage dans le miroir de la salle de bains rend la métamorphose imperceptible. Sauf de temps en temps, la rencontre imprévue avec soi-même, ce visage si laid aperçu dans le reflet d'une vitre, cette photographie prise, malgré vous, qui vient vous prouver cruellement l'avancée de la marche vers le néant. Alors que les autres tremblent à l'idée de devenir un jour ce que nous sommes, nous nous satisfaisons d'avoir si bien résisté. Puis il arrive un moment où l'intelligence qui s'effrite ne permet plus de mesurer sa propre dégradation. Le ramollissement cérébral agit sur la conscience de soi comme la morphine sur la douleur, et chaque journée qui passe devient une victoire dérisoire sur le vide.

Jozsef en est un contre-exemple, le père de Martha est beau. Il est grand, mince. Il est digne. Elle aime ses yeux rieurs et la noblesse de ses rides. Jozsef a su à sa façon renoncer à la scène sans quitter la vie. Il y a tant d'élégance à tourner le dos à certains combats, à se garder de l'obscénité dans la voracité, la boulimie, l'obstination. Elle ressent du mépris pour les gens qui ne savent pas laisser une place dans la file d'attente, qui piétinent tous ceux qui se trouvent devant eux pour avoir un siège au premier rang. Jozsef fait partie des aristocrates du quotidien. C'est un épicurien minimaliste qui trouve toujours une raison d'être heureux. Elle a aimé Dreyer quand elle a retrouvé du Jozsef chez lui.

Son amour pour son père la pousse à guetter avec terreur les éventuels signes de défaillance intellectuelle. Il sera beau tant qu'il sera drôle, lucide, distant. Comment et quand la nuit va-t-elle rentrer dans sa tête ? Elle redoute les premiers signes d'obscurité chez cet homme qu'elle vénère.

Velansky est la caricature des obsessions de Martha. Il trône au milieu du salon où est organisé le cocktail qui suit la projection de son film. Un verre de vin rouge dans une main tremblante, il reçoit les hommages sirupeux des courtisans professionnels. Cet homme fut fulgurant. Il était au bon endroit au bon moment. Ses films ont réjoui le public. Aujourd'hui, le sinistre navet projeté en avant-première ne sera vu par personne. La chaîne le diffusera un soir d'été en seconde partie de soirée.

Martha s'en veut de penser ainsi. Elle se reproche un instant son manque d'indulgence. Elle devrait au contraire être touchée, voire émue par l'acharnement de cette vieille gloire du cinéma, oublier les maladresses pour ne se souvenir que de la richesse de son passé, mais le rappel de la trace de bave de président sur l'épaule la replonge dans ses pensées nauséeuses.

Carlos participait à ces manifestations sans y être. Il disait que, dans ce métier de chien, il fallait savoir éviter le corps-à-corps, boxer à distance, se déplacer autour de l'adversaire. Il le répétait, mais combien de fois l'avait-elle pris en flagrant délit de contradiction avec ses propres conseils stratégiques. Il rentrait dans le lard à coups de pied, de poing, à coups de gueule, en sortait groggy ou hilare. Elle ne sait pas comment elle pourra garder la bonne distance avec les autres. Elle doit aussi se tenir hors de portée d'elle-même, oublier ses propres jugements, faire taire ses pulsions et ses répulsions. Devenir lisse. Le mépris qu'elle ressent pour ce type de soirée est l'une de ses faiblesses. Son intolérance est condamnable. Trop de recul n'est pas compatible avec l'exercice du métier. C'est même un poison. Il faut qu'elle apprenne à oublier son propre système de valeurs.

Le souvenir de la défaillance de Labrousse lui provoque une bouffée de colère et une montée d'adrénaline. Elle s'attarde dans un coin de la salle, tape un texto rageur sur son portable puis se retourne pour rentrer dans la lumière crue du salon.

Les invités se précipitent vers elle pour la féliciter de sa promotion alors qu'un serveur lui propose un plat de saucisses naines grillées transpercées d'un cure-dent. Martha débite quelques banalités en réponse à des propos qui ne nécessitent aucun effort intellectuel. Au hasard de l'agitation brownienne d'un cocktail, elle se retrouve face à Albin Jacoberger. Il est accompagné d'une femme brune, altière, qui impose la couleur de ses yeux noirs globuleux associée à un rouge à lèvres sanguin. Il se sent obligé de faire les présentations d'un geste ample de la main, désigne Martha à son interlocutrice :

— Tiens, Élisabeth, je te présente Martha Kiss qui a désormais la responsabilité des programmes de la chaîne.

Puis il se tourne vers Martha :

— Ma chère Martha, je suppose que vous avez déjà entendu parler de mon amie Élisabeth Grillon ? Vous connaissez certainement son remarquable travail ?

Martha hésite un instant, le nom ne lui est pas inconnu, mais elle ne se souvient plus à quel propos ou dans quelles circonstances il a été évoqué. Elle avoue son ignorance au risque de blesser une interlocutrice pour qui le directeur financier manifeste tant de considération :

— Oui, votre nom me dit quelque chose, mais pardonnez-moi, je ne connais pas votre travail.

Albin Jacoberger prend un air réprobateur, fronce ses sourcils épais et noirs qui lui donnent l'air du méchant dans les films de Charlie Chaplin. Il susurre :

— Élisabeth est une artiste peintre d'un immense talent. Ses toiles sont d'une force exceptionnelle. Il aurait, d'ailleurs, déjà fallu que la chaîne lui consacrât un peu de temps.

La mémoire revient à Martha. Élisabeth Grillon, son nom est sur les invitations à des vernissages rangées dans les dossiers de Carlos. La dame devient un sujet intéressant, mais la proposition de Jacoberger de lui consacrer un portrait l'horripile. De quoi se mêle-t-il ? Elle oublie le subjonctif ampoulé de Jacoberger et choisit la voie directe :

— Je me réjouis de pouvoir découvrir un jour votre production, mais le type de programme que propose Albin ne peut trouver sa place sur notre chaîne, car il ferait fuir notre public.

La dame tente d'écarquiller plus encore ses yeux de mouche. Martha poursuit :

— Vous le savez, il y a des chaînes spécialisées sur l'art, c'est une noble tâche. Elles bénéficient de l'indulgence de l'État et des médias. Si nos programmes chutaient à leur niveau d'audience, nous serions immédiatement en faillite, et si je me laissais aller à ce genre de programmation, Albin serait en droit de réclamer mon départ immédiat…

Puis elle se tourne vers le directeur financier qui a blêmi. Ses mâchoires semblent s'être soudées.

— Au fait, Albin, j'ai rédigé la note officielle de demande d'audit. Vous devriez la trouver sur votre bureau demain.

Elle se retourne vers l'artiste :

— Pardonnez-moi, madame Grillon, d'évoquer de banales tâches comptables dans une conversation de cette qualité, mais comme Albin vous l'a dit, je prends à peine mes nouvelles fonctions, je suis pressée et encore mal rodée à la courtoisie des conversations de cocktail. Je me rendrai avec un vif intérêt à votre prochain vernissage.

Albin Jacoberger tremble de rage.

— Profitez rapidement et pleinement de cette erreur de casting, vous ne serez pas longtemps parmi nous.

L'artiste peintre roule ses grosses boules noires d'un visage à l'autre, totalement dépassée par la brutalité de l'escarmouche.

*

Le TGV a ramené Maxime Labrousse à Paris. La nuit est avancée. L'été est pourri, un nouvel orage noie la capitale. La voiture file le long des quais vers son domicile dans le XVe arrondissement. Tout autour, le feu d'artifice ruisselant des lumières de la ville, diluées, réfractées, explose sur les vitres du taxi. Il est ébloui par les projecteurs d'un bateau-mouche qui jouent au jour et à la nuit. Maxime est dans un sous-marin irréel. Le chauffeur goûte le classique. La radio diffuse un concerto pour violon, violoncelle et piano de Beethoven. Tout est sensation. La fatigue exacerbe les émotions. La paisible féerie de l'instant est inattendue. Elle estompe ce qu'il vient de vivre. Changement de dimension. Un instant, il est passé à travers le miroir. Il n'a aucune raison d'être particulièrement heureux ni malheureux, mais les vibrations de la matière à cette minute le remplissent d'une euphorie irrationnelle et inexplicable. Il se sent vivant, caché au fond de la mer, là où les couleurs viennent dormir.

Les deux notes aigrelettes d'un texto sonnent la fin de la rêverie romantique : « Labrousse, demain huit heures quinze dans mon bureau. Martha Kiss. »

Il se doutait que Martha serait de mauvaise humeur. Il ne l'avait vue que très rarement piquer des colères, seuls quelques graves incidents lui avaient fait perdre son calme. Ni hurlements, ni gesticulation, Martha résolvait les conflits dans le froid, une sorte de cryothérapie. Plus le problème était chaud et plus Martha baissait la température.

À huit heures quinze précises, les assistantes de Martha n'ont pas encore pris leurs fonctions. Maxime tape à la porte du bureau de la directrice. Un « entrez », sec comme un coup de fouet, lui confirme que l'entretien va être rude. Martha est assise derrière le bureau de Carlos dans le large fauteuil en cuir fauve qu'on lui a livré la veille. Elle a les yeux fixés sur son écran d'ordinateur. Sans regarder son interlocuteur, elle désigne la chaise face à elle. Il glisse un bonjour qui se veut détendu. Le mot se perd dans le silence de la pièce. Elle finit de consulter son courrier électronique et, toujours sans se tourner vers Maxime, l'interroge :

— Alors, dans une période particulièrement délicate, vous prenez des jours de récupération sans m'en demander l'autorisation ?

La suite va très vite. Maxime plaide une obligation impromptue. Martha lui demande ce qu'il allait faire à Marseille. Maxime reste la bouche ouverte. Il ne pouvait supposer qu'elle soit informée de ce voyage. Il évoque un parent malade. Elle se tourne brutalement vers lui :

— Ne vous comportez pas comme un puceau.

Labrousse bredouille. Elle l'interrompt :

— Ne perdons pas de temps. Manon Clémenti m'a appelée pour m'interroger sur votre rencontre. Vous allez quitter mon bureau. Vous revenez dans une demi-heure soit pour tout me raconter, sans omettre le moindre détail, soit pour me remettre votre démission. Il n'y a pas de troisième solution.

Labrousse se lève et sort en silence. Martha extrait la mallette de Buscarons d'un vieux coffre-fort dissimulé dans un placard. Elle en retire les différentes invitations pour les multiples expositions des œuvres d'Élisabeth Grillon. L'artiste est féconde. Martha s'arrête sur l'un des cartons annonçant le dernier vernissage. Il a eu lieu le deux juillet, la veille de l'enterrement de Carlos, dans une galerie du Ve arrondissement. Les tableaux doivent encore y être accrochés. Elle est curieuse de voir les œuvres d'une dame qui émeuvent à ce point un directeur financier dont la sensibilité artistique n'est certainement pas la première qualité. Elle décide de dégager une heure dans la journée pour aller y faire un saut.

*

L'affaire Buscarons a envahi la Toile. Les internautes, les blogueurs, les tweeters, les amateurs de complots, tous les bavards du clavier se lâchent et commentent le meurtre. L'assassinat du patron d'un des plus puissants médias français est un sujet excitant.

Encore à son domicile, Joseph Dreyer relit sur son ordinateur le texte de Lebel et Lourmet qui doit être diffusé dans la version Internet du magazine. L'article est intitulé « Buscarons : Une chute sans rebondissement ». Dreyer a du dédain pour Carlos, un mépris aggravé par des miasmes de jalousie. Martha et son patron étaient deux êtres sans attaches, ni contraintes. Leurs années de travail côte à côte, la connivence des combats ont pu créer une intimité sans frontières. L'hypothèse que l'élégante et ombrageuse Martha puisse avoir trouvé de l'agrément à fréquenter ce personnage un peu brut l'irrite. Malgré cette antipathie, il demande une modification du titre qu'il juge trop ironique.

Trop de bruit, trop de ragots dans la vie de Buscarons heurtent les exigences de sobriété de Joseph Dreyer. Ses appétits intellectuels lui ont toujours fait fuir la télévision. Il a l'impression de gaspiller son temps alors que les heures de vie sont comptées. Il a, sans le vouloir explicitement, dressé un mur entre son métier et l'audiovisuel. Ses coactionnaires le lui reprochent. Ses concurrents de la presse écrite se pavanent dans tous les débats et cumulent revenus et notoriété. Les titres de presse qu'ils représentent en tirent une publicité importante. Certains jouent même à un jeu très immoral qui consiste à soutenir ou à combattre les dirigeants des chaînes en fonction de la place qu'ils leur accordent sur leur antenne.

Dreyer n'aime pas ces pratiques qui nourrissent les accusations de pensée unique ou de collusion. Les échanges sont trop souvent monopolisés par les mêmes ténors, par des talents rodés aux joutes oratoires qui ont traversé les années et tous les régimes comme des promeneurs nonchalants au jardin des Tuileries. Les nouveaux prétendants ne laissent pas présager une amélioration. Il voit arriver sur les plateaux les jeunes coqs ambitieux à la crête rouge turgescente, des gamins bourrés de certitudes, qui ont un avis sur tout. Les débats sont superficiels, rien dans le fond. Tout le monde parle vite et fort pour couvrir les autres. Les idées neuves ont peu de chance d'émerger dans ce brouhaha dont l'intelligence est rarement la finalité.

Dreyer pense parfois que c'est lui qui perd pied. Il ne se sent plus à l'aise dans ces grandes surfaces de la pensée. Dreyer doute de lui. Cette répulsion croissante à l'égard de la télévision n'est-elle pas un effet de son âge ? Le monde devient autre. En dépit de ses craintes, les chiffres montrent que le public lit toujours plus de livres. Finalement, le bruit souvent futile de la télévision ne vaut-il pas mieux que le silence glacé des vies de solitude des siècles passés ? Il se rassure en se disant que, tout compte fait, nous ne sommes pas devenus plus bêtes que jadis et certainement pas plus malheureux. Il pense qu'il a tort de s'inquiéter. Le chaos sonore est peut-être créatif ?

Il en était là de sa vie, perdu dans des pensées pastel, quand il a été transpercé par le sourire de Martha. Que pouvait-il lui arriver de plus contradictoire que de tomber raide amoureux d'une patronne des programmes de la télévision ? Martha est vive, tendre, intelligente. Une littéraire, diplômée de l'École normale supérieure, qui consomme toute sa créativité à tenter de convaincre le public de venir regarder des programmes qui ne l'émoustillent pas, il pense que c'est un gâchis. Martha a raison, ils ont des centres d'intérêt différents pour ne pas dire opposés. Un amour peut-il s'épanouir ou même survivre dans un tel hiatus ?

Il lui a brutalement posé la question un après-midi à la terrasse d'un café. Elle a été froissée. Il a senti qu'elle était à deux doigts de partir pour ne plus jamais le revoir. Malgré la blessure, elle a pris le temps de réfléchir. Elle a d'abord cité Umberto Eco : « La télévision cultive ceux qui ont un métier abrutissant, tant pis si elle abrutit ceux qui ont un métier cultivant. » Elle a froncé les sourcils, ses yeux sont devenus encore plus sombres. Elle a pilonné :

— Cet homme-là, il a compris ce qui se joue à la télé, parce qu'il aime les gens pour ce qu'ils sont. Je crois que tu n'aimes pas les autres et si un jour on se sépare ce sera à cause de ça. Je travaille pour ceux qui ont besoin de se vider la tête, de voir d'autres mondes, de rêver et de s'amuser. Je n'ai pas d'orgueil mal placé. J'aime quand le lendemain je sais que notre travail a permis à des millions de gens de passer une bonne soirée. Quand ils éteignent le poste, ils ne sont ni plus bêtes, ni plus intelligents. Je n'ai pas la prétention ni la crainte de modifier leur cerveau. Méfie-toi, les antitélés sont en général de sinistres pisse-vinaigre.

Il voulait répliquer, mais elle a tendu la main pour le faire taire et a continué :

— Les gens qui travaillent avec moi ne sont ni meilleurs ni pires que les équipes de ton journal. J'exècre les intellectuels qui ne se parlent qu'entre eux. J'aime mon métier, ceux qui le font bien sont souvent généreux, ils ont envie de donner du plaisir ou d'expliquer le monde aux gens qui n'ont pas eu le bonheur de le parcourir… Mais c'est vrai que l'exercice du pouvoir est un métier de chien enragé. C'est une autre question…

Il est resté la bouche ouverte, alors que Martha buvait une gorgée de menthe à l'eau. Alors, lui, l'homme intransigeant et pressé, a appris à patienter des heures devant des émissions qui lui faisaient couler les yeux d'ennui pour pouvoir simplement en parler avec elle. Elle lui a demandé son avis sur des programmes qu'il n'avait pas eu le courage de regarder. Il a été sincère et elle a ri.

La nomination de Martha à la place de Buscarons est un coup de poignard. Il a le sentiment qu'ils vont se croiser dans le hub du grand aéroport de la vie. Lui est en train d'atterrir, heureux de se poser. Elle décolle ivre de joie vers des terres qui ne le font pas rêver. Il a le sentiment de risquer de la perdre au moment où il la trouve. Ils se seront follement embrassés sur le tarmac avant le départ.

Cette pensée l'angoisse, mais il sait qu'il fera tout pour la garder. Il est prêt à soigner toutes ses allergies. S'il le faut, il se convertira à la télé-réalité, aux émissions testimoniales qui racontent le malheur dandinant des obèses, celles qui décrivent la douleur infinie des anorexiques. Pour l'amour de Martha, il se sent prêt à partager les affres télévisuelles de ces couples déchirés par des problèmes que Konrad Lorenz avait déjà étudiés sur les oies cendrées. Il s'endormira en regardant un débat sur les implants mammaires et les risques des toxines botuliques, mais en étant serré contre elle.

Il aime passionnément cette femme volcan pleine de vie et de surprises. Elle rayonne de vitalité. Il lui fallait une coulée de lave pour l'obliger à bouger. Martha est envoyée par le ciel. Le saint qui a en charge la catégorie des journalistes-mélancoliques-qui-doutent-un-peu-trop s'est penché sur son cas. Pour elle, il deviendra léger.

Il se replonge dans l'article. Les deux journalistes font un point sur le dossier Buscarons. Ils ont fait un solide travail d'enquête. La police patauge sur différentes pistes éparses. Aucune n'est privilégiée.

À la lecture de leur texte, Joseph apprend que cet immense immeuble, où Buscarons habitait, héberge également des bureaux qui nécessitent une surveillance. Des caméras de sécurité enregistrent la circulation des habitants dans le hall de la tour. Le soir de la fête de la Musique, le mouvement dans le hall a été intense. Il a duré jusqu'à tard dans la nuit. La médiocre qualité des images ne permet pas d'identifier nettement des visages inconnus, mais autorise la confrontation des silhouettes. La lecture de la bande-vidéo a révélé la visite de PAN. Il serait resté moins d'une heure dans le bâtiment, et en serait ressorti à vingt et une heures. Le document détruit donc les présomptions de culpabilité. L'animateur a été interrogé, mis en garde à vue quelques heures, puis relâché. Il aurait justifié sa visite nocturne par des préoccupations professionnelles urgentes. Encore à sa décharge, des voisins de l'étage supérieur auraient entendu les bruits d'une dispute sur un balcon aux alentours de minuit. Ils ne sont cependant pas sûrs de la localisation précise des cris. La police est perplexe, car les caméras n'enregistrent plus d'entrée ni de sortie de l'immeuble à partir de vingt-trois heures trente.

La police observe, sans conviction, une affaire de menace islamiste. Deux mois auparavant, dans une émission en direct, une jeune musulmane avait demandé quelle attitude elle devait adopter à l'égard de son père qui exigeait qu'elle porte le voile. Le médecin, au lieu de s'en tenir aux relations père-fille, avait débordé sur une interprétation du Coran. La réaction avait été très vive. Le psychiatre et le directeur de l'antenne avaient reçu des menaces de mort. La chaîne avait alors pris des mesures de sécurité pendant un mois.

Enfin, l'article du couple Lourmet-Lebel révèle des retraits très importants d'argent liquide. Buscarons, dans les quatre mois qui ont précédé sa mort, a liquidé son assurance-vie et a retiré cent cinquante mille euros. C'était tout ce qui lui restait en banque. La police pense à un chantage.

Dans la nuit, sous l'effet des sédatifs, les tourments inavouables de Joseph se sont calmés. Les douleurs physiques en général et celle-là en particulier sont incompatibles avec les envolées romantiques. Il espère que Martha ne lui en voudra pas trop de sa défaillance et ne reviendra pas sur les raisons de son absence. Il attend un appel. L'attente fait partie de la dérégulation amoureuse. Il tape un texto : « Je t'aime, tu me manques », et puis il l'efface. Il écrit : « Mon amour, tu me rends con », et il l'efface aussi.

*

Martha a donc organisé sa journée pour pouvoir passer à la galerie où Élisabeth Grillon expose. Elle a également demandé à sa secrétaire de prendre un rendez-vous avec Sosthène Grisostomi, le producteur de la série consacrée aux Habsbourg. Elle précise à son assistante qu'elle veut aller le voir, chez lui, dans ses bureaux. Il faut l'informer qu'elle sera accompagnée d'un administrateur pour examiner les comptes de production. Il doit préparer le dossier.

Labrousse passe la tête, Martha lui dit d'entrer.

— Alors démission ou narration ?

— Je n'ai pas de problème, car je sais que vous allez comprendre que j'ai bien fait.

— J'en doute, vous pouvez tenter de sauver votre job, mais, d'ores et déjà, j'ai pris la décision de vous faire muter dans un autre service… Alors pourquoi la rencontre avec Manon Clémenti, et pourquoi Marseille ?

Piqué au vif, Labrousse s'emballe.

— Premièrement, je me fous totalement d'être viré et de ne plus faire ce boulot de baltringue. J'étais venu ici avec l'intention d'en repartir vite. Deuxièmement, si c'est pour travailler avec quelqu'un d'autre que vous, c'est moi qui me tire. Je suis resté plus longtemps que prévu parce que c'est vous. Je me fous royalement d'aller bosser pour un des ringards de cette boîte mortifère. Donc je me tire.

Martha est agréablement surprise, le freluquet a de la fibre et sa déclaration l'émeut.

— Maxime, prouvez-moi que je dois vous faire confiance.

Labrousse prend une profonde inspiration pour se calmer, et se lâche :

— Depuis le début, je pense que la mort de Carlos est un crime et je veux écrire un livre sur cette histoire.

Il attend une réaction de Martha qui a posé son menton sur ses mains et le fixe en silence. Il adore cette imperceptible dissymétrie du regard, qui ajoute une vibration fragile à son charme atypique. C'est vrai : au fil des mois, elle est devenue la seule raison de sa présence dans la chaîne. La menace de ne plus travailler avec elle lui est insupportable. L'attente se prolonge. Elle l'observe. Il se décide à poursuivre :

— J'ai décidé de voir Manon parce qu'elle est un lien que je crois essentiel avec Carlos. Ce qu'elle m'a appris m'a poussé à faire un aller-retour à Marseille. Les flics cherchent à Paris, mais je suis persuadé que les raisons de sa mort sont ailleurs.

Elle lui demande d'entrer dans les détails.

Labrousse sait que sa seule chance de poursuivre l'enquête dépend des convictions de sa patronne. Il joue sa carte à fond. Il raconte la conversation avec Manon, le texte pour la scénariste, le voyage à Marseille, Bébert, Tchou, Rose avec le hachoir et Boghos. Puis il pose sur le bureau de Martha le DVD des ébats de Carlos. Au bout de presque vingt minutes de récit, il conclut :

— Voilà, j'en suis là.

Martha se lève pour regarder par la fenêtre et prendre le temps de réfléchir. La démarche de son collaborateur l'étonne et l'intéresse. Les informations que Labrousse a recueillies et les documents contenus dans la mallette révèlent de larges zones d'ombre concernant la personnalité de Carlos. Elle devrait transmettre des éléments à la police, mais elle sait que Carlos, en lui adressant ces dossiers, attendait d'elle qu'elle continue ce qu'il avait entrepris. Elle ne peut pas le trahir et laisser la police décider de la suite des événements. La présence de Rose Muguet Dertavidian et de son chaperon dans l'appartement de Carlos le soir du meurtre est une nouvelle sidérante. Le rôle qu'a joué la famille dans ce drame alourdit son obligation de rester fidèle au défunt.

Labrousse sursaute quand elle se retourne brusquement pour l'interroger.

— Pourquoi n'êtes-vous pas retourné chez Rose quand vous avez appris leur présence à Paris ?

— Parce que je savais que je ne pourrais pas tirer un mot de cette femme à moitié autiste. De plus, je suis sûr que Boghos n'aurait rien dit sur ce voyage. L'affaire est trop grave, et s'il n'y avait pas eu l'affaire du fichier Internet, le voyage serait resté secret.

— Vous pensez qu'elle aurait pu jouer un rôle dans la mort de Carlos ?

— Si vous l'aviez eue, face à vous, avec un hachoir à viande à la main, vous n'en douteriez pas.

— Nous avons la preuve qu'ils étaient présents dans l'appart de Carlos le soir de sa mort. Ils sont contraints de nous recevoir et de répondre à nos questions.

— Moi je serais ravi d'y retourner avec vous, mais je suis persuadé que ma présence ne facilitera pas le dialogue. Il faudrait que ce soit vous qui tentiez de faire parler Boghos, et peut-être Rose. Elle se sentira moins menacée par une femme.

L'argument est juste. Joseph lui a proposé un voyage en amoureux à Marseille. Elle va joindre l'utile à l'agréable, mais que faire de Maxime ? Elle ne désapprouve pas son initiative mais redoute son projet de livre.

— Vous me mettez dans une position embarrassante vis-à-vis de la police et même de l'entreprise. Vous me proposez de tisser des relations extravagantes. Votre côté Hercule Poirot et votre invitation à me prendre pour Miss Marple sont puérils. J'ai d'autres obligations.

Elle le toise.

— Néanmoins, avant de passer la main à la justice et pour des raisons que vous ignorez, je dois comprendre ce qui s'est passé. L'implication de sa sœur est très préoccupante, cette vidéo porno n'arrange rien. Je vais aller à Marseille. De votre côté, monsieur Poirot, vous allez tirer au clair cette histoire de ferme acquise par Carlos à Montauban.

Labrousse boit ses paroles et hoche la tête pour ponctuer chacune des phrases. Martha enchaîne :

— Pour comprendre pourquoi il a fait ça, vous appellerez dès aujourd'hui Paul Matalon, l'agent immobilier qui a suivi l'achat. Il est à Paris. Vous essaierez de savoir pourquoi Carlos voulait acheter cette ferme et comment il l'a acquise. Ensuite, vous filez immédiatement à Montauban pour en savoir davantage sur l'exploitation agricole et les gens qui l'occupaient. Vous devez être d'une discrétion de chat, car quand les flics vont s'emparer de ce dossier, s'ils trouvent des traces de pied que vous auriez laissées, nous pouvons être, vous et moi, inculpés. La dissimulation de preuves est pénale. Vous êtes d'accord, Hercule Poirot ?

Labrousse acquiesce et commente :

— Carlos devait avoir envie de retourner sur les terres de sa jeunesse. C'est fréquent que les cadres qui ont accumulé un peu de fric s'achètent une résidence secondaire dans leur région d'origine. C'est le retour aux sources : la résidence secondaire et la concession mortuaire à proximité !

— Je vous dispense de votre humour à deux balles. Vous croyez que ça ressemble à Carlos le retour à la terre ? Vous le voyez sur un tracteur ?

Maxime avoue que non. Elle le rabroue, mais elle sait qu'il n'a peut-être pas tort, un homme, comme un vieil éléphant, qui sait qu'il va bientôt mourir peut avoir envie de s'éloigner pour s'éteindre seul. Elle termine :

— Une dernière demande, je tiens à lire votre livre avant qu'il soit publié et que vous m'autorisiez à modifier ce que je jugerai devoir l'être.

Il renâcle.

— Censure !

— Maxime, c'est à prendre ou à laisser.

Son prénom dans la bouche de Martha est un euphorisant à effet immédiat.

— Je prends.

— Enfin, une dernière question.

Dans l'attente que Martha pose sa question, Labrousse, qui baigne dans la félicité, affiche un sourire niais de fumeur de hasch.

— Vous n'auriez pas trouvé un tee-shirt à moi dans la voiture ?

Labrousse sent alors une brûlure au niveau du périnée, qui grimpe à la vitesse d'un écureuil le long de son thorax, fait exploser ses joues, son nez, son front, ses oreilles d'un rouge incandescent, puis fuse jusqu'à son cerveau où elle paralyse son centre du langage. Il reste la bouche ouverte avec l'impression que ses lèvres sont en train de gonfler.

Après la banderille, Martha porte l'estocade.

— Bon, vous n'allez pas me faire une apoplexie dans le bureau pour un maillot de sport. Je ne vous soupçonne de rien, ce n'est pas votre taille. On se reparle vite.

Et avec un sourire féroce, elle se tourne vers l'écran de son ordinateur. Elle prend le DVD récupéré à Marseille et le glisse dans le lecteur.

Quinze minutes plus tard, Maxime Labrousse, avachi dans son bureau, un verre d'eau glacée à la main, reçoit sur son téléphone un texto avec toutes les coordonnées de l'agent immobilier. Il a ses bureaux à Paris, dans le XVe. Il prend rendez-vous immédiatement.

*

Les images du film sont difficiles à regarder, mais ne surprennent pas Martha. Elle savait qu'après la séparation avec Manon, Carlos s'était mis à fréquenter assidûment les boîtes échangistes et les clubs libertins de la capitale. Il appartenait à un groupe qui s'était constitué par cooptations informelles, il y côtoyait des amateurs d'émotions fortes. Un soir de libation, il lui avait proposé de vivre cette expérience. La conversation avait duré jusqu'à tard dans la soirée. Il avait donné les adresses les plus secrètes, décrit les lieux obscurs. Elle l'avait interrogé sur les moindres détails de ces soirées, sur le plaisir et les déplaisirs qui pouvaient en résulter. Le récit des rites l'avait fascinée. Elle avait entrevu la force noire qui conduisait à toujours aller plus loin. Certaines descriptions, en résonance avec ses propres fantasmes, l'avaient excitée. Elle posait ses questions, la gorge sèche. Les noms des participants l'avaient sidérée. La perspective de la transgression, de la négation de toute contrainte lui donnait le vertige, mais pour Martha cette fascination était incompatible avec des visages et des corps réels. Elle avait frissonné de dégoût à l'idée que certains des personnages cités puissent la toucher. Elle avait répondu sincèrement qu'elle se sentait attirée mais qu'elle ne voulait pas rentrer dans ce cercle, car elle n'en sortirait pas indemne. Elle préférait jouer et jouir avec les images de son imagination, ses rêves érotiques qui n'avaient pas de visage, pas d'haleine, qui ne lui laissaient pas de traces sur le corps, ni d'odeurs sur la peau. Carlos, qui ne voulait pas en rester là, lui avait alors demandé de raconter ses désirs les plus troubles. Elle lui avait répondu qu'il n'en faisait pas partie. Sa tête dépitée l'avait fait beaucoup rire. Elle aimait réellement Carlos, mais il ne pourrait jamais la toucher. Il n'était plus jamais revenu à la charge.

Elle était persuadée que les images de partouze enregistrées à l'insu de Buscarons, les positions humiliantes dans lesquelles il avait été filmé, le dépôt de ce document sur le Web puis le retrait dans les heures qui avaient suivi sa mort ne laissaient planer aucun doute sur les intentions des auteurs. Il s'agissait d'une opération de chantage. La mort de leur victime avait annihilé leur projet. Dans cette hypothèse, les maîtres chanteurs n'étaient donc pas les assassins. À moins que la menace ait mal tourné, que Buscarons, en dépit du scandale sordide que pouvaient provoquer ces scènes, ait décidé de ne pas céder, rendant son assassinat inéluctable.

Un homme qui se sait condamné à court terme par la maladie peut avoir des réactions contradictoires. Les deux réactions étaient possibles, il avait pu être tenté de se battre pour préserver l'image qu'il allait laisser après sa mort ou, à l'inverse, se moquer d'une suite qui ne le concernerait plus. Buscarons incarnait cette ambivalence d'orgueil et de désinvolture.

Martha range le DVD avec les autres éléments du dossier Buscarons dans le coffre. Elle dissimule des pièces du dossier importantes pour l'enquête de police. C'est illégal. Elle en a averti Labrousse, mais en pensant d'abord à elle. Les flics seraient fous de rage s'ils apprenaient qu'elle détient ces éléments. Ils en feraient certainement un meilleur usage qu'elle. Par manque de temps, elle n'a pas encore exploré le carnet de notes ni la clé USB rouge. Joseph serait de bon conseil, et la présence d'un journaliste la protégerait, mais elle hésite encore à partager ses secrets avec lui. Carlos a choisi de s'adresser à elle. Elle décide de prendre rapidement connaissance de tous les documents contenus dans la mallette. Elle la fera parvenir à la police après l'enquête de Labrousse à Montauban et son propre retour de Marseille. Quel que soit le résultat, il sera temps de passer la main à la PJ.

Pour l'heure, elle doit se rendre dans la salle de réunion de Baratier où se tient le comité exécutif hebdomadaire. Le « comex » est le sommet du management de l'entreprise. Il réunit les sept directeurs les plus importants. Buscarons lui en a décrit les mœurs. Baratier l'avait placée à sa droite ; la gauche était occupée par Albin Jacoberger. Autour de la table siègent les directeurs des relations humaines, de la rédaction et de la régie publicitaire. De temps en temps, en fonction des sujets traités, Baratier invite d'autres directeurs à siéger pour traiter d'une question d'actualité.

La pièce occupe l'angle du dernier étage de la tour et domine la Seine et Paris. La vaste table ovale est entourée de huit sièges en fibre synthétique au design très contemporain. Quand Martha arrive, six places sont déjà occupées. Baratier n'est pas encore arrivé. Albin Jacoberger s'est installé à la place qu'occupait Buscarons, le directeur des Relations humaines s'est emparé de la place de gauche, à côté du président.

Ces dérisoires coups de force sont le quotidien étriqué des cadres. Les dirigeants des entreprises consomment leur énergie mentale à des batailles internes qui les opposent les uns aux autres, au détriment de leur agressivité envers la concurrence. La détestation interne prend du temps et mobilise les capacités intellectuelles. On ne peut pas se battre sur tous les fronts, ainsi beaucoup de ces samouraïs de moquette parviennent à survivre, voire à prospérer, dans des entreprises qui crèvent à petit feu. La situation s'aggrave quand le président se complaît dans les jeux de cour et nourrit avec perversité rivalités et petitesses.

Carlos avait dit à Martha que ceux qui pensent que les dirigeants sont nécessairement aptes à occuper des postes importants, ceux qui croient que l'ordre hiérarchique est lié à la compétence et au mérite seraient stupéfaits de voir la place que prennent le hasard et l'intrigue dans l'agencement des pyramides du pouvoir. Elle avait déjà pu le vérifier. Elle s'assoit dans le fauteuil que les premiers arrivants ont bien voulu lui laisser.

Après les avoir fait attendre vingt minutes, Baratier se décide à venir présider son comex. Il ne s'excuse pas pour son retard, et entérine par son silence la nouvelle distribution des sièges sans prononcer un mot de bienvenue à l'égard de Martha.

Il fait savoir qu'il a demandé au directeur de la communication de venir faire un compte rendu en fin de séance sur la façon dont « la crise » a été traitée par les médias. Il passe sans autres commentaires la parole à Albin Jacoberger pour un point sur l'exécution du budget de rentrée. Martha comprend qu'avec la mort de Carlos, les programmes ont perdu la priorité. L'ordre des préoccupations a basculé, la gestion dirige. Quand arrive enfin son tour de parole, elle présente un schéma de grille de rentrée éloigné du projet de Carlos. Elle annonce l'arrêt des émissions de PAN. Elle dit son inquiétude de voir l'essentiel des économies peser sur le budget des programmes. Avec la naïve sincérité d'une collaboratrice qui n'est pas rodée aux règles de la cour, elle affirme que c'est une politique à court terme. Baratier lève les yeux au ciel. Pour finir, Martha annonce qu'elle veut faire auditer des contrats, devis et rendus de comptes de quelques fournisseurs de programmes, car elle estime qu'il y a des affaires qui manquent de clarté. Le président, qui tapote le bord de la table avec l'index, lui demande d'un ton sec si elle a des soupçons.

— Non, je veux simplement vérifier le bon fonctionnement des procédures d'investissements.

Albin Jacoberger lui coupe la parole. Il considère que ce travail de cuisine comptable n'a pas à être débattu en comex, et conseille à Martha de faire d'abord son boulot. Baratier s'adresse à Martha :

— Avez-vous un problème avec une production en particulier ?

— Oui, monsieur le président. Je trouve que la série sur les Habsbourg nous a coûté trop cher. Surtout si on observe l'audience et la qualité du programme.

— De quoi avez-vous besoin ?

— Du devis et du rendu des comptes de la production. Je veux comprendre où notre système de décision a été défaillant.

Baratier est soucieux de clore cette polémique.

— Je crois qu'il ne faut pas chercher des problèmes où il n'y en a pas, cette série a été commandée par Buscarons et par lui seul. C'est lui qui avait la signature. Même s'il est admissible que vous perdiez un peu de temps pour rentrer dans vos nouvelles fonctions, ne tardez pas trop.

Il se tourne vers Albin Jacoberger.

— Albin, veillez à ce que les pièces soient immédiatement communiquées à madame Kiss.

Quand les participants du comex se dispersent dans les couloirs, Jacoberger est derrière Martha. Il lui colle le train. Personne ne peut voir qu'il lui parle. Il ricane en sourdine :

— Tu as réussi à exaspérer Baratier dès le premier conseil. Tu vas te faire virer encore plus rapidement que nous l'espérions tous.

Puis il tourne à l'angle du premier couloir.

Les deux hommes assis dans le secrétariat de Martha se lèvent avec nonchalance. Jeans et blousons. Avant même qu'ils n'aient ouvert la bouche, elle a compris que la police judiciaire s'intéresse maintenant à elle. En effet, les deux inspecteurs veulent lui poser des questions. À cran, elle répond qu'elle croule sous les urgences, qu'elle n'a pas prévu cet interrogatoire surprise. Le policier le plus jeune sourit et lui rappelle que, dans ce cas-là, dans les séries à la télé, le flic menace d'une convocation au commissariat qui peut prendre au moins la demi-journée. Elle souffle :

— Bon, on se dit quoi alors ?

Elle se laisse tomber dans le fauteuil.

— Vous voulez un verre d'eau ?

Le même flic se marre et répond :

— Non, vous le savez, c'est strictement interdit de boire pendant le service.

Martha sourit.

— Les dialogues, c'est vous tout seul ou vous les écrivez à deux ?

*

Pendant ce temps, Labrousse a pu joindre au téléphone Paul Matalon, le patron de l'agence immobilière qui s'est occupé d'acheter la ferme de Montauban. Maxime reste elliptique : « une affaire privée et urgente ». L'agent immobilier est disponible dans l'heure. Un client qu'il devait accompagner visiter un appartement vient d'annuler leur rendez-vous. Il lui propose de venir le rencontrer, boulevard Haussmann, dans une annexe de sa société.

Après un bref trajet en taxi dans un Paris qui commence à se vider, Labrousse se retrouve face à Matalon. Pendant qu'il lui prépare un café, Maxime le photographie discrètement avec son téléphone. L'image lui servira à se souvenir des détails. L'homme est énorme, chauve, avec une moustache noire qui ressemble à des défenses de phacochère. Son ventre est une curiosité, tourné résolument vers l'avant, pointu comme celui d'une femme enceinte. La ceinture du pantalon contourne l'obstacle par le haut. Sa cravate forme un coude. Matalon a la voix douce comme pour faire oublier qu'il occupe de la place pour trois. Matalon sait que son client a eu un accident. Il l'a lu dans le journal. Il lâche spontanément :

— Et ça ne m'a pas étonné.

Labrousse s'étonne.

— Pourquoi ?

Avant de répondre, Paul Matalon demande à qui il a affaire. Labrousse lui raconte qu'il est un journaliste de la chaîne qui enquête sur la mort de son patron, et lui apprend qu'il s'agit d'un meurtre. Le ventre tressaille.

Matalon poursuit sa réflexion :

— Ça ne m'a pas étonné car tout dans cet achat était bizarre.

Labrousse lui demande des détails sur les conditions d'acquisition de la ferme. Dans ses réponses, Matalon oscille entre obséquiosité et moquerie. Cette affaire hors du commun l'a marqué. Il rappelle à Maxime ce qu'il sait déjà mais il ne veut pas l'interrompre pour ne pas risquer de rater un détail important. En substance, il explique que la propriété que Buscarons a acquise ne valait pas le prix qu'il a payé. L'agent immobilier parle à mots couverts et prudents mais laisse transparaître son indignation face au gâchis financier. Il fait un métier où l'art est dans l'estimation du juste prix, cependant à partir du moment où sa rémunération est proportionnelle au montant de l'achat et où l'acquéreur est « buté », il n'a qu'à se taire.

De plus, « monsieur Buscarons » ne voulait pas donner sa véritable identité. Il a demandé à Matalon qu'il le présente sous le nom de Charles Marquis. Pour servir de paravent jusqu'à la signature de l'acte de vente, l'avocat de Carlos avait créé une société civile immobilière nommée Ulysse. L'agent immobilier en a déduit que « monsieur Buscarons » voulait se cacher. « Une planque peut-être ? » susurre-t-il.

Il a fait trois voyages pour visiter l'exploitation et négocier avec les propriétaires. Jamais Buscarons ne l'a accompagné.

Labrousse est conforté dans ses hypothèses. Buscarons souhaitait retourner sur les terres de son enfance, racheter la propriété que sa mère avait été contrainte d'abandonner. Mais pourquoi voulait-il rester anonyme ?

Sans rechigner, Matalon sort le dossier. Le premier contact avec son client a eu lieu environ six mois auparavant, début février. Le vendeur devient volubile. Il donne à Labrousse tous les éléments de l'affaire, l'adresse exacte, les caractéristiques de la ferme, la superficie des terres, le prix, les dates des voyages, les coordonnées du notaire, le nom et l'adresse des anciens propriétaires.

Paul Matalon avait procédé à une estimation de la valeur de la propriété avant d'avancer la première offre. Pour ne pas perdre de temps, son client lui avait demandé d'être plutôt au-dessus des prix du marché. Il avait donc rajouté dix pour cent à la valeur. Avant d'aller à la ferme, il s'était renseigné sur la personnalité des propriétaires. L'exploitation agricole ne semblait pas florissante. Beaucoup de terres étaient en jachère. Les propriétaires, Louis et Armande Guillemot, étaient âgés et souffraient d'infirmité. Lui était aveugle, elle en fauteuil roulant. Ils habitaient là avec leurs enfants et petits-enfants. La vie y était rude. Un des beaux-fils avait même dû quitter la ferme pour devenir manutentionnaire dans une fabrique de dragées.

Matalon précise qu'il s'agissait de taiseux. Lors de sa première visite, ils ne l'avaient même pas invité à s'asseoir. Ils étaient méfiants, presque agressifs. Le fils lui avait annoncé d'emblée que la ferme n'était pas à vendre. L'agent immobilier raconte :

— J'ai attaqué en disant que je pouvais faire une bonne proposition d'achat pour la ferme et les terres. J'ai annoncé le chiffre sans chercher à finasser. Je sentais qu'il fallait faire vite. Le fils a eu l'air surpris et a immédiatement accroché. Le vieux était assis, les mains posées sur la table, avec son visage ravagé par le feu et ses grosses cicatrices. Il n'a pas bougé. Il m'a seulement dit : « Pourquoi vous venez nous casser les couilles ? », puis il a fait un geste de la main pour me signifier qu'il fallait quitter les lieux. J'ai insisté. J'ai dit que c'était une offre inespérée. Alors le vieux s'est tourné vers moi et j'ai eu l'impression qu'il me regardait à travers la vilaine chair rouge qu'il avait à la place des yeux. Il a grogné : « Partez. » Le fils m'a raccompagné. Il faisait un froid de loup, mais il est sorti en chemise. Le temps d'atteindre la voiture, il m'a demandé si l'offre était sérieuse. J'ai confirmé. Je lui ai demandé son numéro de téléphone portable qu'il m'a donné. J'ai supposé que la négociation pouvait être longue car le fils voulait l'argent, mais le père n'en avait rien à faire. Peut-être qu'il voulait mourir là ?

Matalon boit une gorgée de café en gardant une main sous la tasse pour éviter qu'une goutte ne tombe sur la proéminence de son ventre.

— Le compte rendu de la visite a beaucoup agacé mon client. Il m'a dit un truc qui m'a assis : je devais retourner immédiatement à la ferme et augmenter l'offre de vingt-cinq pour cent, mais il fallait qu'ils se soient « barrés vite », c'est l'expression qu'il a utilisée. Il exigeait aussi qu'ils aient quitté leur ferme avant deux mois. Je lui ai dit que c'était de l'argent jeté par les fenêtres mais il m'a répondu que c'était son affaire, que ça ne me regardait pas. Alors, je m'en suis foutu. Je ne lui ai plus posé de questions. Soit c'était une histoire trouble et il ne fallait pas que je m'en mêle, soit il avait un pète au casque et je ne suis pas infirmier. Je leur ai donc téléphoné pour annoncer la nouvelle offre, et j'y suis retourné. Après, c'est allé très vite.

Le téléphone sonne. Matalon fait un signe contraint et lâche :

— *Sorry, business is business.*

Ce qui donne à penser à Labrousse que la multinationale immobilière s'étend de Montauban à Londres. Mais, finalement, la conversation est courte, car c'est seulement la femme de Matalon qui veut savoir si, en partant, il a pris le courrier dans la boîte à lettres. L'agent reprend :

— Le fils, Christian Guillemot, est un type grossier et roublard avec une tête d'alcoolique malsain. Il doit avoir à peine la soixantaine, mais il est bien ravagé. Il m'a donné rendez-vous à la descente du train. Il n'a même pas fait l'effort de venir m'attendre dans le hall. Il était garé sur le parking. Quand je l'ai appelé au téléphone, il m'a dit qu'il m'attendait dans une Kangoo bleue au pied du panneau qui indique la direction de Castelsarrasin et Agen. J'avais l'impression qu'il avait peur d'être vu avec moi. Quand je suis monté dans sa voiture, j'ai failli vomir. Ça puait, mais ça puait tellement que vous ne pouvez même pas l'imaginer, ça sentait le chien mouillé, les pieds, le dégueulasse et pire encore. J'ai pensé que je ne pourrais plus jamais me débarrasser de cette odeur. En plus, il fumait toutes vitres fermées. Je lui ai proposé d'aller dans un bistrot en face, il y avait une enseigne, au Lion d'Or. En fait, c'était un hôtel. J'aurais dû m'en douter. Vous comprenez le jeu de mots. Le Lion d'Or, le lit on dort ! C'est normal pour un hôtel ! Donc, pas possible d'y boire juste un verre.

Maxime se force à sourire. Le vendeur enchaîne :

— Alors, on a été obligés de rester dans sa poubelle. J'ai penché la tête par la fenêtre. On est allés vers la place Nationale, pour trouver un troquet. Là, il m'a posé des tonnes de questions. Il était bourré de soupçons. L'affaire lui semblait trop belle. Il cherchait à comprendre où était l'arnaque. Il m'a fallu deux heures pour lui faire admettre que c'était le caprice d'un client, qu'il fallait qu'il en profite. Il m'a même demandé s'il pouvait exiger plus encore. Je lui ai dit non. Il m'a proposé un partage si j'arrivais à « tirer plus ». J'ai redit non. Il a dit que le père voulait une partie de la somme en argent liquide. Eu égard à la personnalité de mon client, j'ai laissé entendre que ce serait possible.

Matalon pousse un profond soupir.

— Une histoire de barges !

Maxime hoche la tête.

— Guillemot est alors devenu nerveux, pressé, mais il restait soupçonneux. Je lui ai expliqué qu'il allait avoir une offre écrite ferme. Les notaires vérifieraient tout. Il était possible d'accélérer la procédure mais il y avait des délais incompressibles. Il m'a proposé de me raccompagner à la gare, mais comme le train suivant partait quatre heures plus tard, je lui ai répondu que je pouvais y aller tranquillement à pied. Je voulais respirer. Je me suis tapé quarante-cinq minutes dans le froid mais j'avais toujours les miasmes de la Kangoo dans le nez. Drôle de journée, onze heures de train pour proposer un pactole à un bouseux méfiant ! Au retour j'ai eu honte, car mon voisin dans le train a préféré changer de place. Je puais comme la voiture.

Labrousse compatit. Les malheurs olfactifs le touchent. Matalon poursuit.

— Il m'a appelé dès le lendemain matin un peu avant huit heures, alors que j'étais encore au lit. Il voulait me dire que toute la famille était d'accord, le vieux y compris, pour vendre et décamper ; le paquet de fric avait tout balayé. Il m'a demandé cinq fois de faire vite signer mon client. Il était excité, il m'a même dit que si monsieur Marquis pouvait donner des garanties et verser rapidement le liquide, eux, ils pouvaient s'en aller avant la date. Je vous dis... une vraie histoire de barges. J'ai vu le moment où, si on insistait, ils allaient tous partir en courant, y compris l'aveugle et la paralytique.

Labrousse l'interrompt.

— Vous ne pensez pas qu'ils ont pu se sentir humiliés par la brutalité et l'arrogance de la proposition, qu'entre leur amour-propre et l'argent, ils ont choisi le fric, mais qu'ils ont quand même dû avoir la haine ?

— C'est possible que les vieux aient eu la haine, parce que, après, on les a jamais revus. C'est l'ivrogne de fils qui a signé les papiers chez le notaire. Il avait une procuration. Un après-midi à quinze heures à Montauban, la famille avait déjà dû commencer à fêter la vente pendant le déjeuner. Le fils Guillemot était bourré. Il a fait des ronds de jambe à monsieur Buscarons qu'il appelait monsieur le marquis. Le notaire ouvrait des yeux comme des soucoupes. Pour faire passer le truc, j'ai dit au notaire que la mère de Buscarons était une marquise. Du coup le notaire est devenu un peu sucré avec mon client. Le fils d'une marquise plein aux as qui achète une ferme dans un trou pourri en mettant un paquet sur la table, ça se respecte. Je vous dis, c'est une histoire de barges. Les Guillemot ont peut-être fait la gueule, mais leur départ n'était pas trop compliqué, ils possédaient une autre ferme mitoyenne aux Saules. Ils en étaient propriétaires depuis plusieurs générations. Ils la louaient à des gens qu'ils ont foutus dehors immédiatement. Après la vente de la ferme « au marquis » Buscarons, ils se sont installés dans cette baraque, à moins d'un kilomètre des Saules.

— C'était quand cette signature ?

— C'était fin mai, un vendredi. Je me souviens, après on est allés sur place. C'est dur à croire, mais il avait acheté sans rien voir. Il ne connaissait même pas le chemin pour s'y rendre. Quand on est arrivés, ça m'a fait un choc. J'avais vu la baraque habitée, mais après le déménagement la ferme avait l'air d'une maison hantée. C'était sinistre, ça sentait le malheur, la misère, la crasse, ça puait mais en moins violent que dans la Kangoo grâce aux courants d'air. Les Guillemot avaient pris tout ce qui était encore potable. Ils avaient laissé toutes leurs merdes. L'idée d'habiter là me foutait la chair de poule. La ferme est immense avec un corps central où la famille logeait, deux granges et les étables. Au milieu il y a un immense puits en pierre, large et profond, une sorte de gouffre tout noir. Quand on envoie une pierre, il faut attendre plusieurs secondes avant d'entendre le bruit de l'eau. Tout était pourri, sale. Monsieur Buscarons m'a demandé si je connaissais un entrepreneur dans la région pour tout remettre en état. Je lui ai dit : ça va vous coûter un bras. Il m'a regardé et il a éclaté de rire. Je vous dis… un vrai truc de branques.

— Vous y êtes retourné depuis ?

— Non, mais en trois mois, il n'a pas dû pouvoir changer grand-chose.

De retour dans son bureau, Labrousse repart sur Google Earth direction Albias et Montauban à la recherche des Saules. Il repère des fermes isolées dans la zone qui correspond à l'adresse de l'exploitation agricole. L'une d'entre elles semble proche de la description de l'agent immobilier. Un billet de première dans le TGV qui part dans l'après-midi, une réservation dans un modeste hôtel du centre-ville et une location de voiture finissent de vider son compte bancaire. Écrire un livre coûte cher.

*

Les deux inspecteurs de la PJ et Martha se sont installés autour de la table de réunion. Martha est exaspérée par cette perte de temps. Les questions sont directes, parfois crues. Les gens de la chaîne ont décrit des relations d'une grande proximité entre Buscarons et sa collaboratrice. Après quelques circonvolutions, ils lui demandent frontalement si elle a été sa maîtresse. Martha leur répond qu'il est plus élégant de demander à une femme si un homme a été son amant. Les deux flics ne voient pas la nuance.

Elle abrège la discussion sémantique et dit :

— Non, il n'y a jamais eu autre chose que de l'amitié, voire de l'affection entre nous.

— Saviez-vous s'il avait des ennemis, des gens susceptibles de l'assassiner ?

— Oui, il avait des ennemis. Ce métier peut provoquer des haines. Je suis en train de le vérifier. Trop d'argent, trop d'ego, trop de pouvoir.

— Des noms en particulier ?

— Non, tous et personne. Je sais que vous vous êtes intéressés à Philippe-Antoine Nallet. C'est en effet celui qui a été le plus teigneux à l'égard de Carlos. C'est un fou furieux. Il y a d'autres animateurs et d'autres producteurs qui vont perdre leur place dans la grille des programmes. Nous devrons renégocier les contrats. Il va y avoir d'autres pressions, d'autres menaces. La mauvaise humeur est habituelle dans les relations quotidiennes, mais Carlos n'avait pas encore fait connaître ses décisions pour la prochaine rentrée. C'est moi qui vais devoir le faire.

Martha garde un instant le silence puis, avec un sourire désabusé, ajoute :

— Quand je vois ce que ça provoque, je devrais peut-être me mettre sous la protection de la police.

— Vous avez parlé de menaces ?

— Rien de bien dangereux. Ce sont parfois des pressions politiques sur la hiérarchie, des articles de presse venimeux, des tentatives de déstabilisation, des ragots sur votre intégrité ou vos mœurs. Tout est rapport de forces.

— Pouvait-il y avoir une histoire de mœurs ? Un mari jaloux, une femme possessive ?

— Ni l'un, ni l'autre. Nous ne sommes pas en province ou à la campagne. Les meurtres passionnels ne font pas partie des divertissements habituels de la profession. Je ne crois pas qu'ici on tue par jalousie ou possessivité. Je pourrais presque le regretter, car, pour ça, il faut aimer passionnément. Je n'imagine pas qu'ici l'amour occupe une telle place ! Les blessures narcissiques ou affectives ont de rapides compensations. Les affaires sexuelles sont interchangeables. Ce sont les histoires d'argent et de pouvoir qui préoccupent.

— Vous-même vous interchangez ?

— Là, je crois que vous dérapez et qu'il faut vous ressaisir.

Le flic reste bouche bée. L'autre enchaîne :

— Buscarons, ces derniers mois, a sorti de grosses sommes d'argent de sa banque. Pensez-vous qu'on ait pu vouloir le faire chanter ?

Martha est prise au dépourvu. Jusque-là, elle était absolument sincère, mais elle ne peut pas évoquer les images pornographiques sans en justifier l'origine et tout révéler. Les inspecteurs remarquent son hésitation. L'un d'eux se penche au-dessus de la table.

— Vous avez quelque chose derrière la tête ?

— Oui, tout le monde savait que Carlos était un flambeur, féru de poker. Il pouvait passer des nuits à jouer. Il a perdu et gagné des sommes vertigineuses.

— C'est intéressant, mais s'il a sorti cet argent pour rembourser ses pertes, ça ne justifie pas qu'on le tue. Au contraire, un homme qui paie doit être protégé. Vous savez par contre si un joueur lui devait quelque chose ?

Martha a en tête les reconnaissances de dettes de PAN, mais répond sans broncher :

— Non. Il ne me parlait jamais de ça. Et saviez-vous que Carlos était atteint d'un cancer incurable ?

— Oui, le légiste l'a vu. Comment l'avez-vous appris ?

— Il nous arrivait d'avoir des séances de travail, en fin de journée. Les sujets que nous abordions étaient parfois un peu personnels. Il y a deux mois, il m'a avoué qu'il était très malade, que, peut-être, il ne s'en sortirait pas, puis il s'est tu. Je n'ai pas osé poser de questions. Je suis sûre qu'il a regretté ce moment de faiblesse. Je peux, moi aussi, vous demander quelque chose ?

— Allez-y.

— Vous êtes définitivement certains qu'il ne s'agit pas d'un suicide ?

— Vous l'imaginez ?

— Je crois que Carlos n'était pas du genre à accepter la déchéance physique.

— On est certains qu'il a reçu des coups, mais il a aussi pu sauter volontairement. On cherche l'auteur ou les auteurs de l'agression.

Le flic se tait un instant, regarde fixement Martha comme si elle passait brutalement dans le camp des suspects, puis reprend de sa voix calme :

— Ce serait bien de venir chez nous. On veut que vous regardiez la vidéo et les gens qui entrent et sortent de l'immeuble au moment de sa chute.

— Vous avez l'heure précise ?

— Oui, le légiste a établi l'heure de sa mort entre onze heures et une heure du matin.

Le charme de son interlocutrice le rend bavard. Son collègue décide de le couper.

— On prend un rendez-vous pour regarder les vidéos ? Début de semaine prochaine ?

Martha confirme. Ils sortent. Elle ferme sa porte et appelle Joseph :

— Tu viens déjeuner avec moi ?

Joseph chuchote :

— Tu sais qu'il est treize heures trente ? Je suis déjà en train de déjeuner.

— Je n'ai pas vu le temps passer. J'ai aussi un déjeuner de prévu mais j'ai envie d'être avec toi.

À la limite de l'audible, Joseph murmure les dents serrées. Il doit avoir la tête quasiment sous la table.

— On fait un tour en radeau ce soir ?

— Oui.

Elle raccroche. Son assistante lui rappelle qu'elle est attendue par un membre important du Conseil supérieur de l'audiovisuel dans un restaurant du boulevard Montparnasse. Elle a déjà trente minutes de retard.

Martha lui dit de prévenir l'administrateur financier de l'unité de production de fiction qu'il doit l'attendre dans son bureau avec le dossier Habsbourg à son retour.

Elle descend dans le gigantesque parking. L'absence d'éclairage est telle qu'un instant, elle pense que sa voiture a disparu. Un léger reflet du pare-brise, comme un clin d'œil, la rassure. Elle s'y enferme précipitamment comme dans une panic room.

*

Pour ne jamais rien oublier, Maxime Labrousse a dressé sur une fiche bristol, collée sur la joue de l'armoire, la liste de ce qu'il doit mettre dans sa valise quand il part en voyage. La note lui permet de ne pas tourner en rond. En moins d'un quart d'heure, il a tout rassemblé dans un sac à dos en cuir noir. Enfin, il a un geste attendri et emporte le tee-shirt de Martha qu'il range soigneusement dans la poche latérale du sac. Comme une fleur fanée, il n'a plus de parfum, il a perdu l'odeur de la jeune femme, mais c'est un morceau d'elle qu'il emporte avec lui, un doudou de tendresse qui détruit les mauvaises ondes.

Les femmes l'obsèdent. Il lui est arrivé de penser qu'il était malade, qu'il souffrait d'une addiction sexuelle. Tous les signes de la féminité le bouleversent. Il ressent une jubilation insensée à voir se dandiner une paire de fesses rondes dans un jean moulant, une émotion brutale à la vision d'une épaule douce. Son cœur s'affole quand il imagine ce que le fin voilage d'une robe d'été dissimule à peine et le mystère délicat qui se cache sous une jupe. Ce n'est parfois qu'un détail, le mouvement d'une lèvre, la lourdeur d'une paupière, un geste de la main, sans parler d'une odeur… Tout peut provoquer des émois. Maxime vit dans le désir permanent. Pour lui rien n'est plus beau, plus désirable, plus vital que ces êtres si différents. Il s'ennuie dans la seule compagnie des hommes, la présence d'une femme impose de la régulation et de la retenue. Il est convaincu qu'elles les obligent à se contrôler et les tirent vers le haut. Partout où il va, il cherche un visage féminin.

Maxime est contraint de reconnaître qu'il est amoureux de Martha, vraiment amoureux, d'un vrai amour romantique. Elle est la quintessence de la féminité. Il ne sait rien d'elle, à part l'existence d'un enfant. Pendant ces trois années de travail vécues dans son sillage, aucune trace d'homme, pas une lettre, un bouquet de fleurs qui ne soient professionnels. Il n'a pas entendu un échange téléphonique à mi-voix. Il y a cet importun Post-it vert pomme qui dit je t'aime, collé sur le pare-soleil de la Smart, mais l'écriture est enfantine. Il espère que c'est un mot de son fils. Il s'en convainc. Maxime a eu envie d'écrire des poèmes, des odes même, à cette femme. Aussitôt, il s'est dit : «Je suis débile.»

Il prend le livre de René Fallet, *L'Amour baroque*, qui traîne depuis des mois sur sa table de nuit. Il aura peut-être un instant à consacrer à la lecture. Il accroche son sac à dos à l'épaule. Métro, train, il dormira ce soir dans un hôtel de Montauban.

*

Depuis quinze jours, l'enquête sur la mort de Carlos tourne en rond. Aucune piste ne s'impose. Les policiers passent l'épuisette dans tous les marigots sans remonter le moindre fretin. Quand Martha l'a appelé, Joseph s'apprêtait à déjeuner avec le préfet et quelques amis de celui-ci. Un de ces déjeuners ennuyeux qui servent à entretenir les liens d'amitié fonctionnelle entre police, politiques et journalistes. La conversation a roulé sur les problèmes de sécurité, les difficultés budgétaires de l'État, la fragilité des banques espagnoles. Le nom de Buscarons est arrivé au moment du café. Le préfet a avoué qu'il se pourrait que cette affaire ne soit jamais élucidée tant les pistes étaient ténues. D'ailleurs, pourquoi vouloir s'acharner à trouver un assassin alors que la thèse du suicide restait la plus probable. Après avoir vérifié que personne autour de la table n'était un ami du défunt, un des invités, que Joseph connaissait peu, a glosé sur la personnalité de Carlos :

— … un garçon un peu trouble. Il était, certes, doué pour son métier, mais il menait une existence bien dissolue. Les rapports des renseignements généraux ne révèlent rien de très flatteur.

Joseph le relance :

— Une vie déplorable ?

— Je n'irai pas jusque-là, mais il a connu une fin en harmonie avec son quotidien.

Le persiflage du fonctionnaire, qui se bourre de pain, irrite Joseph. Cette chose délavée, cravatée et moulée à la louche, saturée de diplômes et qui a dû faire Science-Po à dix-sept ans, puis Polytechnique et l'ENA à vingt-six, qui appartient au corps de l'inspection des finances, et qui, de surcroît, doit être classé au tennis, l'insupporte. Joseph est persuadé qu'il s'endort le soir en réfléchissant à la façon dont il meublera son bureau quand il sera président de la République. Lui aussi, comme un gibbon, il va passer une vie à essayer de grimper dans les arbres et à se taper sur la poitrine. Il ressent une brusque poussée de sympathie pour Buscarons.

Il devient glacial.

— Je vous trouve bien injuste, Carlos Buscarons a fait gagner beaucoup, beaucoup d'argent à son entreprise.

Le fonctionnaire a levé le menton ! Le préfet s'est redressé sur sa chaise, il n'a pas envie de se mettre à dos le patron influent d'un magazine politique parfois virulent. Il s'interpose pour détendre la conversation.

— Vous avez mille fois raison, mon cher Joseph. Carlos Buscarons était un artiste de la télévision, un intuitif qui venait des milieux populaires. Il savait ce que son public pouvait aimer. Il est très difficile de le remplacer. D'ailleurs, il se dit beaucoup que la jeune femme, qui a été nommée par Baratier, n'a pas l'envergure nécessaire.

Joseph a regardé fixement le malheureux préfet qui ne pouvait pas deviner qu'à partir de cette seconde, et dès le prochain numéro du magazine, il serait persécuté jusqu'à la fin de sa carrière.

*

La galerie de peinture qui accueille les œuvres d'Élisabeth Grillon se trouve rue Saint-Claude, l'une des nombreuses ruelles du Marais. Il est impossible de garer une voiture dans ce vieux quartier chargé d'histoire. Au XVIIe siècle, la noblesse s'était installée dans de délicats hôtels particuliers autour de la place des Vosges. Plus tard, la bourgeoisie a préféré migrer vers d'autres lieux plus spacieux. Après une période d'abandon et de délabrement, les rues et les habitations noircies par le temps et la crasse ont retrouvé des couleurs et un charme qui en font un des lieux les plus fréquentés de Paris. C'est maintenant un centre de la vie intellectuelle et artistique de la ville.

Martha a abandonné sa voiture pour un taxi. Les touristes étrangers ont envahi la capitale et le Marais. Ils débordent des trottoirs étroits et déambulent sur la chaussée, crème glacée ou bouteille d'eau à la main. Après son absence au mois de juin, le soleil semble s'être décidé à rassembler toute son énergie sur la ville pour la transformer en four. La chaleur est brutale. Les promeneurs ressemblent à des légionnaires de retour à Tataouine après un jogging dans le Sahara. Le taxi roule au pas pour se faufiler entre les malheureux en voie de déshydratation.

Martha ressent un choc thermique en sortant de la voiture climatisée. Elle file aussitôt vers la galerie de peinture, espérant y retrouver un peu de fraîcheur. Les salles d'exposition d'une très vieille maison soigneusement restaurée occupent les trois niveaux. Malheureusement, la climatisation n'y est pas installée. La jeune femme qui l'accueille est aussi éteinte que les zombies qui errent dans la rue. D'un geste de la main, Martha lui signifie qu'elle peut rester assise. Elle va visiter tranquillement l'exposition. Martha est surprise par le nombre et la taille des œuvres. Élisabeth Grillon ne lésine ni sur le mètre carré de toile ni sur la quantité de peinture. Ce sont de larges aplats de couleurs vives avec des collages de matières différentes, fines cotonnades, toiles de jute, feuilles de plastique translucides. L'effet ne manque pas de cachet, mais les mêmes séquences se reproduisent dans chacune des œuvres et donnent l'impression d'un procédé décoratif plus que d'un travail de création. En bref, Martha trouve que le travail d'Élisabeth

Grillon est plus impressionnant par sa taille et sa quantité que par sa spiritualité. Rien ne se dégage de ces toiles sans âme. Une trentaine de peintures sont réparties sur les trois étages. La plupart sont étiquetées : vendues. Visiblement, les acheteurs ne boudent pas l'œuvre de Grillon. Martha songe qu'elle n'est pas prête à se lancer dans un négoce dont les codes lui échappent à ce point. Pour sa part, elle serait bien embarrassée si l'artiste lui offrait une de ses toiles. Elle n'aimerait pas être confrontée tous les matins au vide conceptuel absolu qu'elle ressent.

Elle retourne à l'accueil et entame une conversation avec la jeune fille assise derrière une table recouverte d'exemplaires du catalogue consacré à l'exposition Grillon. Un épais livre d'or en cuir brun est chargé des textes et des signatures des visiteurs. Elle apprend que l'hôtesse est étudiante aux Beaux-Arts. Ils sont quelques-uns à se relayer dans les différentes galeries du quartier pour gagner la poignée d'euros qui leur permet d'améliorer leur quotidien.

Elle n'a aucun avis sur la qualité des œuvres accrochées là, mais le peintre est coté et le vernissage qui a eu lieu la semaine précédente était un triomphe. Elle dit avoir rarement vu autant de visiteurs et d'acquéreurs en une seule soirée. Élisabeth Grillon a ses inconditionnels. Certains ont acheté plusieurs toiles, en dépit d'un prix très élevé.

Martha s'étonne que la surface soit un critère de valeur. Ainsi, les peintres en bâtiment et les artistes ont les mêmes références. L'étudiante rit et lui dit que les tarifs ne sont pas comparables, pour le prix d'un mètre carré de Grillon, elle pourrait repeindre un appartement. Martha s'en étonne. Elle avoue à l'étudiante qu'elle n'a aucune idée de la façon dont fonctionne le marché de l'art.

Elle lui demande si elle peut prendre un catalogue assorti d'un tarif. La jeune fille lui dit qu'ils sont aussi à vendre. Martha obtempère et abandonne sa monnaie pour contribuer modestement au bien-être de la jeune hôtesse.

Puis elle commande un taxi par téléphone. Le standard lui annonce qu'une voiture se présentera dans dix minutes. Pour faire passer le temps, elle feuillette le livre d'or qui est rempli de commentaires dithyrambiques. À en croire les critiques jetées en travers des pages de papier vélin, Élisabeth Grillon serait une des artistes majeures de ce début de siècle. Les propos les plus convenus succèdent aux phrases mièvres et sucrées ou aux formules toutes faites. Chacun fait un effort pour chanter les louanges de l'artiste, mais rien ne semble bien sincère. Martha ne se sentirait pas flattée de lire ce flot de banalités à son sujet. Puis elle prend le temps de décrypter les signatures et se rend alors compte avec étonnement qu'elle connaît nombre des admirateurs dont le nom est couché dans le livre d'or. La plupart des acheteurs des toiles d'Élisabeth Grillon sont des producteurs privés fournisseurs de la chaîne, voire des auteurs qui travaillent régulièrement avec l'unité qui produit les films et les téléfilms. La gloire de l'artiste peintre est circonscrite au monde de la télévision. Y a-t-il comme ça d'autres créateurs délimités à des professions ? Le sculpteur des vétérinaires ? Le photographe des pâtissiers ? L'idée réjouit Martha. Élisabeth Grillon est portée par une poignée d'admirateurs, une sorte d'amicale corporative qui spécule sur sa carrière artistique.

Bien installée dans le taxi qui la conduit vers son bureau, elle retrouve la fraîcheur confortable de la climatisation. Le temps du trajet, elle feuillette le catalogue. Il y a en effet une trentaine de toiles simplement numérotées. Le rassemblement des images sur ces quelques pages renforce le sentiment de monotonie et de vacuité qu'elle a ressenti lors de la visite.

Puis Martha prend connaissance des tarifs. Elle est sidérée. On est, certes, loin de la mise à prix des chefs-d'œuvre qui se vendent chez Christie's où Sotheby's, mais la plus petite toile de Grillon dépasse les six mille euros, alors que la plus chère atteint presque vingt mille euros. Un rapide calcul lui permet d'estimer que l'exposition a rapporté entre cent et deux cent mille euros. Même si certaines toiles ne trouvent pas preneur, le chiffre est énorme. D'autant plus surprenant que l'artiste est prolifique et, depuis quelques années, expose très régulièrement. Malgré sa méconnaissance d'un marché certainement capricieux, Martha a la conviction qu'il ne s'agit pas d'un gentil club d'admirateurs, mais certainement d'une opération plus trouble.

La vibration de son téléphone l'extrait de ses pensées tortueuses. Tania Tarpowsky, très émue, l'informe qu'elle vient d'être victime d'un cambriolage. Elle a été alertée par des voisins qui ont constaté que la porte de son domicile a été forcée. Elle est maintenant sur place. Tout a été saccagé, rien n'a été volé. Tania ne doute pas que les cambrioleurs cherchaient la présence éventuelle de documents. Elle n'a rien dit à la police, mais invite Martha à être prudente.

— Madame Kiss, je ne sais pas comment ces gens ont pu se douter que je conservais chez moi des dossiers confidentiels. Je n'en ai jamais parlé. Je n'ai pas non plus dit à la police, qui est venue constater le cambriolage, que j'avais détenu ces documents, car je ne voulais pas vous mettre dans l'embarras, mais, en retour, vous ne pourrez plus dire que vous avez récupéré cette mallette chez moi. La justice me reprocherait de ne pas en avoir fait état.

Martha acquiesce et demande à Tania si elle besoin d'aide. Comme prévu, la jeune femme lui répond qu'elle va se débrouiller toute seule. Tania Tarpowsky est une sorte de bernard-l'ermite qui se replie dans sa coquille dès que l'on tend le bout du doigt vers elle.

Puis elle appelle Joseph :

— Tu prends des billets pour Marseille demain matin ? J'ai besoin de toi, de voir la mer et de parler avec la sœur de Buscarons.

— C'est dans l'ordre de l'importance des besoins ?

— Oui.

— Alors ça va. Avion ou train ?

— Avion, un peu tôt, non ?

— C'est OK.

— On va passer le week-end ensemble. Je crois qu'il faut que je reste avec mon fils ce soir, je ne le vois pas assez. Donc pas de radeau.

— Tant que tu restes avec un Joseph… Les deux autres sont

les seuls hommes qui ont le droit de passer avant moi. Tu me raconteras pourquoi tu veux voir Rose Muguet Dertavidian ?

Un silence puis :

— Martha, je t'aime.

Et il attend. Silence.

— Une jeune femme bien élevée doit répondre : moi aussi, mon amour.

Martha se met à rire et répète :

— Moi aussi, mon amour.

— Voilà, c'est bien. Je m'occupe des billets d'avion. Demain soir : pizza quatre fromages et rosé au vallon des Auffes. J'appelle Francine Cayol pour lui demander de préparer la chambre.

Madame Cayol est la femme d'un pêcheur de la calanque qui s'occupe de l'entretien de la maison de Malmousque. Elle fait aussi les courses et la cuisine pendant les séjours de Joseph Dreyer.

Martha récupère sa voiture qui, entre-temps, a été verbalisée. Elle repart vers son bureau. Elle a rendez-vous avec Gérard Monestrel, le patron de la fiction.

En général, commander un programme se décide après avoir soupesé son prix et son intérêt pour l'antenne. À quelques exceptions près, ce sont les arguments du patron des programmes qui l'emportent.

À la demande de Martha, le gestionnaire du budget a dû préparer le bilan financier du feuilleton intitulé *Les Habsbourg*. Elle a prévu une réunion d'une heure avec Monestrel et l'administrateur en vue de l'entretien avec Sosthène Grisostomi, patron de la société Guacamole et coproducteur français de la série.

L'économie de l'audiovisuel est un labyrinthe. Les cadres qui dirigent les sociétés privées de production sont souvent de vrais créatifs qui doivent avoir des connaissances juridiques et le sens de la gestion. Ils ont des réseaux d'amitiés et un carnet d'adresses particulièrement rempli. Mais ces qualités seraient inutiles s'ils n'étaient pas aussi des vendeurs acharnés capables de refourguer un éventail à un Esquimau.

Physiquement, Sosthène Grisostomi ne fait pas son âge. Il

avoue soixante-quinze ans, et domine les événements du haut de sa longue silhouette osseuse. Son visage a été retouché à plusieurs reprises par un chirurgien réputé, mais le résultat laisse à désirer. Les interventions successives ont aggravé sa ressemblance avec un dromadaire, la peau trop retendue a cette transparence inquiétante qui laisse entrevoir le réseau sanguin. Le nez retaillé fait penser aux naseaux de Michael Jackson. Ses cheveux replantés comme une rizière cambodgienne et joliment teints en gris souris couronnent l'ensemble. Les plus sévères disent qu'il a gratté sa carte d'identité et que la seule façon de connaître son âge véritable, c'est de le soumettre au carbone 14. Il est toujours très bien habillé : costume sur mesure, chemise avec les initiales brodées, Berlutti aux pieds, montre Patek en or au poignet qui vaut soixante-dix mille euros. Il se plaît à en préciser le prix, et s'il peut passer au premier coup d'œil pour un gentleman restauré, l'image pâlit dès qu'il ouvre la bouche.

À Marseille, un joli dicton rappelle que le pilon sent toujours l'ail. Grisostomi a des origines modestes. Il a dû se battre pour sa situation actuelle. Ses méthodes n'ont pas toujours été élégantes. Il met un certain plaisir à cultiver la vulgarité comme une borne qui marque le chemin parcouru.

Grisostomi va là où se trouve l'argent. Il a débuté sa carrière de producteur dans la publicité, ensuite fait un passage fructueux dans le monde de la musique et de la radio. En 1981, il s'est lancé dans l'aventure des radios libres. Il a installé une station à Paris qu'il a revendue pour une fortune quelques années plus tard. En même temps, il a créé un label musical qui a accru son magot. Après les années vinyle, il a été l'un des premiers à s'installer dans le marché de la production privée de programmes pour la télévision.

La France des années quatre-vingt sortait de trente ans de service public. Les premiers producteurs privés étaient regardés avec mépris par les salariés des chaînes publiques qui considéraient la tentative de gagner de l'argent dans ce secteur comme une manœuvre de détournement du bien public. Guacamole Productions a percé la carapace. Certains fonctionnaires ont dû découvrir avec émerveillement les cadeaux d'entreprise, le plaisir de recevoir des présents à Noël ou pour leur anniversaire, et de pouvoir déjeuner aux meilleures tables de Paris. L'économie libérale a de bons arguments. La création des premières chaînes privées a définitivement ouvert le marché. La production est devenue un business respectable.

Guacamole Productions s'est spécialisé dans la fabrication des programmes de fiction. Après quelques succès, Grisostomi a connu une période triomphale où toutes les chaînes de télévision lui passaient commande sur commande. Puis, à la suite de quelques bouillons, les contrats se sont raréfiés. Le marché de la télévision est volage. Mais Grisostomi a ressurgi de ses cendres, et quelques années auparavant la société a repris son envol. Regain de combativité ou de créativité, opportunité saisie au vol ? Quelles qu'en soient les raisons obscures, cette fulgurante reprise d'activité est liée à la personnalité singulière de Grisostomi.

C'est un des gisants de la profession, un monument que nul ne contourne. Il veille. Personne ne rentre ou ne sort dans ce métier sans devoir l'enjamber. Il préside un puissant syndicat professionnel et organise des fêtes somptueuses dans sa résidence de Cannes. On s'y presse pour lui baiser l'escarpin.

Sosthène Grisostomi est, paraît-il, devenu homosexuel sur le tard. Il vit avec Dalibor Lukic, son chauffeur, un ancien militaire serbe qui se présente comme un champion de boxe à la retraite. Lukic fut un soldat tchetnik, ces fanatiques qui ont participé aux massacres de Srebrenica. Comme beaucoup d'autres, il a échappé aux tribunaux de la justice internationale. Il s'est réfugié en France en 1994. Grisostomi l'a embauché alors que Lukic commençait à frayer avec les milieux du grand banditisme.

Le vieil homme est tombé amoureux, il n'a pas résisté aux yeux bleu azur, aux larges épaules du soldat, à ses manières rustiques mais efficaces. Il lui a fait des propositions salariales fastueuses. Depuis, c'est son homme à tout faire. Il conduit sa Jaguar, comble ses besoins de tendresse. Il contribue à convaincre les contradicteurs de son patron. Il livre champagne et caviar pour Noël. La rumeur dit que Lukic serait le « Allô Pizza » de la cocaïne. Sur un simple coup de téléphone, un groupe d'amis peut égayer une soirée atone par une livraison dans l'heure. Lorsque certains coproducteurs internationaux de passage à Paris hésitent sur la validité des projets de Guacamole Productions, Lukic peut aussi livrer des douceurs blondes, parfumées et soumises pour une soirée ou une nuit. Dalibor Lukic livre tout.

*

À son arrivée, Véro, la secrétaire, informe Martha qu'Albin Jacoberger a improvisé une réunion avec Gérard Monestrel et l'administrateur de la fiction. Il ne peut donc pas être libre pour l'accompagner. Pour son rendez-vous, elle a besoin d'un récapitulatif des comptes qui est posé sur son bureau. Martha est prise d'un accès de colère. Elle n'a aucun pouvoir sur l'administrateur, mais exige que Monestrel quitte immédiatement la réunion de Jacoberger pour venir dans son bureau. Quelques minutes plus tard il se tient devant elle, la mine embarrassée. Il manœuvre :

— Je suis d'accord pour vous accompagner, mais je n'ai pas eu le temps de lire le dossier en détail.

Martha est ulcérée.

— Alors, Monestrel, incompétence, ou mauvaise volonté ? Allez chercher votre veste, vous venez avec moi et s'il n'y a pas de place pour stationner, vous resterez dans la voiture. Ça m'évitera de recevoir une deuxième prune.

Quelques minutes plus tard, il rentre à tâtons dans la Smart garée dans sa niche obscure. Il ne peut s'empêcher de s'étonner.

— Ils ne vous ont pas gâtée, pour le parking.

— Il n'y a pas que pour ça que je ne suis pas gâtée.

La suite du trajet vers le bureau de Grisostomi se déroule dans le silence.

*

Labrousse pense qu'il est maudit. Lors de son voyage à Marseille, il était à côté de gamins bruyants. Vers Montauban, il partage le carré avec trois jeunes cadres ambitieux qui rentrent d'un séminaire organisé par une puissante entreprise du CAC 40. Les trois fringants maîtres du monde « débriefent ». Affligé, Maxime constate les mêmes travers de comportement que ceux des employés dans la chaîne. Ce n'est donc pas la seule télévision qui est en cause, le mal semble plus large. Après une première demi-heure de commentaires narquois sur la personnalité des trois cents séminaristes, Labrousse ressort son iPod, son casque, et se perfuse du Schubert. Il n'a pas d'énergie pour écrire, pas plus pour lire. Son sentiment d'être un légume le culpabilise, mais il assume sa léthargie.

*

Martha Kiss et Gérard Monestrel sont assis dans la salle d'attente de Guacamole Productions. Sosthène Grisostomi est en retard. « Un rendez-vous important », a précisé avec tact la secrétaire.

Assise sur le bord de la banquette, Martha est figée, elle fixe le mur couvert d'un immense tableau. Une toile d'au moins cinq mètres carrés, le plus gros Grillon qu'elle ait jamais vu. Pour détendre l'atmosphère, Monestrel l'interroge :

— Vous aimez ?

— Je le préfère ici que chez moi.

La porte s'ouvre brutalement. Le chauffeur de Grisostomi s'efface pour laisser passer son patron.

Les deux bras tendus vers Martha, le producteur s'exclame :

— Ah ! ma chère Martha, je suis honoré de t'accueillir ici.

Martha, qui s'est levée, lui serre la main droite pour désamorcer la tentative d'accolade, et esquive le tutoiement.

— Bonjour, monsieur Grisostomi.

— Nous ne nous tutoyions pas ?

— Je n'en ai pas le souvenir.

— Ah, tu sais pourtant que c'est un métier où l'affection est prioritaire. C'est ce qui fait sa force et notre plaisir d'être ensemble.

— Vous pensez ?

Grisostomi ne peut contenir un regard teigneux sous sa paupière avachie.

— On passe dans mon bureau ?

La pièce est une sorte de stand de tir, avec une multitude d'objets accrochés aux murs, récompenses en tous genres, affiches, photos sur lesquelles Grisostomi pose à côté de vedettes, de starlettes, d'hommes politiques, de son chien, de sa femme, ainsi que, bien sûr, trois toiles de dame Grillon. Le capharnaüm exhibitionniste de la pièce est le produit de quarante ans de show-biz.

Grisostomi fait signe à ses deux interlocuteurs de s'asseoir dans les fauteuils anglais en vieux cuir qui entourent une table basse constituée d'un plateau en verre posé sur une caisse en acier remplie de photographies en vrac. Elles disent la longue gloire du vieux producteur, l'importance et la diversité de ses relations. Bon nombre de ces images ont dû être prises lors de ses fameuses fêtes cannoises. On voit une armée de bouilles blanches, hilares et visiblement avinées, que le flash a exhumées du néant. Martha pense que, comme les pharaons, il va se faire inhumer avec tout ça dans un tombeau pyramidal de marbre.

Grisostomi, convaincu que la nouvelle patronne de la chaîne est venue avec des intentions hostiles, fait quelques phrases creuses sans chaleur sur sa joie de la voir prendre ces responsabilités, sur les traditions de collaboration qui existent entre la chaîne et son entreprise, et sur sa détermination à continuer à donner le meilleur pour permettre à Martha de faire la course en tête. Les mots tombent à plat avec le bruit d'une bouse sur un chemin de pâture.

Martha accepte une tasse de thé. Sans perdre de temps, elle attaque le sujet qui l'amène. Elle rappelle ses réticences quant à l'engagement de la chaîne dans la production des *Habsbourg*. L'audience lui a donné raison. Elle déplore le prix exubérant payé par la chaîne, un chèque de six millions cinq cent mille euros pour la livraison finale d'une série en trompe l'œil.

Maintenant, elle souhaite examiner avec lui les comptes de production. Elle veut savoir comment cet argent a été dépensé compte tenu de ce qu'il y avait à l'image et de la faiblesse des coûts de fabrication dont la production a bénéficié en Tchéquie.

Grisostomi s'étonne. Il rappelle que les comptes ont été rendus à la direction de la chaîne qui les a approuvés. C'est une bataille de services internes dans laquelle il ne veut pas rentrer. Il n'a rien à se reprocher.

Puis le ton monte. Grisostomi s'indigne qu'on puisse le soupçonner.

— Loin d'avoir fait des bénéfices dans cette affaire, j'ai bouffé la grenouille, j'ai perdu de l'argent, vous ne le savez peut-être pas, mais ce type de production est une grosse prise de risques.

Il hausse la voix.

— La chaîne devrait me remercier d'avoir amené une série prestigieuse qui contribue à son image, elle devrait me dire « merci, monsieur Grisostomi, d'avoir réuni beaucoup d'argent pour faire de la fiction que plus personne ne peut se payer »... Madame Kiss, je n'accepte pas ces soupçons. Vous m'insultez.

Martha Kiss le laisse s'agiter. Attend que le soufflé retombe et répond :

— Pourriez-vous me préciser quel rôle a joué la société de production luxembourgeoise dans le montage financier, car je crois savoir que, contrairement à ce qui était annoncé, vous n'avez pas utilisé les studios du Grand-Duché ?

Le sang monte au visage de Grisostomi qui devient orange,

une perle de bave blanche se forme à la commissure de ses lèvres. Il cherche son souffle puis ses mots, mais rien ne vient alors il explose :

— Si tu viens chez moi pour m'agresser, me faire chier alors que tu devrais me lécher la queue et me remercier d'accepter de travailler pour toi, appelle mon avocat. Moi je n'ai plus rien à te dire. Tu veux la guerre, tu vas l'avoir.

Martha se replie sur elle-même et se lève. Elle n'avait pas prévu que Grisostomi perde son sang-froid ou se sente suffisamment puissant et protégé pour l'insulter ainsi. Elle se dirige vers la porte. La voix blanche du vieux producteur l'accompagne :

— Et change de métier, tu es une verrue, et une verrue, ça se brûle.

Dans la rue, Monestrel fait savoir à sa patronne qu'il va prendre un taxi, car il a rendez-vous sur un plateau de tournage. À l'évidence, il est mal à l'aise et ne veut pas rester avec elle pour ne pas avoir à commenter la scène. Martha le laisse s'enfuir.

Après l'affrontement avec PAN, cette altercation avec un des parrains de la profession complique encore sa tâche. Elle n'a aucun soutien. Les toxines du désarroi commencent à circuler dans son sang. Les premiers coups la cabossent déjà. Joseph a raison. Elle sent la fatigue. L'enquête sur la mort de Carlos affaiblit sa prise de pouvoir dans la chaîne. Elle commet des erreurs. Une voix lancinante et acide lui susurre qu'elle n'a peut-être pas les épaules pour faire face à une telle violence.

En quelques jours, le ciel s'est assombri, aucun rai de lumière ne perce le quotidien. Ce monde lui donne froid. La tendresse de Jozsef, la fierté de voir son petit Joseph devenir si beau, l'amour du grand Joseph, autant d'émotions positives devraient suffire à remplir une vie et donner un sens au mot bonheur, mais la lassitude, le doute et la déception l'envahissent et chassent tous les autres sentiments.

Elle découvre que la bataille du pouvoir est une maladie qui consomme toute l'énergie vitale. La peau ne sent plus le soleil, les yeux ne voient plus la beauté, elle traverse les parfums sans les goûter, même le désir est altéré. Cette vie sans vie fait surgir l'absurdité de l'existence. Elle est immergée dans des eaux obscures et malodorantes. Le voyage à Marseille tombe à pic. Elle espère que le ciel et le soleil du mois de juillet, au-dessus des barques et des cabanons, la ramèneront à la surface, vers les espaces de liberté et d'insouciance.

Son portable vibre. Baratier lui apprend qu'Albin Jacoberger l'a mis au courant de sa descente chez Grisostomi. Il lui reproche de « maltraiter un producteur talentueux qui a un passé qu'elle devrait respecter ». Il assène : « C'est un homme qui a déjà fait beaucoup pour la chaîne. De plus, il est président d'un syndicat influent. »

Il raccroche en laissant Martha les yeux humides.

Après avoir coupé la conversation, Baratier hurle :

— Quelle conne !

Il appelle directement, sans passer par son secrétariat, le représentant le plus actif de l'actionnaire au conseil d'administration :

— Kiss vient encore de se distinguer. Elle est allée insulter Grisostomi, le président du principal syndicat des producteurs, chez lui. C'est, certes, une vieille crapule ramollie, mais il a eu de beaux succès sur la chaîne et ailleurs. Il possède un réseau d'influence important, il a su faire ce qu'il fallait pour ça. Je tenais à vous informer de ma décision d'effacer cette erreur au plus vite et quels que soient les moyens. Nous nous sommes réjouis un peu trop vite de l'accident de Buscarons. Elle est pire.

*

Le voyage a été fastidieux. Labrousse s'ennuie rarement, mais six heures avec des cadres en pleine force de l'âge constitue une épreuve à laquelle il n'était pas préparé. Il a écouté Schubert jusqu'à l'indigestion, ensuite il a pianoté sur son iPod, en vrac :

Chet Baker, Black Eyed Peas, Dean Martin, Lana Del Rey, Katy Perry, la Callas, Billie Holiday. Puis, il a décidé de filer en musique vers le Sud-Ouest pour se mettre en vibration avec le peuple de la région : Claude Nougaro, le taurillon de Toulouse, « ici même les mémés aiment la castagne », « on se traite de con pour peu qu'on se traite ». Puis Cabrel. Labrousse a une admiration secrète pour le barde d'Astaffort. Sa poésie le touche : « Ce soir je pousse de ma canne les feuilles des platanes sous le banc de ciment et dans le froid qui s'approche j'ai peur que les cloches chantent bientôt mon prénom. » Cabrel l'émeut. Il le cache, car les poulettes cul-pincé de Paris se sont moquées de lui. Pas grave, il les a séduites en dépit de ce qu'elles considéraient comme une faute de goût : « quand j'aime une fois, j'aime pour toujours ».

Il est dix-neuf heures cinquante-deux quand le train s'arrête en gare de Montauban-Ville-Bourbon. La chaleur est là, plus lourde qu'à Paris. Le goudron du parking colle aux semelles. Il descend l'avenue Aristide-Briand pour aller récupérer une voiture de location. Il traverse le Pont Vieux qui enjambe le Tarn, file vers la mairie de briques roses en direction de la route du Nord. La ferme des Saules est dans cette direction, peu après Albias. Pour ménager sa bourse, il a prévu de dormir dans une maison d'hôtes vers Nègrepelisse. Il l'a repérée sur Internet. Sur place, il préfère passer son chemin quand il voit l'état réel de la baraque, et retourne chercher un hôtel à Montauban. Il finit son périple, à quelques centaines de mètres du loueur de voitures, dans une abbaye qui domine le Tarn. La rivière est en basses eaux.

Le soleil qui commence à piquer sur l'horizon fait rougeoyer les murs de briques de la ville. La serveuse est une très jolie jeune femme brune habillée de rouge avec des yeux sombres et brillants et une bouche sensuelle. Elle lui sourit. « Je peux vous dire que je vous trouve belle sans que vous vous fâchiez ? » ose-t-il. Elle hoche la tête et répond simplement « oui ».

— Alors, je vous le dis, je vous trouve belle.

Puis il commande une bouteille de cahors et une entrecôte.

Il envoie un texto à Martha pour lui dire qu'il est sur place, à Montauban. Il a repéré les lieux. Il visitera la ferme demain. Il aimerait conclure par : « je vous embrasse », mais il s'abstient. Il engouffre son entrecôte cuite à point.

La serveuse revient.

— Vous voulez pas un peu de fromage ? On a un pélardon à mourir ou du bon caillé.

— Vous aimez le fromage ?

— Quelle question, vous connaissez, vous, des gens qui n'aiment pas le fromage à part les Anglais et les Américains ?

— Si ce n'était pas un peu rapide, je crois que je vous demanderais en mariage.

La jeune fille se met à rire et s'en va chercher le fameux pélardon avec un peu de caillé, juste pour goûter. Un verre de vin rouge sombre et épais, et il se sent aussi en forme qu'un coureur cycliste après une injection d'EPO.

*

Après sa calamiteuse rencontre avec Grisostomi, Martha est retournée à son bureau. Elle prend connaissance du texto de Labrousse. Ces quelques mots de connivence sont les bienvenus. Elle ressent une pointe d'affection pour ce jeune homme atypique qui reste de son côté. Elle lui répond immédiatement : « Merci Maxime ». À la réception, Labrousse fait une poussée de tachycardie, se sert un deuxième verre de cahors plein à ras bord. Il trouve la vie géniale.

À l'étage de la direction, les bureaux se sont vidés. Martha a proposé à Véronique de rentrer chez elle.

Sur son bureau, l'assistante a mis en évidence le dossier « Habsbourg ». Martha appelle un ami qui peut analyser la comptabilité de cette production. Il lui confirme qu'il peut en faire l'expertise en quarante-huit heures. Il lui communiquera ses commentaires dès lundi.

Véronique a empilé, sur la table de réunion, les dizaines de parapheurs qui attendent sa signature. Les contrats aboutissent sur son bureau pour une ultime acceptation après avoir cheminé dans les différents services. Chacun est dupliqué en trois exemplaires d'une trentaine de feuilles qu'elle doit parapher avant de signer la dernière page.

Carlos traitait à la hâte ce rite hebdomadaire fastidieux. Son assistante paraphait, lui signait. Sur vingt contrats par semaine, il faisait l'économie d'environ mille huit cents paraphes et n'appliquait que soixante signatures.

Martha ne peut pas se permettre de survoler les contrats. Elle prend le temps de les lire, avant d'apposer son paraphe. C'est une façon laborieuse, mais efficace, de prendre connaissance de son territoire. Elle prévient son fils qu'elle va rentrer tard et se plonge dans l'étude des conventions et avenants.

Peu avant vingt-deux heures, la jeune femme gribouille l'ultime signature. Au fil des heures, sous l'effet de la lassitude, son trait de plume est devenu moins précis. Après avoir constaté que les contrats types sont lardés de clauses et de financements spécifiques qui traduisent des inégalités de traitement, elle se lève, fourbue, de son fauteuil, avec l'impression que les accords se font un peu à la tête du client. Elle posera des questions pour tenter de comprendre les raisons de ces écarts.

Martha appelle Joseph au téléphone pour lui annoncer qu'elle quitte le bureau et rentre à la maison. Il a bien préparé sa valise, car le lendemain matin son grand-père vient le chercher aux aurores pour l'emmener prendre un train. Jozsef accompagne son petit-fils dans la région de Bergerac au bord de la Dordogne où un copain du lycée l'a invité à venir passer la première semaine des vacances. Encore un coup de téléphone à son père pour lui demander si elle peut passer déposer une sacoche avec des documents. Avec le cambriolage de l'appartement de Tania Tarpowsky, elle craint que le vieux coffre de son bureau ne soit forcé pendant le week-end. Elle récupère le flight case et en extrait la clé USB qu'elle veut emmener à Marseille.

Elle éteint la lumière de son bureau et prend l'ascenseur

pour descendre dans les profondeurs de l'immeuble. Elle doit encore affronter la phobie que lui provoquent les espaces de béton déserts du parking. Le bruit de ses talons n'en finit pas de résonner dans le vide. Elle a pris la bombe de gaz lacrymogène à la main. La mallette qui se balance au bout de son bras rajoute à son anxiété : il y a là l'explication de la mort de Carlos. Quand enfin le nez de sa voiture franchit l'ultime barrière qui la sépare de la rue, la jeune femme a l'impression d'être sortie du ventre du dragon.

La ville ne dort jamais. La circulation sur la voie sur berge est intense. Martha roule à vive allure malgré les radars placés tout le long de la rive. Elle sort à la hauteur du boulevard Henri-IV, se gare en double file, warnings allumés, grimpe l'escalier quatre à quatre jusqu'à l'appartement de Jozsef. Elle explique à son père que la mallette contient des documents confidentiels. Il ne pose aucune question.

Elle repart en direction de la rue Saint-Paul. Il lui faut une dizaine de minutes pour trouver une place où garer sa voiture, puis doit encore marcher un instant pour rejoindre la maison et son fils qui l'attend. Quand la maison est vide, il ne peut pas trouver le sommeil, mais il accepte pourtant de rester souvent seul dans cet appartement sans jamais se plaindre.

En été, le quartier prend des allures méditerranéennes. Les restaurants de la rue Saint-Paul résonnent des discussions surchauffées de fin de dîner, et la rumeur se répand dans les rues par les portes et les fenêtres ouvertes.

Martha arrive devant l'entrée de son domicile. Elle compose un numéro de code qui provoque un léger déclic et l'ouverture de la serrure. Elle tire vers elle la volumineuse porte. Le vantail se referme aussitôt et elle s'enfonce dans l'obscurité en tâtonnant, à la recherche du bouton de la minuterie.

Un bruit de pas la glace. Elle ressent une présence dans le long couloir qui traverse l'immeuble vers la cour intérieure. À une dizaine de mètres de là, elle entrevoit le rougeoiement d'une cigarette. Un frisson de terreur lui fait rebrousser immédiatement chemin, elle tente de pousser la porte, qui refuse de s'ouvrir. Elle doit à nouveau déclencher le pêne électrique. Folle de panique, elle retourne vers le mur et tâtonne à l'aveugle à la recherche du bouton libérateur. Finalement, elle le trouve. Un bruit de pas se presse vers elle. Elle tire brutalement la pesante porte qui résiste, se glisse de force dans l'espace étroit et jaillit sur le trottoir en quête de protection, mais la rue est déserte. Seule, une voiture vient de s'engager en provenance du quai de la Seine en direction de la rue de Rivoli. Martha court pour s'éloigner rapidement de l'entrée de l'immeuble et se jette au milieu de la chaussée, dans la lumière des phares. La porte s'ouvre à nouveau pour laisser passer une silhouette indistincte. L'ombre du porche et le mauvais éclairage de la rue ne permettent pas de distinguer son visage. L'homme s'agite, mains ouvertes et bras levés en signe de paix, puis avance dans la lueur du réverbère. Avec stupeur, elle reconnaît Franck Lovino. Son ancien compagnon a l'air hagard, il crie des mots confus qu'elle ne comprend pas.

La voiture est maintenant arrêtée à la hauteur de Martha, les gens qui sont à l'intérieur, déconcertés, ne savent comment réagir. Ils semblent cependant réaliser que la jeune femme cherche à se mettre sous leur protection.

Franck Lovino s'avance vers Martha qui contourne la voiture pour en faire un obstacle. Le conducteur se décide à sortir. Il demande à la jeune femme si elle a besoin d'aide. Un autre passager en descend à son tour. Lovino recule. Il crie à Martha qu'il doit absolument lui parler. Une deuxième voiture arrive, le chauffeur pressé fait des appels de phares énervés. Martha confirme à l'inconnu qui s'est rapproché qu'elle a besoin d'aide, que l'énergumène qui est en face est dangereux.

Joseph est sa principale source d'affolement. En dépit des consignes de sécurité rigoureuses, son fils a-t-il ouvert à son père ? Que s'est-il passé avant son arrivée ?

Le conducteur de la seconde voiture a aussi perçu l'étrangeté de la situation, mais, prudent, il a remonté la vitre de sa portière et ne quitte pas son siège. Martha a sorti un téléphone de son sac. Elle explique aux deux hommes qui l'ont rejointe qu'elle doit téléphoner à son fils. Tout en leur parlant, elle compose fébrilement le numéro. Quelques pesantes secondes s'écoulent puis Joseph décroche. Non, il n'a pas ouvert à son père qui est venu taper à la porte il y a plus d'une heure. Par la fenêtre, le garçon le voyait fumer dans la cour en attendant Martha. Elle sent une douce chaleur rassurante l'envahir, mais elle doit s'extirper de cette situation. Elle remercie ses protecteurs et leur explique qu'elle va se réfugier dans un restaurant situé à une cinquantaine de mètres.

Alors que ses gardiens d'un soir ne la quittent pas du regard, elle fait signe à Lovino de la suivre à distance, puis elle marche à pas pressés jusqu'à la pizzéria à l'angle de la rue de Rivoli.

Le propriétaire de L'Alberga est un ami, un personnage haut en couleur et attachant. Coupable d'un grave péché de jeunesse, Francesco est un ancien « repenti » des Brigades rouges. Venu pour tenter de survivre en exil à Paris, il a ouvert un restaurant italien. Grâce à la qualité de sa cuisine et la rareté de ses vins, le restaurant est devenu le repaire d'une clientèle gourmande, de gauche et intello.

La salle n'est plus occupée que par une seule tablée de trois couples hilares. En voyant Martha, Francesco se précipite, heureux, et la serre dans ses bras. En trois mots essoufflés, elle explique la situation. C'est là que Lovino franchit le pas de la porte.

Le restaurant est partagé en deux par une vaste table d'hôtes. Martha lui impose d'un signe comminatoire de s'asseoir de l'autre côté de l'immense plateau de chêne. Elle prend place face à lui. Francesco a saisi subrepticement un objet dans un tiroir pour le mettre dans sa poche. Il glisse un mot à un serveur qui part nettoyer la poignée de cuivre de la porte. Derrière son comptoir, le vieux révolutionnaire moustachu surveille la scène.

L'archétype de la scène de western a échappé aux six derniers clients attablés qui aggravent leur état avec force grappa.

Martha n'est pas étonnée devant Lovino, le teint gris et le visage décharné, un vieux sweet à capuche taché, les mains sales et les ongles noirs. La décrépitude du héros de sa jeunesse ne l'émeut pas. Bien au contraire, cela la fait enrager. Elle l'a vu magnifique sur scène, à l'époque, les hurlements des Fender et des Gibson ont fait exploser le silence studieux de sa jeunesse. Elle avait vécu jusqu'à lui entourée de livres, de mots rares et d'idées éternelles. Les paroles brutales des chansons écrites par cet homme devenu insignifiant l'ont traversée jusqu'à la jouissance. La voix haut perchée de Lovino donnait une couleur médiévale à ses rythmes sombres.

Elle lui en veut autant qu'à elle-même de ce gâchis et de cette fin crasseuse. Elle contemple le tableau pitoyable de ce minable qu'elle a pris pour un géant, d'un dieu en carton-pâte tombé d'un Olympe de pacotille. Un connard qui a piétiné ses illusions et sa vision du monde. L'échec d'un rêve laisse des séquelles. Après lui, elle n'a plus jamais revu la vie avec les mêmes couleurs. Elle est devenue soupçonneuse et distante.

Elle attaque, la voix altérée par l'émotion :

— Qu'est-ce que tu fais là ? Tu ne dois plus m'approcher. La justice te l'a interdit. Si j'appelle les flics, tu pars en prison.

Lovino incline ostensiblement la tête vers la table en signe de contrition et bredouille :

— Je sais, mais c'est le seul moyen que j'ai de pouvoir te parler. J'ai besoin de toi.

Martha est au paroxysme de la haine. Comment cette ordure qui a profané ses années romantiques s'autorise à venir chercher de l'aide auprès d'elle ? Il enchaîne :

— J'ai vu dans la presse que tu étais devenue la patronne de ta chaîne. Tu peux me remettre le pied à l'étrier.

Il lève la tête et simule l'ardeur.

— Je peux remonter un groupe. Les galères ne m'ont pas détruit, mais m'ont donné de nouvelles idées de chansons, je raconterai de nouveaux mondes. Trouve-moi un agent pour relancer ma carrière. Si tu le veux, tu peux me redonner la vie.

Martha est devenue blême. Au terme d'une journée exténuante, elle doit encore subir cette rencontre éprouvante. Cet homme serpent, capable de porter des coups psychologiques et physiques imprévisibles. Qui l'a battue, qui a tenté de la tuer et qui vient maintenant se traîner à ses pieds. Elle coupe court à ses gémissements, tremblante de colère.

— Un jour, tu devrais arrêter de ramper. Tiens-toi droit ! Je ne ferai rien pour toi.

Il la dévisage comme lors de ses attaques de cobra de jadis. Elle soutient son regard. Sa révolte bouillonne. Elle élève la voix et le provoque :

— Si je te revois à proximité de Joseph, je te trouverai un agent, mais celui-là, il sera avec des copains et un gyrophare. Casse-toi !

Elle lui montre la porte et, en détachant bien les mots, elle hurle :

— Ca-sse-toi !

Lovino hésite. Les clients se sont tus. Francesco a mis la main à la poche. Le serveur a cessé de frotter la poignée en cuivre.

Dans un silence absolu, le rocker déchu se lève, la toise et grogne :

— Tu as tort, tout se paye.

Il se lève et sort. Francesco, avec son tendre sourire, se précipite, une bouteille et un verre à la main.

— *Non temo questa é una boccalone*... une bouche... une grande bouche... *Una grappa ?*

Martha refuse. Elle veut regagner son domicile immédiatement pour retrouver Joseph, le serrer dans ses bras. Francesco la raccompagne. Ils remontent ensemble la rue Saint-Paul, à l'affût. Lovino a disparu. Ils pénètrent dans la courette. Joseph ouvre la porte de l'appartement en entendant sa mère. À sa vue, elle se met à trembler. L'émotion contenue jusque-là explose. Elle l'embrasse, lui caresse le visage. Elle se retourne, serre un instant Francesco dans ses bras et sent un objet volumineux dans sa poche. L'air faussement sévère, elle lui dit :

— Tu sais que vu ton passé, la police n'apprécierait vraiment pas que tu te balades avec un revolver dans la poche.

Il lui lance à nouveau un large sourire plein du soleil du Lazio :

— *Ma che rivoltella ?*

Il plonge la main dans sa poche et en ressort un énorme tire-bouchon :

— Jé soui le MacGyver della bagarre !

Francesco parti, Martha interroge longuement Joseph sur les détails de la tentative d'effraction de son père. Quand l'enfant est couché, elle allume la télé pour voir où en est un débat qui a dû démarrer sur la chaîne depuis plus d'une heure. Le plateau ronronne. Les émissions de seconde partie de soirée manquent de créativité et de tonus, toujours les mêmes invités parisiens, les mêmes écrivains, les mêmes journalistes, les mêmes comiques de service, les mêmes grandes gueules, le même public momifié dans la pénombre qui applaudit quand on le lui ordonne, qui rit sur commande et qui se tait quand on lui fait signe. Elle déteste cette utilisation alibi de téléspectateurs censés faire rentrer la vie sur les plateaux, mais cyniquement transformés en éléments de décor. Elle jubile à l'idée de pouvoir s'attaquer à de tels chantiers. Il faudra organiser un séminaire pour rompre avec ces poncifs et secouer les imaginations.

Gardant un œil sur le poste, elle prépare en vitesse un sac avec des tenues très légères pour faire face aux ardeurs du soleil marseillais. Elle n'oublie pas de prendre la clé USB de Carlos et un ordinateur. Elle vérifie le contenu de la valise de Joseph. Celui-ci vient lui demander si, pour cette dernière nuit, il peut venir dormir à côté d'elle. Elle accepte. La journée a été si dure qu'elle aurait pu, elle-même, prendre cette initiative. La tête enfoncée dans l'oreiller blanc, elle découvre un long texto amoureux que lui a envoyé Joseph. Le temps de le lire trois fois, de commencer à répondre, l'autre Joseph dort déjà, la bouche ouverte. « L'amour s'appelle Joseph. » Ce constat la remplit d'une joie enfantine qui ne tarit pas.

*

Maxime a réglé l'alarme de son téléphone sur sept heures quarante-cinq. Comme il n'a pas vérifié le type de sonnerie sélectionné, il est réveillé brutalement par une sirène d'alerte appelant à se rendre aux abris. Le cœur battant à tout rompre, le cerveau en panique, il cherche l'appareil. Après de longues secondes de tâtonnements, il parvient à arrêter le hululement. La mémoire lui revient lentement, non il n'y a pas la guerre et il est à Montauban.

Douche, petit déjeuner sur la terrasse. Il cherche la jolie serveuse, sans objectif de drague. Il voudrait simplement encore pouvoir la regarder comme, au moment du départ, on observe un beau paysage pour le graver dans sa mémoire. En vain, il est privé de cet ultime plaisir. Le temps de payer la note, il est dans sa pimpante Seat rouge pétard en route vers la ferme des Saules. Une vingtaine de minutes plus tard, il est tout proche d'Albias. La bourgade s'étire sur une rive de l'Aveyron que franchit un pont de briques rouges, comme à Montauban. Rouges les briques, rouge le soleil du soir, rouge le cahors, rouge la voiture, rouge la serveuse. La région est un camaïeu carmin. La radio diffuse une daube électronique de David Guetta qui lui rappelle la sonnerie du téléphone. Il cherche d'autres stations et tombe sur « Mdlwembe », un morceau extrait de *Tso-Tsi*. Maxime a adoré ce film sud-africain. Il met la musique à fond en se perdant dans le dédale de routes départementales qui courent autour d'Albias, entre Mirabel et Nègrepelisse. Il franchit plusieurs fois l'Aveyron. Au lieu-dit Haute-Pisse, il demande son chemin à une dame âgée qui marche sur le bord de la route :

— Bonjour, madame, je cherche la ferme des Saules, vous connaissez ?

La vieille, fripée comme une pomme reinette oubliée au fond d'un panier, lui sourit, puis l'air très grave l'interroge :

— Bonjourrr, monsieur. Vous êtes de la police ou vous êtes jourrrnaliste ?

Sa grand-mère, Joséphine Labrousse, la femme d'Achille, avait une passion pour Rina Ketty, une chanteuse des années trente. Il se souvient du rite hebdomadaire, en général le dimanche matin, qui consistait à poser le vieux 78 tours et à écouter deux ou trois fois d'affilée « J'attendrai ». L'artiste disait :

« J'attendrai, le jour et la nuit. J'attendrai toujours ton retour. » Maxime aimait bien la courte reprise du thème à la trompette. Joséphine chantonnait en même temps et ses yeux se troublaient. C'était un mystère pour Maxime. Pourquoi sa mémé se mettait dans cet état-là alors que son mari était tout près, dans le magasin ou, au pire, dans la cave ? Joséphine avait-elle un amour enfui ? Comment Achille pouvait-il supporter cette rivalité persistante d'un absent tant regretté ? Il n'avait jamais osé poser la question et n'avait donc jamais eu de réponse.

À l'instant où la vieille lui parle, Rina Ketty est là devant lui, cette même mélodie et la même touche du « r » bloqué qui fait rouler les mots. La voix est aussi douce que celle de la chanteuse. Sur la pochette du disque, l'artiste, extatique, regardait vers le haut, éclairée par la douce lumière des studios Harcourt. La vieille Albiassaine regarde vers le bas et attend sa réponse.

— Pourquoi vous me demandez ça, madame ?

— Ben tiens, à cause de l'incendie et du pauvre Chrrristian qu'ils ont mis en prrrison.

— Je ne savais pas qu'il y avait eu un incendie. C'était quand ?

La dame s'agace. Ici, tout le monde sait ça et comme à son âge l'auto-stop comporte peu de risques d'agressions sexuelles, elle ouvre la portière.

— Si vous voulez des explications, avancez-moi avec votre voiture. Les Saules c'est sur le chemin, après ma ferme.

Sans attendre la réponse, elle s'installe.

— Le feu, c'était il y a deux mois, je me souviens même du jour, un mardi, parce qu'il y avait le marché. Pendant la nuit, toute la ferme a brûlé. Tout, la maison, les granges et même un bout du bois derrière.

Elle s'interrompt, hoche tristement la tête puis se tourne vers lui.

— Mais vous, si vous n'êtes pas journaliste ou policier, qu'est-ce que vous allez faire là-bas ?

La vieille le scrute.

— En fait, je suis journaliste, mais je venais pour un autre sujet. Mon journal s'occupe de la vie des célébrités. Le propriétaire est un homme qui était connu à Paris.

La mémé n'était pas informée de la mort du propriétaire. Elle soumet immédiatement Maxime à un tir de questions qui lui serviront à alimenter la discussion de son dîner en famille. Maxime est maintenant rodé à l'exercice. Il ment au gré de son inspiration, puis contre-attaque :

— Vous avez dit que la police avait mis un certain Christian en prison ?

— Oui, Christian Guillemot, le fils du voisin. L'ancien propriétaire de la ferme. La police l'accuse d'avoir mis le feu. Ils ont retrouvé les bidons d'essence dans sa remise.

— Vous en pensez quoi ?

— Ouh ! là, là !... Moi, j'en pense rien. C'est pas mes affaires. Voilà, vous me déposez à ce croisement et vous, vous allez tout droit pendant environ un kilomètre et vous tournez vers votre gauche sur un chemin de terre. Après vous faites attention, y a un chemin qui tourne où y a rien écrit, ça va vers la ferme de Louis Guillemot, le père de Christian, vous continuez tout droit et vous arrivez aux Saules. Allez.

La vieille descend. Avant qu'elle ne referme la portière, Maxime l'interroge :

— Vous connaissez Rina Ketty ?

— La chanteuse ? Bien sûr. Elle a à voir dans cette affaire ?

— Non.

La vieille attend un instant une explication et, comme rien ne vient, elle ferme délicatement la portière et lui tourne le dos. Maxime reprend sa route. En suivant les indications, il se retrouve rapidement à la bifurcation du chaotique chemin de terre entre la ferme des Guillemot et Les Saules. Il file en direction de la propriété de Carlos qui se dresse à trois cents mètres de là.

Au détour d'un bois, il découvre ce qui a dû être une vaste ferme constituée de plusieurs bâtiments et qui est désormais devenue un amas de ruines. Maxime gare sa voiture de façon à pouvoir être prêt au départ. À part des cris d'oiseaux, le silence est absolu. Malgré la lumière crue du soleil d'été, il règne une ambiance sinistre et menaçante.

Il s'avance prudemment vers la ferme. C'est un paysage de guerre. Les granges sont effondrées. La bâtisse centrale, construite en pierres épaisses, a mieux résisté, seule la toiture a été totalement détruite. Le sol est labouré par les traces des pneus à crans des camions des pompiers et raviné par les tonnes d'eau qu'ils ont déversées. L'odeur âcre du feu se mélange à des remugles de pourriture mélangés à des effluves de produits chimiques. Le mur qui entourait l'immense puits de la cour est tombé dans le trou béant. À pas prudents, Maxime s'en approche. L'agent immobilier avait aussi parlé d'un gouffre à propos du puits. Aujourd'hui, l'absence de margelle lui donne l'allure d'une gueule de volcan. Le diable et les démons sont sortis par cette porte qui s'ouvre sur les ténèbres. Il s'avance pour en apprécier la profondeur. La lumière vive du jour ne suffit pas à en révéler le fond. Il se souvient des mots de Boghos : « Cet endroit, c'est l'une des failles de l'enfer. » Il sent que le vieil Arménien a dit vrai. Les flammes sont sorties de terre pour détruire le lieu et l'envelopper définitivement dans un linceul de suie. Tout est noir. Avec son téléphone, il fait des photos des bâtiments et du terrain sous tous les angles. Il reste aux aguets, persuadé que chaque recoin, chaque zone d'ombre peut cacher une image insoutenable, un danger terrifiant, un enfant mort, un chien fou, un succube hurlant. Il guette le plus infime bruit, le moindre craquement lui hérisse le poil. Il imagine sa propre disparition. Une demi-heure plus tard, il se sent soulagé de remonter dans sa voiture, de quitter cet endroit qui irradie de malheur. Il décide alors d'aller voir les voisins, la famille Guillemot, pour retrouver le monde des vivants.

Il retourne à la bifurcation et prend la direction de leur exploitation. Le chemin est court. La ferme s'organise autour de trois bâtisses. Un hangar où sont rangés deux tracteurs aux côtés de différents engins agricoles et une grange en mauvais état entourent un corps de ferme destiné à l'habitation.

Un chien couleur bronze, maigre et musclé, attaché à une longue chaîne qui coulisse le long d'un fil de fer, court d'un bout à l'autre en hurlant et en bavant de rage de ne pouvoir dévorer l'intrus. Maxime prend garde de garer sa voiture à distance du molosse.

Il se rend compte alors que le vieil homme décrit par l'agent immobilier est assis à quelques mètres de lui, derrière une porte à l'ombre de la grange. Malgré son chapeau enfoncé jusqu'aux yeux, il voit cette face formée de cicatrices hideuses qui ont effacé les traits du visage. Les lèvres sont également déformées par les brûlures. La vieillesse et le feu ont sculpté une œuvre terrifiante. « Le feu, encore le feu », pense Maxime. Le vieux Guillemot est immobile. Son attitude figée aggrave son malaise.

Maxime ouvre sa portière au moment où la belle-fille Guillemot sort de la ferme, un fusil de chasse à la main. Sans un mot, elle fait un signe péremptoire de la main. Elle veut qu'il parte. Maxime explique :

— Bonjour, monsieur et madame Guillemot, je suis inspecteur des assurances et je suis chargé de…

Sa phrase est interrompue par un coup de feu. La bru vient de tirer en l'air. Elle abaisse l'arme vers lui et éjecte la cartouche vide pour en remonter une neuve par un brusque mouvement d'aller-retour du poignet sur le haut du fusil. Un fusil à pompe, même Maxime sait ce que c'est. Elle refait un nouveau signe énervé du bras, et hurle :

— Ce n'est pas du sel, connard, c'est de la chevrotine.

Elle le met en joue. Maxime sait que le prochain coup sera pour lui. Il remonte dans la voiture en priant pour que la matrone ait toute sa lucidité. Il fait une longue marche arrière et enchaîne avec un demi-tour qui le met sur la route de Montauban. Un fugace coup d'œil dans le rétroviseur lui permet de voir qu'elle tient toujours l'arme pointée dans sa direction.

Après la crise de trouille vient la poussée de jubilation. Finalement, les agriculteurs de Montauban valent bien ceux du Kansas. Truman Capote aurait peut-être trouvé du grain à moudre dans les environs d'Albias.

La brièveté de sa rencontre avec les Guillemot laisse à Maxime un peu de temps avant son départ en train pour Paris. Il décide de repasser à l'hôtel pour revoir la serveuse. Tout en conduisant, il enfonce les écouteurs de son baladeur dans ses oreilles pour écouter Brassens : « Je veux dédier ce poème à toutes les femmes qu'on aime pendant quelques instants secrets, à celles qu'on connaît à peine et qu'un destin différent entraîne et qu'on ne retrouve jamais. » Le génie pur. La chanson amplifie l'émotion. Il connaît l'histoire de ce texte qu'un inconnu a adressé au compositeur poète. La lettre est longtemps restée dans un tiroir puis quand le chanteur a décidé de mettre le texte en musique, son auteur avait disparu, mort peut-être. Maxime veut revoir la jeune fille rouge. Pendant les vingt minutes du trajet, il chante à tue-tête le chef-d'œuvre du Sétois moustachu et de l'inconnu merveilleux.

Il gare la Seat devant l'hôtel, monte fébrilement les marches de l'hôtel. La réceptionniste lui apprend que la jeune fille a pris deux jours de repos. Il demande son nom. La dame explique qu'il lui est impossible de le renseigner « et, en plus, elle est fiancée ». Il lui demande, au moins, d'accepter de lui remettre un mot. En hochant la tête, elle lui donne une feuille et une enveloppe. Il rédige :

« Je m'appelle Maxime Labrousse, j'ai 33 ans, j'habite à Paris, mais Montauban m'irait très bien. Je vous ai rencontrée et je ne m'en remets pas. Appelez-moi sans tarder, même pour me dire le pire. »

Il rajoute son numéro de téléphone. Colle l'enveloppe et l'adresse « à la belle jeune fille rouge qu'un destin différent entraîne ». À l'évidence, la réceptionniste le prend pour un cinglé.

Puis il rapporte la voiture au loueur, s'installe dans un café à proximité de la gare et commande une omelette et une bière. Il appelle Martha.

*

Jozsef est passé en début de matinée pour venir chercher Joseph et l'accompagner en Dordogne. Martha a longuement étreint son fils. Elle ne supporte pas d'être séparée de lui et lui a demandé de l'appeler à chaque étape du voyage, elle a fait mille recommandations à Jozsef. Elle les a accompagnés jusqu'au taxi qui les attendait dans la rue Saint-Paul, a embrassé son père, le cœur gros comme une citrouille, et a serré Joseph dans ses bras. Pour tenter de combattre son angoisse, elle s'est dit qu'elle était excessive, qu'elle devait accepter de le voir grandir et se construire dans la distance. Mais les pressentiments ne se sont pas dissous. Terrorisée par la peur de ne plus le revoir, elle est remontée dans l'appartement vide, les larmes aux yeux.

Une heure plus tard, Joseph Dreyer est arrivé. Son bonheur irradiait. Elle ne l'avait jamais vu dans un tel état d'euphorie. Dans le taxi qui les conduisait à l'aéroport, en parlant à voix basse pour que le chauffeur n'entende pas, il lui a dit :

— J'ai réfléchi, j'ai beaucoup réfléchi. Je veux te dire comment je vois la vie. J'ai tant de choses à te raconter. Je vais te convaincre. Nous en parlerons face à la mer.

Il lui serrait la main. Il semblait invulnérable. Il lui a communiqué sa chaleur, et les fumerolles qui embrumaient sont esprit se sont dissipées.

Ces deux solitaires, entourés de fils de fer barbelés et installés au sommet de tours inexpugnables, s'étaient doucement avancés l'un vers l'autre à pas mesurés, prêts à chaque instant à repartir en arrière. Ils s'étaient longuement observés. Ils s'étaient touchés du bout des doigts. Ils avaient fait l'amour sans retenue, mais chacun d'eux savait que le territoire du sexe et celui du cœur ne sont pas totalement similaires. Joseph le premier avait compris que Martha comptait pour lui. Elle, elle avait prolongé l'examen. Ses nouvelles fonctions auraient pu rompre le fil d'Ariane. Bien au contraire, la violence de l'épreuve qu'elle subissait révélait son besoin de Joseph. La semaine avait été si rude que la détermination de Martha à tout porter en silence ne résistait pas au besoin de s'appuyer sur lui. Elle savait que le partage de ses secrets avec Joseph était un pas symbolique irréversible. La greffe de leurs deux vies commençait à prendre. Pour la première fois depuis les nuits obscures avec Lovino, elle retrouvait la douceur.

Pendant le vol, Martha s'est décidée à ouvrir les vannes. Elle a expliqué à Joseph les raisons pour lesquelles elle voulait rencontrer Rose Muguet Dertavidian, et lui a appris les initiatives de Maxime et la découverte de la vidéo mais aussi lui a révélé l'existence de la mallette de Buscarons. Il a écouté sans commenter. L'air soucieux, il a posé quelques questions pour mieux comprendre, mais n'a pas manifesté ses craintes. Elle lui a dit qu'il valait mieux qu'elle rencontre Rose et son mentor sans lui. Rose serait sûrement bloquée par une présence masculine. Enfin, elle l'a informé de l'existence de la maison de Montauban et de la présence de Labrousse à Albias. Joseph est resté silencieux. Fixant le bleu étincelant du ciel à travers le hublot irisé, il a simplement dit :

— Martha, mon amour. Tout ça m'inquiète, je suis persuadé que la mort de Buscarons va faire émerger des choses nauséabondes. Si je n'arrive pas à te convaincre de laisser faire la police, permets-moi de t'aider…

Elle a répondu :

— Tu as raison.

Elle a posé la tête sur son épaule. Il a serré sa main, à s'en blanchir les phalanges. Un taxi les attendait à leur arrivée à Marignane.

Le coup de téléphone de Maxime à Martha survient au moment où la voiture roule sur l'acrobatique passerelle qui domine le port de Marseille. Labrousse raconte Montauban. En quelques mots précis, sans digression, il dit l'essentiel. Il transfère les photos des ruines sur le portable de sa patronne. Ils interrompent leur conversation au moment où le taxi s'engage dans le long tunnel qui passe sous les eaux du Vieux-Port. Martha résume la conversation téléphonique à son compagnon. Ils regardent ensemble les images des ruines. Joseph reste silencieux. Ils roulent maintenant sur la promenade de la Corniche vers la maison du port de Malmousque. La Méditerranée dédramatise tout.

Après avoir raccroché, Labrousse attend encore trois longues heures dans un café en feuilletant une pile de magazines. Les six heures de voyage seront suffisantes pour transcrire ce qu'il vient de vivre. Enfin, dans le train et confortablement installé, il sort un bloc-notes et colle sa tête sur le dossier pour réfléchir. Bien qu'il soit tôt et que la lumière du jour soit encore intense, il s'endort illico, broyé par une journée en rouge et noir.

*

Quand Joseph frappe à la porte, madame Cayol, la dame qui s'occupe de la maison, est en train de surveiller un loup en train de cuire dans le four. Elle leur fait une bise furtive, demande si le voyage s'est bien passé et retourne devant le fourneau. L'apéritif est servi sur la terrasse. Une bouteille de rosé baigne dans un seau à glace entouré de tapenade, de petits croûtons dorés et d'un bol jaune plein d'olives cassées. La cuisinière a poussé le raffinement en rajoutant dans une vieille tasse de faïence bleue de fins morceaux de poutargue orange. Marie Cayol sait que Martha adore le goût intense de ces œufs de muge séchés.

Un ample taud de bateau protège la table et la moitié de la terrasse. Le temps de déposer le sac, d'enlever la veste, Martha et Joseph se laissent choir dans les confortables fauteuils en osier garnis de coussins vert anis.

Un samedi, à midi, au mois de juillet, la crique grouille de visiteurs. Tous sont marseillais. Quelques militaires du camp de la Légion tout proche viennent chercher un peu de fraîcheur et profiter de la mer. Les touristes ne se doutent pas de l'existence de ce petit port discret, collé contre le flanc de la ville, caché dans un recoin de la Corniche. Beaucoup de barques marseillaises, les « pointus », sont parties en promenade. Seuls les bateaux des pêcheurs sont à quai. Les plaisanciers et les hommes de la mer ont des horaires opposés.

Après avoir pris le temps de déguster son verre de rosé

accompagné d'un peu de poutargue, Martha appelle Boghos Garabedian sur un téléphone fixe. Le téléphone sonne longtemps avant qu'il réponde. Sa diction molle et sa voix sourde sont celles d'un homme qui sort du sommeil.

— Vouais ?

— Monsieur Garabedian ?

— Vouais, c'est moi. À qui ai-je l'honneur ?

Martha se présente. Elle dit qu'elle veut le voir pour parler du décès de Charles Buscarons.

— Nous, on sait rien, et pourquoi vous venez juste nous embêter avec ça ?

Martha est décidée à ne pas perdre de temps. Joseph, avachi dans son immense fauteuil, l'observe avec dévotion. Les yeux de Martha sont plissés par la luminosité et la tension de la conversation.

— Monsieur Garabedian, je sais que vous étiez dans l'appartement de Charles avant sa mort. Vous avez le choix entre moi ou la police.

Long silence. Puis Boghos tergiverse :

— Nous, on est pour rien dans tout ça. On veut pas être mêlés à des histoires qui ne nous regardent pas. Laissez-nous. C'est pas gentil de nous courir après.

Méthode Martha :

— Monsieur Garabedian, on ne va pas perdre de temps. Le week-end est court. C'est simple, vous avez quinze minutes. Soit dans un quart d'heure vous m'appelez pour me donner rendez-vous, soit vous recevez une convocation de la police judiciaire mardi prochain.

Elle raccroche et se tourne vers Joseph.

— Il va rappeler dans une heure. Le temps de manger le poisson.

Finalement, ils décident de manger à l'intérieur de la maison, car en dépit de la toile, la température sur la terrasse est accablante. Le loup est délicieux. Madame Cayol a fait des sorbets au citron à tomber. Joseph propose à Martha d'aller dîner ce soir dans un restaurant où on fait un excellent risotto aux calamars. Il veut lui raconter comment il envisage leur avenir.

Ainsi que l'avait prévu Martha, au bout d'une heure et quart le téléphone sonne :

— Madame, c'est monsieur Garabedian. Je veux bien vous parler, mais il faut me promettre qu'après on n'entendra plus parler de ça.

— Je ne peux pas promettre. On verra, quand vous m'aurez raconté tout ce que vous savez, si je peux vous aider. On se retrouve où et à quelle heure ?

— Je viens seul, à cause que je veux pas inquiéter Rose qui est fragile. À six heures le soir, je vais faire une belote chez un collègue qui s'appelle monsieur Tchouloumian Gilbert. C'est à Beaumont. On peut s'y retrouver. Je vous donne l'adresse ? Si vous trouvez pas, vous demandez le Kolkhoze. Tout le monde connaît.

Martha note l'adresse. Joseph lui demande à quelle heure a lieu le rendez-vous.

— Ça nous laisse deux bonnes heures pour une sieste au paradis.

Ils se sont installés dans la chambre sous les combles avec les persiennes mi-closes. Les stries du soleil dessinent des vagues sur les fins rideaux de coton blanc qui ondulent. Les fenêtres situées de part et d'autre du lit provoquent un léger courant d'air qui traverse la pièce comme une caresse fraîche et douce. Des rumeurs de rires et de conversations leur parviennent comme une musique heureuse. Tout n'est que sensualité. Ils prennent le temps. Ils bloquent le sablier. Leurs lèvres s'entrouvrent. Leurs gestes sont lents. En silence, ils veulent graver dans leur mémoire les images, les odeurs, les battements de leurs cœurs, leurs sensations de vertige. Ils savent que rien ne peut être plus grave ni plus léger. Ils sont au centre du monde, à l'endroit introuvable de la Genèse, au croisement dans la lumière blanche de l'éternité et de la mort. Leur union est un rite qui les dépasse. Leurs peaux humides glissent l'une sur l'autre jusqu'à la pénétration et la fusion. Chacun est devenu l'autre.

Quand la trotteuse s'est remise en marche, ils n'ont pas parlé. Ils sont restés longtemps couchés côte à côte. Martha s'est endormie. Joseph l'a regardée sans détourner les yeux tout le temps de son sommeil. Puis il l'a embrassée au moment où il fallait la réveiller pour qu'elle parte à son rendez-vous.

Quand elle a quitté la maison dans son taxi, Joseph savait qu'il venait de vivre le moment le plus beau de son existence, il pouvait mourir à cette seconde, car il en avait atteint le sommet.

*

Le trajet jusqu'à la maison de Gilbert Tchouloumian est long. La circulation à Marseille est laborieuse. Aucun baron Haussmann n'est venu percer des avenues, la guerre n'a provoqué que la reconstruction du quartier qui jouxte le Vieux-Port. Les rues sont tortueuses, la plupart des voies se sont faites au cul des ânes, au fil du temps. Martha a ouvert la vitre du taxi. Malgré l'heure, un air brûlant lui fouette le visage. Elle est heureuse. Joseph lui ouvre les portes d'un avenir inespéré.

Paris et la chaîne sont loin. Ici, personne ne sait qui est Baratier ou Jacoberger, et nul ne ressent le besoin de faire leur connaissance. PAN n'est qu'un clown électronique entouré de publicités qu'ils peuvent faire disparaître en appuyant sur un bouton. Joseph vient de la ramener dans la vraie vie. Le ciel est bleu. Elle sent l'odeur de la mer, entend les cris des baigneurs. La charge mentale de ses nouvelles fonctions l'avait privée de son corps. L'obligation d'aller rencontrer Boghos Garabedian lui remet toutes ces foutaises en tête. Ce rendez-vous vient gâter des heures de miel, mais il est trop tard pour annuler.

Elle arrive au Kolkhoze. Pas de champs cultivés, aucune moissonneuse-batteuse, pas de trace d'agriculteurs soviétiques jeunes et musclés regardant vers l'horizon avec un sourire radieux et une botte de blé sous le bras, simplement une fourgonnette bleu marine avec le sigle de la mutualité garée sur le trottoir d'une rue étroite. Les symboles du socialisme ont perdu en lyrisme. Papi Garabedian guette, avec son museau de belette, derrière un portail entrouvert.

Le vieil homme s'avance, encore plus plissé que d'habitude. L'entretien à venir l'inquiète, et puis il est intimidé par la belle Martha. Il tend sa main froissée et tachée.

— Bonjour, madame, c'est moi, je suis monsieur Garabedian Boghos. Boghos, c'est pas un surnom, c'est mon prénom. C'est grec arménien, ça s'écrit b.o.g.h.o.s.

— Martha Kiss. J'étais une amie et une collaboratrice proche de Charles Buscarons.

Boghos fait signe à Martha de le suivre. Il rentre dans la courette. Sous l'étroite tonnelle, le tapis, les pions, les cartes, le pastis et les cacahuètes sont en place. Les joueurs de cartes ont prévu de manifester leur mauvaise humeur car nul n'est autorisé à perturber le rite de la belote du samedi, surtout pas une Parisienne, mais en voyant Matha, ils oublient leurs revendications et se lèvent promptement, font assaut de mots aimables et de ronds de jambe. Fier d'une telle présence chez lui, Tchou fait taire tout le monde. Il présente l'assemblée en commençant par lui. Martha les prie de l'excuser pour ce dérangement dans leurs habitudes. Ils se remettent à parler tous en même temps pour dire que ce n'est pas grave, et Tchou affirme que c'est un plaisir de l'accueillir chez lui.

Boghos invite Martha à rentrer dans le salon exigu. Madame Tchouloumian qui était dans la cuisine vient la saluer et lui propose une boisson, un thé à la menthe glacé. Puis la douce madame Tchou disparaît. Le vieil Arménien commence à louvoyer.

— Madame Kiss, je ne sais pas ce qu'on vous a raconté, mais nous on n'y est pour rien dans tout ça.

Méthode Martha :

— Monsieur Garabedian, soit vous me racontez tout. Je dis bien *tout* — elle insiste lourdement sur le mot —, et je vois comment je peux vous aider. Soit je dis à la police que j'ai la preuve que vous étiez dans l'appartement de Charles quand il est tombé, et vous devrez alors prouver que ce n'est pas votre faute.

Le petit homme vire au jaune clair :

— Madame Kiss, nous n'étions plus dans l'appartement quand il est tombé. On est venus pour prendre le cadeau, mais le train était en retard. Alors y a quelqu'un de la télé qui est passé et ça s'est mal passé et après il est reparti et nous aussi.

Martha comprend que mettre en ordre le témoignage de Garabedian va prendre du temps. Les joueurs de belote vont devoir patienter. Il faut, en effet, près de trois heures pour que Martha parvienne à extraire de la cervelle et du langage vernaculaire de Boghos une histoire en lambeaux dont elle reconstitue progressivement la trame. Mot après mot, question après question, phrase après phrase, Martha accouche le vieil homme de l'histoire incroyable du clan Buscarons-Dertavidian-Muguet.

Les joueurs de belote se sont lassés. Ils ont quitté la tonnelle en grommelant un peu. Une partie de cartes qui saute, c'est un peu de vie perdue. Tchou s'est gentiment installé sur la terrasse avec sa femme pour éplucher les haricots de la soupe au pistou.

Martha est fascinée par ce qu'elle reconstitue à partir du vrac de l'histoire que lui régurgite Boghos. Elle prend des pages de notes. Elle lui fait répéter des phrases, compléter des explications. Elle vérifie les dates. À vingt heures trente passées, épuisée, elle appelle un taxi. Elle remercie la famille Tchouloumian qui lui propose de rester dîner, mais décline. Elle réconforte Boghos car, pendant cet entretien, il a pris vingt ans de plus. Il ressemble maintenant à Otzi, la momie des glaces. En lui serrant la main, Martha lui dit :

— À demain matin, monsieur Garabedian, pour terminer votre témoignage. On se retrouve chez vous à onze heures ?

Le vieux, épuisé, acquiesce en silence.

— Dites à Rose que je vais essayer de vous aider, mais la situation est compliquée.

La momie hoche la tête, puis sursaute, regarde où se trouve Tchou et se penche en avant pour chuchoter :

— Ah oui, madame Kiss, j'ai oublié de vous dire, je suis marié avec Rose depuis longtemps, mais personne dans le quartier ne le sait. On n'a pas osé le dire.

*

Joseph est assis sur un banc du port. En haut de l'impasse, il voit Martha descendre le long escalier, passer devant la porte de la maison pour aller jusqu'à la mer. Il part à sa rencontre et la serre dans ses bras. Elle dit avec une voix lasse :

— Si tu savais ce que je viens d'apprendre…

— Tu me raconteras pendant le dîner.

Le temps que Martha fasse quelques ablutions pour éliminer les traces de la fatigue et de la chaleur, ils montent dans une voiture pour un long trajet. Au bout de la Corniche, ils traversent le quartier de Montredon. Ensuite, une route étroite et sinueuse mal éclairée longe la mer. Elle les conduit au village des Goudes. Le taxi les laisse là. Martha et Joseph doivent encore marcher dans l'obscurité à travers les rochers en se tenant la main pour ne pas glisser. Enfin, ils arrivent dans la baie des Singes, une minuscule calanque qui fait face à la massive île Maïre. Martha est ébahie par la rudesse et la beauté du lieu. Ils s'attablent au bord de l'eau devant un émincé de melon, en attendant le fameux risotto aux calamars. Ils ont choisi un vin blanc de Cassis. Après la première gorgée de vin, Joseph décide :

— Toi d'abord. Tu me racontes le cauchemar des Buscarons. Après, moi je te raconterai mes rêves. Comme ça, on ira dormir tranquilles.

Elle met un peu de temps à se décider à parler. La terrasse du restaurant domine la mer qui bat sur la roche. La tête en arrière, elle respire à pleins poumons. Le vent du large l'envahit jusqu'au fond de son ventre, et la purifie.

Le portable sonne. Le chef de chaîne l'appelle pour lui dire qu'il y a eu un incident pendant le direct : un intermittent du spectacle a entarté le ministre de la Culture pendant la remise des prix consacrés aux gloires du cinéma. Baratier, qui était assis à côté de lui, est en rage. Une poussée brutale d'adrénaline, un spasme, elle blêmit. Ce rappel à la réalité ressemble à un réveil brutal en plein rêve.

Malgré le désarroi de Martha, Joseph se met à rire. Il imagine le fringant ministre maniéré, l'homme qui promène un regard désabusé sur les simples gens, tartiné de crème blanche comme une gauffre. Il tranche :

— Martha, ne réponds pas, n'y retourne pas. Reste ici. Tu leur dis que tu les méprises. Tu fais venir Jozsef et Joseph, et ensemble on reconstruit le monde.

Elle ne peut pas entendre, elle est blessée. Elle a été transpercée par cet événement grotesque au moment où elle venait de poser l'armure. Baratier va encore profiter de cette situation pour la brutaliser et l'humilier. Elle a tourné la tête vers la mer et la nuit. Il lui dit :

— Je vais donc parler en premier.

Il garde un instant le silence et prend son inspiration comme un homme qui sait qu'il va franchir une étape irréversible. Martha est captivée par l'intensité de ces quelques mots. Les fantoches parisiens sont repartis dans la nuit qui est devant eux.

— C'est court. Martha, je t'aime. Je veux te marier. Je veux te regarder marcher, parler, pisser, danser, boire, respirer, dormir à chaque seconde. Je ne veux plus perdre un instant de ma vie. Dès que tu t'allonges, je veux pouvoir te lécher de la tête aux pieds. Je vais te convaincre de faire une sœur à Joseph. J'ai de quoi vivre heureux pour deux générations. J'ai entamé des négociations pour vendre mes parts dans le journal. Nous pouvons partir planter notre caravane où tu veux dans le monde et plus jamais nous ne parlerons de ces gens. Es-tu d'accord ?

Elle le scrute. Elle est agitée. Elle ne dit rien. Elle regarde la mer. Elle frissonne. Elle le regarde à nouveau. Après un long silence, elle répond :

— Oui.

Il attend. Martha parle lentement au rythme du ressac de la mer, les mots viennent de loin :

— C'est le plus magnifique, le plus incroyable cadeau de toute une vie. Je veux partir avec toi.

Elle reprend son souffle.

— Oui, je veux partir avec toi.

Elle laisse passer l'écho de quelques vagues.

— Oui, je vais partir avec toi mais avant, je dois faire ce que Carlos attendait de moi. Tu comprends, c'est un devoir, et là aussi j'ai besoin de toi. Il faut maintenant que je te raconte tout ce que je sais.

Les larmes aux yeux, elle dit oui puis elle commence un très long récit. Martha détaille les secrets que détenait Tania Tarpowsky dans la valise, raconte la conversation entre Maxime et Manon Clémenti, revient sur la découverte de Labrousse à Montauban et la destruction des Saules. Elle en arrive à l'entretien avec Boghos Garabedian et le témoignage abracadabrant qu'elle vient de recueillir.

— J'ai eu du mal à reconstruire les différents événements, car le vieux n'a jamais raconté cette histoire à personne, elle était stockée en vrac dans sa tête et il n'avait plus toute sa mémoire. Il ne savait pas tout et lui-même a découvert l'ampleur des secrets des Buscarons quand Carlos est venu à Marseille le vingt-sept mai. Il y a donc à peine un mois et demi. Il y a dans ce que je vais te dire des faits avérés et des hypothèses. Dans le flight case, j'ai découvert un dossier médical qui prouve que Carlos était atteint d'un cancer généralisé. C'était au début du mois de février. Il lui restait peu de temps à vivre. On peut supposer que cette épouvantable découverte l'a bouleversé et, peut-être, fait perdre le sens des réalités. Il a décidé d'agir vite pour repartir en arrière et reconstituer son noyau familial. Il culpabilisait d'avoir abandonné les siens pour sa vie à Paris. L'acquisition à marche forcée de la maison de son enfance, la ferme des Saules, est le signe le plus fort de cette volonté de reconstruire le passé. Le père de Rose et son père sont mort là-bas. Gaïané, sa mère, a été spoliée de leur exploitation agricole. Il a donc voulu restaurer un monde que la guerre et la mort avaient détruit. Il a acheté la ferme des Saules et s'est présenté à Marseille devant sa mère, sa sœur et

Boghos, avec l'acte de propriété des Saules à la main. C'était un cri d'amour, un désir fou de réfuter le temps, de remplir le vide, de nier tous les malheurs. Avant de mourir, il voulait les réinstaller chez elles.

Martha, qui a retrouvé son calme, se tait un instant pour siroter son verre de blanc. Elle sourit doucement à Joseph, lui caresse la main. Les sentiments et les idées s'entrechoquent dans sa tête. Elle reprend :

— Il paraît que Gaïané était folle de joie en voyant son fils. C'était une très vieille dame de quatre-vingt-onze ans encore alerte pour son grand âge. Elle ne l'avait plus embrassé depuis près d'un an, et chaque jour, elle craignait de mourir sans l'avoir serré une dernière fois dans ses bras. Pour le dîner du soir, Rose avait cuisiné des plats arméniens toute la journée. Il paraît que contrairement à ce que Carlos racontait, elle vénérait son frère. Quelques années auparavant, il avait fait l'erreur de se présenter devant elle avec Manon. La beauté de la jeune comédienne était une insulte. Boghos m'a dit qu'elle aurait pu la tuer, au sens propre du terme. Rose vit dans un monde où la frontière entre le bien et le mal est incertaine. Chez elle la terreur est un état latent. L'étranger est avant tout une menace. Le vieux ne dit pas ça avec ces mots, mais il donne des exemples qui prouvent que Rose est prépsychotique. L'histoire de son enfance permet de comprendre pourquoi cette fillette est devenue folle. Enfin bref, ce soir-là, Rose était heureuse de retrouver son frère. Un dimanche soir, Carlos a débarqué du train en provenance de Paris. Il était joyeux, excité, presque fébrile. Boghos m'a dit : « On aurait dit qu'il avait gagné au Loto. » Il les a tous embrassés. Il a longuement étreint sa mère et sa sœur. Rose, qui n'était pas habituée à ces manifestations de tendresse, était raide comme un piquet. Le vieux m'a dit : « Moi qui la connais bien, je savais que les bises, pas habituelles, de Charles, lui foutaient la trouille, et puis Charles prenait d'un coup toute la place. » La maison semblait trop étroite pour accueillir le volumineux fils prodigue.

Martha boit lentement une gorgée de blanc. Le serveur vient apporter les larges assiettes de risotto aux calamars. Joseph l'invite à interrompre son récit pour prendre le temps de goûter.

— Ici tout peut attendre, même si je suis impatient d'entendre la suite.

Après avoir dégusté quelques cuillerées de riz, Martha reprend son récit.

— Carlos a attendu que tout le monde soit assis autour de la table du dîner pour faire son annonce. Il a sorti l'acte d'achat des Saules. Il rayonnait de fierté, convaincu de ramener le bonheur dans cette maison. Il a expliqué qu'il avait racheté la propriété, qu'il allait faire des travaux et que dans trois mois toute la famille pourrait se réinstaller aux Saules, à Albias. Alors Rose s'est levée en faisant tomber sa chaise. La mère de Carlos est devenue livide, au bord de la syncope. Rose est sortie de la pièce en claquant la porte. Gaïané s'est levée, vacillante. Boghos dit qu'il a dû lui donner le bras pour lui permettre de s'asseoir sur le canapé. Elle regardait son fils en silence. Elle semblait ne plus pouvoir parler. Le vieux m'a dit : «J'ai cru qu'elle faisait une embouligue. » Je pense qu'il devait parler d'une embolie.

Joseph sourit et confirme.

— L'embouligue ici, c'est un malaise.

— Je m'en suis doutée. La vieille femme a mis du temps à récupérer un soupçon d'énergie vitale. Elle a bu un peu d'eau, puis elle s'est mise à parler doucement et longtemps à son fils, plus d'une heure. Rose n'est pas revenue dans le salon. Le vieux m'a dit qu'il lui semblait qu'en parlant Gaïané se vidait « comme une pile dans une lampe qui est en train de s'éteindre». Elle parlait et elle devenait de plus en plus diaphane, comme si la vie sortait d'elle avec les mots. Boghos a découvert des secrets qu'il ignorait. Le ciel est tombé sur la tête de Carlos.

Gorgée de blanc et coup d'œil vers la mer et la nuit, elle poursuit :

— Gaïané a raconté l'histoire suivante sans jamais quitter Charles des yeux. Elle lui a dit que Les Saules était un endroit maudit. Pour le protéger, elle n'avait jamais voulu qu'il sache la vérité, mais maintenant qu'il avait cette ferme, il fallait qu'il sache. Il devait s'en séparer immédiatement car les pierres, les murs, le sol de cette maison, les terres qui l'entourent sont peuplés de démons qui tuent ceux qui l'habitent. En 1939, Emmanuel son jeune mari et elle se sont installés à la ferme. Il a été mobilisé puis, après la défaite, il a rapidement réintégré son foyer. Malgré la guerre, Gaïané a cru que c'était le paradis. Emmanuel et son père Émile ont fait tourner l'exploitation. Rose est née en novembre mille neuf cent quarante-deux. Les deux hommes donnaient un coup de main à la Résistance. Ils cachaient des réfractaires au STO. On a toujours raconté à Carlos que le père de Rose avait été tué par la division SS Das Reich. La véritable histoire est plus sordide. Au moment de la débâcle allemande, c'est une dizaine de miliciens français qui ont fait irruption à bord d'une traction et d'une camionnette Citroën dans la cour de la ferme pour une expédition punitive. Émile était aux champs. Gaïané et Emmanuel ont été encerclés alors qu'ils travaillaient devant la grange. Emmanuel a été battu à coups de poing, de pied et de crosse de fusil, puis attaché avec des chaînes et jeté dans le puits. Gaïané a été rossée, traitée de youtre, et laissée pour morte sur le sol de la ferme. Rose, alors âgée de deux ans, était dans la grange avec un clandestin du STO. L'homme a compris immédiatement le danger. Il s'est dissimulé dans la paille avec la fillette. Rose a entendu les hurlements de sa mère et, après le départ des miliciens, elle l'a découverte ensanglantée et défigurée. Malgré la violence inouïe des coups, Gaïané a survécu, elle avait vingt-deux ans. Émile et le clandestin ont lutté toute la nuit et la journée pour tenter de remonter le corps d'Emmanuel noyé du puits. Carlos a raconté dans sa note pour la scénariste que le père d'Emmanuel n'avait pas survécu à son chagrin. Son fils était sa fierté, sa raison de se battre et de vivre. Émile est mort un an après, terrassé par une hémorragie cérébrale au milieu d'un champ. Il avait un peu plus de soixante ans.

Martha a parlé d'une voix monocorde, sans chercher ses mots. Cette histoire semble être écrite devant elle sur un mur invisible. Joseph est subjugué par la force du récit et la beauté hiératique de Martha. Son visage doux, aux traits délicats, la pâleur de son teint, ses yeux noirs et son épaisse chevelure brune assombrie encore par la lumière tamisée de la terrasse, la sobriété de ses gestes pendant le récit, le grondement permanent de la mer, tout est source d'émotion. Le temps de ce témoignage, comme un médium, elle a transmis les vibrations des héros de ce drame.

— C'est anachronique de raconter autant d'horreur ici, dans ce paysage sublime, en ce moment de paix inouïe à côté de toi Tu sais, la suite est aussi terrifiante.

Elle fait une pause, le temps de retrouver ses esprits et de se remplir du vent de la mer, puis reprend le cours de son récit :

— Gaïané n'a pas vu tous les visages mais elle était persuadée que parmi les miliciens, il y avait des gens du voisinage. Ces jours-là, Rose est sortie définitivement du monde de l'enfance et en partie des humains. Les images du massacre de son père et de sa mère ont envahi ses nuits. Elle a basculé dans une forme d'autisme. Bien que Gaïané ait redoublé d'amour pour elle, la petite s'est enfermée dans le mutisme. Comme l'a appris Labrousse lors de sa rencontre avec Manon, Fernando Buscarons, le père de Carlos, était un réfugié catalan. Il était passé par un camp d'internement en France après la victoire franquiste en Espagne. Il travaillait comme ouvrier agricole à la ferme des Saules aux côtés de sa patronne. Par son travail et son dévouement, il a permis à l'enfant et à la mère de survivre. Avec pudeur et distance, il entourait Rose de toute l'affection maladroite d'un jeune homme. L'enfant, en retour, l'avait adopté et donnait des signes de guérison. Gaïané est tombée enceinte et Carlos est né en mille neuf cent cinquante-quatre. Par raison, peut-être par amour, Gaïané et Fernando se sont mariés, trois mois après l'arrivée du bébé. Un soir du mois de juin mille neuf cent cinquante-cinq, Fernando a entendu les hurlements déchirants de Rose. Il s'est précipité dans le bois de la ferme et a trouvé Rose grelottante de peur, en larmes, les vêtements déchirés. Elle venait d'être victime d'une tentative de viol par le voisin de la ferme d'à côté, Louis Guillemot, un homme marié âgé de trente-six ans. Fernando ne pouvait appeler la police. Il savait qu'un couple formé par un réfugié espagnol et une Arménienne avait peu de chances d'être défendu face à des familles installées là depuis des générations. Louis Guillemot, le violeur, était aussi persuadé que la police ne viendrait pas se mêler d'un conflit avec des « métèques », qu'il n'y aurait pas de suites. Dès qu'il a compris ce qu'il venait de se passer, Fernando a saisi une bûche. Il est allé le rouer de coups comme ceux qu'avait reçus sa femme quelques années auparavant. Louis Guillemot est resté quelques heures ensanglanté sur le sol de sa cour, et il a mis du temps à pouvoir remarcher. Depuis ce jour, Fernando ne partait jamais aux champs, à pied ou sur son tracteur, sans son fusil. Malgré sa prudence, trois ans plus tard, le père de Carlos a été retrouvé mort, le crâne fracassé, sous son tracteur renversé sur le bas-côté d'un chemin forestier. Gaïané a dit à Carlos que la vérité n'avait jamais été évoquée, mais elle savait que Fernando avait été assassiné par le même homme qui avait tenté de violer sa fille et certainement dénoncé Emmanuel à la Milice. Elle ne pouvait plus rester seule dans cette ferme avec la menace qui pesait sur elles. Rose, qui était âgée de treize ans au moment de ce crime, s'était définitivement repliée sur elle-même. Le viol avait rouvert une plaie qui ne pourrait plus jamais cicatriser. La mort de Fernando a creusé le mal. La fillette était convaincue que tout étranger était un ennemi en puissance. Le sommet du cynisme a été atteint quand les Guillemot ont racheté la ferme pour une bouchée de pain. Gaïané est alors partie pour Marseille afin de tenter de se reconstruire et sauver ses deux enfants.

Martha interrompt son récit.

— Joseph, mon amour, j'ai un peu froid et je me sens très fatiguée. Je voudrais que nous rentrions à la maison. Tu sais, cette histoire est encore longue et particulièrement sombre. Je te raconterai la suite quand nous serons au chaud. J'imagine le chagrin et la souffrance de Carlos quand il a appris la vérité sur le sort de sa famille, cinquante ans plus tard.

Joseph règle la note. Appelle un taxi. Main dans la main, les deux amants retournent en équilibre instable sur les rochers rendus glissants par les embruns et l'humidité maritime des soirs d'été. La voiture les attend sur le terrain vague clair-obscur. Sur le chemin du retour, Martha, blottie contre Joseph, se tait. Il la respire. Martha est avare de mots tendres et réserve le vocabulaire du cœur à son fils. Elle vient de dire « mon amour » à Joseph. L'éternité dure parfois le temps d'un mot.

*

Maxime Labrousse est arrivé à Paris. Après un somme qui l'a revigoré, il s'est enfin mis à écrire. Il a pondu une dizaine de feuillets, des notes, des descriptions d'ambiance, de personnages, des points d'interrogation jetés en vrac, même la jeune fille rouge a trouvé sa place. Sur son ordinateur il a cherché les synonymes au mot vengeance. Il a trouvé représailles, châtiment, réparation, punition, riposte. Le sens des mots est un nuage. À la périphérie, il a trouvé gage, fléau, calamité et même damnation. Si les gendarmes ont raison, si les bidons d'essence trouvés dans son garage sont la preuve irréfutable que Christian Guillemot est bien l'incendiaire, pourquoi a-t-il voulu détruire la ferme qu'il avait vendue ? Labrousse bricole plusieurs hypothèses. La première repose sur l'humiliation due aux conditions de la vente et au départ de sa famille. Les Guillemot ont, certes, touché un pactole inattendu, mais Buscarons les a chassés. Ils ont ruminé l'affront. Le crétin de fils est un alcoolique, peut-être est-il vindicatif ? Un soir de beuverie, il est allé jouer les pyromanes. En deuxième hypothèse, Labrousse note que les Guillemot auraient aussi pu laisser dans la maison des traces d'un méfait qu'ils voulaient faire disparaître. Ils ont donc ramassé le magot et détruit les preuves. Autre piste, ils se sont rendu compte que « le marquis » était, en fait, le fils Buscarons. Ils ont réglé un compte ancien, une rivalité jamais digérée. Ils lui ont fait savoir qu'ils ne voulaient pas le voir revenir.

Labrousse est euphorique. Les personnages de l'histoire commencent à apparaître. Ils sortent du brouillard de son imagination. Écrire un livre, c'est n'être jamais seul. Ces personnages vont l'accompagner jour et nuit, dans les dîners ennuyeux, lors de ses longs voyages ou pendant ses insomnies. Il va les emmener partout avec lui, comme une troupe de cirque sous son chapiteau.

Il regarde son téléphone mobile. Elle lui a écrit : « Merci Maxime. Je vous embrasse. Martha. » Il ne l'effacera jamais. Il note la phrase sur son carnet noir ainsi que la date, l'heure. Elle est son étoile inatteignable. Il a un autre texto. Il a été rédigé par l'attachée de presse qui était à la soirée de remise des prix : « T où ? Le ministre C fait tarter. Y a le feu. » Celui-là, il l'efface.

*

Francine Cayol a préparé la chambre et le lit. Martha fait du thé. Ils s'installent dans le salon, couchés l'un contre l'autre sur l'épais tapis de laine ocre, le regard tourné vers le plafond. Martha est allée chercher le cahier sur lequel elle a consigné une multitude de notes pendant l'entretien avec le vieil infirmier. Elle poursuit le cours de son histoire :

— Boghos m'a redit plusieurs fois que la maman de Carlos semblait avoir de plus en plus de mal à parler. Il a même dit : « Elle se libérait d'un poids mais elle en mourait devant nous. » Ce vieil homme est plus fin qu'on ne peut le supposer au premier abord. Gaïané s'est donc installée à Marseille en 1956. Carlos était un bébé de deux ans et demi. Cet hiver-là est historique. La France n'avait jamais connu dans le siècle de telles températures. Boghos m'a dit : « Même les oliviers sont morts. »

Pendant cinq ans, Gaïané a reconstruit une autre vie, entourée de son père et de sa mère. En mai mille neuf cent soixante et un, Rose a disparu, elle est partie au travail et n'en est pas revenue. Malgré l'affection de sa famille, la chaleur de la communauté arménienne de Marseille, elle n'avait jamais refait surface.

Elle était restée en immersion à l'intérieur d'elle-même. Elle mangeait sans cesse, la boulimie l'a conduite à une obésité précoce. La stature de son père dont elle avait hérité et son surpoids lui donnaient une silhouette massive et inquiétante. Les enfants d'abord puis les jeunes gens la fuyaient. Elle vivait seule collée à sa mère. Elle travaillait à mi-temps, un poste ingrat de manutentionnaire dans une tannerie de la vallée de l'Huveaune. C'est le seul emploi qu'elle ait accepté.

Le soir même de sa disparition, Gaïané a compris que l'affaire était grave. Aussitôt, elle s'est rendue au commissariat. Les policiers lui ont expliqué qu'ils ne pouvaient pas lancer d'avis de recherche car sa fille était majeure et sa disparition récente. Ils ont tenté de la rassurer en lui disant que dans l'immense majorité des cas, il s'agissait d'une fugue, mais Gaïané savait que c'était impossible, sa fille n'avait aucun endroit où aller.

Rose n'a donné aucun signe de vie pendant plusieurs jours. Gaïané pleurait sans cesse. Elle disait que la mort la poursuivait. Elle était persuadée que sa fille avait été enlevée. Elle attendait le coup de téléphone qui lui annoncerait que la police avait retrouvé son corps, mais Rose est réapparue sur le porche de la maison de Beaumont une semaine, jour pour jour, après s'être volatilisée. Elle était épuisée, sale, donnait l'impression d'avoir dormi dans la rue. Elle portait un lourd manteau, inapproprié pour la saison, et une chaîne autour du cou qui lui donnait la sinistre allure d'un feldgendarme. Elle tenait à la main un sac qui contenait son portefeuille, des vêtements crasseux, du pain et un billet de train aller-retour Marseille-Montauban. À cet instant, Gaïané a su que sa fille était retournée à la ferme des Saules.

Rose est restée fermée comme une huître. Elle n'a rien dit. Elle n'a jamais révélé les raisons de cette disparition ni où elle était allée. Cette trouée dans le temps s'est refermée. Gaïané a détruit les billets de train. Dans les jours qui ont suivi le retour de sa fille, elle s'est abonnée pour trois mois au journal *Sud-Ouest*, l'édition Toulouse-Montauban. Elle a réussi à se procurer les exemplaires du journal qui correspondaient à la période où Rose avait disparu.

Dans l'exemplaire du journal publié la veille du retour de sa fille, Gaïané avait découvert un article classé dans les faits divers. Le texte lui avait glacé le sang. Sous le titre : « Une épouvantable agression à Albias », un journaliste racontait qu'un agriculteur des environs d'Albias avait été découvert, inconscient, dans un chemin forestier. Il avait été frappé à la tête puis on lui avait arrosé le visage avec de l'acide sulfurique. L'homme était à l'hôpital de Toulouse en réanimation. Il était dans le coma, car en plus des profondes brûlures provoquées par l'acide, il souffrait d'une grave fracture du crâne. La famille n'avait aucune explication à fournir pour cette agression épouvantable. Le journaliste précisait que l'homme, dont le journal ne donnait pas le nom, était un honnête homme qui vivait des travaux de la terre La famille était enracinée dans la région depuis plusieurs générations. Il n'y avait pas eu de témoin. Gaïané a su alors où Rose était allée. Elle était terrifiée à l'idée que l'on puisse identifier sa fille. Elle s'en voulait d'être allée au commissariat. Elle y est immédiatement retournée pour expliquer que Rose n'avait pas disparu, qu'il s'agissait d'un malentendu.

Les jours suivants, le journal avait donné le nom de la victime. Louis Guillemot était sorti du coma, mais il n'était pas en état de parler. Dès qu'elle recevait le journal du jour, Gaïané arrachait la bande d'expédition, le cœur battant. L'enquête suivait son cours, un homme aurait été aperçu, rôdant dans les bois à proximité de la ferme. En dépit des très graves brûlures infligées à la bouche et à la langue, la victime avait pu communiquer. Dans la seconde qui avait précédé le coup qu'il avait reçu sur la tête, Louis Guillemot disait avoir entrevu la silhouette d'un homme de très forte stature revêtu d'un grand manteau. Le journaliste précisait que le malheureux agriculteur resterait aveugle et défiguré. Gaïané comprit que sa fille avait longuement prémédité son affaire et volé un bidon d'acide sulfurique à l'usine de tannerie. Elle avait la certitude qu'elle avait accepté cet emploi pour avoir un peu d'argent et surtout pour pouvoir se procurer le vitriol. Pendant des années, la haine et le projet de vengeance avaient macéré dans la nuit, le silence et la détresse du cerveau de Rose.

Joseph est impressionné par la précision du récit de Martha, elle a parlé pendant plus d'une demi-heure sans hésitation, en suivant ses notes. Elle a improvisé un texte fluide et dense que certains de ses collaborateurs ne pourraient écrire qu'après des heures de travail. Il a déjà repéré que les diplômés de Normale sup acquéraient une agilité intellectuelle que d'autres formations tout aussi prestigieuses ne donnaient pas. Il n'ose pas l'interrompre. Martha continue :

— Boghos a été appelé à ce moment-là par Gaïané. D'origine arménienne, il était tout jeune infirmier diplômé en psychiatrie. L'arménité était un critère essentiel pour Gaïané. Elle lui a proposé de prendre la seule chambre disponible de la maison et de s'occuper à plein temps de Rose. Pendant près de cinquante ans, il a accompagné Rose partout. Ils se sont même mariés clandestinement. Gaïané, quand elle a appris leur intention de passer devant le maire, a tenté de convaincre Boghos de renoncer à ce projet, mais devant sa détermination, elle a décidé de lui faire confiance, de tout lui raconter. Sa morale ne lui permettait plus de taire le crime de sa fille, impossible de laisser le gentil infirmier épouser Rose sans qu'il soit mis dans le secret. La révélation de cette terrible vengeance n'a pas fait reculer Boghos. Depuis quelques années, Rose s'appelle secrètement Rose Garabedian. À la fin de cette longue histoire, Gaïané a perdu connaissance en gardant les yeux sur Carlos. Boghos a dit : « Elle s'est éteinte comme une minuscule étoile du ciel. »

Martha se tait. Elle se lève pour se resservir une tasse du thé qui entre-temps est devenu froid, et revient s'allonger près de Joseph sur le tapis. Il l'interroge :

— Qu'a fait Carlos ?

— Boghos m'a dit qu'il semblait avoir été transformé en statue. Il tenait la main glacée de sa mère, pétrifié de découvrir à quel point il était passé à côté de la vie de sa famille. Le connaissant, je sais que ces révélations ont dû le déchirer. Tu imagines le flot de malheurs qui l'a submergé en aussi peu de temps ? Quand sa mère s'est évanouie, ils ont appelé les services médicaux d'urgence. Gaïané a été conduite à l'hôpital. Carlos a passé la nuit dans le couloir des urgences de l'hôpital Nord. Gaïané avait fait un accident vasculaire cérébral consécutif à une poussée de tension. Je suis sûre que Carlos a pensé que c'était sa faute. Comment pouvait-il échapper à ce surcroît de culpabilité qui aggravait sa certitude d'avoir trahi les siens ? L'achat des Saules était une affreuse erreur. Il souhaitait apporter du bonheur, il a rouvert les blessures. Gaïané est morte à l'aube. Il est rentré à la maison de Beaumont pour annoncer le décès de sa mère. Rose a hurlé comme une louve, un cri terrible, sans fin. Carlos a alors demandé à Boghos si Cochise était toujours en vie. Boghos lui a donné son adresse.

Joseph sursaute.

— Cochise ?

— Boghos m'a dit que Cochise s'appelait en fait Manuel Cortes, un plâtrier à la retraite, ami de jeunesse de Carlos. Ses copains l'avait surnommé Cochise car il était basané, le nez aquilin, le cheveu raide, noir et brillant comme les plumes d'un merle. Une tête de chef indien. C'était un bagarreur. S'il n'avait pas croisé le parti communiste, il aurait rejoint la pègre. Cochise avait besoin d'appartenir à une tribu et si possible d'en être le chef.

Martha a l'air exténuée.

— On va se coucher ? Je n'ai pas pu terminer ma conversation avec Boghos car il était tard. Je ne voulais pas retarder notre dîner. Je dois le retrouver demain en fin de matinée. Il ne m'a toujours pas dit ce qu'ils faisaient dans l'appartement de Carlos dans la Tour Opale à Paris. La violence dont Rose est capable m'a fait supposer un instant que la colère aurait pu la conduire à pousser son frère dans le vide, mais je n'y crois plus. À sa manière, elle adorait son demi-frère. Carlos l'a compris trop tard. Il a passé toute une vie à mépriser sa sœur, à penser qu'elle le haïssait, alors qu'en fait son frère était son dieu. Elle lui en a voulu à mort de partir à Paris et de les abandonner. Elle ne pouvait pas supporter de le voir revenir avec une fée sur son épaule comme Manon Clémenti. Carlos avait tout faux. Boghos m'a proposé de m'accompagner chez Cochise. Il m'a dit : « Tout le monde dans le quartier continue à l'appeler Cochise, mais il fait plus chef indien parce qu'il est chauve comme un genou, il lui manque les dents de devant, il a du bide. Maintenant c'est plutôt Tortue Ninja. » Tu sais, j'aime bien ces gens, ils ont une manière de raconter les histoires qui fait que les choses les plus sinistres peuvent être drôles, ils ne se prennent pas au sérieux. Ils me ramènent sur terre.

Ils se sont endormis l'un contre l'autre, caressés par le vent frais de la renverse, ce courant d'air du soir qui vient de la mer et qui pousse les bateaux vers les ports.

Les journaux du dimanche matin font la part belle aux photos du ministre coiffé de sa tarte chantilly. Le Tour de France est parti de Belgique. *La Provence* consacre un quart de page à l'animatrice d'un jeu quotidien sur la chaîne. Elle pose au bord de la piscine de l'hôtel Palm Beach. Elle révèle que son émission est reconduite pour une nouvelle saison.

Martha se dit que la jeune femme va un peu vite en besogne. La décision sera prise dans la semaine. Ce genre d'interview qui n'intéresse personne n'est souvent destinée qu'à tenter de forcer la décision de la chaîne.

Ils ont terminé leur orgie de croissants, de brioches parfumées à la fleur d'oranger et de confiture de figues. Martha s'est préparée pour aller retrouver Boghos et Rose. Joseph et elle se donnent rendez-vous à la maison de Malmousque pour un déjeuner aux alentours de quatorze heures. L'avion pour Paris décolle en fin de journée. En l'attendant, Dreyer a décidé d'aller faire un tour en « pointu » à l'île Degaby avec René Cayol, le mari de Francine.

*

Boghos a pris le risque d'inviter Martha chez Rose pour continuer l'entretien. Il sait qu'il n'y aura plus de questions sur l'époque maudite de Montauban susceptible de bouleverser sa femme. Ils vont devoir expliquer les raisons pour lesquelles ils se trouvaient dans l'appartement et raconter ce qu'ils y ont vu. Le petit homme est conscient que leur visiteuse est la seule chance pour eux d'éviter une confrontation avec la police. Aussi quand Martha se présente à la porte, il l'accueille avec cordialité. Rose est plus rude, rencontrer Martha l'angoisse. L'anxiété la renfrogne. Elle n'a fait aucun effort vestimentaire. Son peignoir à capuche rouge et bleu et son visage grimaçant font hésiter entre Rocky Balboa et Mike Tyson avant un match.

Ils s'installent autour d'une table en fer bancale dans le jardin de derrière. Rose fait des allers-retours incessants sans jamais s'asseoir. Martha jette un coup d'œil à la croix blanche. Boghos dit : « C'est Edmond le hamster. » Martha hoche la tête d'un air entendu et entame l'entretien.

— Monsieur Garabedian, vous avez récupéré sur la table de Carlos une adresse Internet qui prouve que vous étiez chez lui le soir de sa mort. Racontez-moi ce que vous faisiez là.

— Vous savez, c'est lui qui nous a dit de venir. C'était la première fois pour Rose et pour moi qu'on y allait.

— Vous vous souvenez de la date d'invitation ?

— Oh ! ça, je m'en souviens, c'était pour les obsèques de sa pauvre mère, le quatre juin. Après l'enterrement au cimetière de Saint-Julien, y avait un casse-croûte à la maison. Charles a parlé avec le propriétaire de notre maison, c'est un ami de la famille qui habite à côté de chez nous, monsieur Berberian, un homme qui occupe un poste important à la voirie de Marseille. Charles lui a demandé s'il pourrait vendre la villa. Il a répondu qu'il n'avait pas prévu, mais que ça pouvait se discuter. Ils ont décidé de se téléphoner. Après il nous a vus, Rose et moi, et il nous a dit : « Il faut venir à Paris, je vais vous donner quelque chose. » Rose, ça la contrariait beaucoup l'idée de faire ce voyage.

Boghos profite d'un passage de la boxeuse pour lui faire confirmer sa contrariété.

— Hein, ma Pompon, que ça t'embêtait d'aller à Paris.

Rose ne réagit pas et n'interrompt pas son footing.

— Vous l'intimidez beaucoup. Je l'appelle Pompon à cause des roses pompon. Il a fallu que je lui parle des jours et des nuits pour la décider. À la fin, elle a dit « oui, mais on rentre tout de suite après à la maison ». Charles nous a appelés le quinze juin pour nous dire qu'il nous envoyait des billets de TGV pour le vingt et un. Il avait tout organisé. Le train aller-retour, le taxi qui nous attendait à la gare. On devait arriver à six heures le soir et reprendre le train de neuf heures pour être de retour à Marseille à minuit. Mais y a eu un problème et le train a eu deux heures de retard. On est arrivés chez Charles à huit heures et demie, il était très énervé, et puis c'est compliqué pour rentrer chez lui. Il faut faire un numéro sur un cadran, après il faut sonner et répondre au téléphone, après il ouvre la porte, après il faut prendre un ascenseur spécial parce qu'il y a quatre ascenseurs. Il est venu nous chercher devant l'ascenseur. À peine il nous a fait asseoir. Il attendait quelqu'un. Il m'a donné un paquet avec de l'argent. Je l'ai là.

Boghos tend une large pochette en cuir doré qui porte le sigle d'une compagnie aérienne arabe. Martha l'ouvre et découvre une épaisse liasse de billets mauves de cinq cents euros et six autres liasses encore plus volumineuses de billets de cent euros. Elle l'interroge :

— Vous avez compté ?

— Oui, il y a cent cinquante billets de cinq cents euros et six cent vingt-cinq billets de cent euros. J'ai calculé, ça fait cent trente-sept mille cinq cents euros, si on compte en francs, ça fait neuf cent deux mille francs.

— Vous les rangez où ?

— Je les cache dans un trou du jardin. Je les ai déterrés pour vous les montrer.

— Que vous a dit Carlos en vous les donnant ?

— Il nous a dit que c'étaient des sous pour nous, pour nous

mettre à l'abri. Il a dit aussi qu'il allait essayer d'en avoir plein d'autres pour qu'on puisse acheter notre maison mais que c'était un peu compliqué. Il nous a dit aussi qu'il fallait qu'on n'en parle à personne. Il l'a répété plusieurs fois. Je lui ai dit que j'étais vieux mais pas ramolli et que si Rose des fois elle était nerveuse et même un peu folle, elle était pas idiote. On savait que c'était beaucoup d'argent. Il nous a dit qu'on pouvait pas les mettre à la banque parce qu'on se ferait remarquer, qu'il fallait bien les cacher et qu'il fallait les utiliser en cachette et petit à petit. Quand on en avait besoin. Après il a téléphoné à la gare, il a réservé des places sur un train de nuit et il allait appeler un taxi pour qu'on s'en aille. Au moment où on se préparait, quelqu'un a sonné. Carlos a parlé au téléphone. Il a dit : « Qu'est-ce que tu fous là ? » puis il lui a dit de monter. Il nous a dit que ça allait être court, il nous a cachés dans la chambre. Quand le type est arrivé, au début, on n'entendait rien, puis y a eu des cris. Charles lui a dit d'aller se faire foutre et l'autre lui a dit des insultes très grossières, il a dit en criant que s'il faisait plus son émission — pardon, c'est très laid, mais c'est ce qu'il a dit — tout le monde pourrait le voir en train de se faire enculer. Je connais bien le mot, à Marseille on le dit tout le temps. Après y a eu des bruits de bagarre. Je savais pas quoi faire. Et j'ai entendu la porte claquer. Avec la pauvre Pompon qui était toute pâle, on était assis sur le lit. Puis Charles est revenu, il saignait de la lèvre et il avait un œil presque fermé. Je vous dis pas dans quel état il était. Il tremblait. Il nous a fait asseoir sur la banquette. Il est parti à la salle de bains. J'ai entendu qu'il vomissait. C'est là que j'ai vu la feuille sur la table basse avec son nom écrit : Buscarons suivi d'une espèce de « a » et freecom, et y avait aussi écrit mot de passe : danslecul. C'était pas difficile à se rappeler, mais quand même après, pour pas oublier, j'ai noté sur un papier. C'est ça que j'ai donné à Tchou en arrivant à Marseille. Après, Charles a rappelé un taxi. Il a serré fort Rose contre lui. La pauvre Pompon, elle était dure et droite comme un arbre. Elle a plus pu parler jusqu'au lendemain. Ça m'a rappelé la mauvaise époque. Ensuite on a pris le train. Et voilà, on sait rien d'autre. Je vous ai tout, tout dit. On sait vraiment rien d'autre.

Boghos est soulagé d'être passé aux aveux, mais il donne des signes d'épuisement.

— Je ne sais pas si vous pourrez éviter de le raconter à la police. Je vais prendre conseil. Si c'est le cas, je vous aiderai.

— La police nous a appelés pour nous dire que l'appartement de Charles était libre, qu'ils avaient enlevé les scellés et que si on voulait on pouvait aller récupérer ses affaires. On sait pas comment faire.

— Là aussi, je vais vous donner un coup de main.

— Madame, vous croyez qu'on va devoir rendre les sous ?

— Peut-être... ou peut-être pas... ou peut-être pas tout, mais en attendant ne parlez plus jamais de cette histoire à personne.

Martha jette un coup d'œil à sa montre.

— On va voir le Tortue Ninja ?

— Vous voulez dire Cochise ?

Martha fait un amical signe d'adieu à Rose-Pompon qui tourne aussitôt la tête pour regarder le mur à quinze centimètres d'elle.

Manuel Cortes, dit Cochise, est surtout une tête de mule. Quand Boghos lui a expliqué de long en large que Martha était la meilleure amie de Charles, il a simplement répondu :

— J'en ai rien à foutre.

Quand Martha et Boghos sont arrivés chez lui, il était parti rejoindre « des collègues qui étaient aux boules », à Saint-Barnabé, selon sa femme. Martha a pris son baptême du bus, à peine trois stations. Le car s'est arrêté en face du boulodrome. Un dimanche à l'heure de l'apéro, il y a foule, uniquement des hommes. Les boules comme la belote doivent nécessiter une énergie mentale et un pouvoir de concentration qui semblent inaccessibles aux femmes. Qu'elles aient accès aujourd'hui à des fonctions comme pilote de chasse, président de la République, chirurgien et autres métiers à responsabilité, les terrains de boules et les tables de belote restent les lieux ultimes de l'expression inaltérée de la virilité masculine. Ce mouvement délicat de remontée des testicules avec la main gauche avant de pointer est irremplaçable. Il faut donc avoir le matériel anatomique adéquat. Parmi les joueurs, Cochise faisait figure de meneur. Peut-être eût-il été plus cordial ou simplement plus abordable s'il n'avait pas été au centre de la tribu de remonteurs de glandes ? Là, en présence de son peuple, il semblait inaccessible. Il lui était inimaginable de répondre aux questions d'une femme et, circonstance aggravante, d'une Parisienne, en plein milieu du rite. Il a répété :

— J'en ai rien à foutre.

Et il a fait un carreau pour démontrer qu'il n'en avait vraiment rien à foutre, puis, à pas lents, le menton levé, il a rejoint les deux membres de son équipe pour laisser la place à un pointeur adverse. Martha s'est avancée à côté de lui.

— Monsieur Cortes, Charles Buscarons a été assassiné et vous êtes une des rares personnes à pouvoir expliquer ce qu'il a fait les jours qui ont précédé sa mort. J'ai besoin de vous. Sa famille a besoin de vous.

— Je t'ai déjà dit. J'en ai rien à foutre et j'aime pas me répéter.

— Alors, monsieur Cortes, vous allez expliquer à la police pourquoi vous avez une magnifique Rolex au poignet.

Le Tortue Ninja plisse les yeux, se tourne vers Martha et, d'une voix sourde et menaçante, lui susurre :

— Écoute, ma grande, j'ai le droit d'avoir économisé toute une vie pour pouvoir me payer une montre.

Martha garde un instant le silence et donne l'impression d'être à la recherche d'une repartie qui ne vient pas. Cochise en profite pour enfoncer le clou.

— Tu es venue avec un ami, alors je vais bien te traiter. Je te dis au revoir et tu disparais de ma vie, d'accord ?

Martha le fixe droit dans les yeux et prend sa voix la plus douce pour répondre :

— Alors, monsieur Cortes, soit vous arrêtez votre partie de boules, et on va s'asseoir au bar en face pour parler, soit je dis au flic que vous portez au poignet une Rolex Explorer II Steve

McQueen 1970 qui vaut une fortune. En retournant le bracelet, ils pourront lire les initiales CB gravées au revers du boîtier. Ce sont celles d'un homme assassiné. J'étais avec Carlos à New York quand il a acheté cette montre de collection aux enchères. Autrement il ne vous reste qu'à essayer de la revendre vite, mais faites attention, elles sont rares et numérotées.

Cochise reste la bouche ouverte. Martha Kiss suggère :

— Alors, on va boire une eau minérale ?

Cochise enterre la hache de guerre. Il se tourne vers son voisin, lui tend sa dernière boule et lui dit :

— Tiens, minot, remplace-moi. Moi, faut que j'aille égoutter le poireau.

Martha apprécie la poésie locale et part avec le chef indien suivi de Boghos éperdu d'admiration. À peine assise, Martha attaque.

— Monsieur Cortes, on va aller droit au but. Je sais que Charles a eu recours à vos services et qu'il vous a indemnisé en vous offrant cette montre. Je veux savoir de quoi il s'agissait. Vous me dites tout en dix minutes et après je disparais de votre vie. Vous avez ma parole.

— Votre parole, j'en ai rien à foutre.

Mais après cette dernière rodomontade, Tortue Ninja se couche.

— Après la mort de sa pauvre mère, il m'a appelé, car il voulait que je foute le feu à une maison. Au début, j'ai refusé. Ça va chercher cher quand tu tombes comme pyromane et qu'y a des morts, mais quand il m'a dit que c'était sa piaule et qu'elle était vide, j'ai d'abord cru qu'il était chtarbé, puis j'ai compris que ce devait être un coup d'assurance, mais pour que ça marche et qu'il soit remboursé, il fallait que ce soit un accident ou qu'un bargeot ait mis le feu à la baraque et qu'on sache qui c'est. Busca m'a dit qu'on pouvait supposer que le voisin qui était un empaffé qui picolait et qui le haïssait pouvait avoir tout fait cramer. Alors on s'est installés en planque tous les deux dans la ferme vide pendant trois jours pour mater le voisin. On a vu ses habitudes, quand il rentrait, quand il sortait, quand il était murgé. On a repéré les bidons d'essence dans le hangar. Après, Busca est parti prendre un avion pour l'Italie se refaire une santé. Il voulait avoir un alibi. Le lendemain soir je suis allé prendre les jerrycans avec des gants pour pas laisser mes empreintes et j'ai versé l'essence. J'ai ramené les jerrycans vides dans son hangar, sauf un, que j'ai laissé dans le bois, comme s'il l'avait oublié. Je suis revenu, j'ai foutu le feu et un quart d'heure après j'étais loin. J'ai lu dans le journal que le mec s'était fait piquer par les flics, parce que sur le jerrycan y avait que ses empreintes à lui, mais j'ai su aussi que Busca était mort. Tout ça ne me regarde plus. Je l'ai fait par amitié.

— Et pour une belle montre.

Tortue Ninja ne relève pas. Il se lève et traverse la rue, les épaules basses et la bedaine en avant.

Martha a hélé un taxi en maraude. Elle a laissé Boghos devant chez lui. Elle a rejoint Joseph qu'elle a retrouvé brûlé par le soleil, beau comme un dieu qu'on aurait un peu oublié au four. Madame Cayol avait préparé une salade niçoise et fait frire des scampis. Melon et pastèque pour le dessert, le tout arrosé de bodin, un vin blanc de Cassis. Une merveille.

Martha n'a pas envie de ressasser les malheurs de Buscarons. Elle veut profiter de ces quelques heures de paix avec l'homme qu'elle aime. Gaspiller du temps à ne pas être heureux, alors que tous les éléments du bonheur sont là, est un sacrilège. Quand la maladie, la misère, la mort, la solitude, le manque sont en veille, il faut se déployer comme un tournesol pour capter le soleil.

Elle dit simplement à Joseph :

— J'ai compris beaucoup de choses. Je ne sais toujours pas pourquoi et comment il est mort, mais je sais qui il était. Si tu veux, on en parlera dans l'avion ou dans la grisaille de Paris, mais pas ici.

Il lève son verre, ils trinquent. Le reste de la journée s'écoule dans la torpeur de l'après-midi d'été. Ils se sont allongés sur les matelas au soleil après s'être enduits de crème. Martha donne l'impression de dormir, couchée sur le dos les yeux clos. Joseph a pris un livre alibi qu'il pourrait tenir à l'envers. Seul le corps de Martha l'attire, il observe chaque détail, les creux et les bosses, l'imperceptible gonflement du maillot au niveau du pubis. Toute son imagination va vers l'infime zone de son corps dissimulée par le tissu. L'eau à la bouche, il résiste à la montée du désir puis tend timidement la main vers le haut de la cuisse de Martha. Elle ouvre un œil, elle attendait le geste. Il lui fait un signe imperceptible de tête pour désigner l'intérieur de la maison dont l'ombre et la fraîcheur bienveillantes les attendent. Ils rentrent en se tenant la main et tirent le rideau.

Ils ont raté leur vol et ont embarqué sur le suivant. Dans l'avion, Martha parle à Joseph de la clé USB qui contient certainement de nouvelles informations sur la mort de Carlos. Ils conviennent d'en regarder le contenu le lendemain soir. Le taxi parisien les laisse devant la lourde porte verte. En l'absence de Jozsef le premier du nom, de Joseph l'héritier, Joseph le prétendant peut élire discrètement domicile rue Saint-Paul. L'annonce officielle de leur amour est imminente.

*

Après une bonne nuit réparatrice, Labrousse est arrivé tôt au bureau. Neuf heures. Pour la plupart des entreprises, un tel horaire tiendrait presque de la grasse matinée, mais pour la télé c'est un signe de conscience professionnelle aiguë. Il est surpris de voir clignoter la diode des messages de son téléphone fixe. C'est Martha qui lui demande de la rejoindre dans son bureau. Le message a été enregistré à huit heures dix. Il se précipite.

Elle lui tend la main. Sa chef semble imprégnée d'une douceur qu'il n'avait jamais perçue. Ce n'est pas la guerrière qu'il a quittée vendredi. Elle porte un tee-shirt léger et un jean peu en accord avec ses nouvelles fonctions. La sérénité de ses traits et ses vêtements qui soulignent la fluidité de sa silhouette lui donnent un air particulièrement juvénile. Elle conjugue la sensualité d'une femme et la fragilité de l'adolescente. Labrousse se sent fondre d'amour pour elle. Cette métamorphose l'émeut et l'agace. Il imagine, pendant ce week-end, une rencontre amoureuse qui aurait abouti. Ils s'assoient face à face autour de la table de réunion. Soucieux de se rapprocher d'elle, il l'interroge :

— Joseph va bien ?

Martha sursaute.

— Pourquoi vous me demandez ça ?

— Parce que ce sont les vacances et qu'il doit être heureux de partager les week-ends de sa maman.

Rassurée de comprendre qu'il parle de Joseph « l'héritier », elle élude la réponse.

— Oui, nous avons passé un très agréable week-end ensemble à Marseille et j'ai rencontré Boghos Garabedian et Rose Muguet. C'est de ça dont je veux vous parler. J'ai récolté de nombreuses informations importantes.

— Avant qu'on rentre dans le détail de l'affaire, je peux vous dire que je vous trouve très belle en jean et tee-shirt ?

— Non.

— Bon. Alors racontez-moi Marseille. Après je vous raconte à nouveau Montauban.

— Non, racontez-moi Montauban avec tous les détails que vous avez dû omettre au téléphone, mais, s'il vous plaît, rapidement, je dois diriger une réunion de programmation dans une heure.

— Vous êtes contrariante.

Maxime sort ses notes et raconte Rina Ketty, l'incendie, l'inculpation de Christian Guillemot, le vieillard monstrueux, le coup de fusil. Le menton posé sur ses mains elle le fixe et l'écoute. Tous les éléments concordent. Quand Maxime a terminé, elle fait à son tour le compte rendu des entretiens à Marseille avec Boghos et Cochise. Labrousse lui a demandé l'autorisation de prendre des notes pour son livre. Elle rappelle la règle de lecture et de coupe. Il acquiesce et noircit frénétiquement des pages au fil du propos de Martha. Quand elle a terminé, Maxime demande :

— C'est une histoire dramatique, mais elle n'explique pas les raisons de la mort de Carlos. On ne voit pas le bout du nez de l'assassin…

— Elle semble aussi nettement innocenter PAN. Ce n'est qu'une petite vermine qui a voulu faire chanter Carlos pour l'obliger à renouveler ses contrats. C'est lui qui a frappé Carlos. Quand Boghos et Rose sont partis, Carlos était dans un état psychologique et physique qui pouvait aussi justifier un suicide.

— Oui, mais il a dit à sa sœur et à son beau-frère qu'il allait essayer de leur trouver de l'argent. S'il avait décidé de se suicider après leur départ, il n'aurait jamais fait cette promesse.

— Je pense comme vous. Il s'est passé encore quelque chose après leur départ, mais n'oubliez pas que les caméras de l'immeuble placées dans le hall n'ont pas révélé de mouvement après vingt-trois heures trente. Il a peut-être été informé par téléphone d'un événement qui a tout fait basculer ?

Martha abrège la conversation. Elle doit aller affronter son conseil de programmes. Avant qu'ils ne se séparent, elle demande à Labrousse de vérifier l'histoire du voyage en Italie, organisé par Carlos, juste avant l'incendie d'Albias. Il lui répond que ce sera simple, car c'est Véro, son assistante, qui a préparé ce déplacement. Alors qu'il est en train de refermer la porte sur lui, elle le rappelle brusquement :

— Maxime !

Il passe la tête dans l'embrasure.

— Oui ?

— Merci pour votre aide. Je vous aime bien.

Et il devient rose bonbon.

*

En une année de vie passée dans l'ombre de Martha, Joseph Dreyer n'a pas appris grand-chose sur son univers professionnel, sur les gens qu'elle côtoyait et sur l'organisation de la télévision en général. Tous deux ont systématiquement évité le sujet boulot. Il a exploré sa personnalité, son histoire, son corps mais pas son quotidien. Il a aussi l'impression qu'ils ont plus passé de temps à se caresser et à faire l'amour qu'à parler.

Pour en savoir plus, il a invité Lebel à prendre un café. Il bavarde, en apparence à bâtons rompus, mais Dreyer a un objectif. Il interroge son collaborateur sur l'environnement de Carlos et donc insidieusement sur celui de Martha.

Dreyer sait que Lebel adore les histoires glauques. Arnaud Lebel se revendique fouille-merde. Il adore fourrager dans les poubelles à ragots. Là où les autres se pinceraient le nez et fouilleraient avec un bâton, il passe la tête entière et il y va à mains nues. Il dit que c'est là que se trouve la vraie vie, celle qui fait les bons articles et les bons livres. Lebel ne se fait pas prier pour raconter et dépeindre les principaux acteurs. Il y met une cruauté enthousiaste. Comme pour la gravure sur cuivre, le journaliste travaille à l'acide nitrique. Dreyer sait qu'il adore forcer le trait et qu'il faut faire le tri.

La chaîne d'abord. Lebel pense que c'est cuit. C'est un monde sur le déclin. « Dans dix ans, le système des chaînes de télé aura explosé, Internet va tout effondrer », puis, à tout seigneur tout honneur, Baratier prend un costume trois-pièces. Aux dires de Lebel : « C'est un mec qui s'est hissé à ce poste grâce à son appartenance à des réseaux : l'ENA d'abord, puis à son nom, à sa famille. On dit qu'il est franc-mac, mais j'ai des doutes. Il appartient au Jubilé, c'est une sorte de cercle d'arrivistes où on te demande autant de certificats, de garanties et de parrains que pour louer un quarante-cinq mètres carrés dans le VIIe à Paris. C'est dire ! Les actionnaires cherchaient un homme consensuel, respectueux de la hiérarchie. Au moment où le poste s'est libéré, il travaillait dans l'agroalimentaire, politiquement lisse comme un suppositoire à la glycérine. Il était disponible. Ce genre de mecs est dangereux. Les difficultés actuelles de la chaîne lui seront collées sur le dos. Il n'y est pas pour grand-chose, mais il est là au mauvais moment. Il disparaîtra du paysage. Il deviendra numéro deux dans un pli du ventre. C'est une espèce increvable. »

Albin Jacoberger appartient à une autre variété de « chiendent ». C'est un financier. Lebel a lu une citation dans le journal *Le Monde* qui lui a plu. « Le Keum disait que les gens qui font ce job montent en grade rapidement quand ils sont psychopathes et asociaux. » C'est le portrait de Jacoberger. Il se tape une gonzesse, une peintre du dimanche, qui est la femme du responsable de la fiction. On dit beaucoup que pour être ami avec Jacoberger, il faut acheter les croûtes de sa morue. Y a des producteurs qui en ont plein les placards. »

Puis Lebel parle de Martha Kiss. Il va à l'essentiel : « C'est le plus beau cul de la chaîne… Buscarons aurait bien aimé y mettre la main, mais paraît qu'elle s'en sert pas beaucoup. Elle a eu des galères avec un musicos quand elle était gamine. Depuis c'est boule de gomme. Y en a qui disent que, depuis cette époque, elle est gouine plus ou moins refoulée. Moi, si elle me demande, j'accepte de conduire la rééducation. C'est aussi une tronche avec des diplômes longs comme mon bras. C'est un cador pour les programmes, mais je crois qu'elle n'est pas à sa place là où elle est. Elle est en porcelaine, Carlos la protégeait de l'armée des gothiques. C'est un job de mercenaire vicelard. Elle va exploser. »

Joseph Dreyer est impassible. Il a plus d'informations que Lebel sur les mœurs de Martha et n'utiliserait pas les mêmes mots pour parler d'elle, mais il a un sourire dans les yeux.

Lebel tire un peu dans tous les sens. Il y a des balles perdues pour des gens dont Dreyer ignore l'existence. Il y va aussi de sa tirade sur la maîtresse du ministre, Olga Vésine, « une salope qu'y a que le train qu'est pas passé dessus et qui est à ce poste de direction de la communication de la chaîne parce qu'elle baise utile ».

— L'histoire du train, c'est une métaphore d'un autre temps, Lebel. Une facilité machiste. Non ?

— Oui, mais je dis comme ça sort, OK ?

— Soit.

Lebel assaisonne encore deux ou trois cadres dont le DRH qui serait « de la valetaille incompétente et sans états d'âme ».

— Personne ne trouve grâce à vos yeux ?

Il s'énerve :

— Faut savoir, chef, si vous voulez que je vous raconte ce qui se dit ou si je passe un examen de vertu ? Ce n'est pas moi qui suis hargneux, dans ce milieu personne ne trouve grâce aux yeux de personne. Le ragot c'est un sport national. Les journalistes amateurs de putasseries se goinfrent. Je vous assure, en plus, je trie, j'élimine le pire.

Dreyer l'interroge sur l'environnement de la chaîne.

— Pour l'essentiel, ce sont les producteurs. Il y a les aristos du cinéma, la plupart produisent des films qui sont vus que par leur famille et les voisins de palier, mais le mystère c'est qu'ils arrivent quand même à bien gagner leur vie. Y a les ayatollahs du documentaire, c'est prise de tête et compagnie. Ils méprisent tout ce qui n'est pas eux. Y a le club fermé de ceux qui font des dessins animés, y sont pas nombreux mais super actifs, et se font leur pelote. Y a ceux qui font de la fiction, là y a le parrain Sosthène Grisostomi. Faut baiser l'anneau quand on le croise. C'est un endroit qui brasse de la thune. Enfin, y a les animateurs-producteurs, ceux qui se vendent en même temps que leurs émissions. Ce sont les plus riches et les plus malins, ils touchent deux fois, comme si, quand on achète des pâtes, on vous vendait les nouilles d'un côté et le carton de l'autre. Puis y a les producteurs de magazines, de jeux, de variétés qui n'ont pas d'animateurs attitrés et qui se prostituent de saison en saison… Je crois que j'oublie personne.

— Et les journalistes ?

— Ce sont les rédactions. Elles appartiennent à la chaîne. Ils ne se mélangent pas. C'est torchons et serviettes.

Dreyer se souvient de ce que Martha lui a raconté à propos du dossier sur la série des Habsbourg. Elle a cité le nom de Grisostomi. Elle a aussi parlé de la société Guacamole Productions.

— Qui c'est le parrain dont vous avez parlé ?

— Grisostomi ? C'est le plus gros producteur de fiction. Vous prenez toutes les saloperies qu'on raconte sur tous les autres et vous avez le portrait de Grisostomi. C'est une carne, une vieille tarlouze qui se promène avec son giton serbe qui est dangereux comme un piège à loup. Il est bourré de thunes. Il tient tout le monde par le pif, par la queue, par le portefeuille. Chaque année y a un frémissement d'espoir, on dit qu'il a un cancer, un infarctus, un sida en phase terminale, un lupus érythémateux galopant, et chaque année, tout le monde est déçu.

— Dites-moi, l'audiovisuel, c'est entre l'île merveilleuse de Pinocchio et le Manège Enchanté !

— J'exagère un peu parce que j'aime raconter des histoires, mais y a beaucoup de vrai.

— Votre avis intime sur la mort de Buscarons ?

Lebel prend le temps de réfléchir. Regarde fixement les chaussures de Dreyer avant de lâcher :

— Si y avait pas les traces de coups sur la gueule, je penserais que c'est un accident, mais un accident ça ne veut pas dire qu'il est tombé parce qu'il se penchait trop pour mater les meules de la voisine. Non, un accident à cause d'une engueulade qui tourne mal, lui murgé comme un âne qui tient à peine sur ses pieds et qui tombe parce qu'on le rudoie. Homicide involontaire quoi.

— Pourquoi vous pensez ça ?

— Parce que, dans ce métier, à part avec la langue, on tue personne.

— Alors pourquoi vous dites que le petit ami serbe de Grisostomi est dangereux ?

— Parce que c'est pas de la tapette à cancans. Il vient d'un autre monde, il est sorti des charniers. C'est un ancien soldat tchetnik, un tueur professionnel. Le vieux c'est ça qui l'excite, d'avoir un mec qui a l'odeur du sang, mais un jour il va se faire bouffer les burnes par son pitbull.

— Lebel, vous avez pensé à écrire des romans pour la collection Harlequin ?

*

Martha est rentrée dans la salle de réunion alors que certains participants ne sont pas encore tous arrivés. Dans un angle de l'immense table, Olga Vésine, la tête baissée vers son porte-documents, semble chercher avec obstination une feuille ou un objet introuvable. La jeune femme ne veut surtout pas croiser le regard de sa rivale pour ne pas avoir à lui dire bonjour. Martha contourne la table et s'assoit auprès d'elle. Olga surprise se crispe, sur la défensive :

— Qu'est-ce que tu veux ?

Martha répond, en parlant très doucement :

— Je veux que nous déjeunions ensemble pour prendre le temps de parler, de mieux nous connaître.

Vésine est déstabilisée, mais ne désarme pas.

— Ça va servir à quoi ?

— À rien. Simplement ça me ferait plaisir.

Son interlocutrice ne baisse pas la garde :

— Tu as besoin de quoi ?

— De rien. Je crois qu'on mérite mieux toi et moi que ce qui s'est passé la dernière fois.

— C'est toi qui m'as agressée.

— Peut-être mais, si tu veux, on peut parler de ça et d'autre chose en déjeunant toutes les deux. Tu aimes la cuisine japonaise ?

— J'adore.

— Alors j'organise tout. Mon assistante va appeler la tienne.

Puis Martha se lève et regagne sa place. Olga Vésine la regarde, perplexe. Martha esquisse un sourire qu'Olga lui renvoie un peu timidement avant de se remettre à fouiller furieusement dans son porte-documents pour se donner une contenance.

Quelques minutes plus tard, la salle est pleine. Les derniers arrivés bredouillent de vagues excuses. Le responsable des jeux variétés ne semble pas tout à fait remis de sa crise de lumbago. Il siège, incliné à trente degrés sur la gauche, quasiment appuyé sur le responsable des programmes culturels qui s'est aussi légèrement courbé pour laisser de la place au convalescent. Ainsi, toute une partie de la table penche un peu à gauche.

La réunion commence suivant l'ordre du jour traditionnel. Martha est paisible. Les participants ressentent un changement dont ils ne voient pas les manifestations tangibles, à part le tee-shirt et le jean. L'atmosphère est différente. Tous les membres du comité de programme sont gagnés par la quiétude de Martha. Leur tension s'est estompée. Par sa distance, Martha a pris le pouvoir. Personne ne peut contester l'autorité de quelqu'un qui ne la manifeste pas. La nouvelle directrice générale adjointe n'est pas dans ces calculs. Ses centres d'intérêt se sont déplacés.

Ce ne sont pas les résultats de la chaîne qui poussent à la sérénité. Bien au contraire. Le feuilleton de l'été ne trouve pas sa place. Les douze épisodes de la saga qui se passe dans le Bordelais ne séduisent pas le public. L'audience du troisième épisode a chuté. Martha demande qui en est le producteur. Gérard Ménestrel, l'air gêné, cite le nom de Grisostomi. Martha ne cille pas.

Un nouveau talk-show musical a démarré en juin pour être testé pendant l'été dans la perspective d'un éventuel maintien dans la grille de rentrée. Les résultats ne sont pas encourageants. Le service des études a procédé à des analyses qualitatives et quantitatives qui expliquent que ça ne marche pas bien mais que ça pourrait marcher beaucoup mieux. Clystères ou saignées ? Les Diafoirus du programme hésitent.

Martha écoute son collaborateur débiter sa démonstration d'une oreille distraite. Elle a regardé avec attention l'émission dont il parle. Elle s'est même rendue sur le tournage. Il n'est pas utile de sortir les calculettes pour se rendre compte que l'animatrice est mauvaise. Elle a un côté pimbêche, peu sympathique, sans humour ni empathie avec ses invités, et sa voix est agaçante. Les artistes ne sont pas mis en valeur, l'émission n'a aucun intérêt. Martha se demande par quel chemin tortueux cette présentatrice est passée pour arriver à cette place. Ce n'est pas en changeant la couleur du décor ou l'heure de programmation que l'on va éviter un naufrage.

La démonstration terminée, Martha remercie le jeune homme et passe à l'autre chapitre de l'ordre du jour. Tout le monde semble être gagné par la tranquille assurance de Martha la douce. Personne ne peut savoir qu'elle s'en fout, qu'elle a lâché prise. Avant la fin de la réunion, elle reçoit sur son smartphone l'e-mail de Maxime Labrousse :

« J'ai vu avec Véro l'affaire de la thalasso en Italie. Elle avait réservé pour une semaine à San Casciano dei Bagni, une ancienne station thermale à soixante-dix kilomètres de Sienne, en Toscane, dans la vallée d'Orcia. Elle était persuadée que Carlos y avait séjourné comme prévu. Nous avons appelé. Avec quelques mensonges, nous avons appris que Carlos est arrivé tardivement, qu'il n'a pas suivi la cure, mais qu'il a loué une voiture et a passé son temps à circuler dans la région. Il en est parti comme convenu le samedi seize juin en fin de matinée. »

En bref, il confirme ce qu'elle savait déjà, la thalasso n'était qu'un alibi et Carlos a mis à profit son séjour pour se promener dans la région.

Au moment où tout le monde quitte la salle, elle interpelle Gérard Monestrel :

— Gérard, vous pourrez, s'il vous plaît, me déposer le dossier complet de production des *Habsbourg* sur mon bureau pour que je l'aie à quinze heures ?

Martha a lâché prise, mais pas sur tout.

Au terme de leur conversation, Joseph Dreyer a demandé à Lebel d'enquêter sur la société Guacamole et son président, Sosthène Grisostomi. Le portrait bouffon qu'en a tracé son collaborateur et l'implication du producteur dans une éventuelle malversation sur la série des *Habsbourg* méritent d'aller voir de plus près.

Dreyer a une immense estime pour Lebel. Son numéro façon Bérurier est une manœuvre provocatrice contre les pédants. Un soir de cuite, il a cité Courteline : « Être pris pour un idiot aux yeux d'un imbécile est une volupté de fin gourmet. » Derrière sa tendance pétomane se cache un fin lettré. C'est un arnaqueur intellectuel, un aristocrate des idées qui prend du plaisir dans la bouffonnerie. C'est un des experts de Blondin. Il a lu et relu tout Léautaud. Il défend farouchement l'œuvre de Céline, « bien que ce soit une hyène antifeuj ». Il se régale de Queneau. Il a lui-même une plume remarquable, alerte et colorée, et manie la langue avec délectation. Il signe la rubrique média de son nom d'Arnaud Lebel, mais, sous un pseudo peu identifié, il rédige fréquemment des éditos ciselés et cinglants qui contribuent à la saveur du journal.

Lebel propose d'envoyer un stagiaire au tribunal de commerce pour analyser l'histoire et les bilans de la société Guacamole. Pour sa part, il connaît bien un avocat qui a longtemps géré les affaires de Grisostomi. Il sait qu'il y a quelques mois les relations entre l'avocat et le producteur se sont terminées sur une empoignade. Il va essayer de lui rendre visite dans la journée.

*

Pendant la réunion, Manon Clémenti a appelé Martha pour prendre rendez-vous. En sortant du comité de programmes, cette dernière annule sa participation au repas hebdomadaire du président et lui propose de venir déjeuner avec elle.

Baratier a établi un rite. Il déjeune tous les lundis à treize heures dans sa salle à manger privée avec ses principaux collaborateurs. Une tablée de neuf personnes qui régissent l'avenir du groupe. Nul n'est exempté. Il faut une raison majeure pour ne pas s'y rendre. Personne ne pourrait comprendre qu'on n'honore pas cette invitation. Tous les cadres rêvent d'être un des chevaliers de cette table ronde que préside le roi Baratier.

Le menton de Véro descend de quelques centimètres quand Martha, d'un ton désinvolte, lui annonce qu'elle ne pourra pas être présente au déjeuner de ce lundi, car elle veut voir Manon Clémenti. Même le fantasque Carlos ne se permettait pas de piétiner la tradition sans motif impérieux. Elle ne peut s'empêcher de vérifier.

— Vous êtes sûre ?
— Oui.
— Il va nous faire une grosse colère.
— Je sais.
— Bon. On y va.

En jubilant, elle appelle le secrétariat de Baratier. La cote de Martha vient de bondir à la hausse dans le cœur de Véro. Elle a une passion pour les révoltés.

Martha appelle son fils pour savoir comment il va, comment s'est passée sa nuit, si la maison lui plaît, si tout le monde est gentil, ce qu'il va faire aujourd'hui... Elle lui dit qu'elle l'aime. En bref, elle cultive son Œdipe.

*

Lebel a obtenu un déjeuner immédiat avec son ami, l'avocat François Astolfi, mais il sait qu'avant d'aborder la question de Grisostomi il va devoir d'abord longuement débattre de la statuaire africaine, des masques dogons et de l'art du Grand Nord.

François Astolfi n'aime pas parler de son métier. Il est corse et avocat, un des meilleurs spécialistes du droit d'auteur, et a passé sa vie à plaider des dossiers parfois difficiles, mais sa seule vraie passion, son seul sujet de conversation authentique, c'est l'art africain et en particulier l'œuvre foisonnante de ce peuple du Mali, les Dogons. Dès qu'il gagne ou perd une affaire il consacre, illico, l'essentiel de ses honoraires à l'achat d'une statuette ou d'un masque.

Depuis quarante-cinq ans, il entasse ses trophées dans son appartement de la rue Saint-Jacques. Toutes les pièces contribuent à accueillir son exposition privée, le salon bien sûr, le couloir, la salle à manger mais également la cuisine et même les toilettes, où, suivant qu'on est debout, tourné vers la cuvette, ou, assis, les yeux rivés à la sortie, on peut profiter d'une porte de grenier sculptée ou d'un incroyable masque aux lignes dépouillées et géométriques. Quoi que vous fassiez, vous êtes observés par les yeux vides de masques souvent angoissants. Tous les moments de sa vie quotidienne, même les plus intimes, sont consacrés à la culture africaine. C'est sa seule passion, elle occupe toute sa capacité affective. Il est ainsi devenu, au fil du temps et des acquisitions, un des plus grands experts français de cet art. Il n'a cependant pas une âme d'explorateur et n'est allé qu'une seule fois en Afrique.

Pour faire plaisir à sa femme qui voulait voyager, François Astolfi a fait un séjour d'une semaine au Club Med de Cap Skirring sur les bords de l'Océan, au Sénégal. Pendant qu'Aliette partait faire des tours en pirogue, il est resté assis à la verticale du ventilateur dans le bar redesigné « qui allie culture locale et modernité ». Il n'a jamais remis les pieds sur ce continent et a acquis toute sa collection en écumant les salles de vente à Paris.

Sa passion pour l'art du Grand Nord est plus récente. Il a croisé dans un dîner l'immense explorateur de l'Arctique, Jean Malaurie. Ce soir-là, le génial ethnologue lui a parlé de l'allée des Baleines et du peuple des Inuits. Puis, au moment du sorbet, emporté par la force de son récit, l'homme des glaces s'est brutalement mis debout, bousculant sa voisine et sa chaise. En hurlant, les mains crispées vers l'avant comme des griffes, il lui a mimé la charge terrifiante d'un ours blanc de mauvaise humeur. Ce soir-là, Astolfi est tombé amoureux des Inuits, de l'art du Grand Nord, de Jean Malaurie et des ours blancs. Depuis ce jour, les objets dogons côtoient quelques masques en cuir ou de bois flotté, et des sculptures en ivoire.

Astolfi et Lebel se sont donné rendez-vous Chez Jeanne, un restaurant près de la Bastille qui fait un gigot-gratin parfait. Lebel n'a pas de mal à soutenir une conversation avec Astolfi, car, en général, le vieil avocat parle seul. Il a une âme de conférencier, aggravée par des années de plaidoiries. Tout autre est là pour écouter. Il vient de trouver dans une salle des ventes un tikanagan authentique, un porte-bébé indien. L'objet est cher et volumineux mais il compte bien l'acquérir. L'enchère a lieu dans l'après-midi. À un moment où Astolfi enfourne un immense morceau de gigot dont le tendon semble résister, Lebel profite du creux de l'exposé pour glisser :

— Dis, François, tu le connais bien, toi, Sosthène Grisostomi ?

L'avocat opine en mâchant vigoureusement. Lebel enchaîne et bricole un mensonge :

— Je te pose la question parce qu'il me fait des emmerdes. J'ai écrit un papier où je dis que sa société bénéficie de privilèges troubles, et il m'attaque en diffamation. Tu pourrais peut-être me défendre ?

La question fait mouche. Astolfi veut répondre sans délai et avale en force le morceau de tendon. Lebel voit la boule descendre dans le cou de poulet puis disparaître derrière le col de sa chemise. L'avocat se redresse légèrement pour accompagner la descente dans l'œsophage et reprend son souffle. Lebel attend que la manœuvre se termine.

— Ah oui, je le connais. Je le connais bien. Je connais très bien son entreprise aussi. Mais je ne peux pas te défendre parce que j'ai été son avocat pendant très longtemps et je peux difficilement devenir le tien contre lui. C'est dommage, car j'aimerais bien t'aider à le démolir. Il s'est très mal conduit avec moi.

Lebel anticipe les reproches que le Corse remâche contre Grisostomi. Il a dû avoir le culot de chipoter le montant de ses honoraires et peut-être même l'audace de confier des dossiers à des confrères. Ce sont des manières qu'Astolfi ne supporte pas. Le Corse déteste viscéralement les autres avocats. Quand il plaide une affaire, il commence par haïr celui qui défend la partie adverse. François Astolfi boit un coup de gigondas et enchaîne :

— Et puis tu te trompes, ses affaires ne sont pas troubles. Il est au contraire très bien organisé et il est inattaquable. Il bénéficie de sympathies, mais ce n'est pas pénal ! J'ai commencé à travailler pour lui quand il s'est mis à piller ses auteurs. Bien qu'il ne contribuât en rien à la conception des œuvres, il exigeait systématiquement une part des droits, donc de la rémunération qui accompagne chaque diffusion. Chaque fois que l'un de ses scénaristes s'est rebiffé, on est allés devant les tribunaux et on a gagné. Maintenant, en plus de ses intérêts de producteur, il dispose d'une rente à la Société des auteurs. C'est comme ça, ce n'est pas moral, mais c'est légal.

Un silence qui vise à créer une tension, puis il reprend son élan :

— Mais l'essentiel n'est pas là, je l'ai également aidé à faire rentrer des investisseurs luxembourgeois dans son capital. La société SedLux a pris trente-cinq pour cent du capital de Guacamole. Le montage juridique était un peu compliqué car les Luxembourgeois ne voulaient pas verser un sou en échange de leurs actions. Il est vrai qu'à ce moment-là, la société de Grisostomi ne se portait pas très bien. Grâce à moi et à mes réseaux d'amitiés, les commissaires aux apports ont finalement admis qu'une coopération avec une société du Luxembourg allait permettre une relance de l'activité et justifiait cette prise de participation à la valeur nominale. Il faut savoir que ce pays a mis en place un système de financement pour la production audiovisuelle qui s'appelle un abri fiscal. Les programmes fabriqués en partie sur son territoire, en contrat avec une société du pays, bénéficient de ces financements confortables. Je ne sais pas grâce à quelle manipulation, mais le résultat a été spectaculaire. L'année qui a suivi cet accord, la société de Grisostomi a commencé à engranger les contrats et les bénéfices, un peu sur le marché luxembourgeois, mais l'essentiel de la nouvelle activité venait des chaînes françaises ! C'est là qu'on peut se demander s'il n'y a pas des embrouilles et de l'évasion fiscale. Il y a derrière tout ça une construction de sociétés en cascade. Je vais essayer d'être clair.

Lebel hoche la tête comme un élève soucieux de montrer sa bonne volonté au maître, mais il bout en pensant qu'Astolfi le prend pour une couenne incapable de comprendre un montage d'évasion fiscale. Il se retient de répondre. Astolfi prend un ton sentencieux :

— Au début, il y a Guacamole qui garde soixante-cinq pour cent de son capital mais qui en cède trente-cinq pour cent à la société luxembourgeoise. SedLux est donc le premier masque. Le capital de SedLux est détenu à cinquante et un pour cent par une filiale d'une banque luxembourgeoise. C'est cette majorité qui donne la nationalité luxembourgeoise à SedLux et lui permet de jouir des abris fiscaux du Grand-Duché. L'affaire devient plus tortueuse quand on voit que les autres quarante-neuf pour cent du capital de SedLux sont détenus par un autre partenaire, Gold Butterfly. C'est le deuxième masque, une société de production irlandaise. Les actionnaires de Gold Butterfly sont dissimulés derrière un troisième masque. Ce sont deux sociétés offshore situées au BVI. Les îles Vierges britanniques sont un paradis fiscal où il est impossible de connaître le nom des détenteurs des actions. Le système de Grisostomi est infaillible. La cascade de sociétés lui sert peut-être à verser des commissions occultes, ou alors, ce qui est fort possible, il est lui-même aux deux bouts de l'usine à gaz.

Astolfi se ressert un verre de côtes-du-rhône et en déguste une gorgée. Il prend son temps comme dans un prétoire quand il sent que la salle d'audience est accrochée par sa démonstration. Il reprend :

— Comprends bien le système, quand Guacamole dégage cent euros de bénéfice, Grisostomi en garde soixante-cinq et va payer à l'État la moitié en impôts. Il met donc trente-deux euros dans sa poche. Il verse les autres trente-cinq euros aux Luxembourgeois qui en gardent dix-huit mais qui en envoient dix-sept aux îles Vierges britanniques. Cette somme aux BVI est défiscalisée et les bénéficiaires en gardent la totalité. Cet argent peut retourner dans la poche de Grisostomi ou servir à rémunérer d'autres mystérieux actionnaires, mais ça, tu ne le sauras jamais.

Astolfi en arrive aux conclusions :

— Si tu calcules bien, tu te rends compte que s'il n'avait pas créé cette usine à gaz et si tous ses bénéfices n'étaient pas déclarés en France, il mettrait dans sa poche quarante-sept euros. Avec ce système il en met quarante-neuf, mais il faut déduire les frais de gestion et les commissions des sociétés intermédiaires. Ça n'a pas de sens. Si c'était pour lui, il aurait fallu que Guacamole cède une plus grande partie de son capital pour que la construction soit rentable. Moi j'en déduis que les masques servent à dissimuler des versements de commissions.

Lebel remplit les deux verres de gigondas. Il craint que l'avocat ne reparte du côté de sa passion africaine. Il le relance :

— Tu dis qu'il s'est mal conduit avec toi ?

C'est le genre de question qu'Astolfi saisit au vol.

— C'est un mal élevé et il n'a aucune reconnaissance. Pendant des années, j'ai plaidé pour lui des dossiers minables contre des auteurs naïfs à qui on a cassé le dos car ils étaient toujours défendus par des avocats sourds-muets.

L'avocat s'énerve tout seul, il commence à pétarader.

— J'ai passé des nuits à préparer des dossiers de gagne-petit. Il fallait que je sois aux ordres. Je répondais à tous ses caprices. Je lui ai tout fait gagner, et chaque fois je devais me faire prier pour qu'il paye mes honoraires. Je n'échappais pas à une demande de ristourne comme pour une paire de babouches au souk. Ce bonhomme a une relation maladive à l'argent. Maintenant il est en train de conclure un coup colossal et c'est grâce à moi.

Astolfi hoche la tête et respire fort comme si la colère nécessitait ce mouvement de soupape. Lebel s'engouffre.

— Qu'est-ce que c'est que ce gros coup ?

— Il y a sept ou huit ans, c'est moi qui ai présenté à Grisostomi un ami italien, Ernesto Rivola, le patron de la Fabbrica dei Sogni. Je savais qu'ils avaient des origines communes et le même sens des affaires. Depuis ils travaillent souvent ensemble. Il y a deux ans, à la suite d'une succession de gros coups bien juteux avec sa société de production, Ernesto Rivola a convaincu un fonds d'investissements et une banque italienne de le financer pour partir à l'assaut de l'Europe. Il s'est mis à acheter des sociétés pour constituer un groupe international puissant. J'ai suggéré à Rivola et à Grisostomi de faire affaire ensemble. Rivola est maintenant d'accord pour acheter Guacamole Productions. C'est du très lourd…

L'avocat insiste.

— Du très, très lourd. La valeur des cent pour cent de la société de Grisostomi est estimée à environ cent millions d'euros. Ça va lui rapporter soixante-cinq millions d'euros. Les actionnaires luxembourgeois vont en prendre dix-sept pour les envoyer aux actionnaires des îles Vierges *via* Gold Butterfly à

Dublin. Si tu ajoutes à ce chiffre les profits distribués depuis plusieurs années aux actionnaires, tu te rends compte que c'est une affaire énorme. Il doit y avoir un compte aux BVI qui est gavé par les bénéfices cumulés pendant toute cette période, et si tu ajoutes la part du prix de vente de la société, les actionnaires des îles Vierges vont devenir tous immensément riches. Si c'est Grisostomi qui se cache derrière, c'est le double bingo, mais je crois que ce sont d'autres larrons.

Devant l'énormité des chiffres, Lebel s'est arrêté de manger et de boire.

— Et alors ?

Le visage de François Astolfi se tend, sous sa peau chiffonnée tous ses muscles se crispent. Les actionnaires luxembourgeois vont recevoir 35 % de cette somme. Ils en gardent la moitié et versent 17 % des bénéfices totaux (17 millions) aux actionnaires de l'entreprise irlandaise Gold Butterfly qui se cache dans une société anonyme des îles Vierges britanniques. Les deux yeux ne sont plus qu'une ride parmi les autres.

— Et alors ? Et alors… Je suis un naïf. À mon âge je suis encore un naïf ! Je n'ai pas fait signer de contrats d'exclusivité. Cette charogne de Grisostomi a pris un autre avocat pour négocier les contrats de cession. Il m'a dit c'est trop gros pour toi, je vais prendre un cabinet spécialisé. Je ne vais pas voir la couleur d'un billet dans cette affaire alors que j'en suis à l'origine.

Il se tait un instant.

— Si on était en Corse, je le ferais massacrer.

— Mais c'est pas corse, Grisostomi ?

— Tu rigoles, je t'ai dit c'est un Rital. Ça n'a pas de parole.

— Et tu peux pas faire venir des pistoleros corses pour s'en occuper ?

— Y a des fois où c'est pas l'envie qui manque.

Le déjeuner s'est terminé dans la morosité. Astolfi n'avait plus le cœur à parler des artistes dogons. Ils ont gardé le silence. Ils ont même renoncé à prendre des cafés. Devant Chez Jeanne, sur le trottoir, Astolfi a serré la main de Lebel et lui a simplement dit :

— Merci pour ce bon déjeuner. Si je peux t'aider à faire du malheur à Grisostomi, je le ferai volontiers.

— Il a signé la vente ?

— Non, mais ça doit se faire dans les jours qui viennent. Il doit être très nerveux.

— Qu'est-ce qui peut bloquer ?

— Tout et rien. Ce sont des deals importants et fragiles. Les investisseurs qui sont derrière Rivola pèsent et soupèsent mille fois leurs décisions, jusqu'à la dernière signature. Le moindre signe de faiblesse ou de perspectives de complication peut les faire fuir. Cent millions, c'est une grosse décision, il ne faut pas se tromper.

— Dis-moi, au fait, Buscarons connaissait Rivola ?

— Oui, bien sûr, c'est moi qui ai fait les présentations. Rivola voulait connaître Buscarons et Jacoberger, mais il ne voulait pas que ça passe par Grisostomi. Il les a invités pour passer quelques jours dans sa propriété dans la région de Sienne en Toscane.

*

Pendant ce temps, la rencontre entre Manon Clémenti et Martha se déroulait dans une tout autre ambiance. Les deux femmes avaient choisi de déjeuner d'une frugale salade au bar de l'hôtel Bristol. Le téléphone de Martha avait sonné plusieurs fois en affichant le numéro de téléphone du secrétariat de Baratier. Comme l'avait prédit Véro, le président devait faire « une grosse colère ». Martha avait éteint l'appareil.

Les deux femmes étaient intimidées. Elles ne s'étaient jamais croisées, même durant la période éphémère du mariage avec Carlos. Pourtant, elles avaient le sentiment troublant d'être intimes. Il avait beaucoup parlé de l'une à l'autre. Sa disparition a mué la tendresse qu'il leur vouait en une affection qui est en train de naître entre elles. Une sorte d'alchimie des sentiments qui fait que la rupture de la molécule principale permet la combinaison d'autres liaisons entre les atomes.

Elles ont fui l'accueillant jardin central pour se dissimuler dans un discret boudoir rouge annexe au salon du bar. Manon était inquiète de rencontrer cette femme dont Carlos admirait la culture, la discrétion et l'intelligence. Elle en avait été silencieusement jalouse, car elle connaissait la complicité que son mari entretenait avec Martha. De son côté, Martha était émue de voir cette jeune femme dont Carlos, parfois avec un manque de pudeur gênant, lui avait décrit la sensualité et l'absolue féminité. Il avait vécu une passion physique avec elle et avait éprouvé le besoin d'en parler. Elles étaient heureuses de cette rencontre, elles souhaitaient déjà que ce lien perdure.

Manon a fait le récit de sa conversation avec Maxime Labrousse. Elle a donné à Martha la copie du texte de Carlos. Martha n'a pas dénoncé les menus mensonges de son collaborateur. Elle lui a révélé l'existence du flight case et en a détaillé le contenu. Manon, à son tour, a raconté sa dernière rencontre avec Carlos. Le dix-neuf juin en fin de journée, deux jours avant sa mort, elle était seule chez elle, avec sa fille. Carlos l'a appelée pour lui demander de venir dîner avec lui. Manon précise qu'elle a caché à Labrousse cet ultime rendez-vous avec Carlos.

Ils déjeunaient ensemble deux fois par an. Son mari n'aimait pas ça. Elle ne le lui cachait pas, mais limitait ces rencontres. Elle refusait les nombreuses demandes de Carlos. Elle y résistait avec d'autant plus de rigueur qu'il lui avait proposé, au terme d'un déjeuner, de clore leur rencontre par une sieste. Elle avait ri. Il avait bêtement insisté. Elle l'avait vexé en disant que c'était ridicule. À compter de ce jour, les appels s'étaient raréfiés.

Ce soir du dix-neuf juin, le message était d'une autre nature. Carlos allait mal. Manon avait refusé de dîner, mais accepté de le retrouver dans un bar sur le Front de Seine, à mi-chemin de leurs domiciles. Sa mère était venue en urgence garder sa petite-fille. Une heure après, ils étaient face à face. Il avait commandé un double J&B sans glace.

Cela faisait plusieurs mois qu'elle ne l'avait pas vu. Elle précise à Martha :

— Il est arrivé avec un texte qui racontait son histoire, celui que j'ai donné à lire à Labrousse et que tu as maintenant. Je voulais que les gens chez toi comprennent que cet homme avait une histoire et que notre couple méritait leur respect, mais je ne voulais pas tout confier.

Manon semble soulagée de révéler cette ultime rencontre.

— Quand Carlos s'est assis devant moi, j'ai ressenti un malaise. Ce n'était plus lui. Il avait brutalement vieilli, le visage taché et bosselé par les excès. Le dandy donnait l'impression d'être sale.

Martha ne dit rien. Elle avait observé les mêmes signes de dégradation.

Manon reprend :

— J'ai eu l'impression d'un suicide verbal. C'était obscène. Il m'a décrit son cancer. Il a dit : « Je sais que je suis foutu. » Il m'a avoué les dettes bidons de poker avec PAN qui justifiaient que l'animateur lui verse des pots-de-vin. Il a ricané en disant qu'il allait mettre un terme à ses émissions : « Le puits de pétrole est tari. » Mais il a surtout pris le temps de me raconter les événements de Montauban et de me décrire la foudre qu'il avait fait tomber sur sa famille en croyant leur apporter de la joie. Il a dit : « En plus, j'ai tué ma mère. » Il se reprochait ses années d'ingratitude, de ne jamais avoir vu le malheur de Rose, de l'avoir traitée par la dérision depuis son enfance. Il parlait de sa fatuité, de sa morgue de roitelet d'opérette à Paris. Il était accablé par des sentiments de honte, de mépris à l'égard de lui-même.

Manon avoue :

— La douleur qu'il dégageait était insupportable, elle m'envahissait. J'avais envie de partir. Il m'engluait dans sa souffrance. Tu sais, à cet instant-là, je l'ai détesté. Je hais ceux qui veulent me faire sentir l'odeur de leur malheur. Je me rassure sur moi-même en me disant que je suis trop sensible et perméable, le chagrin des autres me transperce. La vérité, c'est que je ne suis pas généreuse.

Elle a un sourire amer.

— Je lui ai demandé pourquoi il avait voulu me voir, pourquoi il m'avouait tout ça. Je faisais attention à ne pas rouvrir ses plaies mais je voulais que ça s'arrête vite. Il m'a répondu : «Tu es la plus belle chose qui me soit arrivée. Je veux que tu pardonnes à Rose et je vais te faire un cadeau.» Il m'a dit : «Je suis en train de faire deux choses importantes, il faut que je trouve du fric pour mettre à l'abri ma famille.» Quand je lui ai demandé comment il comptait s'y prendre, il m'a répondu : «Je sais où il y en a, et un gros paquet.» Il avait l'air obsédé par cette idée. Il m'a aussi raconté qu'il tenait un groupe de producteurs à la gorge, ou plutôt «par les couilles». Il était également persuadé qu'il allait les obliger à produire le texte qu'il avait donné à Christine Beaufort. Celui que tu as maintenant. D'ailleurs, il revenait d'Italie. Il était allé en parler avec un financier, Ernesto Rivola. Il l'a rejoint dans sa maison de campagne près de Sienne. D'après lui, il allait monter une immense production internationale. Il m'assurait qu'il me donnerait un très grand rôle qui relancerait ma carrière. Il avait un regard égaré que je ne lui avais jamais vu. En rentrant chez moi, j'ai su que je ne le croiserais plus jamais, sans me douter qu'il ne lui restait que quarante-huit heures à vivre. Il m'a donné un dernier coup en plein cœur en m'obligeant à lire ce texte de malade mental lors de son enterrement. Je le défends, mais, au bout du bout, j'éprouve maintenant du dégoût.

Manon décrit les stigmates d'un homme détruit par la douleur et le remords. Martha, en dépit de turpitudes dont elle ne s'est jamais doutée, ressent un regain de compassion à l'égard de Carlos.

— La police ne t'a pas interrogée ?

— Non, ils doivent penser que j'ai rompu tout lien avec Carlos.

— Il va falloir leur parler.

— Je n'en ai aucune envie, mais si tu me le demandes…

Manon et Martha se promettent de prendre le temps de mieux se connaître. Il est quinze heures. Martha retourne à son bureau où elle sait que Baratier se consume d'envie de la houspiller. Elle s'en moque totalement.

*

En arrivant, elle trouve sur sa table de travail le dossier de Guacamole Productions analysé par son ami. Il confirme ce qu'elle imaginait. La participation française au financement des *Habsbourg* représente à peu près un bénéfice dès la fabrication. Les coproducteurs se sont donc partagé six millions et demi d'euros avant même que la série ne soit mise sur le marché.

Carlos le savait. Il ne pouvait pas l'ignorer. Il comptait sûrement puiser dans ces bénéfices l'argent qui manquait à Rose et Boghos pour acheter leur pavillon de Beaumont. Elle est persuadée qu'il en est mort. Véro passe la tête par le cadre de la porte :

— Y a le vieux qui pète un câble. Son secrétariat a appelé trois fois pour que vous montiez le voir.

— Véro, vous pourriez marquer un peu plus de respect envers le président.

— Le respect, ça se mérite. Depuis qu'il est là tout part en…

Elle cherche le mot pour contourner celui qui vient. Martha abrège.

— Je vois. Appelez le secrétariat et demandez s'il peut me recevoir maintenant.

Pendant que Véro s'active, Martha échange quelques mots d'amour au téléphone avec son fils. Véro repasse la tête par la porte entrebâillée.

— Le président vous attend.

— Vous voulez dire le vieux ?

Le visage de l'assistante s'illumine :

— Oui.

Martha patiente quelques minutes dans la salle d'attente de Baratier. Par la fenêtre, elle regarde le ciel du mois de juillet. Sur la table basse, quelques brochures chantent les louanges des programmes. Le président y signe un édito emphatique dans lequel il dit tout le bien qu'il pense de la chaîne. Le texte est illustré d'une photo de face qui met en valeur l'épaisse monture de ses lunettes à triple foyer et son énorme nez. Les mauvaises langues dans la maison disent qu'il est tellement myope qu'il serait plus à sa place à la tête d'une radio.

Enfin, l'assistante de Baratier invite Martha à rentrer dans le bureau présidentiel. Elle est surprise d'y voir Albin Jacoberger confortablement installé dans un des fauteuils club, qui ne se lève pas pour la saluer. Le président est debout. Il ne fait pas signe à Martha de s'asseoir et attaque :

— Madame Kiss, mes invitations au déjeuner du lundi ne sont pas facultatives. Elles font partie de vos obligations. C'est un moment de travail. Vous ne pouvez pas décider de vaquer à vos obligations privées et manquer ce moment de convivialité entre les dirigeants de la chaîne. En plus, je pourrais considérer que votre désinvolture est désobligeante. Si vous n'éprouvez pas plus d'intérêt que ça pour notre compagnie, il ne tient qu'à vous de nous quitter.

Le sourire d'Albin Jacoberger traduit un moment d'intense bonheur. Martha prend son temps pour répondre. Elle jette un coup d'œil sur ce bureau impersonnel qui voit passer les présidents à la queue leu leu, la main sur l'épaule de l'autre. Elle est posée, paisible. Elle n'a plus envie de subir, elle sait qu'elle va partir. La vie l'attend ailleurs. En rentrant du Midi, Joseph lui a proposé d'aller habiter dans son appartement de Soho et elle a accepté.

— Monsieur le président, je ne sais pas mentir. C'est vrai qu'après la semaine que je viens de passer, ce déjeuner était un désagrément supplémentaire, exempt de toute convivialité.

Baratier et Jacoberger ont la bouche ouverte. Ils s'attendaient à la voir se confondre en excuses, fournir toutes sortes de raisons plus ou moins crédibles pour justifier son absence. La franchise de Martha les désarçonne. Baratier se laisse choir dans son fauteuil. Sans attendre l'invitation, Martha s'assoit délicatement. Elle poursuit :

— Je n'ai cependant pas perdu mon temps. J'avais un doute sur la légitimité du financement des *Habsbourg*. J'ai maintenant la preuve que nous nous sommes fait gruger par Sosthène Grisostomi.

Jacoberger éructe :

— Tu n'as que ça à foutre, aller chercher des poux à un type qui fait les succès de la chaîne depuis des années !

Martha ne tient pas compte de son intervention et poursuit en regardant Baratier :

— Sur les six millions et demi que nous avons investis, nous nous sommes fait escroquer d'au moins quatre millions d'euros. J'ai fait vérifier les comptes. La prudence la plus élémentaire aurait nécessité que nous nous limitions à un préachat ou, mieux, attendre que la série soit finie pour l'acheter ou la refuser. Au moment de la signature du contrat, il y avait déjà des images tournées qui laissaient craindre le pire. Cette opération est une arnaque.

Baratier hésite entre demander à Martha de quitter immédiatement ce bureau ou lui demander de plus amples explications. Il est vivement tenté de virer cette agitée, cependant, si ses accusations sont fondées, il prend le risque que cela fuite et d'être soupçonné de couvrir des affaires répréhensibles.

Baratier est avant tout un politique. Il met en garde Martha.

— Madame Kiss, vous ne pouvez pas formuler ce genre d'accusation à la légère. C'est d'autant plus grave que le responsable est mort et que vous êtes la plus mal placée pour accuser Buscarons de ce genre de turpitude. Vous étiez sa principale collaboratrice.

Elle se tourne vers Jacoberger qui a compris qu'il devait se tenir à carreau.

— C'est en effet Carlos Buscarons qui a pris la décision. C'est le sommet de la pyramide. J'assume la gravité de mon propos. Vous m'avez nommée à un poste important, j'essaie d'être à la hauteur de la mission. Je veux défendre les intérêts de cette entreprise même si dans cette affaire si étrange la tâche est délicate. Je fournirai la preuve de ce que j'avance.

Le zèle de Martha n'enthousiasme pas Baratier. Il veut trouver une solution pour que l'affaire s'arrête là.

— Que proposez-vous ?

— Il faudrait interroger l'ensemble des coproducteurs pour tenter de comprendre comment l'argent a circulé. La société et la banque luxembourgeoise tiennent un rôle central. Il doit y avoir des moyens d'investigation.

— Vous n'y allez pas avec le dos de la cuillère.

— Monsieur le président, la décision vous appartient.

Cette remarque fait immédiatement bouillir Baratier. Justement, il ne veut pas avoir de décision à prendre. Une enquête auprès des banques est le pire des scénarios. La révélation d'un détournement de fonds sous sa présidence mettrait un terme à ses fonctions. Depuis quelques années, il savoure la notoriété et les plaisirs qui accompagnent ce poste. Il décide de temporiser.

— Je vous remercie pour ce premier travail. Je vais réfléchir aux suites que nous allons donner à cette affaire. Dans l'attente de ma décision, j'exige la plus grande discrétion.

Martha confirme en hochant la tête. Baratier conclut :

— En ce qui concerne les déjeuners du lundi, je n'ai rien à faire de vos états d'âme. Si vous voulez rester dans cette entreprise, il faut en respecter les rites. À plus forte raison quand c'est moi qui les fixe.

Il regarde sévèrement Martha à travers ses loupes. Elle a du mal à contenir un rire. Elle a le sentiment que la souris n'était pas celle que le chat attendait.

*

Le stagiaire de Lebel a passé sa matinée au greffe du tribunal de commerce de Paris pour consulter tous les comptes sociaux de Guacamole Productions. À seize heures, il rentre fièrement dans le bureau du journaliste avec une feuille de notes soigneusement mises en ordre. À la légère vibration de sa voix, Lebel devine qu'il a découvert des éléments intéressants.

— C'est une bonne affaire. Depuis cinq ans, la société dégage en moyenne chaque année près de quinze millions de bénéfices avant l'impôt sur les sociétés, pour un chiffre d'affaires de quatre-vingt-cinq millions. Ça représente une marge brute de près de dix-huit pour cent. C'est bien au-dessus des performances du secteur. Il semble qu'il fasse l'essentiel de son chiffre d'affaires avec la chaîne de Buscarons. Le capital de la société appartient à soixante-cinq pour cent à Sosthène Grisostomi et à trente-cinq pour cent à la société luxembourgeoise SedLux.

Lebel calcule que son salaire de journaliste est une aumône, les soixante-quinze millions de profits distribués en cinq ans viennent s'ajouter au chiffre de cent millions de la vente de Guacamole à Rivola. L'ensemble est vertigineux. Le jeune stagiaire manifeste la jubilation du professionnel qui tient un scoop.

— En regardant la liste des administrateurs de la société, j'ai vu que le président de Guacamole, Grisostomi, habite la Tour Opale sur les quais de Seine. Je sais que c'est là qu'habitait Carlos Buscarons. J'ai réussi à joindre l'administrateur de la tour. Il a accepté de me dire que Grisostomi, à travers une société civile immobilière, y est propriétaire de deux immenses appartements, tous deux situés au même étage. Les plateaux de la tour sont divisés en six logements, quatre studios et deux vastes appartements de trois cents mètres carrés. Carlos habitait donc en face de Grisostomi.

Lebel se précipite sur le téléphone pour appeler Joseph Dreyer.

*

L'appartement de Joseph Dreyer est aussi discret que son occupant, situé au dernier étage d'un banal immeuble récent sur les bords du quai de Valmy, dans le Xe arrondissement. Du haut de sa terrasse, il plonge sur l'écluse du canal Saint-Martin et sa passerelle, avec vue sur l'Hôtel du Nord :

« *T'as pas toujours été aussi fatalitaire...*

— *Fataliste.*

— *Si tu veux, le résultat est le même.* »

Les voix d'Arletty et de Jouvet dominent encore le bruit de la rue. Martha est attendrie de découvrir le décor de Marcel Carné sous cet angle. Joseph lui explique que le décor a été entièrement reconstruit par Alexandre Trauner dans les studios de Billancourt. C'est donc le vrai et le faux Hôtel du Nord.

La terrasse de l'appartement est immense, entourée de pins et d'oliviers plantés dans de profonds bacs de ciment gris, meublée d'une table et de quatre chaises de jardin vert pâle. Le salon, assez bas de plafond, est immense. La lumière de la baie qui donne sur la terrasse rentre à flots. Elle est adoucie par l'ombre des arbres. La pièce est dépourvue de meubles à part un Steinway noir, un lecteur de CD, un ampli et d'immenses enceintes, un vieux canapé en lin bleu marine couvert de coussins épars. Le sol est jonché de livres, de piles de journaux et d'un minuscule poste de télévision rouge et rond comme une brioche relié à un magnétoscope. La cuisine est d'une propreté étincelante. Joseph sourit et précise qu'une dame s'occupe du ménage. Elle lui prépare aussi ses repas mais le service s'arrête là, elle rentre ensuite chez elle pour faire la même chose pour son mari.

Dans la chambre, un lit, large comme un ring de boxe, sur un sommier, des piles de livres de part et d'autre, un dressing avec un antique coffre-fort dans un coin et un bureau avec un équipement informatique blanc, comme tous les murs de l'appartement, complètent le territoire de Joseph.

Aucun bibelot n'encombre l'espace. « Tout ce qui est utile est beau, le reste encombre. » Il aime le dépouillement. C'est l'appartement d'un homme élégant, mais c'est un monde viril. À l'inverse, Martha a le goût de l'inutile.

— Tu joues du piano ?

— Je joue avec un piano, c'est un peu moins musical.

Il s'installe sur la terrasse avec une carafe de citronnade

couverte de buée. Il aime la voir assise là. Il a le cœur en vrille. « Martha je t'aime. » Il ne le dit pas.

Lebel a fait un compte rendu à son ami et patron, sans omettre le moindre détail, en partageant avec lui ses intuitions et son début de conviction.

Joseph peut donc révéler à Martha le montage juridique et financier ingénieux de Sosthène Grisostomi pour évacuer une partie des substantiels profits vers des paradis fiscaux. Il lui explique comment la cascade de sociétés qui aboutit aux îles Vierges britanniques permet d'éviter le fisc mais peut aussi servir à rémunérer un réseau de corruption.

François Astolfi, l'ex-avocat de Grisostomi, a d'ailleurs souligné que Guacamole Productions a redémarré au moment où SedLux, la société luxembourgeoise, est rentrée dans son capital. Le réel talent de producteur de Grisostomi a certainement été le moteur irremplaçable de l'opération, mais la progression rapide et régulière des résultats de la société supposait aussi des « bienveillances » dans la chaîne.

En sept ans, les commandes passées entre la société de Grisostomi et la chaîne dirigée par Carlos ont explosé. La production de deux séries quotidiennes de fiction a permis une régularité des excellents résultats. La multiplication des commandes de scénarios et des mises en production a finalement justifié le projet d'achat de l'entreprise par le groupe italien de Rivola. Il lui annonce les chiffres vertigineux générés par l'accumulation des profits annuels et l'apothéose de la vente des actions. Il termine en révélant à Martha que Grisostomi et Carlos étaient voisins au vingt-deuxième étage de la Tour Opale. Buscarons était même son locataire.

Avant de rejoindre Joseph dans son appartement, Martha est passée chez Jozsef prendre le flight case. Dans son sac, elle trouve la clé USB rouge dont ils ont décidé d'examiner ensemble le contenu. Elle fait part à Joseph du témoignage déchirant de Manon, de la détresse de Buscarons et de ses signes de dépression. Elle insiste sur la détermination hystérique de Carlos à récupérer de l'argent, sa folie subite de monter le financement international d'une série qui devrait raconter les tourments de sa famille. Elle a le sentiment qu'il devenait fou. Elle apprend à son ami qu'un expert de la comptabilité de production lui a confirmé qu'il y a un détournement budgétaire sur la fabrication de la série des *Habsbourg*.

— Tout tend à prouver que Carlos était au courant et même complice, non ? constate Joseph.

Martha est contrainte d'approuver. Il poursuit :

— Le fait que Grisostomi et Buscarons soient voisins dans la Tour Opale oblige à penser que le producteur est impliqué dans la mort de Carlos. On peut écrire cette histoire de la façon suivante. Il y a sept ans, quand Guacamole Productions a connu une baisse d'activité, Grisostomi est venu proposer à Carlos Buscarons de lui constituer un magot pour ses vieux jours et de l'associer aux bénéfices de sa société. Carlos multiplierait les commandes de développement et de production. La situation était d'autant plus favorable que Buscarons avait décidé de bousculer les codes vieillissants d'une production française assoupie. Il fourmillait d'idées. De plus, son statut de leader dans une des plus importantes chaînes françaises lui donnait des contacts dans les milieux artistiques et commerciaux internationaux qui permettaient le montage aisé de coproductions entre différents pays. Grisostomi, de son côté, connaissait les bons auteurs, les meilleurs comédiens et, surtout, savait fabriquer à moindre prix. La chaîne était généreuse sur les budgets et Guacamole avare sur la fabrication. Les marges seraient grasses. La machine s'est ainsi mise en marche. Avec l'aide d'un fonds d'investissements luxembourgeois et une banque du Grand-Duché, ils ont monté le système de société qui permettait un versement opaque et sécurisé sur un compte aux îles Vierges dont le numéro anonyme n'était connu que de Carlos. On peut aussi imaginer qu'en cas de besoin de liquide, un passeur rémunéré pouvait ramener vers Carlos un peu d'argent de poche en provenance de la banque luxembourgeoise. Parmi les différents avantages de l'association entre les deux hommes, Carlos pouvait aussi ajouter la jouissance — peut-être à titre gracieux ? —

d'un vaste appartement qui est la propriété d'une SCI détenue par Sosthène Grisostomi. En début d'année, l'affaire est à son apogée, tout baigne dans l'huile. La manœuvre est proche de l'apothéose : le rachat de la totalité du capital de Guacamole par leur vieux copain, le producteur italien Ernesto Rivola. Ils sont tous deux aux portes du paradis de l'opulence quand le diagnostic du cancer généralisé de Carlos et la perspective de sa mort rapide lui font perdre la raison. L'épisode délirant de Montauban déclenche les catastrophes en série. Carlos s'agite. Ses gesticulations sont incompatibles avec la discrétion et la sérénité des négociations. Il commet une faute grave. Après avoir organisé l'incendie de la ferme, il part en Italie dans un centre de thalasso à côté de Sienne. Il joue un double jeu. Il se fabrique un alibi et il loue une voiture pour rejoindre Rivola dans sa résidence secondaire. Il veut le convaincre de lui avancer une partie du prix de la cession pour pouvoir acheter la maison de Rose, et surtout il lui demande de lever des financements pour monter la production de la série sur sa famille. Ernesto Rivola prend peur et appelle immédiatement Grisostomi pour lui raconter l'incident. Les délires de Buscarons étaient en train de faire capoter la vente de la société au groupe financier de Rivola. Grisostomi, furieux, accompagné de sa brute serbe, viennent frapper à la porte de Carlos. C'est le vingt et un juin, il est vingt-trois heures trente. Carlos, éprouvé par une soirée épouvantable, sous alcool et peut-être sous coke, redit son besoin immédiat d'argent et ses projets de production. Les hommes en viennent aux insultes et aux mains, et Carlos chute. Est-ce un homicide volontaire ou involontaire ? Il sera difficile de le savoir.

La démonstration est implacable. Dans les pensées confuses de Martha, le chagrin domine. Son patron était corrompu, mais elle ne parvient pas pour autant à le condamner. Elle a vu le travail inlassable de Carlos, est consciente de ce qu'il apportait. Même Grisostomi trouve grâce à ses yeux. La vieille carne est antipathique, mais il a mis son savoir-faire au service d'une chaîne qui a contribué à remplir les écrans publicitaires. On peut lui reprocher des marges anormalement élevées. Ce sont les services d'audit de la chaîne qui ont manqué de vigilance. Depuis deux ans, les audiences de la production de Guacamole étaient en berne à cause de la révolution des séries américaines. L'homme était fini, mais si c'est l'assassin de Carlos, il faut qu'il paye.

— On doit maintenant prévenir la police.

Joseph lui rappelle qu'il est patron d'un journal et que c'est lui qui va faire exploser la bombe. Elle lui avoue que devant Baratier et Jacoberger, elle a commencé à dénoncer le système. Elle leur a fait part de sa détermination à tout révéler. Joseph s'en inquiète et lui en fait le reproche.

— C'était une prise de risque inutile. Je ne suis pas sûr que Baratier ait envie de balancer au grand jour, en particulier à ses actionnaires et à son conseil d'administration, les défaillances de gestion de sa boutique. Quant à Jacoberger, tu as encore renforcé sa haine envers toi. Tu l'as mis face à sa propre incompétence. Si Baratier doit tout divulguer, il devra prendre des sanctions et Jacoberger sera mis en cause. Tous ont intérêt à garder le silence et à étouffer l'affaire *Habsbourg.*

Il lui prend la main et l'embrasse.

— Il est temps de partir. Ce monde s'effondre.

Puis il lui propose d'examiner le contenu du flight case de fond en comble et d'ouvrir la clé USB. Ils parcourent rapidement le dossier Montauban et le compte rendu de l'institut américain du cancer. Elle lui raconte l'arnaque des tableaux de Grillon. Joseph était au courant. Il imagine en faire un chapitre croustillant de son article consacré aux turpitudes de la chaîne. Jacoberger sera mouillé, car il est de notoriété publique que Grillon est sa maîtresse.

Entre-temps, Lebel lui a appris que Françoise Grillon s'appelle Grillon-Monestrel, et qu'elle est en fait la femme de Monestrel. Jacoberger baise la femme avec la bénédiction du mari. La carte magnétique et la clé sont des doubles qui permettent d'ouvrir l'appartement de Carlos – il devait les mettre là par précaution. Le dossier *Habsbourg* est élucidé. Ils parcourent le carnet noir et ont l'impression que Carlos écrivait au petit bonheur, au hasard des pages, sans respecter aucun ordre. Ils n'y trouveront rien sans savoir au préalable ce qu'ils doivent y chercher.

Ils allument l'ordinateur pour lire la clé USB, mais l'accès est protégé par un code qui nécessite un mot de passe, et les essais sont limités. Au terme de dix mots de passe erronés, le contenu de la clé s'effacera. Ils réfléchissent. Martha décide d'essayer Rose Muguet. Ils tapent le nom de la sœur. Un signal d'alerte apparaît sur l'écran pour dire qu'il ne reste que neuf essais. Joseph propose de voir si le code n'est pas inscrit dans le carnet noir.

Ils le parcourent fébrilement, y trouvent le nom du Cosaque Tarass Boulba puis un extrait du poème d'Apollinaire, « Réponse des Cosaques Zaporogues au Sultan de Constantinople ».

Poisson pourri de Salonique
Long collier de sommeils affreux
D'yeux arrachés à coups de pique
Ta mère fit un pet foireux
Et tu naquis de sa colique.

D'un commun accord, ils tapent Tarass Boulba. L'ordinateur signale qu'il n'y a plus que huit essais possibles. Ils tentent Constantinople, mais la tentative est infructueuse. Ils bondissent de joie en trouvant sur un angle d'une des pages le mot CODE suivi de 1401199B. Ils l'essaient immédiatement, l'ordinateur les informe pourtant qu'il n'y a plus que six essais. Ils deviennent fébriles, car ils sont persuadés que cette clé contient d'autres secrets sur la vie de Carlos. Martha propose le nom de la mère de Buscarons : Gaïané. Plus que cinq essais. Après Dertavidian, le chiffre chute à quatre. Martha et Joseph savent que les probabilités de tomber sur le bon code ont fondu comme neige au soleil.

Joseph décide d'appeler Lebel, son homme ressource. Il lui explique la situation. Le journaliste réagit.

— Chef, si vous ne craignez pas la fumée du chichon, je peux passer vous prendre dans une heure. On va chez un artiste qui m'a déjà aidé pour forcer des fichiers interdits. C'est un maître hacker, mais un *grey hat.*

— Un *grey hat* ?

— Un gré hat c'est un gentil génie, pas un fouteur de merde qui colle la vérole aux machines. C'est l'Arsène Lupin du disque dur. Il n'y a que les femmes qui lui résistent, mais quand vous verrez l'engin, vous comprendrez pourquoi. En plus, je suis sûr qu'il est là. Il ne quitte jamais son fauteuil sauf pour aller pisser… bien que des fois j'aie même des doutes sur ça.

Martha propose à Joseph d'attendre la visite de Lebel, puis elle rentrera chez elle. Elle a une idée pour passer le temps. Ils se lèvent et se dirigent vers la chambre. Devant le lit, Martha a l'œil triste.

— Il y a eu beaucoup de monde avant moi ?

— Dans ce lit ? À part moi, il n'y a jamais eu personne.

— Avec toute la tendresse et la confiance du monde, je ne peux pas te croire.

— Tu as tort.

Il va dans son bureau, revient avec plusieurs documents. Ce sont des factures de literie, matelas, sommier, coussins, draps, couverture, qui datent du mois de mai.

— Quand j'ai su que tu viendrais un jour ici, j'ai fait le ménage et je t'ai attendue. Il n'y a aucun miasme, aucune trace ni dans mon cœur, ni dans ma tête, ni dans ma maison de mes vies avant toi. Tout est neuf.

Martha est émue. Ça valait la peine de prendre son temps. Elle aussi se sent toute neuve.

Lebel sonne à la porte avec une heure de retard. Joseph lui dit par l'interphone qu'il descend. Le secret de leur amour doit encore être préservé. Martha est sortie de la douche. Il se remplit d'images émouvantes. La vie va être incroyablement belle. Ils s'embrassent. Cette nuit, Martha va dormir dans son appartement du Marais. Si le hacker parvient à ouvrir la clé rapidement et s'il y trouve des éléments intéressants, il lui promet de l'appeler. Il descend. La nuit est tombée sur Paris.

*

Maxime Labrousse est heureux : la jeune femme en rouge a appelé. Ça a sonné. Il a décroché. Elle a demandé :

— Monsieur Labrousse ?

Maxime a immédiatement su qui c'était, l'accent du Sud-Ouest et sa voix douce… Il a répondu :

— Je suis content que vous m'appeliez. Vous vous appelez comment ?

— Mona Esquibel.

— Esquibel ? C'est basque, non ?

— Oui.

— Vous avez quel âge ?

— Vingt-quatre ans et vous ?

— Trente-trois. Il paraît que vous êtes fiancée. Vous allez vous marier ?

— J'ai un copain, mais on ne parle pas mariage.

— Je viens dîner avec vous à Montauban ou vous venez dîner avec moi à Paris ?

— C'est plus commode à Montauban.

— Vous connaissez un restaurant où il y a du bon fromage ?

— Oui.

— Donnez-moi votre numéro. Je m'organise et je vous rappelle.

— Je voulais vous dire. Par le loueur de voitures, on a su que vous étiez un journaliste et que vous enquêtiez sur l'incendie de la ferme des Saules. Le vieux Guillemot est mort. Il s'est pendu.

— Et son fils ?

— Il est toujours en prison.

Et elle lui donne son numéro de téléphone mobile. La bête est morte, Rose Muguet et Fernando Buscarons sont définitivement vengés. Il décroche pour appeler Martha, mais le téléphone sonne dans le vide.

*

Bien qu'ayant été prévenu, Joseph est surpris. Le hacker tendance *grey hat* habite un deux pièces dans le XVIIIe arrondissement. Le sol est parcouru par des kilomètres de fil. Il est assis dans un antique fauteuil de coiffeur, face à quatre tables surélevées sur lesquelles sont posés quatre écrans de très grands formats. Sous les tables, des racks d'ordinateurs équipés de diodes multicolores clignotent en tous sens. Ici, c'est tous les jours Noël. Le génie doit mesurer un mètre cinquante bras levés. Contrairement à ce que craignait Joseph, le lieu est propre. La plaisanterie de Lebel sur les besoins d'uriner du hacker lui avait fait craindre le pire. Ils se serrent la main. L'informaticien ne descend pas de sa chaise haute quand Joseph se présente.

— Joseph.

— Jean-Pierre.

Joseph sursaute :

— Vous vous appelez vraiment Jean-Pierre ?

— Non. C'est un pseudo. Comment vous avez deviné ?

— Tous les Jean-Pierre sont des baby-boomers nés entre mille neuf cent trente-sept et mille neuf cent cinquante-sept. En vingt ans, il en a poussé deux millions deux cent mille. Depuis, peu de parents ont osé donner ce prénom. En mille neuf cent quatre-vingt-cinq, il y a quand même eu soixante et onze malheureuses victimes de parents attardés. Il y a peu de chances que vous soyez tombé parmi ceux-là.

— Mon vrai nom c'est Kevin… Non, je déconne. Alors, vous voulez quoi ?

— On a une clé USB avec un code.

Joseph la lui tend. Jean-Pierre, sans la prendre, dit :

— Ce matos, c'est une chierie. C'est fabriqué en Chine. Les

clés s'effacent parfois toutes seules. Vous avez consommé combien de cartouches ?

— Six.

— Ça me laisse dix pour cent de chance pour la cracker. Posez-la sur la table et allez boire une bière.

Jean-Pierre descend lentement de son fauteuil, pendant que Joseph et Lebel partent à la recherche d'un bistrot. Quand ils sont installés, Lebel s'émerveille :

— Vous m'avez bluffé sur les statistiques des Jean-Pierre. C'est du sérieux ?

— Oui, c'est en me baladant sur Internet. Les prénoms sont des phénomènes datés qu'on n'exploite pas assez. Si on décidait de ne plus rembourser les Jean-Pierre, les Monique et les Danièle, on comblerait le trou de la Sécurité sociale.

— Chef, vous devriez vous présenter aux élections. À part ceux-là, vous auriez tous les autres avec vous.

— Je savais que ça vous plairait.

Joseph commande un jus de tomate et Lebel un quart Evian, juste pour surprendre son patron. Puis, ils réfléchissent à la façon dont ils vont révéler la vérité sur la mort de Buscarons dans le journal.

Un peu plus tard, ils retournent voir Jean-Pierre. Il est remonté dans les hauteurs du fauteuil. Sans détourner les yeux d'un écran noir de chiffres, il annonce avec nonchalance qu'il a réussi à cracker la clé. Il a recopié l'ensemble des fichiers sur une clé USB ouverte. Joseph récupère sur la table le petit objet lourd de mystères. Ils se font un salut de la main.

— Merci. Tu as un droit de tirage sur le journal.

— Je l'utiliserai.

En descendant l'escalier, Lebel précise :

— Un droit de tirage, c'est quand le gouvernement propose des lois qui les titillent trop, genre répression de la copie, traçabilité des fichiers. Je les fais parler, ils ont souvent raison et, par ailleurs, même s'ils ont tort, je m'en tamponne.

Lebel ramène Joseph Dreyer en bas de son immeuble. À peine arrivé dans son appartement, il se précipite sur son ordinateur pour découvrir les ultimes secrets de Carlos Buscarons. Le dossier est volumineux. Il est composé d'une multitude de documents comptables et de contrats qui ont été scannés. Toutes les pièces sont en anglais. Le décryptage est particulièrement ardu. Il faut d'abord mettre de l'ordre.

La nuit d'été s'est installée, les murs réverbèrent la chaleur de la journée. Joseph a ouvert les baies qui donnent sur la terrasse. Les bruits de la rue se sont doucement éteints. De loin en loin, un deux-roues brise le silence.

Tard dans la nuit, il explore encore la complexité de la structure financière, jusqu'à découvrir avec stupéfaction que Grisostomi a acheté la complicité de trois cadres qui décident des investissements dans les programmes de fiction. Un frisson glacé lui parcourt le corps. La propriété de la société des îles Vierges britanniques fait l'objet d'un contrat à parts égales entre Buscarons, Jacoberger et Monestrel.

Il se souvient que Martha lui a raconté comment, dans l'après-midi, elle a menacé de révéler les magouilles de Grisostomi devant Baratier et Jacoberger.

Jacoberger ne peut pas laisser compromettre une opération dans laquelle il y a tant à gagner et à perdre. L'opération a déjà tué Buscarons. Martha est en danger. En dépit de l'heure avancée, il tente frénétiquement de la joindre. Son téléphone ne décroche pas et la boîte vocale ne se déclenche pas. La sonnerie résonne deux fois et s'arrête sur un bip. Il appelle la ligne fixe de l'appartement qui sonne longuement dans le vide. Il sent son inquiétude se muer en panique. Tout en se reprochant de l'avoir laissée partir, il s'apprête à appeler un taxi pour se rendre chez elle. Enfin son portable se met à sonner, il décroche avec soulagement, mais ce n'est pas elle, c'est la voix éraillée de Lebel :

— Pardon d'appeler aussi tard, mais je pensais que vous deviez travailler sur les pièces du dossier Buscarons.

— Vous ne vous trompez pas, je viens de découvrir les noms

des auteurs d'un détournement de fonds incroyable. Mais vous m'appelez pourquoi ?

— Ma taupe chez les flics vient de m appeler pour me prévenir qu'il y a une heure, on a trouvé la remplaçante de Buscarons, Martha Kiss, égorgée dans le hall de son immeuble dans le Marais…

Joseph Dreyer pourrait hurler. Il n'entend plus rien et plonge dans un gouffre. Lebel poursuit :

— Elle a eu des soucis il y a deux jours avec son ancien mari qui lui avait déjà collé un coup de couteau et les flics croient que…

Le silence de Joseph Dreyer est tel que Lebel pense que la communication a été coupée. Il interroge :

— Vous m'entendez ? Vous m'entendez ? Allô… Allô… ?

Dreyer est toujours au bout du fil, mais il a quitté le monde pour s'enfermer dans le silence de la plus épouvantable des douleurs. Lebel raccroche puis rappelle plusieurs fois. Joseph Dreyer ne répond plus. Il a posé le téléphone. Il est allongé sur le sol les bras en croix et il pleure, il sanglote au bord de la perte de conscience. Bien des minutes plus tard, il reprend son téléphone. Il appelle un taxi. En l'attendant, pour tenter de recouvrer sa lucidité, il se passe la tête sous l'eau. Quand il se dirige vers la voiture, le chauffeur hésite à déverrouiller ses portes et à le laisser monter. Joseph tape sur la vitre de la place du conducteur, il a le visage dégoulinant, la chemise trempée, les yeux rougis et gonflés par les pleurs. L'homme entrouvre la vitre et lui demande son numéro de réservation. Dreyer l'a oublié. Puis son nom, car c'est un compte d'abonné. Enfin, le chauffeur lui demande où il va.

— Rue Saint-Paul. Ouvrez. Ouvrez. Ouvrez.

Le taxi obtempère, car la course est courte et il se cantonnera à des zones très achalandées. Tout le long du trajet, le chauffeur jette des coups d'œil inquiets dans le rétroviseur pour surveiller son passager. Il a la tête appuyée contre la vitre et les yeux fermés. Quand ils parviennent à l'angle de la rue Saint-Paul, par les quais, ils butent sur une voiture de police qui en barre l'accès. Dreyer demande au taxi de contourner le pâté de maisons, de le laisser à l'autre extrémité de la rue, à l'angle de la rue Saint-Antoine. Là, un autre fourgon est en travers de la voie. Joseph descend du taxi qui démarre sans demander son reste, soulagé d'être débarrassé de ce client inquiétant. Quand il s'approche, des policiers en uniforme descendent du véhicule et lui demandent rudement ce qu'il fait là.

— J'habite ici, répond-il.

Les policiers veulent voir ses papiers. Il n'a rien pris. Devant sa dégaine et son air perdu, les flics pensent un instant à l'embarquer, mais le crime qui vient d'être commis dans la rue est trop important pour qu'ils s'occupent d'un paumé. Ils lui ordonnent rudement de « se barrer ». À cinquante mètres de là, devant le domicile de Martha, Joseph voit une ambulance démarrer avec un gyrophare virevoltant. Il sait qu'elle emporte son corps à l'Institut médico-légal qui se trouve à quelques centaines de mètres. Joseph retourne sur ses pas puis se met à courir furieusement dans la rue Saint-Antoine, et tourne dans la rue du Petit-Musc pour rejoindre les quais. Il court à s'en faire éclater le cœur. Il veut arriver en même temps que le fourgon à l'Institut pour accompagner Martha avant qu'on ne la glisse dans un compartiment glacé. Il court et pleure en même temps. Il rejoint le quai de la Rapée. Il voit au loin la sinistre silhouette de l'Institut en briques rouges. Il court jusqu'à l'épuisement, jusqu'à ce que ses jambes ne le portent plus. Il est ruisselant de transpiration, de pleurs. La moiteur de la nuit de juillet l'étouffe. Il glisse sur un trottoir et tombe, se relève et repart. Les promeneurs sur les quais font semblant de ne pas le voir. Il s'appuie un instant sur la margelle qui sépare le trottoir de la voie rapide, secoué de tremblements. Il grelotte. Puis il se remet à courir, à longues enjambées trébuchantes. Il traverse le carrefour du pont d'Austerlitz au milieu des phares, des coups de frein et des Klaxon. Il doit encore contourner l'immense bâtisse pour atteindre l'entrée de la morgue par la place Mazas. Il est à cinquante mètres quand il voit repartir l'ambulance. Les gardiens de nuit referment les immenses grilles en fer. Il est arrivé trop tard. La morgue vient de se refermer devant lui.

Martha est maintenant dans l'empire des morts, rangée nue dans un tiroir, une plaie noire en travers de la gorge, au milieu des corps bleuis par le froid. Il s'assoit sur un banc de pierre face au bâtiment et fixe la bâtisse. Il ne la quitte pas des yeux jusqu'à parvenir à en traverser les murs pour rentrer dans l'antichambre du néant. Il marche le long des couloirs déserts, pousse une porte et pénètre dans une pièce occupée par deux tables en acier, éclairées par des scialytiques. Il ouvre la porte du réfrigérateur mortuaire, fait glisser le tiroir dans lequel elle repose. Il se déshabille et s'allonge nu contre elle. Il la prend dans ses bras pour la réchauffer. Il va la serrer jusqu'à ce que son cœur se remette à battre. Il ne bouge plus. Il attend que le miracle se produise. Il sait qu'il va réussir. Pour elle, il a tous les pouvoirs. S'il n'y arrive pas, il se laissera gagner par le froid. Il mourra à ses côtés.

Une lumière blanche brutale l'a ébloui. Le soleil s'est levé. Il est déjà haut. Il ne sait pas combien de temps il est resté là, sans bouger, face à la morgue, à côté de Martha. La circulation est redevenue intense. Il se lève en titubant. Il est sale, son pantalon a un accroc qui laisse entrevoir un genou couvert de sang noir. Il n'a pas d'argent, pas de papiers, pas de téléphone. Il part à pied, traverse la place de la Bastille, remonte vers chez lui. Il traverse le long marché qui se tient sur l'interminable boulevard Richard-Lenoir, indifférent à la foule bruyante et affairée des ménagères. Comme un somnambule, il marche mécaniquement jusqu'au canal Saint-Martin. Il a la tête vide. Chaque millimètre de son corps est source de douleur. Il est presque neuf heures du matin quand il pénètre dans son appartement. Il est parti dans la nuit aux alentours d'une heure du matin. Il est donc resté assis, sans bouger, sans rien sentir, face à la morgue, sept heures durant. Il va dans la salle de bains, prend la serviette avec laquelle Martha s'est essuyée la veille. Il la serre contre lui, s'allonge sur le sol, le cerveau inhibé par la détresse. La haine et la colère prennent brutalement la main. Il se relève, retourne dans la salle de bains. Dans un des casiers de l'armoire à pharmacie, il prend un flacon de Speed. Lors d'une enquête sur les rave-parties, il avait eu accès à un fournisseur de drogues. Il avait acheté ces amphétamines en pensant qu'un jour peut-être il lui faudrait aller au-delà de ses forces. Il pensait alors à son travail, à l'écriture. Il n'en avait jamais pris.

Il avale trois gélules, ouvre le réfrigérateur et ingurgite un litre de lait sans respirer. Il se met sous une douche brûlante. Le chagrin se transforme en énergie destructrice. Le volcan s'ouvre. La rage ruisselle. C'est une force surnaturelle. Les amphétamines commencent à agir, son cerveau tourne à plein régime. Son cœur s'accélère. Il le sent s'agiter dans sa poitrine, aux limites de sa résistance. Il a chaud, transpire abondamment. Il ne peut plus s'asseoir ni s'allonger, son corps est une bombe à fragmentation, mais il retrouve peu à peu ses esprits. Sa haine se met en marche.

De sa ligne fixe, il appelle son assistante et lui annonce qu'il est malade. Il va prendre une journée de repos. À sa voix, elle comprend qu'il s'agit de quelque chose de grave. Quand elle lui propose de l'aide, il raccroche.

Puis il joint Lebel. Sans attendre ses questions, son ami journaliste lui raconte d'un trait ce qu'il a collecté sur la mort de Martha Kiss. Joseph Dreyer écoute en silence. Lebel décrit le lieu du crime, le long passage vers la cour. Un couple de voisins a trouvé le corps vers onze heures du soir. D'après le légiste, Kiss était morte depuis moins d'une heure. Elle avait la gorge tranchée. Pour les flics, c'est un travail de professionnel. Un voisin restaurateur, ami de Kiss, a témoigné le soir même en disant que son mari était venu la menacer deux jours plus tôt. La police est persuadée que c'est lui le coupable. Il y a quelques années, il lui avait déjà donné un coup de couteau. Baratier n'a pas encore fait de déclaration.

Puis Lebel se tait pour entendre les commentaires de son patron. Silence, les mots ne viennent pas. Les amphétamines aiguisent la lucidité, donnent de l'énergie à Joseph, mais la rage le fait trembler. Il se décide à parler d'une voix saccadée, par phrases courtes :

— Lebel, je ne suis pas en forme. Je vous fais passer par Internet les documents qu'il y avait sur la clé. Les assassins sont désignés. Je n'ai plus de téléphone. Je vais partir à Marseille. Je dois mettre fin à cette conversation. Vous lirez mon courrier électronique.

Lebel ne peut s'empêcher de remarquer :

— Vous avez une drôle de voix.

— Je crois que je suis fiévreux. J'attends le toubib.

Il raccroche. Lebel est intelligent et intuitif. Il devine qu'un événement douloureux l'a blessé. La mort de Martha Kiss doit être plus importante pour Dreyer qu'il n'a pu l'imaginer. Seule une relation d'amour peut provoquer un tel effondrement. Il se demande un instant s'ils n'entretenaient pas une liaison secrète. Puis il laisse tomber cette réflexion par affection et respect pour Dreyer. Le fouille-merde a des pudeurs cachées.

Joseph tourne en rond dans son salon quelques minutes, puis reprend son téléphone. Il veut savoir si Grisostomi, Jacoberger et Monestrel sont à Paris. Il appelle le secrétariat du vieux producteur pour demander un rendez-vous le jour même. La secrétaire lui répond sèchement que son patron a une journée très chargée. Ensuite, il passe un coup de téléphone au secrétariat du directeur financier de la chaîne pour demander la même chose. La secrétaire l'informe que la journée est déjà bien remplie. Enfin, un dernier contact avec le secrétariat du responsable de la fiction lui apprend qu'il est en congé. Joseph a ainsi pu vérifier que deux d'entre eux sont bien à Paris.

Il n'a plus aucune humanité, le surdosage de haine et d'amphétamines lui a fait quitter la société des hommes. Il prend alors dans un tiroir le trousseau de clés de l'appartement de Buscarons récupéré dans le flight case et sort faire quelques achats.

*

Maxime Labrousse boit son café du matin devant la télé. C'est un rite, il regarde les chaînes d'info en zappant. Il adore regarder les journaux télévisés et les journalistes, les uns après les autres, tous jeunes et beaux. Ils racontent les mêmes histoires au même moment. Il appelle ça « la chorale des charmants ». Il trempe son morceau de baguette dans le bol. Le beau visage de Martha apparaît sur l'écran. La présentatrice annonce sèchement que l'on a découvert le corps de la dirigeante de la chaîne en fin de soirée à son domicile. Elle aurait été poignardée. La journaliste rappelle qu'il y a trois semaines, le patron des programmes de cette même chaîne avait été retrouvé mort au pied de son immeuble. La police pense que les deux affaires ne sont pas liées. La jeune femme avait eu, il y a quelques années, des déboires avec un conjoint violent. Celui-ci est activement recherché.

Maxime est paralysé. Ce matin ensoleillé du onze juillet, il s'est réveillé mollement dans un monde qu'il connaît tellement bien qu'il s'y ennuie. Tout est codifié, même l'imprévu est prévisible. L'assassinat de Martha le propulse aussitôt dans un univers sans repères. Il n'est plus dans le réel. Les mots n'ont plus de sens. La lumière a changé. Les objets et les gens n'ont plus de noms. Même le chagrin ne s'appelle pas chagrin. Il est perdu dans un lieu qui n'existe pas et son cerveau ne sert à rien. Il n'est que froid et solitude. Il ne sait pas quoi faire, il n'a pas de projet, ni de lieu où aller. Il est broyé. Tout ça n'a pris que quelques secondes.

Il zappe pour tenter de trouver de nouvelles informations, mais le chœur répète les mêmes mots : égorgée, poignardée, le couloir, la cour, l'appartement, le mari, un compagnon, un crime crapuleux, violence sexuelle, geste passionnel, étrange coïncidence.

Les membres de la chorale débitent les formules des faits divers comme il y a les phrases types du football. Puis ils passent à une autre comptine sur la fréquentation des plages et la qualité de l'eau. Labrousse appelle la direction de la communication de la chaîne. Le téléphone sonne dans le vide. Il tente de joindre la direction de l'information qui ne répond pas. Puis son portable sonne : c'est Manon Clémenti.

— Maxime, je viens d'entendre les informations. Est-ce que c'est vrai ?

— Je ne sais pas. Je le crois…

— C'est une horreur.

Elle pleure.

— Vous croyez que ce sont ceux qui ont tué Carlos qui l'ont tuée ?

— Possible.

— La police dit que c'est son ancien compagnon, le père de Joseph.

— Possible aussi.

— Qu'est-ce que vous allez faire ?

— Je ne sais pas.

Un silence, Manon renifle.

— Vous savez, Maxime, après que nous nous sommes vus, je l'ai appelée et j'ai déjeuné avec elle.

— Je le sais. Elle me l'a dit.

— Maxime, on ne s'est que très peu parlé avec Martha, mais je me suis sentie bien en sa présence. Je voulais être son amie.

Maxime se tait, puis demande avec timidité :

— Vous voulez bien déjeuner avec moi ? C'est juste que j'ai besoin de parler de ça, mais je ne sais pas avec qui. Il n'y a que vous. Je ne veux plus jamais retourner dans la chaîne.

— Bien sûr, on déjeune ensemble. Moi aussi j'en ai besoin.

— On se voit vite.

— Oui.

Ils raccrochent et Maxime pleure comme un enfant

*

Le président Baratier est assailli par les coups de téléphone. La presse cherche à lui parler en direct. Le ministre de la Communication veut en savoir plus. Au moment où il raccroche, Albin Jacoberger rentre dans le bureau.

— Albin, que sais-tu sur cet assassinat ? Est-ce qu'il y a un lien avec Buscarons ?

Quand ils sont en privé, Baratier et Jacoberger se tutoient. Tous les deux sont énarques. Jacoberger n'est pas sorti dans la botte comme son président, mais la manufacture à chefs oblige à la solidarité.

Albin Jacoberger rassure Baratier.

— La police cherche à coincer l'ancien compagnon de Kiss. Il a disparu. Ce qui pourrait confirmer sa culpabilité.

— Tu es certain qu'il n'y a aucun lien entre cette histoire de devis truqué sur la série allemande et ces affaires de meurtre ?

— On n'est jamais sûr de rien, mais c'est très improbable.

— La police peut cependant avoir envie d'explorer cette piste ?

— Il n'y a plus personne pour en parler.

— Il ne peut pas y avoir de fuite ?

— Aucune. Tout est sous contrôle.

Baratier et Jacoberger se regardent silencieusement en hochant la tête.

*

La journée du onze juillet s'ouvre sur un Paris qui se vide de ses habitants. Les Japonais ont assiégé la ligne numéro un du métro. Il n'y a plus une chaise de libre dans le jardin des Tuileries. Les filles ont enfin la générosité de montrer le dessous de leur jupe en pédalant. Les radios répètent en boucle l'information concernant la mort de Martha sans apporter de complément. Quelque part, le soleil s'est éteint, Jozsef a pris un train pour aller chercher Joseph.

Le lendemain, le douze juillet au matin, la patrouille de France traverse le ciel de Paris pour répéter le survol du défilé militaire. Denise Borsioli est une femme modeste et émotive. Le bruit des réacteurs l'inquiète, elle ne fait pas le lien avec la Fête nationale. Elle s'occupe de l'entretien de l'appartement de Grisostomi. En sortant de l'ascenseur, elle s'étonne de la disparition du paillasson habituellement à l'entrée du domicile de son employeur. C'est un magnifique tapis frappé des initiales de son patron, SG en lettres gothiques rouges, sur fond marron. À ses yeux, c'est un signe de distinction.

Un jour de grand ménage, son fils Christopher l'avait accompagnée pour lui donner un coup de main. Bien qu'elle lui ait promis un peu d'argent de poche, l'adolescent était venu en traînant les pieds, de très méchante humeur. Cette génération de gamins a l'esprit négatif. En voyant le paillasson, il avait grommelé :

— Faut être chtarbé pour mettre son nom sur un paillasson. Tout le monde s'essuie les pieds dessus. Pour le papier chiottes, il fait pareil ton boss ?

Le morveux était allé vérifier dans les toilettes.

Le fameux paillasson a bel et bien disparu. Madame Borsioli fait le tour du palier pour être sûre qu'aucun habitant de l'étage ne se l'est approprié. En vain. Elle introduit sa clé dans la serrure. Elle a du mal à ouvrir. À l'intérieur, un objet appuyé contre la porte oppose une résistance. Elle a peur de faire une bêtise et d'en provoquer la chute. Elle hésite puis sonne délicatement. À cette heure-là, Grisostomi dort encore, mais son chauffeur est levé très tôt. Personne ne répond. Elle insiste sans plus de succès. Elle doit pousser la porte de plus en plus fort pour se dégager un passage. Elle sent l'obstacle glisser lentement. Elle se faufile par l'étroite ouverture et pénètre dans l'appartement. La porte se referme dans son dos, car la chose l'a repoussée. Le contre-jour de la baie, au bout du couloir, l'éblouit. Elle met quelques secondes pour s'habituer à la lumière avant de se ruer vers la sortie en poussant un cri. Ce n'est pas un vulgaire glapissement de terreur dont les films d'horreur nous abreuvent, non, seuls les documentaires animaliers peuvent en donner un échantillon. C'est un cri proche du hurlement du loup, long, modulé, puissant, presque musical, aux limites du bel canto et de toutes tessitures. Un exploit sonore. Les habitants des studios mitoyens ont dit plus tard à la police qu'ils avaient, bien sûr, entendu le cri, mais ils n'avaient rien dit car ils étaient habitués aux excentricités et aux mœurs étranges de monsieur Grisostomi.

La femme de ménage est partie se réfugier chez le concierge de la Tour Opale qui a appelé la police. Les flics connaissaient le chemin. Ils connaissaient aussi l'étage. Seule différence : c'était la porte d'en face.

Madame Borsioli qui était aphone leur a donné ses clés. Ils ont découvert un des spectacles les plus saisissants qu'ait connus l'appartement de Grisostomi en dépit de tous ses excès passés.

Dalibor Lukic était sous le paillasson dans le couloir, appuyé contre la porte d'entrée. Mort. Trois balles de fort calibre, deux dans le visage dont une dans l'œil gauche, la troisième dans le genou droit. Au bout du couloir dans le salon rococo, Sosthène Grisostomi était en costume-cravate. Fermement ficelé sur une copie de chaise Louis XV dorée, avec de la corde d'étendage bleu marine, il avait les yeux et la bouche recouverts d'un morceau de ruban adhésif gris acier traditionnellement utilisé à cet usage. Le menton appuyé sur le sternum, il était également mort. La seule lésion visible était un orteil écrasé, aussi plat, rond et noir qu'un macaron à la myrtille. Enfin, face à lui, installé de travers sur la banquette, la tête projetée en arrière par l'impact d'une balle en plein front, la police a identifié Albin Jacoberger. Il n'y avait pas d'autres victimes. Le légiste a estimé que ces morts remontaient à une douzaine d'heures, précisant que Grisostomi avait dû mourir d'un arrêt cardiaque provoqué par l'écrasement particulièrement violent du gros orteil gauche.

La police a interrogé les habitants des autres appartements de l'étage, mais à part le hululement de madame Borsioli, ils n'ont rien entendu, rien vu non plus. Tous envisagent de chercher un appartement à un autre étage, voire de quitter la Tour Opale.

*

Depuis l'annonce de la mort de Martha, Maxime Labrousse n'est pas sorti de chez lui. Il est resté prostré toute la journée. Il n'a pas répondu au téléphone, n'a pas dormi de la nuit, secoué par des crises de larmes et de détresse.

Le douze juillet au matin, il boit son bol de café devant la chorale télévisuelle. Il attend d'autres photos de Martha, d'autres commentaires, peut-être l'ébauche d'une explication. Tout à coup, il voit apparaître les têtes de Grisostomi, Lukic et Jacoberger. Ils sont morts assassinés. Son désordre cérébral s'aggrave. Il est perdu. Il n'est pas le seul. Le chanteur de la chorale dit :

— Cette affaire est d'autant plus mystérieuse que l'appartement du célèbre producteur se trouve en face de celui dans lequel habitait le patron de télévision, Carlos Buscarons, défenestré, trois semaines auparavant, dans des circonstances toujours non élucidées. La police n'a aucune piste et refuse tout commentaire, elle se perd en conjectures.

*

Madame et monsieur Cayol avaient vu et entendu la nouvelle à la télévision. Ils savaient que Martha avait été assassinée. C'étaient les deux seuls êtres sur Terre à savoir que Martha Kiss était l'amoureuse de Joseph Dreyer. Francine Cayol n'est donc pas surprise de le voir arriver, ce matin-là, à Malmousque. Elle se doutait qu'il viendrait se réfugier à Marseille.

Il a pris le premier TGV un peu avant six heures.

Elle est affolée de le trouver dans cet état. Ce n'est plus le bel homme qui est parti trois jours plus tôt, le monsieur dont son mari était un peu jaloux. Joseph est devenu un vieil homme malade, avec des regards de fou, qui a du mal à parler. La vie l'a quitté.

Aussitôt arrivé, il veut aller nager, malgré le mistral et la mer agitée. Elle craint qu'il veuille partir loin pour ne pas revenir. En effet, il part au large, longtemps. Quand il rentre, il est glacé. Elle lui dit :

— Vous êtes fada de faire ça. Vous êtes bleu comme une aubergine. Vous allez attraper la mort.

Pendant plusieurs jours, elle le soigne, le nourrit comme un enfant. Elle sait que la nuit il ne dort pas, que le soleil lui est insupportable. Il dit même qu'il va vendre cette maison.

— Ça me fait beaucoup de la peine, mais je sais que vous n'avez pas le choix, dit-elle.

Joseph est à Marseille depuis cinq jours. Dès le lendemain de son arrivée, il a écrit un long e-mail à Lebel, dans lequel il lui confie la direction de l'enquête et la constitution du dossier. C'est une affaire exceptionnelle pour le journal. Il faut révéler le contenu du flight case avec des photos des documents contenus sur la clé. Ce sera un choc. Il faut sortir le journal dans une semaine, en plein pendant les obsèques de Martha.

En retour, également par courrier électronique, Lebel explique qu'il a déjà mis des experts juridiques et économiques sur les documents récupérés sur la clé USB de Buscarons. La démonstration du détournement est lumineuse. Buscarons, Grisostomi, Jacoberger et Monestrel devaient en effet se partager un pactole. Lebel écrit que c'est certainement Lukic qui a tué « la petite ». Joseph est touché en découvrant que Lebel a adopté Martha et qu'il lui accorde une place privilégiée. Désormais, entre eux, Martha, c'est « la petite ».

Dans son dernier e-mail, son collaborateur lui annonce qu'il va faire un portrait de Martha Kiss. Entre les lignes, Joseph lit que ce sera un hommage.

Dreyer comprend que Lebel a fait le lien entre l'assassinat de Martha et son propre retrait du monde. Peut-être le raisonnement du journaliste va-t-il plus loin ?

Joseph se décide à décrocher son téléphone pour parler avec lui. Il répond immédiatement :

— Bonjour, boss.

— Bonjour, Arnaud, merci pour ce que vous faites. Où en est l'enquête ?

— Sur la tuerie, les flics sont dans le bleu. La seule chose qui a avancé c'est qu'ils ont retrouvé, dans les affaires du Serbe, le couteau qui a servi à tuer la petite. Autrement, les images vidéo de surveillance du hall montrent un keum chelou, pardon..., un mec zarbi qui arrive en fin d'après-midi vers les dix-huit heures. Il a un sweet avec capuche et des lunettes de soleil. Et un grand sac. Il regarde ses pompes pour qu'on ne voie pas sa tronche. Il repart à vingt-trois heures trente, juste au moment où les autres sont fumés. Les flics sont paumés, si c'est lui pourquoi il s'est pointé si tôt ? Où il s'est planqué pour attendre le retour à vingt heures de Grisostomi et de son clebs ? Pourquoi Jacoberger vient prendre une prune à vingt-deux heures ? Le pétard, c'est du neuf millimètres avec un silencieux, une arme de guerre, un Luger ou un Mauser non identifié. Il n'y a pas une douille par terre, pas une empreinte. C'est sûr, c'est du boulot de pro. Il fallait une pointure pour faire ça car le Lukic, c'était pas un manchot. Fallait pas le manquer. Les flics pensent que c'est un tueur qui a exécuté un contrat. Les commanditaires n'ont pas lésiné sur le tarif, c'est du haut de gamme. Le triumvirat devait baigner dans d'autres affaires. Les flics sont certains que le tueur est venu puis est reparti à l'étranger. Faut dire que ça arrange tout le monde. En même temps c'est la vengeance divine pour la petite. Ces gros enculés, ils ont payé, non ?

— Oui, les gros enculés ont payé.

— J'adore quand je déteins sur vous.

— Arnaud, je viendrai à Paris pour les obsèques de la petite.

— On s'y verra, boss.

Dreyer a raconté à son assistante que sa migraine était difficile à soigner. Il fallait qu'il fasse des examens complémentaires. Il allait être absent longtemps. Le bruit a vite couru, au journal et ailleurs, qu'il avait une tumeur. Dans les médias, on enterre vite les gens. D'autre part, Joseph a fait savoir à ses actionnaires qu'il voulait accélérer la vente de ses actions. Il leur a proposé qu'Arnaud Lebel devienne rédacteur en chef.

*

Gérard Monestrel a été incarcéré, il est également accusé de complicité de meurtre. Sa femme Élisabeth Grillon a été entendue. L'affaire des tableaux est une arnaque qui sera conduite devant d'autres tribunaux. Baratier ne devrait pas tarder à être débarqué par son conseil d'administration. L'ampleur de l'escroquerie et l'accumulation des scandales le condamnent irrémédiablement.

*

Martha Kiss avait dit à son père que si un jour il lui arrivait malheur, elle ne voulait pas être enterrée. La cérémonie est prévue pour le seize juillet au matin au crématorium du Père-Lachaise à Paris. Joseph Dreyer prend un train la veille en fin de journée. En cinq jours, son visage a pris un peu de couleur, mais ses yeux sont éteints. Il ne parlait déjà pas beaucoup, il est devenu mutique.

*

Chacun de son côté, Manon et Maxime voient arriver avec anxiété la nuit qui précède la crémation.

Manon ne peut pas parler avec son mari d'une femme dont il ignore tout. Elle-même la connaissait trop peu. L'émotion d'une unique rencontre ne fournit pas matière à une longue conversation. Mais elle a besoin de parler.

Maxime n'est pas sorti de chez lui. Il a écouté la radio, regardé la télé. Il n'a téléphoné à personne. L'insomnie l'a affaibli. Ses pensées migraineuses se pressent dans une logique absurde marabout-de-ficelle-de-cheval. Il a relu ses notes. Il établit d'étranges rapports de cause à effet, tourne en rond comme un hamster dans sa cage. Il pense à Edmond, celui que Rose a écrasé par maladresse, parce qu'elle est trop lourde, trop embrumée. Carlos l'a compris trop tard, il s'est agité comme un fou pour se faire pardonner, provoquant le décès de sa mère, sa propre fin, la pendaison de Guillemot, les trois assassinats de la Tour Opale et le meurtre de Martha. Sept morts parce que, il y a cinquante ans, un hamster est sorti de sa cage.

Il a décidé de ne pas consacrer de livre à cette histoire lourde de tant de malheurs. Puis il s'est dit qu'il fallait l'écrire car le silence ne devait pas tout éteindre. Ensuite il a pensé qu'il ne pouvait pas commencer une carrière d'écrivain aux dépens de la femme dont il était amoureux. Il devait renoncer à raconter ce drame. Puis il a changé d'avis, convaincu qu'il devait parler de Martha, trouver les mots pour dire qu'elle était exceptionnelle, qu'émanait d'elle un mélange de délicatesse, de fragilité et de force. Il a commencé à écrire et le lendemain matin il a tout déchiré, persuadé qu'il n'avait pas le talent nécessaire pour rendre à Martha sa beauté. À midi, il a regardé son tee-shirt posé sur l'oreiller. Il a pris un stylo et une feuille, mais un quart d'heure après, il s'est avoué que ses prétentions littéraires étaient absurdes. Il ne sera jamais écrivain. Le métier est exigeant, c'est une ascèse dont il n'est pas capable. À vingt heures, le téléphone a sonné. Le nom de Manon Clémenti s'est affiché.

C'était le seul coup de téléphone qu'il pouvait désirer :

— Maxime, vous ne voulez pas dîner avec moi ? J'ai besoin de parler de Martha.

Ils se sont donné rendez-vous dans un restaurant à mi-chemin entre leurs deux domiciles. À vingt-deux heures trente, en sortant du restaurant, il a décidé d'écrire le livre, c'est Manon qui le lui a demandé. Il devra enquêter sur l'assassinat de Martha, sur la tuerie de la Tour Opale. Il est remonté à bloc.

Avant qu'ils ne se quittent, elle a sorti une boîte de médicaments et lui a donné un cachet.

— Prenez un somnifère pour cette nuit. Je vais faire pareil.

En rentrant chez lui, il l'a pris. Il est tombé raide.

*

Joseph Dreyer a passé la nuit sur sa terrasse à regarder le canal Saint-Martin. Il s'est remis à fumer.

*

Le lundi dix-huit juillet à dix heures, vingt jours après l'enterrement de Carlos Buscarons au cimetière de Belleville, le soleil est éclatant. Les tribus de la télévision ne sont pas rassemblées devant le crématorium du cimetière du Père-Lachaise. Les taxis sont rares. Les gens sont éparpillés. On ne s'embrasse pas beaucoup. Les obsèques de Martha n'ont pas attiré la foule. Elle n'avait pas la carrière et les obligés de Buscarons. La période ne se prête pas non plus à une crémation réussie. La date est mauvaise. Un dix-huit juillet, beaucoup sont partis pour la Corse, dans le Lubéron, sur l'île de Ré, autour du bassin d'Arcachon ou, pour les plus âgés, à Deauville. Il ne faut pas mourir pendant les vacances.

La coupole du crématorium peut accueillir toute l'assistance. Des bancs ont été dégagés pour pouvoir installer au centre de la salle un immense piano noir.

Olga Vésine a les yeux rougis par les pleurs. Manon est accrochée au bras de son mari. Maxime est à côté d'elle. Le restaurateur italien est tout au bout d'un banc. Joseph Dreyer est assis à côté d'Arnaud Lebel et de Sylvie Lourmet. Le président Baratier n'est pas là. Il a été suspendu hier. Personne ne représente officiellement la chaîne. Au premier rang du crématorium, un vieux monsieur à l'allure altière siège à côté d'un petit garçon au visage très pâle. Jozsef Kiss et Joseph Kiss se tiennent solidement la main.

Personne ne fait de discours.

La crémation est une procédure longue et éprouvante. Il faut plus d'une heure trente pour réduire lentement le corps en cendres. Contrairement aux images répandues par le cinéma, le cercueil ne rentre pas dans un brasier pour être dévoré par les flammes crachées par des dizaines de chalumeaux. Il est soumis à une température de neuf cents degrés qui le désintègre.

Quand tout le monde est installé, l'enfant et son grand-père se lèvent. Joseph s'installe au piano. Jozsef s'assied à côté de lui pour tourner les feuilles des partitions. Le petit garçon couleur de lune se concentre, et pose les deux mains sur le clavier. Les notes sortent de ses doigts, ciselées et magnifiques. Il joue les Nocturnes de Chopin qui résonnent dans la coupole, traversent la pierre et montent vers le bleu du ciel. Joseph Kiss dit à sa mère la passion qu'il lui porte. Jozsef, Joseph et Martha sont tous les trois ensembles dans une communion qui transcende la matérialité grossière de la vie. Le vide s'est fait autour d'eux. Ils flottent dans l'espace intemporel de la musique.

L'épreuve insupportable est devenue un moment d'une douceur insolite, inconnue pour la plupart des participants. Ils assistent à un miracle. L'amour absolu d'un fils pour sa mère prend le dessus sur la mort.

Jozsef tourne les pages, les yeux braqués sur les doigts de son petit-fils. Au terme d'un nocturne déchirant, d'une minute de silence parfait — chacun sait qu'un bruit serait un sacrilège —, l'enfant se pousse et le vieil homme s'assoit à sa place.

Jozsef Kiss entame les *Gymnopédies* d'Erik Satie.

Ils ont ainsi dialogué avec Martha pendant toute la durée de la crémation. À la fin, l'enfant et le grand-père se sont levés et se sont longtemps serrés dans les bras. La coupole s'est doucement vidée, toujours en silence. Personne n'a tenté de venir présenter des condoléances. Chacun savait que ce monde qu'il venait de côtoyer n'a pas le goût des usages. Ils sont tous repartis avec la certitude qu'un ailleurs existait et qu'ils venaient de l'entrevoir. Martha n'avait pas eu besoin de passeurs professionnels, de curé, de rabbin, d'imam ou de discours sanglotant. Seule l'infinie délicatesse de l'amour d'un enfant peut percer la nuit et conduire au ciel.

Le temps que tout le monde s'en aille, Joseph Dreyer est resté assis sur le coin de son banc. Arnaud Lebel et Sylvie Lourmet sont partis sans rien dire. Quand la coupole s'est entièrement vidée, Joseph et Jozsef sont restés côte à côte. Joseph Dreyer s'est levé. Il est venu les voir. Alors, soufflé par Martha, un suprême miracle s'est produit.

*

Le journal est sorti le matin même. L'affaire Buscarons fait la une. Le dossier rassemblé et les articles écrits par Arnaud Lebel sont excellents. Le réseau de corruption entre Grisostomi et les dirigeants de la chaîne est révélé dans les moindres détails. Le magazine publie les fac-similés de contrats. Grisostomi n'est pas explicitement accusé du meurtre de Buscarons, mais les preuves sont accablantes. La présence du couteau dans la chambre de Lukic le désigne comme l'assassin de Martha. Le journal en déduit qu'il a agi sur ordre. Lebel signe un remarquable portrait de Martha. L'ancien compagnon de Martha, Franck Lovino, le père de Joseph, a été entendu par la police. Il s'est rendu spontanément dans un commissariat. Le journal explique que Martha a été victime de son courage et de sa probité. Il raconte sa carrière, met en avant une culture rare dans sa profession. La photo qui accompagne le portrait est émouvante. Elle est radieuse. Elle ébauche un sourire, ses yeux expriment une gaieté communicative. Lebel y a mis tout son talent et son amitié.

*

Joseph Dreyer a pris le temps de bien faire les choses. Il a rassuré ses équipes sur sa santé. Il n'allait pas mourir. Il a négocié très correctement la cession de ses parts dans le journal. Il a dîné avec Arnaud Lebel et vendu son appartement de Paris avec le cabanon de Malmousque. Il a invité les Cayol dans le meilleur restaurant de Marseille. Il leur a fait un beau cadeau. Madame Cayol a demandé à Joseph ce qu'il allait faire maintenant. Il a répondu :

— Je vais faire ce que j'aime : le commerce de l'art.

— À Paris ?

— Non, je vais partir à l'étranger.

— Vous reviendrez ?

— Je ne sais pas.

Alors madame Cayol a eu une grosse montée de larmes et elle a répondu :

— Ça, ça veut dire qu'on ne vous reverra plus jamais.

Madame Cayol avait raison. Joseph Dreyer a quitté la France et on ne l'a plus jamais revu.

*

Quelques mois plus tard, en dépit de son chagrin, Maxime Labrousse a eu beaucoup de chance. Pour tenter de se réconcilier, ses parents ont décidé de faire un safari au Kenya. Mais le vieil avion qui devait les déposer au centre de la réserve du Massaï Mara s'est écrasé. Maxime a hérité de leurs biens. Il a désormais l'argent nécessaire pour se consacrer à la littérature et aux voyages. Il est allé à Montauban pour séduire la jeune femme en rouge mais il est arrivé trop tard, Mona Esquibel, enceinte, avait été contrainte d'épouser son copain. Ils sont allés à trois dans le restaurant où il y a du bon fromage.

Contre sa nature, il travaille comme un forçat pour écrire les aventures de Buscarons. Manon le harcèle. Il voudrait appeler ça : « La Vie de merde de Carlos Buscarons », mais le mari de Manon refuse. « Vie de merde », c'est une expression bien trop vulgaire à ses yeux, personne n'achètera un ouvrage qui porte un titre si grossier. Le livre est bien avancé, mais il est boiteux. Le massacre de la Tour Opale est une des pièces importantes de l'histoire. Personne ne trouve de raisons à cette tuerie. Monestrel, en prison, jure que le quatuor n'avait pas d'autres combines susceptibles de provoquer cette boucherie. Élisabeth Grillon épouse Monestrel, la maîtresse de Jacoberger, jure aussi qu'elle ne sait rien sur cette hécatombe. Elle a été condamnée à six mois de prison avec sursis pour escroquerie. Sa carrière de peintre s'est arrêtée, faute de clients.

Maxime vient d'acheter une Smart. Il est ému de rouler au volant de cette voiture si chargée de souvenirs. Un rayon de lumière, rue de Rivoli, le contraint à abaisser le pare-soleil. Il se souvient brutalement du Post-it vert collé sur le revers du pare-soleil de la voiture de Martha, du cœur dessiné, du mot simple, « Je t'aime », avec la signature : « Joseph ». Du fond de sa mémoire, il revoit Joseph Dreyer livide assis sur son bout de banc. Ce jour-là, il avait mis sa présence et celle des membres de son équipe sur le compte du dossier que le journal allait publier le jour même. Il se souvient du visage ravagé du journaliste. Il s'était étonné de retrouver dans le journal des informations que lui-même avait communiquées à Martha.

Tout devient cohérent. Joseph Dreyer est l'homme caché. L'amant dont il soupçonnait l'existence sans jamais en avoir eu la preuve. Il doit le retrouver. Il rentre chez lui. Et appelle le journal. Le seul qui ait eu des nouvelles de Dreyer, c'est

Arnaud Lebel. Il ne lui ment pas. Lui dit qu'il cherche à le joindre, car il est en train d'écrire un livre sur la vie de Carlos Buscarons. Il aimerait interviewer Dreyer. Lebel est de mauvaise volonté.

— Pourquoi vous allez l'emmerder avec cette affaire ? Il va vous envoyer chier. Toute cette période de sa vie est derrière lui. Je crois que le métier de journaliste commençait à le faire vomir.

Labrousse insiste.

— Vous savez ce qu'il fait maintenant ?

Lebel élude la question.

— Je me pose la question de temps en temps. J'espère simplement qu'il est heureux. Vous ne le retrouverez jamais.

Labrousse a passé la nuit sur tous les moteurs de recherche d'Internet. À partir d'une biographie de Joseph, il est remonté à l'histoire familiale des Dreyer. Il a découvert la filiation avec le collectionneur d'art qui a vécu aux États-Unis. Vers les six heures du matin, au moment où la migraine commence à lui brouter l'arrière de la tête, il a trouvé à New York, dans Soho, à l'angle de Broome Street et de Mercer Street, une galerie de peinture qui s'appelle Martha Kiss. Il note le numéro de téléphone. Il prend une douche, un chocolat chaud et va se coucher. Il est minuit à New York. Il est déjà en jet lag. C'est le moment de se mettre au lit.

Il se réveille sept heures plus tard. Le temps de regarder un film en vidéo, c'est le moment d'appeler. La galerie est sur répondeur. Pendant plus de deux heures, il s'acharne. Il tombe, sans cesse, sur la boîte vocale qui l'invite à laisser un message. Il brûle d'impatience, mais il sait qu'il ne parviendra pas à joindre ce numéro.

Labrousse allume son ordinateur, trouve sur Internet un site de vente de billets d'avion. Il réserve un vol le jour même pour New York en classe éco. Un coup de carte bleue, un passeport, un jean, et cinq heures après il embarque. Au terme de huit heures de vol, il se pose à Kennedy Airport. Il choisit un hôtel branché sur Time Square : le W. Il pose son sac dans sa chambre.

Il hèle un yellow cab et se fait déposer dans Broome street. Il est bouleversé de voir le nom de Martha Kiss gravé sur une élégante plaque de cuivre. La galerie est fermée.

Pendant plusieurs jours, Maxime y revient, en vain, matin, midi et soir. Il a interrogé tous les commerçants de la rue. Ils lui ont expliqué qu'il n'est pas rare qu'un galeriste soit absent pendant plusieurs jours, voire quelques semaines. Il faut du temps pour préparer l'arrivée d'un nouvel artiste et organiser une nouvelle exposition.

Le sixième jour au matin, la galerie est ouverte. Il entre. Joseph Dreyer est assis derrière un bureau. Il lève la tête puis l'informe gentiment en anglais que la galerie n'est pas encore ouverte. Maxime lui dit qui il est et pourquoi il est là. Dreyer se fige, devient hostile. Il lui demande de quitter les lieux. À ce moment la porte s'ouvre. Jozsef Kiss rentre avec Joseph Kiss.

Dreyer a alors jugé bon de prendre le temps de parler avec Labrousse dans un coffee-shop. Ils ont passé une heure ensemble. L'ancien patron de presse a dit qu'il était le compagnon de Martha. Après sa disparition, avec l'accord de Jozsef Kiss et l'aide d'un avocat, ils ont fait déchoir Franck Lovino de son statut paternel. Dreyer a adopté le fils de Martha. Ils ont décidé tous les trois de s'installer à New York. Avec son grand-père, ils ont pris en charge l'éducation de l'adolescent et sa formation musicale. Le gamin est hyper doué. Il a devant lui une carrière de concertiste.

Quand Maxime a eu le courage de poser la question du massacre de la Tour Opale, Dreyer est resté songeur puis il a demandé à Labrousse :

— Vous pensez que c'est moi qui les ai tués ?

Labrousse a simplement répondu :

— C'est le plus probable.

Joseph Dreyer n'a pas répondu. Il a demandé s'il voulait un autre chocolat chaud ou un muffin. Labrousse a dit non. Ils se sont quittés en se serrant la main.

Postface

Après ma rencontre avec les trois Joseph à New York, j'ai failli renoncer à écrire la vie de Charles Buscarons, car révéler les liens entre Martha et Joseph, c'était trahir le plus délicat des secrets. Il faut admettre que la tâche des écrivains n'est pas aussi digne qu'on peut l'imaginer, l'imagination a bon dos, il y a toujours un peu d'autobiographie, de délation ou de déclaration d'amour dans un roman. Quant à la rédaction d'une biographie, pour qu'elle soit appréciée du lecteur, elle doit mettre en lumière les turpitudes cachées du héros principal comme celles de son entourage.

Je me rassure en me disant que personne ne pourra rien prouver contre Joseph Dreyer. La tuerie de la Tour Opale restera un mystère. Il est possible que ce soit lui. Je peux étonner, mais je l'espère, car Martha méritait d'être vengée par une main qui était un peu la sienne. Cependant, Dreyer n'a rien du tueur froid et professionnel qui a opéré, il faudrait pour ça que la haine puisse métamorphoser le plus délicat des hommes en monstre méthodique et implacable. C'est difficile à admettre. La tuerie du Front de Seine restera une zone d'ombre définitive.

Quels que soient mes scrupules, je ne pouvais plus éviter la rédaction de cette histoire car j'ai eu la maladresse de parler à mon éditeur du voyage à New York et de ma conversation avec Joseph Dreyer. Sans ce point d'orgue, l'histoire de la vie de

Buscarons serait restée bancale, mais après cette révélation, si j'avais hésité à l'écrire, je suis persuadé qu'il aurait eu le vice de mettre quelqu'un d'autre sur l'affaire.

Pour tout le monde, il valait mieux que ce soit moi.

Maxime LABROUSSE

Cet ouvrage a été imprimé en France
par CPI Bussière
à Saint-Amand-Montrond (Cher)
en avril 2013

Cet ouvrage a été composé par IGS-CP
à L'Isle-d'Espagnac (16)

N° d'édition : 14941. – N° d'impression : 2002138.
Dépôt légal : avril 2013.